I0574425

UN PROTECTEUR POUR REMI

FORCES TRÈS SPÉCIALES : ALLIANCE
TOME 1

SUSAN STOKER

DU MÊME AUTEUR

<u>Autres livres de Susan Stoker</u>

<u>Forces Très Spéciales : Alliance</u>

Un protecteur pour Remi

Un protecteur pour Wren

Un protecteur pour Josie

Un protecteur pour Maggie

Un protecteur pour Addison

Un protecteur pour Kelli

Un protecteur pour Bree

<u>*Le Fruit du Hasard*</u>

Le Protecteur

L'Aristocrate

Le Héros (11 Août)

Le Bûcheron (1 Décembre)

<u>Hawaï : Soldats d'élite</u>

Un paradis pour Élodie

Un paradis pour Lexie

Un paradis pour Kenna

Un paradis pour Monica

Un paradis pour Carly

Un paradis pour Ashlyn

Un paradis pour Jodelle

Sauvetage à Eagle Point

Un sauveteur pour Lilly

Un sauveteur pour Elsie

Un sauveteur pour Bristol

Un sauveteur pour Caryn

Un sauveteur pour Finley

Un sauveteur pour Heather

Un sauveteur pour Khloe

Le Refuge

Un soutien pour Alaska

Un soutien pour Henley

Un soutien pour Reese

Un soutien pour Cora

Un soutien pour Lara

Un soutien pour Maisy (1 Oct)

Un soutien pour Ryleigh

Silverstone

Pour la confiance de Skylar

Pour la confiance de Taylor

Pour la confiance de Molly

Pour la confiance de Cassidy

Delta Force Deux

Un refuge pour Gillian

Un refuge pour Kinley

Un refuge pour Aspen

Un refuge pour Jayme

Un refuge pour Riley

Un refuge pour Devyn

Un refuge pour Ember

Un refuge pour Sierra

<u>Forces Très Spéciales : L'Héritage</u>

Un Sanctuaire pour Caite

Un Sanctuaire pour Brenae

Un Sanctuaire pour Sidney

Un Sanctuaire pour Piper

Un Sanctuaire pour Zoey

Un Sanctuaire pour Avery

Un Sanctuaire pour Kalee

Un Sanctuaire pour Jane

<u>Mercenaires Rebelles</u>

Un Défenseur pour Allye

Un Défenseur pour Chloé

Un Défenseur pour Morgan

Un Défenseur pour Harlow

Un Défenseur pour Everly

Un Défenseur pour Zara

Un Défenseur pour Raven

Un héros pour Kassie

Un héros pour Bryn

Un héros pour Casey

Un héros pour Wendy

Un héros pour Mary

Un héros pour Macie

Un héros pour Sadie

Un héros pour Annie

<u>Autre</u>

Un moment suspendu : Recueil de nouvelles

<u>AUDIO</u>

Un paradis pour Élodie

1

— Tu y vas sans moi ?

Remi Stephenson se retint de lever les yeux au ciel ; de justesse.

— Miles, on a rompu. Bien sûr que j'y vais sans toi.

— Mais nous avions prévu ce voyage à Hawaï ensemble, se plaignit son ex-petit ami.

Remi se demanda s'il avait toujours été aussi agaçant, ou si elle avait simplement refusé d'ouvrir les yeux. Elle secoua mentalement la tête. *Bien sûr* qu'il avait toujours été comme ça. Sa meilleure amie, Marley, n'avait-elle pas essayé de lui dire à maintes reprises que Miles était un crétin ?

Elle avait rompu avec lui un peu plus d'une semaine auparavant, lorsqu'il lui avait posé un énième lapin, et cette fois-ci, il avait fait une erreur tellement grave qu'elle ne pouvait pas ignorer ou excuser sa connerie. Il lui avait accidentellement envoyé un message destiné à la femme avec laquelle il couchait dans son dos.

. . .

Miles : Remi ne se doute de rien. Je lui ai dit que j'avais la grippe. Donc nous pouvons passer les prochains jours ensemble avant que je sois obligé de la revoir. J'ai hâte d'être avec toi, bébé. Mets cette robe rouge que j'aime tant, je te retrouve dans une trentaine de minutes.

Remi se disait qu'elle aurait dû être davantage contrariée ou en colère face à l'infidélité de son petit ami, mais à vrai dire, elle était simplement soulagée. Ce n'était pas un homme très gentil, même si elle lui avait trouvé des excuses à maintes reprises. Maintenant, c'était *elle* qui en avait fini d'être gentille.

— Tu m'as entendu ? râla Miles une fois de plus. Nous avons planifié ce voyage ensemble. Tout, de l'hôtel aux choses que nous voulions faire.

— Faux, lui rétorqua Remi en fronçant les sourcils. *J'ai* organisé ce voyage. Toute seule. Tout ce qui t'importait, c'était de savoir dans quel hôtel nous allions séjourner, et de t'assurer que je réservais dans les restaurants les plus chers de la ville.

— Ce n'est pas vrai.

Remi en avait assez.

— D'ailleurs, qu'est-ce que tu fais là, Miles ? lui demanda-t-elle.

Lorsqu'on avait frappé à sa porte un peu plus tôt, elle s'attendait à ce que ce soit Marley. Son amie venait chez elle pour qu'elles puissent passer du temps ensemble. Elles avaient prévu de regarder un film et de se détendre sur son canapé, ce qu'elles n'avaient pas fait depuis longtemps. Marley avait une vie bien remplie avec son mari et ses deux enfants, et Remi avait dépensé toute son énergie pour essayer de faire fonctionner sa relation avec Miles, ce qu'elle regrettait vraiment.

Mais au lieu de tomber sur son amie, elle avait trouvé Miles devant sa porte... et maintenant, elle en avait marre de l'écouter se plaindre.

— Je suis là parce que je sais que j'ai fait une erreur. C'est avec *toi* que je veux être.

Cette fois, Remi leva les yeux au ciel. Elle avait trente-cinq ans, ce qui était bien trop âgé pour gober ses conneries.

— Non, ce n'est pas le cas. Peut-être que tu le voulais quand on a commencé à sortir ensemble il y a un an et demi. Mais maintenant, tu veux être avec cette strip-teaseuse avec laquelle tu m'as trompée. Oh, et tu veux mon argent. Tu veux faire ce que tu veux, quand tu le veux, et tu te fous des sentiments de tous ceux que tu piétines en chemin.

Miles se redressa. Remi ne l'avait pas invité à s'asseoir. Elle ne l'avait même pas vraiment invité à entrer dans son appartement, il était juste passé devant elle quand elle avait ouvert la porte.

— Tu es vraiment une salope, lui dit-il d'un ton dur.

Remi ne put s'empêcher de rire.

Miles fit un pas vers elle.

— Tu trouves ça drôle ? Si tu ne m'emmènes pas, je veux la moitié de l'argent de ce voyage ! exigea-t-il.

Cela effaça son sourire.

— Non, ce n'est vraiment pas *drôle*. Tu as le culot de venir ici pour me reprocher d'aller à Hawaï sans toi. Miles, *tu m'as trompée*. Avec une foutue strip-teaseuse. C'est tellement cliché que c'en est ridicule. Je vais à Hawaï sans toi. Je vais faire de la plongée en apnée, aller au zoo, faire une randonnée jusqu'au sommet de Diamond Head, manger une tarte hula chez Duke, reluquer les surfeurs à Waikiki, aller sur la côte nord et manger dans un food truck, me perdre dans le labyrinthe d'ananas à la plantation de Dole, et flirter avec des inconnus sexy au bar de l'hôtel tous les soirs en sirotant un cocktail alcoolisé.

Ce dernier point était un peu exagéré, car Remi n'était pas du genre à flirter. Elle était introvertie, et ne saurait même pas quoi dire à un bel inconnu. Mais elle avait le vent en poupe, alors elle repoussa cette idée.

— Et pourquoi ne ferais-je pas ce voyage ? poursuivit-elle. Je l'ai payé ! Les billets d'avion, l'hôtel, les excursions, tout ça – tu n'as rien payé, donc tu n'as rien. Je vais m'amuser pour une fois, sans avoir à me soucier de te plaire.

— Tu ne t'en es *jamais* souciée, aboya-t-il, le visage rouge de colère.

Remi ne comprenait pas d'où venait sa colère. Le Miles qu'elle connaissait était plutôt décontracté. Mais d'un autre côté, elle avait toujours fait tout ce qu'il voulait, alors pourquoi n'aurait-il pas été comme ça ?

— Tu es une salope, insista Miles. Une grosse salope immonde ! Tout ce que tu veux faire, c'est rester à la maison et dessiner ton stupide cartoon. Tu as eu de la *chance* de m'avoir pour petit ami. Je t'ai fait une faveur.

— Une faveur ? répéta Remi, incrédule.

— Oui. Tu es une foutue intello. Pathétique. Tu n'as pas d'amis, à part cette salope de Marley, et tu es nulle au lit. Tu n'as aucune vie. J'essayais de t'aider à changer, mais au lieu de vouloir sortir pour t'amuser, ou d'apprendre à sucer des queues comme une *vraie* femme, tout ce que tu veux, c'est rester ici. Tu es *ennuyeuse*, Remi. Tu vas finir comme une de ces répugnantes femmes aux chats... vieille, obèse, malodorante parce que ta maison est envahie par vingt chats, à te contenter de t'asseoir sur ton canapé pour lire ou dessiner tes cartoons foireux.

Premièrement, Remi trouvait sa description plutôt bonne. Lire et dessiner entourée de chats ? Elle était partante.

Mais deuxièmement... quel *connard*.

— Dehors, dit-elle à Miles en lui montrant la porte.

— Je n'ai pas fini, lui répondit-il pompeusement.

— Si, rétorqua-t-elle.

— Qu'est-ce que tu vas faire ? Tu vas me *forcer* à partir ? lui demanda-t-il d'un air renfrogné en croisant les bras sur sa poitrine.

Pour la première fois, Remi ressentit un léger malaise. Elle n'avait jamais eu peur de Miles. Mais là, il lui faisait un peu peur.

— C'est bien ce que je pensais. Tu ne peux rien faire.

Remi observa son ex pendant un moment avant de tourner les talons pour se diriger vers le petit couloir menant à son garage d'une seule place.

— Où vas-tu ? Je n'ai pas fini de te parler, lui lança Miles. Attends, arrête ! *Non*, Remi.

C'était trop tard. Remi avait déjà appuyé sur le bouton d'alarme du système de sécurité.

— Merde ! Pourquoi t'as fait ça ? demanda Miles en se remettant à pleurnicher.

— Je t'ai dit de partir. Tu me prends pour l'une de ces femmes que l'on voit dans ces films que tu adores, qui sont bêtes comme leurs pieds et qui restent sans rien faire pendant que leurs ex-petits amis portent la main sur elles ? Pas du tout. Va-t'en, Miles. Je ne veux plus jamais te revoir. Je ne veux plus te parler. Je me fous que tu attrapes une maladie sexuellement transmissible et que tu perdes ta queue.

— C'est gentil, Remi.

— Je *suis* gentille, répliqua-t-elle.

Ils se regardèrent pendant un moment avant que le téléphone de Remi ne se mette à sonner dans l'autre pièce.

— C'est la société de sécurité qui veut savoir si tout va bien, lui dit-elle. Si je ne réponds pas, ils diront aux flics de rappliquer, et ils seront là dans quelques minutes. *Va-t'en.*

Remi retint son souffle. En réalité, son cœur battait à tout rompre et ses mains étaient moites. Elle n'aimait pas les confrontations, mais elle n'allait pas reculer devant Miles.

— Va te faire foutre ! cracha-t-il. Très bien, va à Hawaï toute seule. J'espère que c'est nul. J'espère qu'il y aura des punaises dans ta chambre, que la nourriture sera horrible, et qu'on t'abandonnera au milieu de ce putain d'océan pendant cette stupide excursion de plongée en apnée que tu as insisté pour réserver alors que tu sais que j'ai le mal de mer.

Remi ne répondit pas. Elle se contenta de rester devant le panneau de sécurité et de fixer l'homme qu'elle croyait si doux... et trop épris de l'argent de sa famille pour oser lui parler comme il le faisait en ce moment.

Il fit un pas vers elle – pourquoi, elle n'en avait aucune idée – mais s'arrêta lorsque le son des sirènes se fit enfin entendre. Les poings serrés, il la fixa encore un moment.

— Mais enfin, que se passe-t-il ?

Tous les muscles du corps de Remi se détendirent.

Marley. Sa meilleure amie était géniale. Elle était tout ce que Remi n'était pas. Et son arrivée au moment où elle avait besoin d'elle ressemblait à un foutu miracle.

— Miles était sur le point de partir, répondit Remi en regardant son ex. N'est-ce pas ?

— Salope, marmonna encore une fois Miles – ça commençait à faire beaucoup – avant de se retourner et de se diriger vers la porte d'entrée.

Son épaule frôla celle de Marley au passage, la faisant reculer d'un pas. Mais sa meilleure amie ne s'écarta pas devant lui. Elle redressa les épaules, les pieds bien ancrés au sol, et lança un regard à Miles, qui ouvrit la porte d'entrée et la claqua derrière lui.

Remi s'affaissa contre le mur. Elle n'arrivait pas à croire ce qui venait de se passer. Puis elle entendit la sonnerie de son téléphone et se précipita dans le salon pour l'attraper. Elle décrocha, à bout de souffle, et donna à la femme de la société de sécurité son mot de passe avant de lui expliquer la situation. Il était trop tard pour appeler la police et leur demander de se retirer, ce qui convenait à Remi. Elle s'assurerait que les officiers qui intervenaient prendraient note de ce qui s'était passé avec son ex, juste au cas où.

* * *

Une heure plus tard, Remi était enfin sur son canapé, un verre de vin à la main, sa meilleure amie assise juste à côté d'elle, inquiète.

— Je n'arrive pas à croire qu'il ait eu le culot de dire toutes ces conneries, dit Marley en fronçant les sourcils.

Remi avait tout raconté aux policiers, et bien sûr, Marley avait tout entendu en même temps. Les agents avaient pris des notes, lui avaient demandé de s'assurer que ses portes étaient verrouillées et que le système de sécurité était activé, puis étaient partis.

— Je sais... n'est-ce pas ? Franchement, comme si Miles pensait vraiment m'insulter en me disant que je vais devenir une dame aux chats, répondit Remi, essayant de détendre l'atmosphère.

Marley secoua la tête.

— À nos yeux, il n'existe plus, déclara-t-elle de façon théâtrale. Son nom ne franchira plus jamais nos lèvres. À partir de maintenant, il s'appelle *Pignouf*.

Remi se mit à rire. Plus exactement, elle rit aux éclats. Marley était manifestement influencée par sa fille de douze ans, qui était la reine lorsqu'il s'agit d'en faire des tonnes.

Marley pinça les lèvres, comme si elle se retenait de sourire.

— Je suis sincère, dit-elle à Remi.

— Et je t'ai entendue. Désormais, Pignouf est de l'histoire ancienne.

— Très bien, acquiesça Marley en lui tendant la main. Tu es sûre que ça va ? Toute cette scène avait l'air d'être intense.

— Ça n'a pas commencé comme ça. Pignouf était là pour me supplier de revenir vers lui. Honnêtement, c'était davantage pour me supplier de l'emmener à Hawaï. Et je pense qu'il croyait que ce serait facile. Il ne m'a jamais vraiment aimée, Marl, c'était pour mon argent. C'est *toujours* à propos d'argent.

— Il y a quelqu'un pour toi quelque part. Un homme qui te verra telle que tu es : une femme étonnante, talentueuse, belle et sensuelle.

Remi laissa échapper un soupir. Elle appréciait beaucoup le soutien de son amie, mais elle savait ce qu'elle était et ce qu'elle n'était pas. Pignouf n'avait pas totalement tort. *C'était* une intello. Elle avait des kilos en trop, et préférait largement traîner dans son appartement en travaillant sur sa nouvelle bande dessinée plutôt que sortir en public. Mais à vrai dire... elle n'avait rien contre cela. Elle ne souhaitait pas être plus grande, plus mince, plus jolie ou plus sociable. Elle aimait sa vie. Elle voulait juste avoir quelqu'un avec qui la partager.

— Je sais, répondit-elle tardivement.

Sa meilleure amie, qui la connaissait mieux que quiconque, ne contesta pas la réponse pas très exubérante de Remi. Au lieu de cela, elle changea de sujet.

— Alors... tu vas vraiment aller à Hawaï toute seule ?

Remi se redressa et acquiesça.

— J'y vais. Avant ce soir, j'hésitais encore, mais maintenant c'est sûr, j'y vais.

— Ça te fera le plus grand bien, j'aimerais pouvoir t'accompagner, dit Marley un peu tristement.

— Je sais. Mais tu as trop de choses à faire ici. Nous ferons notre voyage entre filles une autre fois.

— J'y compte bien. Je suis si fière de toi, Remi. Promets-moi juste que tu ne resteras pas tout le temps dans ta chambre d'hôtel, que tu sortiras vraiment, et que tu feras toutes les activités que tu as réservées.

— Je le ferai. Enfin, j'imagine que je resterai un peu à l'hôtel. Après tout, j'ai payé pour cette super chambre d'angle avec vue sur l'océan. Il faut que j'en aie pour mon argent. Mais je veux visiter. Je veux voir la côte nord, manger un Dole Whip, et goûter cette tarte hula dont tout le monde parle. Et je veux faire de la plongée en apnée. J'ai entendu dire qu'il y a des tortues partout à Hawaï. Je veux en voir une à l'état sauvage.

— Tu as intérêt à prendre des tonnes de photos, l'avertit Marley.

— Tu peux en être sûre.

— Et à me les envoyer, poursuivit sa meilleure amie. Il va falloir me prouver tous les jours que tu es vivante, sinon j'appellerai les flics pour qu'ils débarquent dans ta chambre et s'assurent que tu vas bien.

Remi s'esclaffa à nouveau. Seigneur, elle était vraiment ringarde. Elle aurait aimé avoir un rire plus mignon, mais heureusement, Marley se fichait de son rire bizarre.

— Tu en ferais autant, n'est-ce pas ?

— Bien sûr. Je t'aime, Remi. Qui d'autre a toujours été là pour moi ?

De manière inattendue, les larmes lui montèrent aux yeux. En vérité, Marley avait toujours été là pour *Remi*, et non l'inverse. D'un point de vue extérieur, Remi avait tout pour elle. Ses parents étaient riches, elle vivait dans un bel appartement, avait une garde-robe pleine de vêtements de marque... mais en dehors de Marley, elle n'avait pas d'autres amis. D'aussi loin qu'elle se souvenait, elle s'était toujours sentie seule.

Elle avait toujours été excentrique, même lorsqu'elle était enfant. Elle aimait dessiner et gribouiller, et le faisait dès qu'elle le pouvait, préférant cela à jouer dehors avec ses camarades de classe. Les autres enfants ne la comprenaient pas, et comme elle était différente d'eux, ils trouvaient que c'était une cible facile pour les moqueries.

Marley avait brisé tous ses boucliers et l'avait informée dès le CE2 qu'elles allaient devenir les meilleures amies du monde, et que c'était comme ça.

— Ne pleure pas ! insista Marley. Si tu commences, tu vas me faire perdre les pédales, et tu sais que je ne suis pas du genre à pleurer !

C'était la vérité. Marley avait beau être belle et mince, avec une épaisse et magnifique chevelure rousse, et des yeux verts comme les eaux des Caraïbes, quand elle pleurait, son visage devenait rouge et tacheté, ses yeux injectés de sang, et elle faisait peine à voir.

— Bon alors, quel film on regarde ? demanda Remi en séchant ses larmes.

— *Legally Blonde*, sans aucun doute ! J'adore voir Machin avoir ce qu'il mérite ! s'exclama Marley.

Remi sourit. Ça ne la surprenait pas que son amie ait choisi ce film. À vrai dire, c'était aussi l'un de ses films préférés. Et elle avait besoin de regarder un film où l'ex-petit ami perdait à la fin.

Elle saisit la télécommande, cliqua sur l'application de streaming qui contenait le film, puis le lança.

Lorsque le film commença, Marley se pencha vers Remi et lui dit doucement :

— Pignouf ne sait pas ce qu'il perd. Il l'ignore peut-être encore, mais il a merdé et a perdu la meilleure chose qui lui soit jamais arrivée. Tu vas trouver la personne qui te convient, Remi. Je le sais.

Remi acquiesça, mais elle n'en était pas si sûre. Elle sentait que le temps lui était compté. Elle ne rajeunissait pas, et jusqu'à présent, elle n'avait pas trouvé d'homme capable de voir la femme qui se cachait derrière son apparence introvertie et la fortune familiale. Elle était plus que prête à aimer quelqu'un, mais elle n'avait tout simplement pas trouvé un homme qui l'aimait telle qu'elle était.

Tout en chassant ces pensées déprimantes de son esprit, elle but une gorgée de vin et s'installa pour regarder Elle Woods botter les fesses d'un avocat.

2

— Tu vas vraiment aller à Hawaï tout seul ? demanda Safe.

Vincent "Kevlar" Hill sourit.

— Bien sûr que oui.

Smiley leva la main et attendit que Kevlar tape dedans.

— Tant mieux pour toi, dit Preacher.

— C'est courageux, ajouta MacGyver.

— Ce sera plus facile d'en trouver sans le vieux boulet à tes côtés, dit Howler avec un sourire en coin.

Flash lui donna une claque derrière la tête.

— Grossier personnage ! s'exclama-t-il.

Kevlar ne se laissa pas perturber par les railleries de ses amis. Entre eux, c'était à la vie, à la mort. En tant que Navy SEALs, ils avaient traversé l'enfer et en étaient revenus ensemble, pratiquement indemnes.

Ce jour-là, ils étaient assis au Aces Bar et Grill, un bar situé près de la base navale où ils étaient cantonnés. Par le passé, ce bar était le lieu de *prédilection* des hommes et des femmes à la recherche d'une parenthèse sexuelle sans contraintes. Mais depuis que Jessyka Sawyer en avait pris la direction plusieurs années auparavant, il s'était transformé en lieu de rencontre branché pour les hommes et les femmes de la marine. Ce n'était plus un espace de drague.

Ce qui convenait parfaitement à Kevlar. À trente-cinq ans, il était passé par une phase où il appréciait les relations sexuelles sans intérêt avec des femmes sexy qui voulaient juste coucher avec un Navy SEAL, mais ce genre de style de vie avait rapidement perdu de son éclat. Peut-être était-ce dû à toutes les missions qu'il avait effectuées, où il était passé à quelques centimètres de la mort, et qui lui avaient fait comprendre ce qui était vraiment important dans la vie. Peut-être que c'était parce qu'il avait vu les répercussions de ce genre de liaisons à travers d'autres SEALs qu'il connaissait – tout, des grossesses inattendues aux maladies sexuellement transmissibles.

Mais plus probablement, c'était en voyant les relations que ses mentors entretenaient avec leurs épouses et leurs enfants qu'il s'était rendu compte de l'importance de ce lien.

Son ami Wolf Steel – ainsi que tous ses anciens coéquipiers – était resté dans la région de Riverton après avoir pris sa retraite de la marine pour participer à l'entraînement et à l'encadrement des SEALs qui entraient et sortaient de la base. Dès sa première rencontre avec cet homme, Kevlar avait ressenti un lien avec lui et son équipe. Ils étaient légendaires dans le milieu des SEALs ; tout le monde connaissait leurs statistiques, le nombre de missions qu'ils avaient effectuées et les choses qu'ils avaient accomplies.

Mais pour Kevlar, ce qui était le plus impressionnant, c'était la proximité qu'ils avaient avec leurs familles, et les unes avec les autres. Ces hommes étaient des coéquipiers sur le champ de bataille, mais aussi dans la vie. C'était quelque chose d'extrêmement rare. Kevlar le savait, tout comme Wolf et les autres. Quiconque s'en prenait à l'une de leurs femmes ou à l'un de leurs enfants se retrouvait face à sept anciens Navy SEALs en colère qui n'hésitaient pas à faire tout ce qu'il fallait pour atténuer la menace qui pesait sur leurs familles.

En regardant autour de la table du Aces Bar and Grill, Kevlar ressentait le même lien avec les hommes de son équipe. Il était le chef, une position qu'il ne prenait pas à la légère. Il se sentait responsable de chacun de ses hommes. Que ce fut en mission ou à la maison. Il avait toujours eu ce que certains appellent un sens exagéré des responsabilités envers les autres.

Un seul de ses coéquipiers avait fait partie de sa classe BUD/S. Brandon "Howler" Starrett était plus jeune que lui, car Kevlar n'avait décidé de s'engager dans la marine qu'après avoir échoué à l'université, puis tâtonné pendant quelques années pour savoir ce qu'il voulait faire. Howler savait depuis qu'il était enfant qu'il voulait devenir un SEAL. Ils s'étaient soutenus mutuellement pendant la Semaine de l'Enfer, et au-delà. Chaque fois qu'ils avaient voulu sonner la cloche, abandonner, ils s'étaient convaincus l'un l'autre de tenir le coup un jour de plus.

Et voilà où ils en étaient. Ils servaient ensemble dans la même équipe SEAL. Kevlar était fier de lui et de Howler pour le chemin parcouru. C'était un honneur d'être dans la même équipe que son ami.

Mais les autres hommes étaient tout aussi importants pour Kevlar. Bo "Safe" Cyders, Jude "Smiley" Stark, Shawn "Preacher" Franklin, Ricardo "MacGyver" Douglas et Wade "Flash" Gordon étaient plus que de simples coéquipiers. Ils étaient une famille. Et en tant que famille, ils se malmenaient parfois entre eux. Cela signifiait qu'ils se charriaient les uns les autres et ne laissaient jamais passer une occasion de s'immiscer dans les affaires d'autrui.

Autour d'un verre, il venait de leur annoncer sa décision de ne pas annuler le voyage à Hawaï qu'il avait prévu avec son ex. Ils étaient tous au courant de sa rupture avec sa petite amie de l'année précédente, Bertie. Ils l'avaient soutenu dans sa décision, mais ce n'était pas une surprise, car Kevlar savait très bien qu'aucun de ses coéquipiers n'aimait vraiment son ex. Le soulagement qu'il avait ressenti lorsqu'elle avait été la première à rompre lui avait fait comprendre à quel point leur relation avait été mauvaise. Il s'était accroché pour des raisons dont il n'était même pas sûr. Il aurait dû avoir le courage de rompre lui-même avec elle, mais quelle que soit la façon dont cela s'était passé, c'était un soulagement.

— J'ai décidé que puisque j'ai payé toutes les vacances et que le billet d'avion n'est pas remboursable, il vaut mieux que j'y aille, expliqua Kevlar à ses amis.

— Je trouve ça génial, approuva Flash.

— Moi aussi. Mais qu'en pense Bertie ? demanda Preacher.

Kevlar le regarda.

— Elle n'est pas fan.

Les autres hommes gloussèrent.

— Tu veux dire qu'elle a piqué une crise royale, corrigea MacGyver.

— À peu près, acquiesça Kevlar.

— C'est *elle* qui a rompu avec *toi*, rappela Safe. Alors qu'est-ce qu'elle a à râler ?

— Je suppose qu'elle pensait que j'allais être gentleman ou quelque chose comme ça, et que je la laisserais partir avec une de ses copines, répondit Kevlar en haussant les épaules.

— Comme si tu allais faire ça, commenta Smiley dans sa barbe.

— Après tout, tu aurais pu la laisser faire, dit nonchalamment Howler en buvant une gorgée de sa bière. Nous aurions pu partir en mission en Syrie si tu n'y allais pas.

Il était hors de question pour Kevlar de se sentir coupable. Il avait été autorisé bien à l'avance à prendre une semaine de congé, de sorte qu'une autre équipe SEAL était envoyée à l'étranger pour cette mission. Il était conscient que Howler voulait vraiment y aller, mais il refusait de se sentir mal de prendre un peu de temps libre. Cela faisait une éternité qu'il n'avait pas fait de pause. D'ailleurs, *aucun d'entre eux* n'avait pris de congé. L'équilibre entre leur travail et leur vie privée était désastreux – un fait qui lui était apparu encore plus clairement après que Bertie avait rompu avec lui parce qu'il était toujours absent.

Ce n'était pas une surprise. Kevlar savait que Bertie était mécontente de la fréquence de ses absences et du peu de temps qu'il lui consacrait. Mais elle savait à quoi elle s'était engagée en commençant à sortir avec un SEAL. Et il ne lui avait pas fallu longtemps pour passer à autre chose, de toute façon. D'après ce qu'il avait entendu, elle sortait déjà avec quelqu'un d'autre. Le comptable qui s'occupait de ses impôts. Ça ne le surprendrait pas qu'elle l'ait trompé avant leur rupture officielle.

Cette idée ne le contrariait pas. Dire qu'ils s'étaient éloignés l'un de l'autre était un euphémisme. Les quatre derniers mois avaient été tout sauf sereins. Ils se disputaient tout le temps, et il ne lui avait pas fallu longtemps pour montrer une partie de sa personnalité qu'elle avait cachée pendant la phase de lune de miel de leur relation. Bertie *détestait* quand elle n'obtenait pas ce qu'elle voulait. Et le fait de ne pas pouvoir se rendre à Hawaï pour le voyage qu'elle avait organisé – sans qu'il ait son mot à dire, même s'il était enthousiaste et disposé à s'asseoir pour discuter de ce qu'ils devraient faire là-bas – l'avait royalement énervée.

— Oublie la mission syrienne, Howler, dit Safe. Profite de la pause. Dieu sait que nous le méritons.

— Peu importe, mec, dit Howler.

— Je suis sûr que tu ne vas pas suivre l'itinéraire fixé par Bertie, n'est-ce pas ? s'enquit MacGyver. La dernière fois que tu l'as mentionné, ça impliquait beaucoup de shopping et de visites en bus.

Kevlar grimaça.

— Non. Ce n'est pas l'idée que je me fais de prendre du bon temps. J'ai annulé presque toutes ces conneries. Je compte surtout improviser. Je vais prendre la voiture de location et faire le tour de l'île. Je trouverai de bons restaurants, je ferai des randonnées, des trucs comme ça. Mais je vais certainement maintenir cette sortie privée de plongée qui est au programme. C'est la seule chose que j'attendais avec impatience.

— Très bien, parce que c'est ta seule contribution à l'organisation de tout le voyage, dit Preacher avec un air renfrogné.

Kevlar acquiesça. Effectivement, la plongée était sa seule contribution à l'organisation. Mais il n'avait pas parlé à ses amis de la nouvelle dispute qu'elle avait provoquée entre lui et Bertie. Elle ne voulait pas réserver la visite semi-privée. Elle disait que ce serait ennuyeux et qu'elle ne savait pas faire de la plongée. Il lui avait répondu qu'elle pourrait faire de la plongée avec tuba pendant ce temps, mais elle n'était toujours pas satisfaite. Elle avait quitté son appartement en claquant la porte et ne lui avait pas adressé la parole pendant deux jours, mais il n'avait pas cédé, insistant pour faire la seule chose que *lui* voulait pendant leurs vacances.

Elle avait fini par céder et réserver l'excursion, mais Kevlar avait l'impression qu'au moment de monter sur le bateau, elle aurait probablement trouvé autre chose à faire, ou prétendu qu'elle était malade ce jour-là, quelque chose comme ça. Ce qui ne le dérangeait pas autant que ça aurait dû. Ce n'était qu'une indication de plus que leur relation ne fonctionnait pas.

Mais il savait pourquoi il n'y avait pas mis fin avant – il était tout aussi obstiné lorsqu'il s'agissait de maintenir une relation que lorsqu'il s'agissait de planifier une mission. Car en vérité, Kevlar voulait ce que Wolf et ses autres mentors avaient : une femme qui l'aimerait de tout son être, et qu'il aimerait de la même façon. Certains se moqueraient et penseraient qu'il n'était pas réaliste. Qu'en tant que Navy SEAL, il aurait dû savoir qu'il n'avait pas besoin d'une relation normale. Mais il en avait besoin.

— Tu séjournes toujours à l'hôtel chicos qu'elle a choisi ? demanda Smiley.

Kevlar secoua la tête.

— Non. J'ai revu les choses à la baisse. Je me fiche pas mal de l'endroit où je loge tant que les draps sont propres. Je préfère dépenser mon argent pour autre chose.

Safe se pencha en avant, les coudes sur la table et les sourcils froncés.

— Elle va continuer à te donner du fil à retordre ?

C'est ce que Kevlar aimait chez ses amis. Ils pouvaient être agaçants, se comporter comme des connards et se mêler de ses affaires, mais quand il fallait passer à l'action, ils se souciaient de lui.

Son premier réflexe fut de secouer la tête et balayer les inquiétudes de Safe, mais il ne pouvait pas.

— Peut-être.

— Qu'est-ce que ça veut dire ? demanda Howler. Est-ce qu'on doit aller chez elle et s'assurer qu'elle sait qu'elle doit te laisser tranquille ?

Kevlar regarda son ami, surpris de constater qu'il était sérieux.

— Non. D'abord, je ne menacerais jamais une femme, même si c'est une garce. Et deuxièmement, je peux m'occuper de Bertie.

— Qu'a-t-elle fait jusqu'à présent ? demanda Flash.

— Elle a surtout été exaspérante, admit Kevlar.

— Ce qui veut dire ? s'enquit Preacher. Allez, mec, si on veut assurer tes arrières, il nous faut des infos.

— Ça veut simplement dire qu'elle va passer chaque minute avant que je prenne l'avion pour Hawaï à essayer de me convaincre de *la* laisser partir à ma place. Elle se fiche que j'aie payé ; elle pense que puisqu'elle a tout planifié, c'est elle qui devrait y aller.

— Reste fort, mec, lui dit Smiley.

— J'en ai bien l'intention.

— Bien.

— Alors... qu'est-ce que vous allez faire pendant notre semaine de congé ? demanda Kevlar.

Il n'était pas vraiment surpris que personne n'ait de projets concrets. MacGyver allait rendre visite à sa famille à Los Angeles pendant le week-end, mais personne d'autre n'avait prévu quoi que ce soit.

— Je vais probablement me rendre au Golden Oyster, déclara Howler.

— Ce bar est un trou à rats, dit Flash en fronçant le nez de dégoût.

— Oui, mais il y a beaucoup de femmes qui cherchent à se faire un SEAL.

C'était dans ces moments-là que Kevlar avait l'impression d'avoir des dizaines d'années de plus que son ami, et pas seulement sept ans.

— Tu n'en as pas encore marre de cette merde ? demanda Preacher.

— Dit l'homme surnommé "Preacher", plaisanta Howler.

— Sérieusement, cet endroit est dégoûtant, ajouta Smiley.

Mais Howler se contenta de hausser les épaules.

— Si on ne peut pas aller botter des culs en Syrie, autant s'amuser un peu pendant nos congés forcés.

Kevlar détestait que son ami se sente ainsi.

— Pour ma part, je suis heureux de rester à ne rien foutre, dit Flash.

— Idem, convint Safe.

— Moi aussi, renchérit Smiley en hochant la tête.

— Vieux croutons. Vous agissez comme si vous aviez soixante-dix ans alors que vous êtes dans la fleur de l'âge, se plaignit Howler.

— J'en ai tout simplement marre de ce marché de viande, déclara Safe. Je ne vais pas trouver l'amour de ma vie dans un bar.

— Tu n'en sais rien. Beaucoup de gens ont trouvé leur moitié dans un bar, rétorqua Howler. Même Jess, la propriétaire de cet endroit, a trouvé *son* homme ici.

— C'est différent, argumenta Safe.

— Ah bon ? réagit Howler.

Kevlar ne pouvait pas vraiment contredire son ami. Ils connaissaient tous l'histoire de Jessyka, qui était serveuse dans ce même bar lorsqu'elle s'était liée d'amitié avec Benny et ses amis, et le reste appartenait à l'histoire.

La cloche au-dessus de la porte d'entrée tinta, et les sept hommes attablés tournèrent la tête comme un seul pour voir qui venait d'entrer. C'était inscrit dans leur ADN. Être prudent, savoir tout ce qui se passe autour de soi, au cas où.

— Encore *lui*, fit Howler sans s'adresser à personne en particulier.

Lui, c'était Blink Davis. Un collègue SEAL qui faisait partie d'une autre équipe. Selon la rumeur au sein de la base, il était en congé de convalescence – imposé – après qu'une mission particulièrement difficile avait dérapé. Trois de ses coéquipiers avaient été tués, deux autres étaient encore à l'hôpital avec des blessures qui mettaient fin à leur carrière. Blink avait été le seul à sortir indemne de cette mission.

Sur le plan psychiatrique, c'était une autre histoire. Ce qui s'était passé lors de cette mission avait perturbé l'esprit de Blink, et son commandant avait décidé qu'il n'était pas encore apte à reprendre le service actif. Il l'avait forcé à prendre un congé santé mentale pour se remettre les idées en place.

D'après ce que Kevlar avait pu constater, Blink avait passé la plupart de ses congés chez Aces. Il restait assis au bar pendant des heures, ne parlant à personne, buvant une bière et regardant droit devant lui.

— Pathétique, murmura Howler.

Kevlar lui lança un regard noir.

— T'es pas cool, grogna-t-il.

— Il est fini, mec. Il ne pourra jamais réintégrer les équipes. Tu ne vas quand même pas me dire que tu le voudrais dans une équipe que *tu* diriges. Pas avec son état mental.

— Tu ne sais pas *quel est* son état mental, rétorqua Smiley. Tu ne sais rien de lui.

— Je sais ce que j'ai entendu. Quand les choses se sont gâtées, il a *fui* les balles au lieu de les affronter.

— De qui tiens-tu cela ? demanda Kevlar à voix basse. Parce que ce n'est pas du tout ce que j'ai entendu. Et je tiens *mes* informations de son commandant, pas des commérages d'un groupe de fillettes dans les toilettes.

— Peu importe, dit Howler.

Il but le reste de sa bière et claqua le verre sur la table. Puis il recula sa chaise et se leva.

— Je vais au Golden Oyster. Quelqu'un veut bouger ses fesses de petit vieux et venir avec moi ?

Personne ne réagissant, Howler roula des yeux et se dirigea vers la porte.

— Je ne paierai pas sa bière, déclara Smiley au bout d'un moment.

— Ni moi ! Flash acquiesce.

— C'est pour moi, dit Kevlar à ses amis.

— C'est un vrai connard parfois, déplora Safe en secouant la tête.

Kevlar n'était pas en désaccord avec ça. Mais encore une fois, ils avaient tous leurs moments de connerie, et il n'en tenait pas rigueur à Howler. C'était un sacré bon SEAL et un atout pour leur équipe. Ce n'était peut-être pas le plus tolérant des hommes, mais quand les choses tournaient mal, c'était une personne formidable qu'il fallait avoir à ses côtés.

Kevlar regarda Blink s'installer au bar. Jessyka se dirigea vers lui, une bière à la main, qu'elle posa devant lui avant de s'appuyer sur le bar et de lui parler quelques secondes, puis de s'éloigner pour préparer une boisson pour un autre client.

— Quand pars-tu pour Hawaï ? demanda Smiley, détournant l'attention de Kevlar du seul SEAL assis au bar.

— Ce week-end. Bertie a réservé des places en classe affaires, donc au moins, je pourrai dormir un peu dans l'avion.

— Super, ça va te faire du bien, lui dit Flash. J'espère que tu passeras un bon moment. Tu le mérites, Kevlar.

— Oui, tu travailles très dur, et ça te fera une bonne pause, convint Safe.

— Je l'espère.

— Laisse-toi aller et tout ira bien, ajouta Smiley. Ce n'est pas une question de vie ou de mort comme en mission, alors profites-en.

— Tu vas essayer de voir Baker pendant que tu es là-bas ? demanda MacGyver.

— Oui, mais maintenant qu'il a une femme, je ne sais pas s'il aura du temps à m'accorder, répondit Kevlar en haussant les épaules.

— Connaissant Baker, il trouvera le temps, avança Preacher.

Baker était un ancien SEAL qui avait élu domicile sur la côte nord d'Oahu. Il était plus âgé, mais toujours très impliqué dans les missions des SEALs. Kevlar ne connaissait pas tous les détails de ce qu'il faisait pour le gouvernement, mais comme lui et son équipe avaient bénéficié plus d'une fois des informations fournies par Baker, il s'en fichait. Baker était presque autant une légende que Tex... un autre ancien SEAL qui avait fait de la protection de militaires, hommes et femmes de toutes les branches, le travail de sa vie.

— Remercie Baker pour nous, lui demanda Smiley. Pour le Nigeria.

Kevlar savait exactement ce que Smiley voulait dire. Cette mission aurait duré deux fois plus longtemps sans les informations fournies par Baker.

— Je n'y manquerai pas.

— Eh bien, je vais en rester là pour ce soir, déclara MacGyver.

— Même chose pour moi, acquiesça Preacher.

— J'appellerai Howler plus tard pour m'assurer qu'il est bien rentré chez lui, promit Safe. C'est mon tour, et je suis sûr que tu as des choses à faire pour préparer ton voyage, Kevlar.

C'était le cas, et pour une fois, Kevlar ne ressentit pas une once de culpabilité à l'idée de ne pas prendre des nouvelles de son ami après une énième soirée dans ce bar miteux.

— Merci, mec.

— Pas besoin de me remercier, répondit Safe. Howler se comporte parfois comme un con, mais il fait partie de la famille.

Une vague de chaleur inonda la poitrine de Kevlar. Depuis le premier jour où il avait reçu son insigne Budweiser, il avait toujours voulu avoir une équipe aussi soudée, et il était tellement reconnaissant d'en avoir une.

— Si Bertie te fait trop chier, fais-le nous savoir, dit Flash.

— Et qu'est-ce que vous ferez ? le questionna Kevlar.

— Je ne sais pas. Mais femme ou pas, personne n'emmerde l'un des nôtres.

La sensation de chaleur s'intensifia.

— Merci. Mais je peux m'occuper d'elle. Elle est inoffensive.

À vrai dire, Kevlar n'était pas certain de cette dernière affirmation, mais ses amis n'avaient pas besoin de le savoir. Chaque jour qui passait avant le départ, son ex semblait perdre un peu plus la raison. Il ne savait pas quel était son problème... après tout, c'était *elle* qui avait rompu avec *lui*. Mais elle semblait excessivement contrariée qu'il aille à Hawaï lui-même au lieu de lui donner les billets. Plus vite il partirait, mieux il se porterait. Ses chances de partir en vacances étant officiellement réduites à néant, elle cesserait de se plaindre et le laisserait tranquille. Il l'espérait.

Chacun prit son portefeuille et jeta quelques billets sur la table pour régler ses consommations avant de se diriger vers la porte, saluant Jessyka au passage.

Kevlar se retourna avant de sortir du bar, et son regard se posa sur Blink. Il fixait son verre comme s'il s'agissait de la chose la plus fascinante qu'il ait jamais vue. Il avait essayé de parler au SEAL plusieurs fois au cours des trois dernières semaines, mais Blink l'avait toujours repoussé. Kevlar ne l'abandonnait pas pour autant ; c'était un sacré bon SEAL.

Ce n'était ni le lieu ni le moment pour réessayer, mais Kevlar comptait bien avoir une discussion avec Blink, qu'il le veuille ou non. Il n'avait pas envie de laisser un compagnon d'armes en souffrance, il était donc déterminé à redoubler d'efforts.

Après avoir fait un signe de tête à Jessyka, Kevlar se dirigea vers la porte. Il devait faire ses valises. Pour la première fois depuis que Bertie avait rompu avec lui, il avait hâte de partir. Ce serait un bon repos avant de repartir pour une autre mission.

Kevlar ne s'attendait pas à ce que sa vie soit bouleversée à Hawaï. Il partait simplement en vacances. Il allait prendre le soleil, s'amuser un peu dans l'eau, manger de bons plats, puis rentrer à la maison plein d'énergie, prêt à reprendre le cours de sa vie.

Il avait beau vouloir trouver une femme comme celle de son mentor, il savait que les chances que cela se produise étaient faibles tant qu'il ferait partie des SEALs. Trop de nuits loin de chez lui, trop de danger et d'incertitude. Plus vite il l'accepterait, mieux il se sentirait.

3

Chaque fois que Marley ou ses parents lui envoyaient un SMS pour savoir comment se passait son voyage et lui demander des nouvelles, Remi s'assurait de ne répondre que par des commentaires positifs. Mais en réalité, elle se sentait plus seule que jamais.

L'idée de partir en vacances toute seule avait un petit goût de paradis, mais en réalité, c'était difficile. Elle était entourée de familles et de couples heureux. Un jour, elle était allée déjeuner chez Duke's, mais malgré la qualité des produits et le personnel accueillant et sympathique, c'était un peu nul d'être seule, les autres tables étant occupées par des convives hilares. Elle avait loué une voiture et s'était rendue sur la côte nord, mais consulter la carte sur son téléphone en même temps que les sites touristiques était compliqué. Et même si le Dole Whip de la plantation de Dole était à tomber par terre, elle n'avait finalement pas eu le courage d'essayer le labyrinthe toute seule.

Il faisait un temps magnifique, l'hôtel était parfait et il y avait de beaux panoramas partout, mais malgré tout, Remi n'était pas vraiment ravie de son voyage. Elle avait passé plus de temps que Marley ne l'aurait voulu dans sa chambre d'hôtel, à ébaucher des bandes dessinées dont la plupart ne verraient probablement jamais le jour, car elles étaient quelque peu déprimantes.

En réalité, elle était prête à rentrer chez elle, dans son appartement de San Diego, où elle pourrait s'asseoir dans son fauteuil à dessin et redevenir la Remi Pignouf ennuyeuse et introvertie qu'on l'accusait d'être.

L'excursion de plongée en apnée avait lieu ce jour-là, puis il lui resterait une dernière journée sur l'île avant de prendre l'avion pour rentrer chez elle.

En tout cas, cette excursion était celle qu'elle attendait avec le plus d'impatience. Surtout parce qu'elle avait réservé une visite semi-privée. Elle n'aurait pas à faire la conversation à de grands groupes de touristes souriants. D'après ce qu'elle avait compris de l'email qu'elle avait reçu, il n'y avait qu'un seul autre client pour cette visite. Bien sûr, si cette personne était agaçante, elle pourrait gâcher l'excursion aussi facilement qu'un bateau rempli de touristes hyperactifs et bruyants. Remi croisait donc les doigts pour que la personne qui avait réservé l'excursion la plus coûteuse soit discrète.

Elle prit sa crème solaire, son chapeau, ses lunettes de soleil, sa serviette, des bonbons à la menthe pour la sortie de l'eau, et envisagea un moment d'emporter un bloc de papier et quelques crayons à dessin, mais rejeta finalement cette idée. Elle était déterminée à vivre l'instant présent au cours de cette excursion. Elle voulait profiter de la mer sans avoir la tête plongée dans ses carnets de croquis.

Après avoir enfilé son maillot de bain et la jolie tunique de plage que Marley l'avait convaincue d'acheter avant le voyage, Remi passa son sac sur son épaule et respira profondément. Puis elle sortit de la chambre d'hôtel pour se rendre à l'embarcadère, où elle devait rejoindre le bateau.

* * *

Kevlar passait un bon moment en vacances, même si c'était bizarre d'être seul. Il avait passé la majeure partie de sa vie entouré d'autres personnes. Même lorsqu'il ne sortait pas avec une femme, il était avec son équipe ou d'autres membres de la marine. Ici, à Hawaï, il était entouré de gens, mais tous l'ignoraient plus ou moins. Personne ne s'adressait directement à lui, à moins qu'il ne s'agisse d'un prestataire de services prenant sa commande ou lui demandant ce qu'il pouvait faire pour lui.

Ici, à Hawaï, il était presque invisible.

Kevlar secoua la tête en ricanant. Était-il vraiment devenu prétentieux au point de vouloir qu'on s'intéresse à lui simplement parce qu'il faisait partie des SEALs ? Non, ce n'était pas ça. C'était plutôt qu'il s'y était *habitué*. Il s'était habitué à l'attention qu'on lui portait en raison de sa profession.

Ce voyage lui faisait du bien. C'était une occasion de le ramener sur terre, de réfléchir à ce qu'il était en tant que personne. Il avait passé beaucoup de temps à observer les familles qui séjournaient dans son hôtel et interagissaient avec leurs proches. Un après-midi, il s'était assis sur la plage de Waikiki pour contempler les gens, ce qui l'avait fasciné. Il aimait n'avoir aucune idée de l'identité des hommes et des femmes qui croisaient son chemin. Il pouvait s'agir d'employés de grande surface ou de PDG d'entreprises multimillionnaires. Mais sur la plage, cela n'avait aucune importance. Ce n'étaient que des gens, vacanciers ou habitants, qui s'amusaient dans le sable et le ressac des vagues.

L'expérience l'avait rendu humble. Sa formation n'avait pas d'importance ici. On ne l'admirait pas, et on ne le méprisait pas non plus. C'était simplement un touriste de plus sur la plage.

Se moquant un peu de lui-même, Kevlar se rendit compte qu'il devenait un peu trop philosophe. Il ne pouvait s'empêcher de se demander comment le voyage se serait déroulé si Bertie avait été avec lui. Probablement stressant. Elle l'aurait harcelé pour tout et n'importe quoi ; elle aurait râlé contre l'orage qui s'était abattu un après-midi, l'arrosant lui et tous les autres sur la plage ; elle aurait passé son temps à faire du shopping dans les magasins de luxe au lieu de s'imprégner de l'atmosphère et de la culture de l'île.

Non, Kevlar avait pris la bonne décision en venant seul à Hawaï. Même s'il recevait encore des SMS aigris de la part de son ex. Cela n'avait aucun sens pour lui, mais apparemment, le fait qu'il soit parti à Hawaï avait vraiment touché une corde sensible. Et maintenant, elle le sermonnait à des milliers de kilomètres de là, probablement dans l'espoir de lui gâcher le voyage.

Mais ça n'allait pas se passer comme ça. Kevlar avait encore deux jours devant lui avant de reprendre l'avion pour Riverton. Le lendemain, il prévoyait de se rendre sur la côte nord pour rendre visite à Baker et sa femme, Jodelle. Il était impatient de rencontrer l'homme avec qui il n'avait discuté qu'au téléphone et par email. Ce n'était pas un homme très loquace, mais depuis qu'il s'était mis en ménage avec Jodelle, il avait l'air plus détendu.

Ce jour-là, Kevlar partait en excursion de plongée, la chose qu'il attendait avec le plus d'impatience. Bien sûr, il était doué dans l'eau, mais en général, c'était dans le cadre du travail. Cette fois, il allait prendre son temps, profiter de la beauté d'Hawaï et des eaux qui entourent l'île.

Bertie avait réservé une visite privée... espérant probablement qu'il la demanderait en mariage, même si leur relation était loin d'être aussi engagée. Le coût de cette excursion ne le dérangeait pas du tout, car elle vaudrait chaque centime. Il avait beau aimer observer les gens sur la plage, la présence de trop de plongeurs risquait de faire fuir la faune et la flore. Le capitaine du bateau avait envoyé un email contenant des détails de dernière minute et l'informant qu'il n'y aurait qu'une seule autre cliente, mais qu'elle n'était pas qualifiée, et qu'elle ferait donc de la plongée libre. Ce qui convenait parfaitement à Kevlar. Il pourrait très bien être au fond de l'eau, et elle à la surface.

Le sourire aux lèvres, Kevlar passa sur son épaule le sac contenant son équipement. Il lui avait été pénible de tout apporter, mais il était trop maniaque pour utiliser l'équipement de quelqu'un d'autre. Il connaissait sa bouteille d'oxygène et le reste de l'équipement sur le bout des doigts. Il pouvait résoudre un problème sans réfléchir, ce qui lui avait sauvé la vie plus d'une fois en mission. S'il voulait vraiment se détendre et profiter de la plongée, il devait utiliser le matériel avec lequel il était à l'aise.

Kevlar ferma la porte de la chambre d'hôtel derrière lui et se dirigea vers le hall pour prendre un taxi jusqu'à l'embarcadère. La journée s'annonçait magnifique et il avait hâte de naviguer... pour le plaisir, et non pour une mission.

* * *

Remi essaya de ne pas regarder fixement l'homme qui l'avait rejointe sur le petit bateau. Il était rudement beau. C'était la seule façon dont elle pouvait le décrire. Il avait une barbe de trois jours, comme s'il n'avait pas pris la peine de se raser pendant ses vacances. Ses cheveux châtain clair étaient courts, et il avait les yeux bleus les plus perçants qu'elle ait jamais vus. Il portait un t-shirt blanc et un short de bain noir et bleu qui mettait en valeur ses cuisses et ses jambes musclées. Même ses orteils étaient attirants... ce qui était la pensée la plus ridicule au monde, car les pieds la dégoûtaient.

Du moins, c'était le cas de ceux de Pignouf.

Remi secoua la tête. Non, elle n'allait pas penser à cet imbécile aujourd'hui. Elle était sur un bateau, en train de glisser sur l'eau, le soleil brillait, et elle allait s'amuser.

L'autre participant s'était présenté sous le nom de Vincent, puis il avait disparu dans la cabine avec le capitaine, laissant Remi seule à l'arrière du navire... ce qui lui convenait parfaitement. Ce n'était pas comme si elle savait de quoi parler avec un homme aussi manifestement hors de sa portée.

Pourtant... son regard fut attiré vers la cabine et elle fixa des yeux l'homme – Vincent – qui discutait avec le capitaine. Il semblait sûr de lui, et n'avait manifestement aucun problème à tenir sa place dans la conversation. Lorsqu'il croisa les bras sur sa poitrine, les muscles de ses avant-bras se bombèrent.

Remi pensait à la façon dont elle le dessinerait. Quel genre de personnalité elle lui donnerait dans l'une de ses bandes dessinées. Il serait amusant, un personnage avec lequel tout le monde voudrait être ami. Mais il aurait un secret, quelque chose qui le tourmente et qu'il ne partage jamais avec personne.

Prenant une profonde inspiration, Remi se força à détourner son regard de l'inconnu, et se tourna délibérément vers les vagues tandis qu'ils se dirigeaient vers l'endroit où ils allaient pratiquer la plongée libre. Ou la plongée sous-marine, dans le cas de Vincent. Ce qui était une bonne chose, car elle ne savait pas du tout de quoi elle lui parlerait s'ils nageaient ensemble. Remi n'était pas douée pour les conversations spontanées. Elle ne l'avait jamais été. Marley était la plus extravertie. Elle savait charmer tous ceux qu'elle rencontrait.

Remi était... Remi.

Elle poussa un soupir, ferma les yeux, puis inclina le visage vers le soleil. Elle refusait de penser à autre chose qu'à s'amuser aujourd'hui. Une fois qu'ils seraient arrivés à destination, son compagnon d'infortune ferait de la plongée sous-marine, et elle se contenterait de flotter en respirant à la surface. Après avoir visité deux ou trois endroits différents, ils remonteraient dans le bateau, mangeraient les tacos que le capitaine leur avait promis – ce qui était ironique, vraiment, vu comment elle gagnait sa vie – et retourneraient dans leurs hôtels respectifs à Oahu.

Elle n'avait pas besoin de l'impressionner, ni lui ni personne d'autre. Ils n'étaient que de parfaits inconnus partageant une excursion. Voilà tout.

* * *

Kevlar ne savait pas pourquoi son regard revenait sans cesse vers la femme qu'il avait rencontrée à son arrivée sur la jetée. Peut-être parce qu'elle ne ressemblait pas à la plupart des femmes qu'il avait rencontrées ces derniers temps. Cette idée lui fit lever les yeux au ciel. Il traînait manifestement dans les mauvais endroits, si rencontrer une femme qui lui serrait poliment la main et lui adressait un petit sourire sans le draguer immédiatement lui semblait inhabituel.

Mais pour une raison ou une autre, alors même qu'il faisait la conversation au capitaine, ses yeux ne cessaient de s'égarer vers l'endroit où elle était assise. Comme à ce moment précis, alors qu'elle avait la tête renversée en arrière et un petit sourire aux lèvres. Kevlar se demandait à quoi elle pensait. Pourquoi une belle femme comme elle était en train de faire de la plongée libre en solitaire ? Il devinait qu'elle avait une trentaine d'années, et sûrement un mari et des enfants. Il ne pouvait imaginer la raison pour laquelle ce ne serait pas le cas. Peut-être étaient-ils partis faire une activité qu'elle n'avait pas envie de faire ce jour-là, et que son mari avait fait des folies et l'avait gâtée en lui offrant une excursion privée.

— Elle n'est pas très bavarde, intervint le capitaine, la direction du regard de Kevlar ne lui ayant pas échappé.

Kevlar se tourna vers l'homme. Il était plutôt débraillé. Il portait un short de bain, tout comme lui, mais son t-shirt était troué à plusieurs endroits et délavé par le soleil. S'il organisait une excursion privée comme celle-ci, Kevlar ferait de son mieux pour être présentable devant les clients, mais qu'en savait-il ?

— La fille, précisa le capitaine comme si Kevlar ne l'avait pas entendu. Elle ne parle pas beaucoup. Ce qui me convient. Je les aime calmes et dociles.

Ses propres mots le firent ricaner.

Kevlar fronça les sourcils. L'homme n'était pas totalement déplacé, mais l'allusion sexuelle était flagrante. Ce n'était pas poli de parler d'un client à un autre, et ce type ne le connaissait même pas.

— Je suppose qu'en tant que SEAL, vous êtes habitué à ce que les femmes se jettent sur vous, poursuivit-il. Vous allez devoir travailler un peu pour mettre celle-là au pas, j'imagine.

D'accord, il en savait *peut-être* un peu plus sur lui. Kevlar se creusa la tête pour essayer de se rappeler s'il avait dit quelque chose à propos de son statut de SEAL dans leurs échanges, mais il ne trouva rien. D'un autre côté, c'était Bertie qui avait organisé ce voyage au départ, il était donc possible qu'elle l'ait informé qu'en tant que Navy SEAL, il apporterait son propre équipement.

— Elle est venue seule, reprit le capitaine. Pas de petit ami. Comme vous, elle était censée venir avec quelqu'un, mais elle a envoyé un email la semaine dernière pour informer qu'il n'y aurait qu'elle.

L'homme sourit avant d'ajouter :

— Donc si tous les deux vous voulez... vous savez... n'hésitez pas. Je garderai le dos tourné et je m'occuperai de mes affaires.

Ce type était dégoûtant. Kevlar avait remarqué la petite caméra braquée sur les sièges à l'arrière du bateau. Il n'allait pas faire l'amour avec la belle inconnue assise au soleil, pas plus qu'il ne l'aurait fait avec Bertie.

— Pas cool, mon vieux, commenta Kevlar dans un grognement sourd. Vous êtes pervers à ce point avec tous vos clients ?

Percevant clairement le dégoût dans la remarque de Kevlar, l'homme se redressa, et lorsqu'il répondit, il n'y avait plus aucun sous-entendu dans le ton de sa voix.

— Non, désolé. Bien sûr que non. Je pensais juste que...

Il s'interrompit.

— Vous pensiez quoi ? demanda Kevlar, de plus en plus irrité par cet homme chaque fois qu'il ouvrait la bouche.

— Rien. Vous avez raison. C'était grossier et déplacé, répondit le capitaine d'un air bienveillant.

Kevlar se dit que ce connard ne faisait que le brosser dans le sens du poil, mais il fit de son mieux pour se calmer.

— Quel est le programme pour aujourd'hui ? lui demanda-t-il pour changer de sujet et détourner son attention de la femme qu'il ne parvenait pas à ignorer.

Il préférait discuter des détails de leur excursion, afin de savoir combien de temps il aurait sous l'eau. Il avait l'intention de passer chaque minute à plonger.

— Il nous reste encore une demi-heure avant d'arriver au premier spot. Je l'ai découvert l'année dernière, et le mieux, c'est qu'aucun autre bateau de tourisme ne l'a encore trouvé. Nous serons donc seuls. Il y a une tonne de tortues de mer par ici, et au fond, le corail est intact. Il y aura beaucoup de faune et de flore à observer, et les poissons abondent.

Kevlar acquiesça. Cela lui paraissait formidable.

— Nous resterons là pendant environ une heure, puis nous

changerons d'endroit. Pendant que vous serez tous les deux dans l'eau, je préparerai le déjeuner. Quand vous aurez fini de plonger, vous pourrez remonter et manger des tacos. J'ai de la bière ou des margaritas pour accompagner le tout. Ensuite, nous rentrerons.

— Ça m'a l'air bien, lui dit Kevlar.

Il ne toucherait pas à l'alcool à bord d'un bateau, mais les tacos feraient sans doute un repas fantastique après la plongée. Le capitaine continua ses explications concernant les conditions météorologiques et les types de poissons qu'il pourrait voir, mais l'attention de Kevlar fut à nouveau attirée par la femme assise sur le pont.

Ses cheveux étaient attachés en chignon sur sa nuque, mais des mèches s'étaient échappées et virevoltaient frénétiquement autour de sa tête au gré du vent. Sur la jetée, les mèches lui semblaient brunes, mais au soleil, leurs reflets roux étaient plus prononcés. Ses lèvres étaient charnues et pulpeuses, et même si elle n'avait pas enlevé sa tunique, Kevlar pouvait voir qu'elle avait des courbes prononcées. Exactement le genre de femme qui lui plaisait.

Bertie était fière de rester mince. Trop mince au goût de Kevlar, mais il ne lui avait jamais rien dit. Même lui savait qu'il ne fallait pas faire de commentaires sur le poids d'une femme, quel qu'il soit. Mais il ne pouvait s'empêcher de se demander à quoi ressemblerait cette femme, Remi, lorsqu'elle enlèverait sa tunique.

Il avait conscience que c'était ridicule. Il ne savait rien d'elle. Elle pouvait très bien être une mégère, une vraie emmerdeuse, ce qui expliquerait qu'elle soit ici toute seule. Peut-être que personne ne voulait venir avec elle parce que c'était une conne.

Mais... il ne le pensait pas.

Lorsqu'il s'était présenté, elle lui avait souri d'une manière si douce que ça l'avait touché en plein cœur. Il ne savait pas pourquoi. Beaucoup de femmes lui souriaient, mais il ne ressentait rien. En lui serrant la main, son regard avait quitté le sien, mais elle avait levé les yeux vers lui l'instant d'après, comme si elle était autant attirée par lui qu'il l'était par elle.

Ce qui était stupide. Pas vrai ? Il venait de sortir d'une relation d'un an et ne cherchait pas à rebondir.

Kevlar se passa une main dans les cheveux et se tourna à nouveau vers l'océan. Il devait se ressaisir. Il n'était pas ici pour se laisser aller à un flirt de vacances, et même s'il le voulait, rien n'indiquait que Remi serait d'accord. Non pas qu'il irait dans ce sens, d'ailleurs. Il voulait plus qu'une aventure d'un soir avec une femme. Le sexe sans lendemain n'était pas l'idée qu'il se faisait d'un bon moment.

Malgré tout, il ne pouvait nier qu'il était attiré par la femme qui partageait le bateau avec lui, même si rien ne pouvait en résulter. Comme Bertie l'avait prouvé, il ne pouvait même pas gérer une relation avec une femme qui vivait dans la même ville. Il était si souvent absent.

Prenant une profonde inspiration, Kevlar décida que la meilleure chose à faire était de garder ses distances. Non pas parce qu'il ne l'appréciait pas, mais parce qu'il l'appréciait *trop*, même s'il ne savait rien de cette femme.

Ce lien qu'il ressentait n'avait aucun sens. Il ferait ce qu'il était venu faire ici, de la plongée sous-marine, rien de plus. Le lendemain, il rendrait visite à Baker et sa femme, puis retournerait à sa vie en Californie.

En rentrant chez lui, il ne lui resterait probablement pas plus d'un mois ou deux avant sa prochaine mission, et il devait se concentrer sur celle-ci. En tant que chef d'équipe, il avait beaucoup de responsabilités à assumer : envers son pays, envers les civils qui risquaient de se retrouver en plein danger, et envers son équipe. De toute évidence, il n'avait pas le temps de s'engager dans une relation.

Malgré ces pensées qui se bousculaient dans sa tête, Kevlar ne put s'empêcher de se retourner pour regarder Remi du coin de l'œil. Elle avait pivoté sur le banc pour poser un pied sur le coussin, et sa tunique avait glissé, dévoilant une cuisse pâle et galbée.

Kevlar pinça les lèvres en déglutissant, et fit de son mieux pour penser à autre chose qu'à son envie de passer sa main le long de cette jambe pour vérifier par lui-même si elle était aussi douce qu'elle en avait l'air.

Cette excursion était censée être relaxante, mais il avait le sentiment que ce ne serait pas du tout le cas. Mais c'était un SEAL. *Le seul jour facile était hier*, et il avait traversé la *Semaine de l'Enfer*. Il pouvait bien survivre à quelques heures d'excursion. Sans problème.

4

Remi leva la tête, retira le tuba de sa bouche, puis respira profondément. Même si elle adorait faire de la plongée libre, elle n'aimait pas serrer le plastique entre ses dents et respirer à travers un tube.

Elle avait suivi une tortue de mer, enchantée et impressionnée par ses mouvements fluides et par le fait que l'animal ne semblait même pas l'avoir remarquée. Après avoir suivi la tortue pendant ce qui lui semblait être des kilomètres, mais qui n'était probablement qu'une centaine de mètres, elle était contente d'être sortie de sa zone de confort et d'être venue seule à Hawaï. Rien que cette activité en valait la peine.

L'homme qu'elle convoitait – et qui l'embarrassait tant il était difficile de ne pas le regarder pendant qu'il enfilait sa combinaison et son équipement de plongée – s'était glissé dans l'eau comme s'il y était né. En une fraction de seconde, il avait disparu sous l'eau et était parti à l'aventure.

Il l'avait laissé seule sur le bateau avec le capitaine, et elle n'aimait pas du tout la façon dont ce dernier l'avait regardée lorsqu'elle avait retiré sa tunique pour enfiler la combinaison

38

de plongée bon marché fournie par le loueur de bateaux, ainsi que le masque et les palmes. Elle avait rapidement suivi l'exemple de Vincent et s'était glissée dans l'eau, bien décidée à s'amuser et à voir des tortues.

Sous l'eau, le spectacle était magnifique, à la hauteur de ce qu'elle espérait. Le capitaine n'avait pas menti, cet endroit regorgeait de faune et de flore. Les poissons étaient variés et colorés, mais c'étaient les tortues qui la ravissaient le plus.

Chassant l'eau de ses yeux, Remi chercha le bateau autour d'elle. Elle avait soif, elle était fatiguée, et elle aurait bien aimé manger un des tacos que le capitaine lui avait promis.

À sa grande surprise, elle ne vit que de l'eau.

En fronçant les sourcils, elle se tourna dans l'autre sens et aperçut au loin – très, *très* loin – la silhouette de Diamond Head, ce qu'elle pensait être le volcan éteint de la côte d'Oahu.

— Oh, merde, marmonna-t-elle avec incrédulité.

Elle avait raté le bateau ! Ou était-il parti sans elle ?

De toute façon, elle était foutue.

Remi avait envie de rire. C'était tout à fait typique du genre de choses qui pouvait lui arriver. Chez elle, elle n'était jamais à l'heure. Marley se plaignait toujours de la voir arriver en retard lorsqu'elles sortaient. Cela pouvait aller de quelques minutes à une heure ou plus. Non pas que Remi *voulait* être en retard, elle était simplement prise par son travail et perdait la notion du temps. Un peu comme elle venait de le faire avec la tortue.

Étonnamment, elle ne paniquait pas. Elle ne savait pas pourquoi. Peut-être parce qu'elle réfléchissait déjà à la manière d'utiliser cette situation ridicule dans l'une de ses prochaines bandes dessinées. C'était en dessinant qu'elle faisait face à la plupart des évènements dans sa vie. Lorsqu'elle était triste, cela transparaissait toujours chez ses personnages. Si quelqu'un l'énervait, il apparaissait dans une bande dessinée en train de faire quelque chose de stupide ou d'embarrassant. C'était cathartique pour elle, et le fait d'être abandonnée au milieu de l'océan lors d'une excursion de plongée devait absolument être immortalisé dans une bande dessinée.

Un bruit derrière elle lui fit pousser un cri d'effroi et tourner rapidement sur elle-même. Elle imaginait une énorme baleine bleue se jetant sur elle, la gueule ouverte, prête à l'avaler. Ou un grand requin blanc s'approchant d'elle. Ou encore la tortue qui l'avait distraite se moquant de sa situation.

Pendant un instant, Remi pensa sérieusement qu'elle allait faire une crise cardiaque et se retrouver face à face avec un monstre marin des profondeurs. Une tête noire apparut, avec d'énormes yeux d'insecte. Il fallut un moment à son cerveau pour comprendre ce qu'elle voyait. Ce n'était pas une créature marine, mais un homme. Un homme très particulier.

Remi éprouva un immense soulagement. Sa première pensée fut : *Dieu merci, je ne suis pas seule.* La seconde fut... *oh merde.* Dans la meilleure des situations, elle n'aimait pas faire la conversation. Alors au milieu de l'océan, abandonnés par le bateau qui les avait amenés là... c'était pire encore.

D'un autre côté, la conversation n'était pas vraiment ce qui importait dans ce cas de figure, alors peut-être que ça ne changeait rien.

Vincent souleva son masque et retira le détendeur de sa bouche. Il avait les sourcils froncés et les lèvres tombantes. Mais même avec cet air inquiétant, cet homme était magnifique.

Il était absolument magnifique, en fait... et pendant une seconde, Remi se perdit dans un rêve éveillé dans lequel il la regarderait, tomberait follement amoureux, puis ils s'enfuiraient, se marieraient et auraient de beaux bébés ensemble. Elle pouffa de rire, il la regarda avec surprise, et tous ses rêves s'effacèrent.

Pourquoi cet homme s'intéresserait-il à elle ? Elle avait les cheveux crépus, trop de poids pour être considérée comme attirante selon les normes de la société, elle était extrêmement introvertie, et avait tendance à dire les choses les plus inappropriées au pire moment. Et... elle riait aux éclats.

— Où est le bateau ? demanda Vincent d'un ton bourru, la ramenant d'un coup au moment présent.

— Parti, répondit-elle avec un petit haussement d'épaules.

— Merde.

Remi ne put s'empêcher de rire à nouveau.

— Je ne suis pas sûr que ce soit drôle, lui dit Vincent en haussant un sourcil dans sa direction.

— Non, convint Remi. Mais d'un autre côté, ça l'est un peu. C'est vrai, réfléchissez-y. Quelles étaient les chances pour que ça arrive ? Ce n'est pas comme s'il avait pu accidentellement mal compter avant de partir. Il n'y avait que nous deux. C'est si difficile de compter jusqu'à deux ?

À la grande surprise de Remi, Vincent sembla réfléchir à la question.

— J'aurais dû le voir venir, déclara-t-il au bout d'un moment.

Remi était intriguée.

— Pourquoi ? Vous pouvez voir l'avenir ? Vous pouvez lire dans les pensées ?

Cette fois, Vincent gloussa, et aussi déplacé que cela puisse être, Remi sentit ses tétons se durcir. Comment pouvait-elle penser à autre chose qu'à la façon dont ils allaient regagner la terre ferme ?

— Mon ex n'était pas contente que je décide de faire ce voyage sans elle.

Les yeux de Remi s'écarquillèrent.

— Vous aussi ? s'exclama-t-elle.

Il la regarda fixement comme si elle était la seule personne sur la planète. Comme s'ils n'étaient pas en train de faire du sur-place au milieu de l'océan, et qu'ils allaient probablement mourir si le capitaine ne revenait pas.

— Oui, répondit Vincent au bout d'un moment.

— C'est une drôle de coïncidence, commenta Remi en secouant la tête.

— Lorsque Bertie et moi avons rompu, elle voulait que je transfère les réservations à son nom pour qu'elle puisse venir ici avec l'une de ses amies, expliqua Vincent.

— Quand j'ai refusé de l'emmener avec moi, Pignouf a voulu que je lui donne la moitié de l'argent dépensé pour ce voyage, même s'il n'a rien payé du tout, dit Remi avec ironie.

Les lèvres de Vincent tressaillirent.

— Quand j'ai dit à Bertie que j'allais partir à Hawaï sans elle, je jurerais avoir vu du feu jaillir du sommet de sa tête.

— Lorsque j'ai dépeint Pignouf comme un connard avide d'argent dans ma dernière bande dessinée, il a menacé de me poursuivre en justice pour diffamation, alors que je n'avais pas utilisé son nom, et qu'il n'y avait aucune ressemblance avec lui.

Vincent pencha la tête, et Remi eut la nette impression qu'il s'était rapproché de l'endroit où elle faisait du sur-place.

— Bande dessinée ?

Remi était fière de sa petite bande dessinée. Elle travaillait dur pour trouver des histoires drôles et créatives chaque semaine, et elle était bien payée pour cela. Mais elle n'arrivait toujours pas à croire que son penchant pour le gribouillage avait débouché sur une véritable carrière, et qu'elle gagnait sa vie en faisant ce qu'elle aimait.

— J'ai une bande dessinée hebdomadaire publiée en ligne, sur environ cent quarante sites internet différents. Et je viens de signer un contrat pour que quelqu'un transforme mes dessins en clips pour TikTok. Le premier a été mis en ligne il y a environ une semaine et compte déjà deux millions de vues.

Elle ne se vantait pas vraiment. C'était encore un peu difficile à croire, mais elle était fière et ravie de pouvoir divertir autant de gens avec ses dessins.

— Comment ça s'appelle ?

— Ne devrions-nous pas essayer de trouver un moyen de regagner la côte ? suggéra-t-elle.

— Probablement, répondit Vincent en la regardant comme s'il s'y attendait.

L'attention qu'il lui portait était captivante. La plupart des gens *passaient* devant elle quand ils se donnaient la peine de regarder dans sa direction. Elle n'était pas vraiment grande, blonde et plantureuse. Avoir toute l'attention de cet homme la faisait vibrer à des endroits qu'elle n'avait pas connus depuis très longtemps.

— Je suis sûre que vous n'en avez jamais entendu parler.

— Faites-moi plaisir, lui ordonna-t-il.

Et il n'y avait aucune ambiguïté sur le fait que c'était un ordre. Pendant une fraction de seconde, Remi se demanda ce qu'il ferait si elle refusait. Elle décida de ne pas insister.

— Pecky le Taco voyageur, lui dit-elle, un brin provocatrice.

Elle avait eu droit à toutes les réactions possibles et imaginables en annonçant le nom de sa bande dessinée. Rires, incrédulité, roulements d'yeux, remarques condescendantes... tout y était passé. Elle était donc prête à affronter n'importe quoi de la part de Vincent – sauf ce qu'elle reçut.

— Vous *plaisantez* ? Vous vous moquez de moi, c'est ça ? l'interrogea-t-il, les yeux écarquillés.

— Non. Je sais que c'est idiot, mais les tacos font partie de mes plats préférés. Un jour, j'avais onze ans et je mangeais au restaurant avec mes grands-parents. Ils m'ont emmenée dans un restaurant de tacos près de chez eux, et je me suis évadée dans ma tête en imaginant mon tacos se lever, se promener dans la pièce, et décider de partir à l'aventure pour rencontrer des gens.

Remi s'arrêta de parler et pinça les lèvres. Zut, elle n'avait pas l'intention de révéler cette partie de l'histoire. D'habitude, lorsqu'elle racontait aux autres comment elle avait trouvé le nom et l'idée de sa bande dessinée, elle restait vague. Mais pour une raison ou une autre, peut-être à cause de la situation, elle venait de raconter la vraie histoire à Vincent.

— C'est l'une de mes bandes dessinées préférées ! Mes amis et moi en parlons tout le temps.

Remi roula des yeux.

— Peu importe, déclara-t-elle en tournant la tête et en regardant en direction du continent.

Elle détestait qu'on la traite avec condescendance concernant son travail. Elle ne rencontrait pas beaucoup de gens qui avaient entendu parler de Pecky, mais il y en avait suffisamment qui n'avaient pas une haute opinion de ce qu'elle faisait pour gagner sa vie. Ce n'était peut-être qu'une bande dessinée, mais elle l'aimait.

— Ma préférée est celle où Pecky et son amie, Torty la tortilla, décident d'aller dans un parc d'attractions, et pendant qu'ils sont sur les montagnes russes, sa laitue s'envole, aspergeant toutes les personnes dans les wagons derrière eux, et ils doivent demander aux employés du parc de trouver toutes ses parties manquantes, et tout le monde crie quand ils le voient "nu", lui avoua Vincent.

Remi se retourna vers lui. Cette fois, c'était *elle* qui écarquillait les yeux.

— Vous avez vraiment vu ce que je faisais ? s'enquit-elle, stupéfaite.

— Vu et approuvé, la rassura Vincent.

Puis il la surprit de plus belle en lui tendant la main au-dessus de l'eau.

— Je sais que je me suis présenté tout à l'heure, mais au cas où vous l'auriez oublié, je m'appelle Vincent. Vincent Hill. Mes amis m'appellent Kevlar.

Elle se retint de ricaner à nouveau, de justesse. Comme si elle avait oublié son prénom. Non, il était gravé dans son cerveau. Mais elle était impressionnée par ses manières. Même si elles étaient ridicules, car ils se trouvaient au milieu de l'océan après avoir été abandonnés par l'homme qu'ils avaient engagé pour s'occuper d'eux toute la journée.

Remi lui tendit la main en retour. Elle saisit la sienne et répéta :

— Je suis Remi. Remi Stephenson. Mes amis m'appellent Remi.

Sa réponse taquine fit sourire Vincent, et la sensation de sa main dans la sienne fit jaillir des étincelles du bout de ses doigts jusqu'à ses orteils... et partout entre les deux.

À sa grande surprise, il tira sur sa main jusqu'à ce qu'ils soient presque poitrine contre poitrine. Ses pieds recouverts de palmes frôlèrent les siens.

— Vous allez bien, Remi ? demanda-t-il sérieusement.

Elle fronça les sourcils.

— Oui, pourquoi ? Et vous ?

— Je vais bien. Mais bizarrement, vous ne paniquez pas.

— À quoi ça servirait ? demanda-t-elle franchement.

— Eh bien, à rien, mais en général, on ne se pose pas la question dans des cas comme celui-ci.

— Vous vous retrouvez souvent au milieu de l'océan ? plaisanta-t-elle.

Ses lèvres tressaillirent à nouveau. À vrai dire, elle n'essayait pas d'être drôle, mais s'il trouvait qu'elle l'était, elle l'acceptait volontiers.

— Honnêtement ? Pas dans cette situation précise, mais dans d'autres du même genre, oui.

Remi ne put s'empêcher d'être intriguée.

— Vraiment ?

Vincent laissa échapper un léger soupir.

— Je suis un Navy SEAL.

— Bien sûr, fit-elle en levant les yeux au ciel.

Elle aurait dû s'en douter. Elle avait vu son corps. Il n'y avait pas un gramme de graisse. Et il était arrivé avec son propre équipement de plongée. Elle pouvait tout à fait l'imaginer en soldat des forces spéciales au caractère bien trempé. Ou en marin. Peu importe.

Elle était tout à fait consciente qu'il n'avait pas lâché sa main, mais elle n'était pas pressée de lâcher la sienne non plus. En réalité, plus ils restaient ici, plus elle s'inquiétait. Elle était bonne nageuse, mais il lui était impossible de nager jusqu'à l'île.

— C'est vrai, insista Vincent. Je suis en congé en ce moment, comme vous pouvez le deviner. Ces vacances avaient déjà été planifiées et programmées, alors mon commandant m'a encouragé à y aller. Vous savez... pour me détendre.

Remi pouffa de rire.

— Pour ce qui est de la détente, c'est réussi !

Il lui rendit son sourire.

— En quelque sorte. Quoi qu'il en soit, j'ai eu mon lot de sauvetages dans la jungle, de libération d'otages, sans parler d'opérations secrètes dans le monde entier. Alors, croyez-moi quand je vous dis que vous ne réagissez pas comme le feraient la plupart des gens qui se trouveraient dans votre situation.

Remi soupira à son tour.

— Je sais... je suis bizarre.

On l'avait décrite ainsi plus d'une fois dans sa vie.

— Non, vous êtes parfaite, lui dit gentiment Vincent.

* * *

Kevlar dévisagea la femme qui flottait dans les vagues devant lui. Plus tôt, sur le bateau, il avait décidé de ne pas se rapprocher de Remi. Il avait essayé de se convaincre qu'il n'était pas intéressé. Mais la déception qu'il avait ressentie après s'être forcé à quitter le navire avant qu'elle enlève sa tunique avait mijoté en lui tout au long de sa plongée sous-marine.

Était-elle aussi plantureuse qu'il l'imaginait ? Avait-elle un de ces adorables petits ventres qui l'avaient toujours rendu fou de désir chez d'autres femmes par le passé ? Son maillot de bain remontait-il sur ses cuisses, ou était-il plus classique ? Il lui avait fallu une volonté extrême pour ne plus penser à son apparence et se concentrer sur les poissons et les tortues qui nageaient autour de lui.

En remontant à la surface, ne voyant aucun signe du bateau, sa première pensée avait été : *oh merde*. Mais il s'était tout de suite douté de ce qui avait pu se passer. Bertie l'avait menacé de le lui faire regretter s'il ne la laissait pas partir à Hawaï à sa place. D'une manière ou d'une autre, elle avait dû s'arranger pour qu'il se retrouve ici, au milieu de l'océan. Elle avait payé le capitaine du bateau, ou quelque chose comme ça. Elle devait sans doute penser que c'était une punition parfaite pour un SEAL, un homme plus à l'aise que la plupart des autres dans l'eau. Il n'était pas juste que Remi soit entraînée dans ce complot malveillant.

Il devrait être en train de réfléchir à une manière de rejoindre la rive, mais au lieu de cela, il était complètement concentré sur la femme en face de lui. Elle ne réagissait pas comme il s'y attendait. À quoi que ce soit. Qu'il s'agisse de leur situation actuelle, ou du fait qu'il lui ait avoué son statut de SEAL. Il savait qu'elle l'intriguait, et c'était pour cette raison qu'il était resté à l'écart. Mais à cet instant, sa volonté lui était complètement inutile, étant donné qu'ils étaient bloqués ensemble.

Maintenant, il voulait tout savoir sur elle. Même dans cette situation dangereuse, il ne pouvait s'empêcher de la toucher, de lui poser des questions.

Il se sentait déjà attiré par elle physiquement, mais maintenant qu'il savait qu'elle n'était pas du genre à devenir hystérique quand les choses n'allaient pas dans son sens, *et* qu'elle était l'artiste talentueuse et le cerveau de Pecky le Taco voyageur, la bande dessinée que lui et tous ses coéquipiers adoraient, il était pratiquement fichu.

— Je ne suis pas parfaite, dit-elle en réponse à son commentaire.

Il lui tenait toujours la main, et Kevlar était ravi qu'elle ne l'ait pas lâchée.

— Prouvez-le, lui demanda-t-il.

— Quoi ?

Il répéta :

— Prouvez-le. Révélez-moi quelque chose qui n'est pas parfait chez vous.

— Ah. Combien de temps vous reste-t-il ? répliqua-t-elle.

Faisant mine de regarder autour de lui, Kevlar haussa les épaules.

— Je pense que nous avons un peu de temps.

— Nous ne devrions pas faire quelque chose ? lui demanda-t-elle. Je ne sais pas, nager vers le rivage, par exemple ?

— Pouvez-vous parcourir à la nage les douze kilomètres, à peu de chose près, qui nous séparent d'Oahu ?

— Et *vous*, vous en êtes capable ? s'enquit-elle immédiatement.

— Oui, répondit-il sans hésiter.

— Évidemment, marmonna-t-elle.

— Allez, Remi, dites-moi quelque chose que vous ne trouvez pas parfait chez vous. Nous partagerons nos informations à tour de rôle.

— Très bien. Ma grand-mère peut péter sur commande. Elle est très fière de péter aux moments les plus inopportuns.

Kevlar éclata de rire.

— Ce n'est pas quelque chose à propos de vous, mais d'accord, je mords à l'hameçon. Sérieusement ?

— Oui, répondit Remi avec un sourire. À vous de jouer. Pourquoi vous surnomme-t-on Kevlar ?

— C'était au début de ma carrière, ma première mission en tant que SEAL. Nous étions coincés, entourés de tangos... euh... d'ennemis. Ce n'était pas bon. Nous étions foutus, en gros. J'ai regardé autour de moi et j'ai vu la même expression sur le visage de tous mes coéquipiers : la résignation. Personne n'allait abandonner, ce n'est pas dans notre ADN, mais je me suis énervé. J'étais *furieux*. C'était ma première mission, et je ne voulais pas mourir avant même d'avoir eu la chance de découvrir tout ce que c'était que d'être un SEAL.

— Qu'est-ce que vous avez fait ? demanda Remi, les yeux écarquillés.

Elle était suspendue à ses lèvres, et cela lui faisait du bien. C'était vraiment agréable.

— Quelque chose de stupide, répondit Kevlar avec un petit éclat de rire. Il y avait un camion garé non loin de l'endroit où nous étions coincés. Le moteur tournait toujours. Je me suis dit que je n'avais qu'une seule chance d'atteindre ce camion, de le faire exploser, et de détourner l'attention pour que mon équipe puisse se tirer de là... alors je l'ai saisie. J'ai crié *couvrez-moi* et je suis parti avant que mon chef d'équipe puisse se demander ce que je faisais. J'ai senti les balles me frôler, mais je ne me suis pas arrêté. Je ne me souviens plus très bien de ce qui s'est passé ensuite, mais apparemment je suis arrivé au camion et j'ai réussi à mettre un chiffon dans le réservoir d'essence et à faire exploser ce truc en mille morceaux.

— La vache ! souffla Remi.

— Oui, mais ne croyez pas que j'ai reçu toutes sortes d'accolades pour cela. En fait, on m'a réprimandé.

— Comment ça ? Pourquoi ?

Elle semblait offensée en son nom, ce qui réchauffa à nouveau le cœur de Kevlar.

— Parce que j'ai agi comme un idiot.

— Mais vous avez sauvé votre équipe, n'est-ce pas ?

— Si j'avais attendu une minute de plus, les renforts que mon chef d'équipe avait demandés par radio seraient arrivés.

— D'accord, mais je ne comprends toujours pas pourquoi l'on vous surnomme Kevlar.

— Parce que je n'ai été touché par aucune des balles qui volaient autour de moi quand j'ai couru vers ce camion. C'était comme si mon corps était fait de kevlar, comme si elles rebondissaient sur moi, ou quelque chose comme ça. Le nom m'est resté.

— Waouh. OK, c'est impressionnant.

Kevlar ricana.

— Croyez-moi, je ne prends plus ce genre de risques, et je serais furieux si l'un des gars de mon équipe le faisait. Ils savent que je respecte les règles et ils me font confiance pour cette raison précise.

— Vous avez l'air proche d'eux.

— Je le suis. Ce sont mes frères, peu importe ce qui peut arriver. Je mettrais ma vie entre leurs mains.

— C'est génial.

— Oui.

— Puis-je vous demander où vous êtes cantonné ? Ici, à Hawaï ? Il y a des SEALs ici, non ?

— Oui, mais je suis basé en Californie pour le moment.

Remi cligna des yeux.

— Vraiment ?

— Oui, pourquoi ?

— Je vis aussi en Californie.

Le cœur de Kevlar se mit à battre un peu plus fort.

— Je suis à Riverton. Dans quel coin êtes-vous ?

— San Diego, répondit-elle doucement avec un petit sourire. Juste à côté.

Kevlar ferma les yeux un instant. Il était submergé par...

La gratitude ? La reconnaissance ? Un sentiment de justice ? Il s'était convaincu qu'il ne pouvait rien tenter avec cette femme malgré son attirance instantanée pour elle parce qu'il ne voulait pas d'une aventure et qu'une relation à distance ne fonctionnerait pas. Pourtant... elle vivait pratiquement dans son jardin.

Le destin était une drôle de chose.

Il ouvrit les yeux.

— Juste à côté, répéta-t-il en serrant la main qu'il tenait toujours.

— Alors... si vous pouviez manger n'importe quoi en ce moment, qu'est-ce que vous choisiriez ? demanda Remi.

Kevlar fut surpris par le brusque changement de sujet et ne répondit pas tout de suite. Il était encore bloqué sur le fait qu'il aurait peut-être l'occasion de mieux connaître cette femme une fois qu'ils seraient rentrés chez eux. Et il ne doutait pas qu'ils *allaient* rentrer. Ils n'allaient pas mourir ici, au milieu de l'océan, peu importe qui avait décidé que ça se passerait comme ça.

Les joues de Remi rougirent.

— Excusez-moi. Ne tenez pas compte de ce que je viens de dire. Je suis maladroite dans les meilleures situations sociales, ce qui n'est pas le cas ici. Il faut qu'on réfléchisse à ce qu'on va faire. Vous croyez que ce type va revenir nous chercher ?

— Des cookies de scouts, dit Kevlar.

Il aurait dû rassurer Remi en lui disant qu'ils regagneraient le rivage, mais tenir la main de cette femme, nager sur place et apprendre à la connaître était plus important pour l'instant.

— Vraiment ? Ils ne sont pas saisonniers ? demanda Remi.

— Pour la plupart des gens, oui. Mais quand je suis chez moi, je suis bénévole dans une troupe féminine de scouts. Je leur enseigne des choses... comme faire des nœuds, naviguer, les règles de sécurité dans l'eau, et je les emmène camper. En échange, je suis payé en biscuits.

Il sourit devant l'air surpris de Remi.

— Je parie que vous êtes très doué avec elles, dit-elle d'une voix sincère.

— Elles sont géniales, déclara Kevlar en haussant les épaules. Leur curiosité est inépuisable, et c'est amusant de les voir s'enthousiasmer pour les choses que je peux leur apprendre.

— Je n'ai jamais fait de camping, commenta Remi.

— Désolé pour vous, dit Kevlar.

Elle haussa les épaules à son tour.

— Mes parents sont riches. D'habitude, ce n'est pas quelque chose que je dis aux hommes que je viens de rencontrer, mais je pense que cette situation n'est pas tout à fait normale. Quand j'étais petite, nous ne prenions pas le temps d'aller camper, ou de faire n'importe quelle activité salissante... au grand dam de ma grand-mère. Elle disait toujours à mes parents que je devais courir partout, m'attirer des ennuis et jouer dans la boue. Mais ils n'étaient pas d'accord.

— Votre grand-mère avait raison.

— Elle aime aussi voler des paquets de chewing-gum au supermarché local, alors je pense que mes parents avaient peut-être une raison d'ignorer ses leçons de vie.

Kevlar éclata de rire.

— Je veux rencontrer votre grand-mère, dit-il.

— Elle vous adorerait, lui répondit Remi en souriant. Et

avant que vous ne pensiez trop de mal d'elle, sachez que le gérant sait ce qu'elle fait, mais il ne dit rien parce qu'elle donne aussi de très bons pourboires chaque fois qu'elle y va. Personnellement, je trouve ça bizarre qu'il y ait des pots à pourboires partout de nos jours, mais peu importe. À vous de jouer. Dites-moi quelque chose d'autre sur vous.

Kevlar se creusa la tête pour trouver quelque chose d'intéressant à lui dire.

— Je suis allergique aux fruits de mer, avoua-t-il en haussant les épaules.

Ce n'était pas très excitant, mais c'était tout ce qui lui venait à l'esprit pour le moment.

Remi le regarda fixement pendant une minute, puis elle sourit.

— Quoi ?

— C'est juste que... vous êtes là, entouré d'eau, il n'y a que des fruits de mer à manger à des kilomètres à la ronde... et vous ne pouvez pas en manger.

— Nous n'aurons pas à manger de poisson, ni *aucune autre* créature nageant autour de nous.

Remi fronça les sourcils.

— Vous n'en savez rien. Et je ne suis pas vraiment prête à abandonner ni à mourir.

— Nous n'allons pas mourir, la rassura Kevlar.

Elle pencha la tête et le dévisagea un instant.

— Qu'est-ce que vous me cachez ? Qu'est-ce que vous savez que je ne sais pas ?

Kevlar haussa les épaules.

— Vous allez probablement trouver cela tordu, la prévint-il.

— Si ça nous permet de sortir de l'eau, d'avoir un taco dans une main, l'un de ces superbes cocktails Lava Flow dans l'autre, et de me retrouver au sec dans un lit, il y a peu de chances que je trouve cela tordu.

Kevlar ne put s'empêcher de l'imaginer s'allongeant sur un lit... de préférence avec lui. Mais ce n'était ni le moment ni l'endroit pour ce genre de pensées.

— Bon, dans ce cas... comme vous le savez, je suis un SEAL. J'ai des amis qui ont des relations. L'un d'entre eux est un ancien SEAL qui s'est mis en tête de protéger les autres. C'est un traqueur solitaire... et je dis ça dans le bon sens du terme. Il a fabriqué des traceurs. Mon équipe les porte en mission. C'est rassurant de savoir que si nous sommes faits prisonniers, ce type saura où nous sommes et enverra la cavalerie pour nous sortir de là. Bref, la combinaison que je porte... est celle que je porte en mission. J'ai oublié que j'avais encore un de ces traceurs dans la poche. Je l'ai activé à la seconde où j'ai réalisé qu'on nous avait abandonnés ici.

— Attendez une minute... êtes-vous en train de me dire qu'il y a un type quelque part là-bas qui remarquera que vous êtes en plein océan et qui préviendra quelqu'un pour venir vous chercher ? demanda-t-elle en faisant un geste vers Oahu avec sa main libre.

— C'est ce que j'espère, lui répondit Kevlar.

— Comment saura-t-il que c'est vous, et que vous n'êtes pas sur un bateau ou quelque chose comme ça ? Qui va-t-il contacter ? Il va venir lui-même ?

Kevlar s'esclaffa devant son avalanche de questions.

— Chaque traceur a son propre code. Celui que j'ai est associé à un numéro qui m'est propre. Il pourrait penser que je suis sur un bateau et que je l'ai activé accidentellement, ou juste au cas où. Mais il posera des questions pour s'en assurer. C'est son boulot. Il a des contacts à Oahu, et non, il ne viendra pas lui-même.

— Quelqu'un va vraiment venir nous chercher ? demanda Remi à voix basse.

— Oui, affirma Kevlar avec conviction.

Remi ferma les yeux, et pour la première fois, Kevlar put voir à quel point elle était stressée. Ses plaisanteries et la collecte d'informations étaient un moyen pour elle de faire face à la situation. Il fronça les sourcils, se disant qu'à l'avenir, il faudrait voir au-delà de son tempérament en apparence détendu. Si elle lui cachait son anxiété, il devrait s'assurer de l'aider à la gérer.

Cette perspective *d'avenir* ne l'effrayait même pas. Maintenant qu'il savait qu'elle ne vivait qu'à quelques kilomètres de lui, il voulait apprendre à la connaître. Il voulait passer plus de temps avec elle.

— Nous devons rester calmes, déclara-t-il. Ils viendront jusqu'à nous.

Remi ouvrit ses yeux noisette et croisa son regard. Lorsqu'elle acquiesça, elle était au bord des larmes, mais elle refusa de les laisser couler. Elle avait *un peu trop* réussi à cacher son inquiétude au goût de Kevlar.

Il lui tira la main sans réfléchir et l'entoura de son bras libre, la serrant contre son torse.

Il ne fallait pas grand-chose pour les maintenir à flot ; il avait toujours eu une très bonne flottabilité, et l'eau salée était un atout supplémentaire. Remi enfouit son visage dans son cou et s'accrocha fermement à lui. Il eut soudain envie de la sentir contre lui sans leurs combinaisons de plongée ; de sentir ses courbes contre son corps lorsqu'ils s'allongeraient ensemble dans le lit après avoir fait l'amour.

— Je suis désolée, marmonna-t-elle contre son épaule.

— À quel sujet ? demanda-t-il.

— De vous avoir mis dans cette situation.

Ses paroles surprirent Kevlar. Il recula légèrement, essayant de la regarder dans les yeux, mais Remi refusa de le regarder en retour.

— De quoi parlez-vous ? s'enquit-il.

Il sentit son soupir plus qu'il ne l'entendit alors qu'ils se balançaient dans la légère houle.

— C'est Pignouf qui a fait ça. Je *sais* que c'est lui.

— Qu'est-ce qu'il a fait ?

— Il s'est arrangé pour que je sois abandonnée au milieu de l'océan. Il a appelé plus d'une fois avant mon voyage. Il m'a juré que je regretterais de ne pas lui avoir donné la moitié des frais du voyage, même s'il n'a rien payé du tout. Nous avions planifié cette excursion à l'avance, et je sais qu'il a convaincu le capitaine de m'abandonner. Il a même *dit* qu'il espérait que je sois abandonnée dans l'océan, comme nous le sommes maintenant. Vous vous êtes juste fait embarquer dans son plan diabolique.

— Bertie m'a menacé aussi, lui révéla Kevlar. Elle a organisé cette excursion sous la contrainte. Elle ne comprenait pas pourquoi je voulais faire de la plongée sous-marine pendant mes vacances, prétextant que je passais déjà beaucoup trop de temps dans l'eau. Pourquoi voudrais-je passer mon temps libre à faire la même chose que lorsque je travaille ? Mais ce n'est pas du tout comme le travail. Je peux prendre mon temps et observer la faune et la flore. Quand je suis en mission, c'est la dernière chose à laquelle je pense. Ça pourrait tout aussi bien être *elle* qui a organisé tout ça, et vous vous êtes fait embarquer dans *son* plan diabolique.

Remi leva les yeux vers lui.

— Pourquoi les gens sont-ils si... horribles ? chuchota-t-elle.

— Je ne sais pas.

— Eh bien, Bertie vous déteste peut-être – ce qui est ridicule ; on ne peut pas détester quelqu'un qui a des fesses aussi belles que les vôtres – mais mon ex pense probablement qu'il touchera des millions de dollars si je finis par mourir.

Son compliment lui fit un bien fou, mais ce fut la dernière information qui le fit cligner des yeux avec incrédulité.

— *Quoi ?*

— Mes parents sont Claire Crown-Stephenson et Fernando Stephenson. Ils ont créé leur propre entreprise lorsqu'ils avaient la vingtaine. Ils étaient déjà riches lorsqu'ils ont été rachetés, il y a quelques années, par un grand fabricant pour un montant de 500 millions de dollars. Et l'offre était plutôt basse.

Remi le regarda fixement, comme si elle s'attendait à ce qu'il se transforme en une sorte de monstre marin.

— Tant mieux pour eux, dit-il au bout d'un moment.

Les lèvres de Remi tressaillirent.

— Ça ne vous dit absolument rien, n'est-ce pas ?

— Non.

— Crown Condoms, lâcha-t-elle sans détour.

— Waouh, fit-il en se rendant compte de la situation.

— Oui.

— Alors... vous êtes une princesse du préservatif. Cool.

Elle s'esclaffa de nouveau, et Kevlar ne put s'empêcher de penser que ce son était le plus adorable qu'il ait jamais entendu.

— C'est tout ce que vous trouvez à dire ? Vincent, je suis l'héritière d'une dynastie de préservatifs. Je vaux des millions. *Plusieurs fois* un million.

— Et *pourquoi* Pignouf pense qu'il va avoir cet argent ? demanda Kevlar, appréciant le son de son vrai prénom sur ses lèvres.

Remi haussa les épaules.

— Il fut un temps où je pensais que nous allions nous marier, et nous avons brièvement parlé de l'inscrire comme bénéficiaire de mes investissements. Je crois qu'il était assez prétentieux et stupide pour croire que je l'avais déjà fait, alors que nous n'étions ni mariés, ni même fiancés. Pour information, *bien sûr* que je ne l'ai pas fait.

— Très bien. Quand nous serons sauvés, nous déterminerons qui est responsable. Pour l'instant, peu importe que ce soit votre ex ou la mienne qui a orchestré cette petite aventure. Tout ce qui compte, c'est de rester calme jusqu'à l'arrivée des Navy SEALs d'Hawaï.

— Vous n'êtes pas vraiment comme je l'imaginais en vous voyant la première fois, admit Remi.

Kevlar sourit.

— J'aime vous maintenir sur vos gardes.

— Ou à la surface, plaisanta Remi.

— Aussi.

— Ça va finir dans une de mes bandes dessinées, lui dit-elle.

Kevlar poussa un cri théâtral.

— Mes coéquipiers seront jaloux de *me* voir dans une bande dessinée de Pecky le Taco voyageur. Je vais leur jeter ça à la figure constamment.

Lorsque Remi éclata de rire et baissa la tête sur son épaule, se blottissant un peu plus contre lui, le cœur de Kevlar se gonfla de tendresse. Il la serra contre lui et laissa échapper un soupir de satisfaction. Cette situation aurait pu être cent fois pire. La météo aurait pu être pourrie, Remi aurait pu être une vraie chieuse, et il aurait pu décider de louer une combinaison de plongée au lieu d'utiliser la sienne.

Quelqu'un allait venir les chercher. Tex allait faire le nécessaire, il n'en doutait pas.

5

Remi n'avait aucune idée du temps qu'ils avaient passé à barboter dans l'océan, mais elle commençait à être fatiguée. Elle avait très soif et se sentait un peu nauséeuse. Elle avait voulu se débarrasser de son masque et de son tuba, mais Vincent avait insisté pour qu'elle les garde... au cas où.

C'était ce *juste au cas où* qui la mettait mal à l'aise à ce moment précis. La seule chose qui l'empêchait de paniquer était la présence apaisante de Vincent. Sa certitude que quelqu'un viendrait les chercher. Mais le soleil commençait à se coucher, et l'idée de se retrouver dans le noir n'était pas très agréable. Elle n'avait jamais eu peur des requins et autres animaux marins auparavant, mais cette situation commençait à la faire changer d'avis.

Elle n'avait jamais été du genre collant non plus, mais elle n'arrivait pas à lâcher Vincent. Ses bras étaient si chauds et rassurants autour d'elle, et il avait prouvé qu'il était plus que capable de les maintenir tous les deux à flot.

Ils avaient parlé de tout, de leurs livres préférés, de ce qu'ils aimaient manger, mais aussi de choses plus sérieuses comme

59

leurs tendances politiques, le terrorisme, et l'état du monde en général. Il était drôle, mais il pouvait également être sérieux et profond.

— Tu entends ça ? demanda-t-il soudain.

Remi sursauta dans ses bras en redressant la tête, car elle était sur le point de s'endormir. Elle suivit son regard jusqu'à l'horizon... et vit ce qui ressemblait à un bateau venant tout droit dans leur direction.

— Bon sang, tu avais raison ! s'exclama-t-elle.

— Tu doutais de moi ? la taquina Vincent.

C'était le cas, mais elle avait trop honte de l'admettre.

— Bien sûr que non. Tu es l'un des Élus, la Fierté.

Il s'esclaffe.

— Ce sont les Marines, ma belle.

— Oui, désolée. La Force Armée ?

— Remi, prévint-il.

Elle pouffa de rire.

— Oh, je sais ! Né pour ça.

— Mais enfin, comment se fait-il que tu connaisses tous les slogans militaires ? s'étonna-t-il en secouant la tête et en souriant.

— J'aime les hommes en uniforme, répondit-elle en plaisantant.

— Le seul jour facile était hier, lui dit-il. C'est la devise des SEALs.

— Ils n'ont pas tort, souligna-t-elle sèchement. Hier, j'étais assise sur la plage, un verre à la main et ma tablette sur les genoux, en train de dessiner Pecky assis sur une plage, un verre à la main.

Elle lui sourit, mais remarqua qu'il avait les yeux rivés sur l'horizon... et les sourcils froncés.

— Vincent ? l'interpela-t-elle nerveusement.

Il tourna son attention vers elle, et l'intensité de son regard lui coupa le souffle.

— Ne panique pas, dit-il fermement.

— Tu sais que me dire cela va me *faire paniquer*, n'est-ce pas ? lui fit-elle remarquer.

— Je ne suis pas sûr que le bateau qui vient vers nous soit celui de mes amis.

— Comment peux-tu le savoir ? Franchement, il est trop loin pour que je puisse voir quoi que ce soit.

— Je le sais, c'est tout. Il faut que tu me fasses confiance.

— Je te fais confiance, déclara immédiatement Remi, sans réfléchir.

Étrangement, elle avait totalement confiance en cet homme. Si elle avait été coincée ici toute seule, elle aurait eu un tas d'ennuis. Mais le fait qu'il soit là, son attitude calme, sa conviction que son ami le retrouverait et lui enverrait de l'aide, était une bouée de sauvetage.

— Nous devons plonger sous l'eau. Si ce sont mes amis, ils s'arrêteront là où nous sommes. Ils auront les coordonnées du traceur. Si ce n'est pas le cas, ils passeront leur chemin, et nous serons fixés.

Remi lut les mots sur ses lèvres, les entendit, mais ils n'avaient aucun sens.

— Je ne sais pas combien de temps je vais pouvoir retenir ma respiration, murmura-t-elle.

— Nous partagerons mon oxygène, la rassura-t-il, comme s'il était question d'aller se promener sur le sable après le dîner.

— Je ne sais pas...

— Je ne laisserai rien t'arriver. Tu sais pourquoi ?

En jetant un coup d'œil au bateau, qui se dirigeait toujours vers eux à vive allure, Remi s'aperçut qu'elle avait du mal à respirer.

Puis Vincent inclina son menton avec le doigt, la poussant doucement à le regarder dans les yeux.

— Tu sais pourquoi ? répéta-t-il.

Remi secoua la tête.

— Parce que je veux rencontrer ta grand-mère. Je veux remercier tes parents d'avoir créé leur entreprise de préservatifs, parce que j'ai utilisé les préservatifs Crown à de nombreuses reprises au fil des années. Je veux partager mes cookies avec toi et te présenter mes scouts. Je veux te regarder travailler sur tes bandes dessinées Pecky. Je veux te présenter à mes coéquipiers. Je veux un avenir – avec *toi*, Remi. Ce n'est pas une coïncidence que nous vivions pratiquement dans la même ville et que nous nous soyons rencontrés à des milliers de kilomètres de distance. Et je ne peux rien avoir de tout cela si je ne te protège pas dès maintenant. Tu comprends ?

Même si quelqu'un l'avait payée, Remi n'aurait pas pu détourner le regard de Vincent. Elle aussi voulait tout cela. Désespérément.

C'était la plus dingue des rencontres. Aucun romancier n'écrirait jamais cela, c'était tellement incroyable. Et pourtant, elle était là, en train de tomber amoureuse d'un Navy SEAL qui venait de lui dire qu'ils devaient aller sous l'eau pour être en sécurité, et qu'il partagerait sa bouteille d'oxygène avec elle.

Elle eut seulement la force de hocher la tête.

— Bien.

Puis Vincent la surprit en plaquant ses lèvres contre les siennes.

Même s'ils avaient peu de chances d'échapper à celui qui semblait déterminé à les voir morts, ses tétons se durcirent et son cœur se resserra. Le baiser était fougueux et désespéré de part et d'autre.

Lorsqu'il redressa la tête, ses pupilles étaient dilatées, et il respirait difficilement pour la première fois depuis qu'elle l'avait rencontré.

— Je veux être avec toi, Remi Stephenson.

Nom d'un chien. Cet homme était *intense*. Et c'était ce qu'elle cherchait.

— Moi aussi, dit-elle simplement.

Vincent sourit. Son regard intense s'estompa, puis il la dévisagea comme s'ils étaient les deux seules personnes sur terre dans ce paradis tropical, et non deux personnes sur le point de se faire écraser par un bateau qui avançait beaucoup trop vite vers eux.

— Bon. Respire profondément, ma belle, et mets ton masque. Nous allons passer sous l'eau. Nous nous échangerons le détendeur et nous respirerons à tour de rôle. Je suis là.

Remi acquiesça, même si elle n'était pas du tout convaincue.

Vincent tripota quelque chose sur le gilet qu'il portait, abaissa son propre masque, et bien avant qu'elle soit prête, ils commencèrent à glisser sous la surface. Heureusement, elle avait pris une grande inspiration quand il le lui avait demandé. Alors qu'ils s'enfonçaient dans les flots, il lui tendit son embout buccal.

Pendant une seconde, elle sentit son corps incapable d'exécuter ce qu'elle lui demandait. Respirer sous l'eau n'était pas naturel, même avec le détendeur dans la bouche. Mais Vincent l'étreignit par la taille. Il ne l'avait pas lâchée une seule seconde, alors elle s'efforça de se calmer.

Elle respira à deux reprises, puis fit un signe de tête à Vincent, qui approcha l'embout de son propre visage pour respirer à son tour. Vincent les stabilisa à quelques mètres sous la surface, et ils respirèrent l'oxygène à tour de rôle tandis que le bruit du bateau se faisait de plus en plus fort. Quelques secondes plus tard, en levant les yeux, Remi vit le bateau passer au-dessus de leurs têtes à la même vitesse que lorsqu'elle l'avait vu pour la première fois.

Vincent avait donc raison. Ce n'étaient pas ses amis. Ce n'était pas quelqu'un qui venait les sauver. C'était probablement la personne qui les avait laissés ici en premier lieu et voulait s'assurer qu'ils étaient morts.

Cette pensée la fit frissonner, et le bras de Vincent se resserra autour d'elle une fois de plus, la rassurant afin qu'elle garde son sang-froid.

Remi ignorait combien de temps ils étaient restés sous l'eau à partager l'oxygène de la bouteille que Vincent portait sur le dos. Mais lorsqu'il lui tapa sur l'épaule et lui indiqua la surface, elle n'était pas sûre de vouloir remonter tout de suite. Si celui qui était revenu les chercher était encore dans les parages, il pourrait les repérer et finir ce qu'il avait commencé.

Elle secoua la tête.

Vincent lui caressa la joue en la regardant à travers son masque. Il ne lui mettait pas la pression, il lui laisserait tout le temps nécessaire... enfin, tant qu'ils auraient de l'oxygène. Elle n'était pas dupe ; elle savait que le niveau d'oxygène devait être bas après la journée de plongée. Mais la patience dont Vincent faisait preuve lui donna le courage dont elle avait besoin pour hocher la tête.

Sans hésiter, il tourna un bouton sur son gilet et des bulles d'air jaillirent vers la surface, tout comme eux.

Une fois la tête hors de l'eau, Remi regarda frénétiquement autour d'elle. Elle ne vit rien. Pas de bateau.

Sans hésitation, Vincent remonta le masque de son visage au sommet de sa tête. Il lui enleva délicatement l'embout de la bouche, puis remonta son propre masque. Il prit ensuite son visage entre ses mains et la tira brutalement vers lui. Remi laissa échapper un *outch* au contact de sa poitrine, puis ses lèvres se posèrent à nouveau sur les siennes.

Cette fois, Remi n'eut aucune retenue. Elle l'embrassa profondément, presque frénétiquement, lui montrant sans rien dire à quel point il commençait déjà à compter pour elle. À quel point elle était reconnaissante qu'il soit avec elle. À quel point elle l'admirait. C'était fou, elle venait juste de rencontrer cet homme, mais d'une certaine manière, elle se sentait plus elle-même avec lui qu'avec n'importe quel autre garçon qu'elle avait fréquenté.

Leurs langues s'entremêlèrent, tout comme leurs jambes. Elle passa les bras autour de lui, essayant de se rapprocher.

— Doucement, ma chérie, tout va bien, chantonna Vincent.

Ce ne fut qu'en l'entendant parler que Remi réalisa qu'elle respirait beaucoup trop vite. Elle était presque en hyperventilation.

— Ils sont partis, insista-t-il. Tout va bien.

— Je n'arrive pas à croire que nous venons de faire ça, dit-elle en haletant dans le creux de son cou, le serrant aussi fort qu'elle le pouvait.

— Le baiser ?

Elle expire en soufflant.

— Non. Ça, c'était génial. Stupéfiant. Incroyable. Je parlais du fait de partager ton truc d'oxygène.

— *Tu* as été incroyable. Tu es sûre que tu n'as jamais fait ça avant ? plaisanta-t-il.

Remi se recula.

— Pas du tout, répondit-elle.

Au ton de sa voix, le sourire de Vincent s'estompa.

— Je suis sincère, lui assura-t-il. Il n'y a pas beaucoup de personnes à qui je ferais confiance pour ce genre de choses.

— Ils vont revenir ? chuchota-t-elle en évoquant les passagers du bateau.

— Non.

— Tu ne peux pas le savoir, rétorqua-t-elle en fronçant les sourcils.

— Alors pourquoi me l'as-tu demandé ?

— Je ne sais pas.

— Ils ne reviendront pas. Ils sont venus s'assurer que nous étions bien partis pour faire un rapport à Pignouf ou Bertie. Les prochaines personnes que nous verrons seront mes amis de la Navy SEAL. Je te donne ma parole.

— D'accord, murmura Remi.

— D'accord, répéta-t-il.

Puis il ajouta :

— J'étais sérieux, tu sais.

— À propos de quoi ?

— Du fait de vouloir être avec toi une fois que nous serons sur la terre ferme.

— Ton hôtel ou le mien ? plaisanta-t-elle.

— Je m'en fiche. Mais je veux plus que ça, Remi. Je n'arrive pas à croire que tu habites près de chez moi. J'ai l'impression que ça devait arriver. Je veux te présenter à mon équipe et te faire visiter Riverton. Il y a beaucoup d'épouses de SEALs là-bas qui, je pense, te plairont vraiment. La femme de mon mentor, Caroline, te ressemble beaucoup. Intelligente comme tout, un peu introvertie, mais aussi douce que possible. Et Wolf ne pourrait pas l'aimer davantage.

Il parlait vite, trop vite pour que Remi puisse placer un mot.

— Et tu pourras venir camper avec moi et mes scouts, poursuivit-il. Je peux même leur glisser un mot pour toi et te faire entrer dans la chaîne d'approvisionnement en cookies. Tout ce que tu veux, je me plierai en quatre pour le réaliser. Dis-moi juste que tu me donneras une chance.

Lorsqu'il s'arrêta pour reprendre sa respiration, Remi lui demanda :

— Tu as fini ?

— Euh... peut-être ? répondit-il un peu penaud. Non, en fait, je n'ai pas fini. Mon travail... est intense. Je suis souvent absent. C'est pour ça que Bertie a rompu avec moi. Elle a dit que je n'étais jamais là quand elle avait besoin de moi. J'adore être SEAL, mais je peux te promettre que je ferai tout ce que je peux pour te rendre la vie plus facile quand je ne suis pas là. Je ne l'ai probablement pas assez fait avec Bertie, mais Caroline peut t'aider. Elle et sa bande de filles adoreraient te prendre sous leur aile.

— Elle savait dans quoi elle s'engageait quand elle a accepté de sortir avec toi, lui dit Remi d'un ton sévère.

— Comment ça ? Qui ?

— Bertie, répondit Remi d'un ton plus calme qu'elle ne le pensait. Je ne suis pas idiote. J'ai lu des livres, vu des films, regardé les informations. Je sais que les militaires sont déployés. Et comme tu fais partie des forces spéciales, tu es probablement envoyé plus souvent qu'un marin ou un soldat ordinaire. Je peux faire avec, Vincent. La vérité, c'est que je ne suis pas une personne très extravertie. Je me contente de ma propre compagnie et le plus souvent, je suis seule à la maison. Cela ne veut pas dire que tu ne me manquerais pas, mais il y a ma meilleure amie Marley qui vit tout près. Et mes parents ne sont pas loin non plus. Je suis aussi certaine que tu as beaucoup d'amis et de relations qui pourraient m'aider s'il se passait quelque chose que je ne peux pas gérer.

Remi s'arrêta et plissa le nez.

— Qu'est-ce que ça veut dire ? demanda Vincent.

Il avait un sourire tendre sur le visage, et Remi avait envie de se pincer pour s'assurer qu'elle ne rêvait pas, qu'il était aussi intéressé qu'elle pour débuter une relation.

— C'est juste que... tout cela est si... *rapide*. Je ne suis pas le genre de femme dont les hommes tombent immédiatement amoureux.

— Alors ce sont des idiots. Dès la première seconde où je t'ai vue sur cette jetée, je me suis battu avec mon envie de mieux te connaître. Il y a quelque chose en toi qui est...

Remi retint presque son souffle, attendant d'entendre ce qu'il allait dire.

— ... apaisant, conclut finalement Vincent au bout d'un moment. À cause de mon travail, j'ai dû devenir très doué pour analyser les gens en un instant. J'ai dû déterminer s'ils allaient sortir une arme et essayer de nous tuer, moi et mon équipe, ou s'ils étaient prêts à nous aider. Je n'ai pas réalisé à quel point ma relation avec mon ex était stressante jusqu'à ce que nous en ayons fini. Pendant toute la durée de notre relation, chaque fois que je frappais à sa porte, j'avais toujours un nœud dans le ventre. Je ne savais jamais si elle serait douce et heureuse, ou une vraie mégère. Je te connais depuis quelques heures à peine, mais chaque minute qui passe me montre à quel point tu es courageuse, forte et équilibrée.

— Vincent, murmura Remi, bouleversée par l'évaluation qu'il faisait d'elle.

D'aussi loin qu'elle se souvenait, elle avait toujours été l'intruse. Elle n'avait rien à voir avec ses parents, toujours dans l'air du temps et extravertis, même s'ils l'adoraient telle qu'elle était. Elle ne se faisait pas d'amis facilement, et il était rare qu'elle ait un petit ami. Mais voilà que cet incroyable Navy SEAL, un véritable héros, lui disait à *elle* qu'il la trouvait forte et courageuse.

— Ce n'est pas vrai, s'exclama-t-elle. Je suis morte de peur. Même si tu as dit que tu étais sûr que quelqu'un allait venir te chercher, j'ai peur que nous devions passer la nuit ici, dans l'océan. J'ai soif, j'ai faim, et j'essaie de ne penser ni à l'un ni à l'autre. Je ne peux pas non plus m'empêcher de penser aux requins, aux raies et aux piranhas qui se régaleraient de mes orteils, et à tout ce qui s'ensuit. J'ai peur que si nous sommes sauvés, tu me regardes, moi, mes cheveux crépus et mon corps qui a certainement ingéré trop de malasadas pendant ces vacances, en te demandant ce qui t'a pris. Je me demande dans combien de temps tu essaieras de revenir poliment sur tout ce que tu as dit à propos de ton désir de me connaître. Et pour couronner le tout, même si nous sortons de ce stupide océan, j'ai peur que Pignouf essaie à nouveau de se débarrasser de moi une fois pour toutes.

Lorsqu'elle eut fini de parler, elle était pratiquement à bout de souffle.

Vincent ne l'avait pas quittée du regard. Il était complètement concentré sur elle et sur ce qu'elle disait. C'était nouveau. Elle avait toujours eu l'impression que Pignouf pensait à tout *sauf* à elle quand ils étaient ensemble.

— Être fort même quand on a peur, c'est l'essence même de la bravoure, lui rétorqua fermement Vincent. Nous n'allons pas passer la nuit ici. Je ferai en sorte que tu aies toute l'eau que tu peux boire et ces tacos que tu aimes tant dès que nous serons secourus. Et il n'y a pas de piranhas dans ces eaux.

Il sourit un peu en disant cela, et Remi eut soudain une autre idée de bande dessinée avec Pecky le Taco. Il s'agissait de Pecky en vacances, flottant sur un radeau dans l'océan, entouré de piranhas perdus qui ne demandaient qu'à rentrer chez eux, dans leur rivière en Amazonie. Elle se força à prêter attention à ce que disait Vincent.

— Et si tu penses que je n'ai pas vu à quoi tu ressembles, tu te trompes. Tes cheveux te ressemblent beaucoup, ils débordent d'énergie. Quant à ton corps… il est *parfait*, Remi.

Ce n'était pas le cas, Remi le savait. Mais d'une manière ou d'une autre, la façon dont Vincent avait prononcé le mot la poussait à croire qu'il était sincèrement attiré par chaque centimètre carré. Elle ne savait pas ce qu'elle avait fait dans sa vie pour mériter l'intérêt de cet homme, mais elle lui en était extrêmement reconnaissante.

— Et pour ce qui est de nos ex, poursuivit-il, je ne sais pas lequel d'entre eux nous a piégés de la sorte, mais tu as ma parole que je vais faire tout ce qui est en mon pouvoir, utiliser toutes les relations que j'ai – et j'en ai beaucoup – pour résoudre ce problème et m'assurer que nous sommes tous les deux à l'abri d'une telle situation.

— D'accord, dit-elle au bout d'un moment ou deux.

— D'accord ? s'enquit Vincent en haussant un sourcil interrogateur.

— Oui oui.

— Voilà que tu redeviens calme et forte, murmura-t-il.

— Tu veux que je crie, que je me débatte, que je pleure et que je fasse la tête ?

Vincent fit semblant de frissonner.

— Pas question. Je te prendrai exactement comme tu es, mon trésor.

Remi savait qu'il était tout simplement soulagé qu'elle ne panique pas. Mais pour une raison ou une autre, sa réponse impliquait plus que cela. Comme une sorte de promesse. Ses mots étaient comme un baume apaisant pour son âme, car ça faisait si longtemps qu'elle avait l'impression de devoir être quelqu'un d'autre pour impressionner un homme.

— Pourquoi ai-je autant de chance ? s'étonna Vincent au bout d'un moment.

Remi ne put s'empêcher de ricaner.

— De chance ? Vincent, nous sommes toujours bloqués au milieu de l'océan, au cas où tu l'aurais oublié.

— Je n'ai pas oublié. Mais mes amis SEALs seront là dans moins de trois minutes, et nous aurons des couvertures, de l'eau et de quoi manger. Tu n'appelles pas ça de la *chance* ?

Alerte, Remi regarda vers la terre ferme et vit un autre bateau se diriger dans leur direction. Elle inspira brusquement.

— Détends-toi, c'est la marine, lui dit Vincent, l'air tout à fait confiant.

— Comment le sais-tu ? C'est peut-être l'autre bateau qui revient ! s'exclama-t-elle.

— Je le remarque à son moteur, répondit-il. C'est bien la marine.

Remi regarda l'homme auquel elle s'accrochait encore, presque désespérément.

— Tu en es sûr ?

— J'en suis certain.

Remi acquiesça en prenant une grande inspiration.

— Alors c'est presque fini.

— Non, ce n'est que le début, rétorqua-t-il.

— Es-tu toujours aussi... raisonnable ? demanda-t-elle. Parce que je dois dire que ça pourrait devenir agaçant.

Vincent sourit.

— Ouaip. En tant que SEAL, ça fait partie des aléas. Presque plus rien ne m'énerve, après tout ce que j'ai vu et tout ce que j'ai fait.

— Tu marques un point, admit Remi. Je pense que Pecky a besoin de rencontrer un Navy SEAL et de vivre des aventures avec lui.

Un adorable sourire charmeur se dessina sur le visage de Vincent.

— Tout le monde sera jaloux si j'apparais dans une bande dessinée de Pecky le Taco voyageur. J'ai hâte de m'en vanter.

Puis il l'embrassa à nouveau, et lorsqu'il redressa la tête, le bateau était beaucoup plus proche.

Remi se crispa sans le vouloir. Vincent avait affirmé qu'il s'agissait de leurs alliés, mais le souvenir d'avoir levé les yeux tandis que l'autre bateau passait au-dessus de leurs têtes était encore trop présent.

À l'approche du bateau, Vincent leva le bras, le poing serré.

Un cri retentit depuis le bateau, qui ralentit et s'approcha d'eux beaucoup plus lentement.

— Je te l'avais dit, souligna Vincent en lui souriant.

— C'est vrai.

— Hé ! Tex a appelé pour signaler que vous auriez peut-être besoin d'un chauffeur. On dirait qu'il avait raison.

Un homme plus âgé, aux cheveux beaucoup plus longs que ceux de Vincent et à la barbe grisonnante, leur sourit en manœuvrant le grand bateau pneumatique.

— Baker ! s'exclama Vincent. Je n'aurais jamais pensé te voir ici. Tu ne pouvais pas attendre notre rendez-vous de demain pour me voir, hein ?

— Mustang et son équipe sont en mission en ce moment. Ils vont être furieux de ne pas être venus eux-mêmes te repêcher dans l'océan, c'est sûr. Et pour info, tu me dois une fière chandelle. J'étais tranquille, je regardais ma femme traîner avec les surfeurs du lycée, quand j'ai appris que tu avais besoin d'aide.

— Je te remercie. Je me rattraperai auprès de vous deux demain, si ça tient toujours.

— Ça tient toujours, répondit Baker, l'homme du bateau. Et si vous sortiez de ce foutu océan pour monter à bord de ce zodiac ?

— Plutôt deux fois qu'une ! Remi d'abord.

Vincent se tourna vers elle en ajoutant :

— Viens, trésor, on va te sortir de l'eau.

Elle leva les yeux vers le bateau et secoua la tête. Elle ne savait pas que le bateau avait une appellation officielle jusqu'à ce que Baker le mentionne. Elle mit de côté cette information, sentant que dans un futur pas si lointain, elle allait dessiner Pecky dans un zodiac, un énorme sourire aux lèvres, sa salade s'envolant dans la brise. Mais pour l'instant, elle devait monter à bord de l'engin. De loin, le bateau ne semblait pas très grand, mais en flottant juste à côté, elle savait qu'elle n'arriverait jamais à y monter toute seule.

À peine cette pensée lui eut traversé l'esprit que Baker lui saisit les bras pour la tirer vers le haut, Vincent plaçant au même moment ses mains sur ses fesses pour la pousser.

Elle se retrouva assise au fond du zodiac avant d'avoir eu le temps de dire *ouf*. L'instant d'après, Vincent était là, à côté d'elle. Il s'était hissé sur le côté du bateau comme si c'était un jeu d'enfant. Il avait immédiatement arraché son masque, s'était débarrassé de la bouteille d'oxygène qu'il portait sur le dos, puis s'était assis à côté d'elle au fond du bateau. Il passa son bras autour d'elle et la serra contre lui.

Baker lui donna une couverture chauffante pliée en petit carré, et en quelques secondes, Vincent l'avait enroulée autour des épaules de Remi.

— De l'eau ? proposa Baker en tendant une bouteille.

Remi s'en empara et se mit à boire l'eau la plus savoureuse qu'elle ait jamais bue de sa vie. Ce fut le *doucement, trésor* de Vincent qui la fit ralentir.

Elle le regarde d'un air penaud.

— Tu en veux ? demanda-t-elle.

Vincent sourit.

— J'ai la mienne. Mais je ne veux pas que tu vomisses parce que tu as bu trop vite.

Baker avait déjà fait demi-tour et retournait vers Oahu à un rythme beaucoup plus lent qu'à son arrivée.

— Vous voulez bien me dire comment vous avez fini par flotter au milieu de l'océan alors que vous étiez censés faire de la plongée ?

— Il semblerait que nous ayons tous les deux des ex qui nous en veulent suffisamment pour nous faire regretter d'être partis en vacances sans eux, répondit Vincent presque noncha-lamment.

Remi n'arrivait pas à croire qu'il était aussi imperturbable qu'il en avait l'air.

— Je vais faire quelques fouilles ce soir. Si je trouve quelque chose, je vous le ferai savoir lorsque vous viendrez me voir demain.

Quoi ? Remi regarda l'homme sexy au volant, puis revint à Vincent. Aussi beau que soit Baker, et il ne faisait aucun doute que c'était un séducteur grisonnant, elle ne pouvait quitter son SEAL des yeux ; l'homme qui avait fait en sorte que la pire expérience de sa vie ressemble à une aventure plutôt qu'à une tentative de meurtre.

— Demain, quand nous irons le voir ? s'enquit-elle auprès de Vincent.

— J'avais prévu de me rendre sur la côte nord pour rendre visite à Baker et à sa femme demain. Tu viens avec moi ?

Elle était déjà allée au nord de l'île, mais elle ne pouvait pas refuser d'en faire l'expérience avec Vincent. D'ailleurs, elle pensait toujours que toutes ses belles paroles étaient peut-être le résultat de la situation dans laquelle ils se trouvaient, et qu'une fois sauvés, il reprendrait ses esprits. S'il voulait passer plus de temps avec elle, elle était d'accord.

— Remi ? l'interpela-t-il, inquiet de ne pas la voir répondre tout de suite.

— Oui, je veux bien.

— Parfait. Tu es déjà allée à la plantation de Dole ?

C'était presque surréaliste qu'ils parlent de faire du tourisme quelques minutes après avoir été sauvés de l'océan.

— Oui, mais je n'ai pas fait le labyrinthe. Je ne voulais pas risquer de me perdre et de ne pas sortir avant la fermeture.

— Nous ne nous perdrons pas, assura Vincent.

Puis il s'approcha et saisit sa main qui ne tenait pas la bouteille d'eau.

— Je ne t'ai même pas demandé combien de temps tu allais rester ici. À Hawaï.

— Mon vol est après-demain.

Vincent sourit.

— Moi aussi.

Quelles étaient les probabilités pour que ce soit le cas ? Remi en eut la chair de poule.

Bien sûr, Vincent le remarqua, mais heureusement, il en interpréta mal la raison.

— Tiens bon, nous serons de retour avant que tu t'en rendes compte, dit-il en lui serrant la main de manière rassurante. Nous allons bientôt pouvoir te réchauffer.

Tout en acquiesçant, Remi réalisa qu'elle aurait dû être nerveuse à propos de ce qui pouvait se passer ensuite. Vincent allait peut-être la déposer à l'hôtel et ne plus la contacter. Elle devait probablement être inquiète à propos de Pignouf ; de la manière dont Marley réagirait à ce qui lui était arrivé ; de la réaction de ses parents ; d'un million de choses différentes. Mais étonnamment, ce n'était pas du tout le cas.

Elle était plutôt excitée en pensant au lendemain ; à l'idée de passer du temps avec Vincent au bord de l'océan, et de le retrouver une fois en Californie.

Elle espérait juste que tout ce qu'il affirmait était vrai, qu'il ne se rendrait pas compte que c'était une vraie intello, et qu'il ne changerait pas d'avis quant à vouloir passer du temps avec elle.

* * *

Le capitaine était assis dans un bar en plein air près de la marina lorsqu'il vit le zodiac s'approcher.

Merde !

Il croyait que l'homme et la femme étaient morts. Il était

même retourné sur les lieux pour s'en assurer, et comme il n'avait trouvé aucune trace d'eux, il était satisfait d'avoir effectué ce pour quoi on l'avait payé. Voir l'homme et la femme sortir du bateau, l'air de rien, n'allait pas plaire à la personne qui le payait un paquet d'argent.

Merde, merde !

Il sortit son téléphone et envoya un message.

Une minute après l'envoi, son téléphone se mit à sonner.

Sachant de qui il s'agissait, le capitaine envisagea de ne pas répondre, mais cela ne ferait qu'empirer les choses.

— Allô ?

— Espèce de trou du cul ! Je n'arrive pas à croire que tu aies foiré une mission aussi facile !

— Hé, j'ai fait ce que vous vouliez. Je les ai laissés au milieu de ce foutu océan. J'y suis même retourné pour m'assurer qu'ils étaient morts, et je n'ai vu personne. Ce n'est pas *ma* faute s'il a réussi à contacter quelqu'un pour venir le chercher.

— Merde ! À quoi ressemble la personne qui les a repêchés ?

— Vieux. Barbe grise. Tatouages.

— Merde, merde, *merde !* Ce n'est pas bon. Pas du tout.

Le capitaine n'aimait pas ça.

— Et maintenant ?

— *Évidemment,* tu ne peux pas appeler les flics et leur dire que tes clients ont disparu pendant l'excursion, comme nous l'avions prévu. C'est *toi* qui devrais plutôt disparaître. Rester planqué.

— Il faut de l'argent pour ça, protesta le capitaine.

— Je t'ai déjà payé.

— La moitié. Je veux l'autre moitié de l'argent que vous m'avez promis. J'ai fait ce pour quoi j'ai été engagé. Si je n'obtiens pas ce que vous me devez, j'irai voir la police et je leur dirai que vous êtes derrière tout ça.

Le capitaine bluffait, bien sûr. S'il allait voir les flics, il serait arrêté lui aussi. Mais il était désespéré. Vivre à Hawaï n'était pas donné, et s'il devait se cacher pendant une longue période, il avait besoin d'argent.

— Et admettre que tu as participé à une tentative de meurtre ? Peu probable, grogna l'homme, comme s'il lisait dans ses pensées.

— Je ne peux pas me planquer si je n'ai pas d'argent.

— Très bien. Débarrasse-toi de ton téléphone jetable. On ne pourra pas remonter jusqu'à toi. Rentre chez toi. Je t'enverrai mon gars ce soir avec l'argent. Ensuite, tu devras être un vrai fantôme.

Le capitaine fut soulagé. Les dix mille dollars qui lui parviendraient devraient lui permettre de se terrer hors du réseau pendant un certain temps.

— C'est d'accord.

— Ne me contacte plus jamais. *Jamais.* Nos affaires seront terminées à la seconde où nous raccrocherons. Je me débarrasse de ce numéro, et tu dois détruire ce téléphone. C'est compris ?

— Oui.

— Bordel, c'est un désastre, marmonna-t-il. Je vais devoir réévaluer la situation. Assure-toi que mon nom ne soit pas mêlé à tout ça.

Puis la ligne fut coupée.

Le capitaine prit une grande inspiration et éteignit le brûleur qu'il utilisait. En raison de la concurrence, son activité de charter s'était dégradée au cours des dernières années. Il avait accepté ce travail parce qu'il avait désespérément besoin d'argent, et tout avait été planifié avec soin. Bien sûr, lorsque son client disparaîtrait dans l'océan, les flics l'interrogeraient. Mais il était prêt à répondre à toutes les questions, et on l'avait rassuré en lui disant que même s'il y avait des soupçons, il finirait par être blanchi. L'absence de cadavre ne prouvait pas qu'il avait fait quelque chose de mal.

Mais maintenant que les deux passagers avaient été retrouvés, vivants et en bonne santé, tout partait à vau-l'eau.

Des gens puissants et extrêmement intelligents allaient se pencher sur lui, sur ses affaires. Ils passeraient tout au crible, jusqu'à la taille des sous-vêtements qu'il portait et ce qu'il avait mangé au petit déjeuner le matin. Et ces survivants raconteraient immédiatement leur version de l'histoire. Comment il les avait tout simplement abandonnés au milieu de l'océan.

Bordel de merde !

Il porta sa bouteille de bière à ses lèvres et en avala le reste. Il salua le barman d'un signe de tête, mit le portable dans sa poche pour s'en débarrasser plus tard, puis se retourna et s'éloigna, se glissant dans le soleil couchant comme le fantôme qu'il devait être à présent.

* * *

— Merci mec, dit Kevlar en serrant la main de Baker après leur arrivée à la petite marina. Baker avait demandé un service, et un marin attendait sur le parking pour les emmener où ils voulaient – avec la police. Remi et lui avaient tous deux fait leur déposition... mais il n'y avait pas grand-chose à dire. À présent, la police traquait le capitaine du bateau, et Remi attendait Kevlar à une vingtaine de mètres, lui laissant de l'espace et de l'intimité pour dire au revoir à son ami. Elle n'était pas obligée de le faire, mais il appréciait tout de même sa considération.

— Ne me remercie pas, lui répondit Baker. Et sache que Tex est déjà sur le coup. Quand il s'est rendu compte qu'il y avait quelque chose de louche, il a piraté ta boite mail. Il a trouvé les informations concernant le charter réservé pour aujourd'hui, il a piraté le site du capitaine, et il a trouvé le nom de Remi. Il sait tout sur ta petite amie, l'héritière de l'entreprise Crown Condom, sur son ex... et sur la tienne aussi. Il recherche le propriétaire du bateau que vous avez loué. Et comme promis, je vais voir ce que je peux trouver.

En apprenant cela, Kevlar ne put s'empêcher de rire. Il ne devrait pas être surpris que Tex ait piraté sa messagerie et sache déjà pour Remi, mais il l'était quand même. Et entendre Baker l'appeler sa petite amie lui faisait... du bien. Vraiment.

— Tu me diras si c'était Pignouf ou Bertie ? demanda-t-il.

— Bien sûr. Mais en quoi est-ce important ?

— Ça ne l'est pas vraiment. Mais j'aimerais le savoir pour me préparer à d'éventuelles surprises, à l'avenir.

— Il n'y aura pas de surprise si nous pouvons l'éviter. Tex et moi n'aimons pas laisser les choses en suspens.

— C'est vrai. Encore une fois, merci.

— De rien. À quelle heure viendras-tu demain ? Si tu veux t'arrêter à Dole et faire le labyrinthe, tu arriveras plus tard que prévu ?

Kevlar réfléchit un instant.

— Vers midi ? Ça devrait nous laisser le temps d'aller à Dole et sur la côte nord sans avoir à nous lever à l'aube. Je suis sûr que Remi sera épuisée ce soir, et qu'elle voudra faire la grasse matinée.

Baker lança un regard vers Remi, qui se tenait debout, la couverture chauffante toujours sur les épaules. Ses cheveux avaient séché sous l'effet du vent pendant qu'ils revenaient sur le rivage, et ils étaient actuellement enchevêtrés autour de sa tête.

Kevlar la trouvait adorable, et il avait hâte de passer ses mains dans sa chevelure sauvage. Mais il n'aimait pas l'air incertain et perdu qu'elle affichait, debout, seule, pendant que Baker et lui discutaient.

— Mon instinct me dit que quelque chose ne va pas, avança Baker en se tournant à nouveau vers Kevlar.

— Qu'est-ce que tu veux dire ? À propos de Bertie ?

Baker haussa les épaules.

— À propos de toute cette situation. Franchement, nous savons tous les deux que tu n'aurais eu aucun problème à regagner le rivage, même si tu avais dû nager tout le long du chemin. Il semble plus probable que tu sois tombé en pleine tentative d'assassinat. Tu es sûr de vouloir t'impliquer là-dedans ?

— Absolument, répondit Kevlar sans hésiter. J'aurais aimé que tu la voies, Baker. Quand elle a réalisé que nous avions été abandonnés, elle n'a pas paniqué. Elle n'a pas pleuré. Elle était déterminée à rester forte et calme. Ce connard de capitaine est revenu lui aussi.

— Vraiment ? s'étonna Baker.

— Je ne me sentais pas très à l'aise en voyant à quelle vitesse il se dirigeait vers nous. Il n'était manifestement pas là pour nous sauver, comme s'il s'était soudain rendu compte qu'il avait laissé les deux seules personnes qui étaient sur le bateau avec lui. J'ai plongé et j'ai respiré avec Remi jusqu'à ce qu'il soit parti.

— Et elle n'a pas paniqué ?

— Non. Pas du tout.

Baker le regarda fixement pendant un moment avant de déclarer :

— Ce n'est pas facile de respirer sous l'eau avec quelqu'un que l'on vient de rencontrer. Elle doit être spéciale.

Kevlar n'était pas surpris que l'ancien SEAL comprenne l'ampleur de partager son oxygène avec quelqu'un d'autre. Ce n'était pas comme s'il avait le choix ; ce bateau venait droit sur eux, et si celui qui le conduisait se rendait compte qu'ils étaient encore en vie, les choses auraient pu devenir délicates. Mais si

Remi avait paniqué une fois sous l'eau, les choses auraient pu tout aussi mal tourner. Respirer à deux est l'ultime acte de confiance envers un autre être humain.

— Elle l'est, confirma-t-il fermement, prenant acte de la remarque de Baker.

— File, lui ordonna ce dernier. Va la réchauffer. Et pendant que tu y es, il faut qu'elle mange. Veille aussi à ce qu'elle boive beaucoup.

— Je n'y manquerai pas. À demain.

— À plus, dit Baker en sautant à nouveau dans le zodiac pour se préparer à quitter le quai.

Kevlar ne savait pas où se rendait Baker, mais son attention se détourna de l'ancien SEAL légendaire pour se concentrer sur Remi. Elle portait toujours sa combinaison de plongée courte. Ses joues étaient rouges à cause du soleil, probablement aussi à cause du sel et du vent. Il n'avait jamais vu une personne aussi belle qu'elle l'était à ce moment-là.

Il se dirigea vers elle à grands pas sur le pont en bois, puis l'attira dans ses bras dès qu'il fut assez près.

— Tout va bien ? s'inquiéta-t-elle en posant ses mains sur sa poitrine.

— Oui. À quel hôtel va-t-on, le tien ou le mien ? demanda-t-il sans tourner autour du pot.

Elle rougit un peu, mais ne le questionne pas. Elle releva simplement la tête et demanda :

— Je ne sais pas. Où est-ce que tu loges ?

— Au Holiday Inn de Waikiki.

Elle plissa le nez, et Kevlar ne put s'empêcher de l'embrasser à nouveau.

— Dans ce cas, le mien. Je suis au Hilton. J'ai une suite avec vue sur l'océan.

Kevlar ricana.

— Va pour le tien.

— Mais nous pouvons passer par ton hôtel pour que tu puisses prendre des affaires, si tu veux...

— Je n'ai besoin de rien.

Elle haussa un sourcil.

— Euh, Vincent, tu portes une combinaison de plongée.

— Et mon short de bain en dessous. Mais si j'ai besoin d'autres vêtements, je peux aller chercher quelque chose dans un magasin ABC sur la route. Il y en a partout, ça ne sera pas long.

— Ça ne nous prendra pas plus de temps de nous arrêter à ton hôtel pour que tu puisses prendre tes propres affaires, répliqua Remi avec fermeté.

Kevlar appréciait qu'elle ne baisse pas les bras en se contentant de suivre tout ce qu'il disait. C'était amusant, car Bertie était toujours en désaccord avec lui, et il détestait ça – mais Remi le contredisait sur quelque chose qui serait une nuisance pour *elle*, mais qui *lui* serait bénéfique, ce qui faisait une sacrée différence. Il ne pouvait même pas imaginer Bertie dans la situation dans laquelle Remi se trouvait aujourd'hui. Et si elle l'avait été, son ex aurait certainement insisté pour qu'on l'emmène immédiatement à l'hôtel, sans autre forme de procès.

— Tu es d'accord pour que je vienne avec toi à l'hôtel ? demanda-t-il.

Ils avaient vécu une situation intense ensemble, et elle pouvait très bien avoir des doutes sur le fait d'être avec lui maintenant qu'ils étaient en sécurité sur la terre ferme.

En réponse, elle lui prit la main et se tourna vers l'homme qui les attendait dans son SUV. Elle le tira vers le véhicule et ouvrit la portière arrière.

— Monte, ordonna-t-elle.

Kevlar sourit.

— Oui, madame, acquiesça-t-il docilement.

Une fois sur la banquette arrière, elle remercia le marin qui était venu les conduire à l'hôtel, et lui demanda poliment s'il pouvait passer par le Holiday Inn avant de se rendre au Hilton.

Même après ce bref échange de politesses, Kevlar voyait bien que Remi menait le marin à la baguette. Sa gentillesse, même après ce qu'elle avait vécu, avait un côté charmant et attachant, et Kevlar ne pouvait blâmer le marin de la regarder fixement avec un sourire qui laissait supposer qu'il était légèrement épris de cette femme ébouriffée sur sa banquette arrière.

Kevlar n'avait aucune idée de l'heure qu'il était lorsqu'ils arrivèrent enfin à l'hôtel. Mais il faisait nuit, et il était fatigué. Et si *lui* l'était à ce point, Remi devait être épuisée. Même affaiblie, elle restait aimable et amicale avec le personnel. Elle dut se rendre à la réception pour obtenir une clé de remplacement, entamant même une conversation avec l'employée au sujet de la belle fleur qu'elle avait glissée dans ses cheveux.

Pendant ce temps, Kevlar ouvrit son application de livraison préférée et s'arrangea pour que le dîner soit livré dans la chambre de Remi. Un repas réconfortant, pas trop épicé – les tacos devraient donc attendre. Après avoir passé la journée dans l'eau, ils avaient tous deux besoin de glucides et de protéines. Des choses faciles à digérer et pas trop agressives pour l'estomac.

Lorsque Remi ouvrit la porte de sa chambre d'hôtel, Kevlar, impressionné, ne put contenir le sifflement qui lui échappa.

Elle gloussa.

— C'est un peu cher pour moi toute seule, mais cette vue vaut chaque centime.

Puis son nez se plissa à nouveau, ce qu'il devinait être une habitude chez elle.

— Enfin, c'est ce que je pensais avant, poursuivit-elle. Mais maintenant... regarder cette immense étendue d'eau a une autre signification pour moi.

Sa voix vacilla sur les derniers mots.

Kevlar se sentit incapable de rester loin d'elle, même si sa vie en dépendait. C'était la première véritable faille dans sa force inébranlable depuis le début de la journée. Il laissa tomber son sac – il avait rapidement pris des vêtements de rechange à l'hôtel, laissant son équipement de plongée derrière lui – et se dirigea vers elle à grands pas. Sans hésiter, il la prit dans ses bras.

Elle se blottit contre lui, et Kevlar n'avait jamais rien ressenti d'aussi agréable. Bertie s'était-elle déjà sentie aussi bien contre lui ?

Non.

Remi était douce, elle se laissait aller, et c'était comme s'ils avaient déjà fait ça une centaine de fois. Elle n'était pas beaucoup plus petite que lui, à peine quelques centimètres. Lorsqu'elle posa la tête sur son épaule, ses cheveux frôlèrent son visage, et il ne put se retenir de lever une main pour plonger ses doigts dans les mèches rebelles.

Kevlar ignorait combien de temps ils étaient restés comme ça. Tout ce qu'il savait, c'est qu'il ne voulait pas la laisser partir. Même s'il n'avait pas eu peur lorsqu'il s'était rendu compte que le bateau les avait abandonnés dans l'océan, la journée n'avait pas été exempte de stress. Il avait besoin de cette étreinte autant que Remi. En tant que Navy SEAL, il était censé être Superman. Beaucoup de gens pensaient que les hommes comme lui ne ressentaient pas d'émotions fortes, qu'ils n'étaient pas affectés par les choses qu'ils voyaient et faisaient. Mais c'était faux.

À cet instant, il pensa à Blink, le SEAL qui avait perdu certains de ses coéquipiers, et qui avait du mal à accepter ce qui s'était passé lors de sa dernière mission. Kevlar se demanda si le fait d'avoir quelqu'un comme Remi chez lui l'aurait aidé à surmonter son traumatisme. Pas Remi elle-même, c'était *lui* qui l'avait rencontrée. Mais quelqu'un comme elle.

Il mit de côté les pensées du SEAL traumatisé lorsque Remi se recula et lui sourit, un peu gênée.

— Je devrais prendre une douche.

— Oui, acquiesça Kevlar sans la lâcher pour autant.

— Je vais bien, lui assura-t-elle doucement. J'admets que j'ai eu une... absence en voyant l'océan et en réalisant que si tu n'avais pas été avec moi aujourd'hui, je serais encore là-bas. Probablement en train d'essayer de nager jusqu'au rivage, et nous savons tous les deux comment cela aurait fini. Mais je vais bien à présent. J'ai hâte de retirer cette combinaison et d'enfiler quelque chose de doux et de chaud. Sans compter que mes cheveux ne se remettront probablement jamais du sel, du vent et du soleil.

— Je les aime bien comme ça, lui avoua Kevlar.

Elle s'esclaffa.

Cela aurait dû le rebuter, mais au lieu de ça, il sourit.

— Bon, d'accord. Le regard de la Méduse est tellement attirant.

Il n'avait pas retiré sa main de ses cheveux, et il resserra ses doigts autour de son cuir chevelu en l'attirant plus près.

Remi écarquilla les yeux, mais ne s'éloigna pas. Une sensation de bien-être coulait dans les veines de Kevlar. Lorsque le menton de la jeune femme se releva, lui donnant un accès facile à ses lèvres, il pencha la tête et lui sourit. Mais il ne pouvait pas l'embrasser maintenant. S'il le faisait, il ne pourrait plus s'arrêter. Et il était parfaitement conscient du grand lit qui se trouvait derrière eux. Il avait envie de l'allonger et de lui enlever sa combinaison pour découvrir tous ses secrets. Mais elle était épuisée. Ce n'était pas le moment.

Il embrassa plutôt son front, la serrant contre lui, gardant ses lèvres sur sa peau. Elle avait un léger goût de sel et de sueur. Même cela ne le dérangeait pas.

Kevlar inspira profondément, puis à regret, il retira sa main de ses cheveux. Il la prit par les épaules et la tourna vers la salle de bains.

— Prends ton temps, trésor. Je dois passer quelques coups de fil à mon équipe. Si le dîner arrive, j'irai le chercher.

Remi acquiesça, passa sa langue sur ses lèvres, puis se dirigea vers la salle de bains.

Kevlar se sentait voyeur, mais il ne pouvait détourner le regard de ses fesses. La combinaison de plongée qu'elle portait mettait en valeur chaque centimètre de son corps, même si elle le couvrait. Dans n'importe quelle autre circonstance, cet avant-goût l'aurait rendu fou. Mais avec la fatigue qui le tiraillait, il se contenta d'admirer ses courbes.

Il resta immobile jusqu'à ce que la porte se referme derrière elle. Il prit alors une grande inspiration, puis se dirigea vers le balcon. Il avait besoin d'air. Être aussi proche de Remi était à la fois une torture et une source d'excitation.

Heureusement, il avait laissé son téléphone à l'hôtel ce matin-là avant de se rendre sur la jetée. Il le sortit de son sac, et debout sur le balcon, composa le numéro de Safe.

— Hé, Kevlar. Alors, comment trouves-tu Hawaï ?

— Intéressant.

Kevlar résuma rapidement ce qui s'était passé ce jour-là.

— Bordel de merde, sérieusement ? Quelle connasse !

Kevlar ne put s'empêcher de sourire. Il appréciait le soutien de ses coéquipiers.

— Effectivement, tu m'aurais demandé il y a une semaine si Bertie serait capable de faire une chose pareille, je t'aurais répondu non, mais maintenant... je ne sais pas, mec.

— Qu'est-ce qu'on peut faire pour toi ? demanda Safe.

— Rien pour l'instant. J'ai rendez-vous avec Baker demain. Il est venu nous chercher aujourd'hui, Remi et moi. Il a dit qu'il allait se pencher sur l'affaire, et voir s'il trouve un indice qui prouverait que Bertie a organisé tout ça. Il va aussi s'intéresser à l'ex de Remi. Et bien sûr, Tex sera également de la partie.

— Heureusement que tu avais ta combinaison de plongée avec le traceur, fit Safe.

— Oui, ça a fait avancer les choses beaucoup plus vite. Je parlerai à Tex demain et je le remercierai d'avoir été à la hauteur.

Safe ricana.

— Oh, il va adorer ça. Tu sais bien que Tex déteste les remerciements.

— Eh bien, il va devoir s'en accommoder pour cette fois, déclara Kevlar.

— Et Remi ? demanda Safe.

Kevlar aurait juré pouvoir entendre le sourire en coin dans la voix de son ami.

— Elle est... différente de toutes les femmes que j'ai rencontrées.

— Tu crois qu'une relation à distance peut fonctionner ?

— C'est ça le truc. Elle vit à San Diego.

— Merde alors, *vraiment* ?

— Oui.

— Waouh ! Ça c'est une sacrée chance, mec.

Pour Kevlar, c'était plus que de la chance. C'était le destin. Mais il garda cela pour lui.

— C'est vrai.

— Tu vas la revoir ?

Kevlar ne put s'empêcher de sourire en se retournant vers la chambre d'hôtel.

— Oui.

— Cool. Essaie de ne pas être trop con, peut-être qu'elle te laissera une chance.

Kevlar ricana.

— Merci pour cette preuve de confiance.

— À ton service, répondit Safe en riant.

— Comment ça se passe de votre côté ? demanda Kevlar. Tout le monde profite de son temps libre ?

— À peu près.

Il sentit que... quelque chose coinçait dans le ton de son ami.

— Qu'est-ce qui ne va pas ?

— Rien de particulier. Tout le monde est un peu agité. Tu sais bien que nous n'aimons pas les temps morts.

— Et ?

Safe poussa un soupir.

— Howler traîne au Golden Oyster plus que d'habitude. Il dit des conneries.

— À propos de quoi ?

— Plutôt à propos de *qui*, admit Safe.

Kevlar fronça les sourcils.

— De moi ?

— J'imagine. Mais il raconte des conneries. C'est l'alcool qui parle.

— Qu'est-ce qu'il a dit ?

— C'est de la merde.

— Qu'est-ce qu'il a dit, Safe ? insista Kevlar.

— Juste les trucs habituels... des trucs sur le fait que tu aurais pu annuler ton voyage et partir en mission en Syrie. Que s'il avait été chef d'équipe, il aurait fait passer ses hommes et son pays avant tout.

Un sentiment d'agacement envahit Kevlar. Il aimait Howler comme un frère, mais il devenait stupide quand il buvait, ce qui arrivait de plus en plus souvent ces derniers temps. À une époque, Howler avait *effectivement* exprimé son intérêt pour le poste de chef d'équipe, mais leur commandant avait nommé Kevlar à la place. Howler et lui en avaient longuement discuté, et il pensait que son ami était d'accord avec tout ça, mais apparemment, il y avait encore un peu de ressentiment.

Kevlar se mit en tête de discuter longuement avec son coéquipier lorsqu'il rentrerait chez lui. Si Howler voulait vraiment diriger sa propre équipe, il serait peut-être temps de l'encourager à le faire. Les SEALs changeaient souvent d'équipe. Son ami lui manquerait, mais il voulait ce qu'il y avait de mieux pour lui.

— Je vais lui parler, dit-il à Safe.

— Je m'en doutais.

— Tout va bien à part ça ?

— Oui.

— Parfait.

— Tu reviens toujours cette semaine ?

— Bien sûr.

— Cool. On se verra dans quelques jours. Essaie de ne pas t'attirer d'ennuis d'ici là, le taquina Safe.

— Advienne que pourra.

— Kevlar ?

— Oui ?

— Je suis content que tu ailles bien. Si quelque chose me vient aux oreilles ici, je te le ferai savoir.

— Merci. À plus tard.

— À plus.

Kevlar raccrocha et observa l'océan, l'esprit en ébullition. Il repensait à tout ce qui s'était passé aujourd'hui, à sa conversation téléphonique avec Safe, à Howler, et à ce qui lui arrivait.

Kevlar entendit un bruit derrière lui et se retourna, toutes ses pensées négatives s'envolant en fumée lorsque son regard se posa sur Remi.

Derrière elle, la salle de bains était pleine de vapeur, et elle se tenait à la porte, vêtue uniquement d'une serviette. Sa peau était rougie par la douche chaude, et de l'eau perlait encore sur ses épaules et le haut de sa poitrine, au-dessus de l'endroit où la serviette couvrait à peine son corps plantureux.

— J'ai oublié de prendre des vêtements, annonça-t-elle d'un air embarrassé.

Kevlar la dévisagea un long moment avant de réaliser qu'il contribuait à son sentiment de malaise. Il se retourna et scruta l'océan, son cœur battant la chamade alors qu'il faisait de son mieux pour contrôler la réaction de son corps à la vue de Remi pratiquement nue.

— Je suis vraiment désolée, je sortirai dans une minute ou deux, dit-elle derrière lui.

Kevlar entendit des tiroirs s'ouvrir et des bruits d'objets qu'elle déplaçait.

— C'est bon, parvint-il à dire. Prends ton temps.

Lorsqu'il entendit la porte de la salle de bains se refermer, il arrêta de retenir son souffle. Il n'avait jamais été aussi impacté par une femme. Surtout qu'il venait de la rencontrer. C'était déconcertant et excitant à la fois.

Il fut distrait par quelqu'un frappant à la porte, et il alla ouvrir, soulagé d'avoir de quoi s'occuper.

Il était en train de poser la commande sur la table de la chambre lorsque Remi réapparut. Ses cheveux flottaient sur ses épaules, et il pouvait voir de petites perles de sueur sur son front à cause de la chaleur de la douche et de la salle de bains embuée.

— J'ai terminé, à toi de jouer, lui dit-elle avec un petit sourire.

— Le repas est là, souligna-t-il inutilement.

— J'ai vu, le taquina-t-elle en souriant de plus belle.

Évidemment. Kevlar avait rarement la langue bien pendue, mais là, il avait l'air d'un idiot.

— Vas-y, sers-toi, je serai là dans quelques minutes.

— Il n'y a pas d'urgence.

Kevlar se dirigea à grandes enjambées vers la salle de bains, ramassant son sac au passage. Il n'y avait aucune chance pour qu'il fasse la même erreur qu'elle. Il ne pouvait pas se retrouver dans la même pièce avec une simple serviette. Il n'avait pas assez de force de volonté.

Ce fut un soulagement de fermer la porte de la salle de bains derrière lui, mais ça ne dura qu'un instant, car l'odeur de Remi planait dans toute la salle de bains. Elle utilisait la lotion et le savon pour le corps de l'hôtel, un mélange de noix de coco et de fleurs. Il avait envie de le respirer sur son corps.

Au lieu de la douche chaude qu'il avait prévue, il finit par se mettre sous un jet d'eau froide pour calmer ses ardeurs. L'eau froide fit son effet, forçant le sang à se retirer de son sexe. Il se lava rapidement, puis rinça sa combinaison avant de s'habiller aussi vite que possible.

C'était fou de constater à quel point il était impatient de retrouver Remi. Il l'avait vue quelques minutes à peine auparavant, et pourtant il se comportait comme un gamin complètement mordu, mourant d'envie de revoir son coup de cœur.

Lorsqu'il ouvrit la porte de la salle de bains, il ne put que la regarder avec surprise. Pendant qu'il se douchait et se changeait, Remi avait sorti tous les plats des sacs et les avait disposés sur la table, avec l'argenterie sur des serviettes.

— Je ne voulais pas manger sans toi, avoua-t-elle.

Kevlar ne savait pas à quoi s'attendre de sa part. Non... c'était un mensonge. Il croyait qu'elle se jetterait sur la nourriture, car c'était évident qu'après tout ce qui s'était passé aujourd'hui, elle était affamée. Mais elle n'en avait rien fait. Elle l'avait attendu. Ce simple geste le toucha d'une manière qui ne lui était pas familière.

Il se dirigea vers la table et s'assit lentement à côté d'elle.

Remi lui adressa un petit sourire et saisit une fourchette.

— Je sais que ce ne sont que des macaronis au fromage, mais ça sent incroyablement bon, lui déclara-t-elle.

Tandis qu'elle portait à sa bouche la fourchette pleine de nouilles gluantes au fromage, Kevlar ne pouvait pas la quitter des yeux. La façon dont ses lèvres se pinçaient et se refermaient autour de la fourchette était presque érotique, et elle n'essayait même pas de l'exciter.

Le gémissement qu'elle émit le mit dans le même état qu'avant sa douche.

— Oh, mon Dieu, c'est si bon. Je pensais que les tacos étaient mon plat préféré, mais j'ai menti. Ces macaronis au fromage sont mon nouveau plat préféré.

Puis elle le regarda en ajoutant :

— Tu ne manges pas... tout va bien ?

D'un air absent, Kevlar plongea dans l'assiette qu'elle lui avait préparée. Elle avait raison, la préparation au fromage était exactement ce dont son corps avait besoin.

Ils mangèrent en silence, mais ce n'était pas un silence gênant. Ils se concentraient tous deux sur l'apport calorique, et appréciaient la sensation d'avoir le ventre plein. Kevlar veilla à ce que Remi mange les légumes qu'il avait commandés pour essayer de lui apporter le plus de nutriments possible. Il y avait aussi un délicieux poulet grillé, qu'ils partagèrent.

Lorsqu'ils eurent fini de manger, il était évident que Remi tombait de fatigue. Elle avait bâillé plusieurs fois, et ses paupières étaient lourdes. Elle était cuite.

— Tu es épuisée, lui dit-il. Va te coucher, mon trésor. Je vais débarrasser.

— Il n'est pas si tard, protesta-t-elle.

Mais Kevlar voyait bien que c'était sans enthousiasme.

— Et alors ? rétorqua-t-il.

Remi sourit.

— C'est vrai. Je suis en vacances. Je peux faire ce que je veux, non ?

— Absolument.

— Tu restes ?

Kevlar marqua une pause. Il en avait envie. Il en avait très envie. Mais il ne voulait pas non plus la mettre mal à l'aise.

— S'il te plaît, reste, insista-t-elle doucement. Je sais que c'est bizarre et qu'on vient de se rencontrer, mais je me sentirais mieux si tu étais là. Non pas que je pense que l'affreux pourrait me faire quoi que ce soit ici, mais je ne pensais pas non plus qu'il se passerait quoi que ce soit pendant cette excursion de plongée.

Elle bafouillait, et même s'il trouvait cela mignon, Kevlar voyait bien qu'elle était stressée.

— Je reste, la rassura-t-elle.

Il vit ses épaules s'affaisser sous l'effet du soulagement. Il pouvait presque le sentir se dégager d'elle.

— Merci.

Elle se dirigea directement vers le lit et se glissa sous les couvertures sans prendre la peine de se changer. Mais elle avait enfilé un legging et un t-shirt après sa douche, avec lesquels elle pouvait dormir. Elle se tourna sur le côté, et Kevlar sentit son regard sur lui tandis qu'il nettoyait la vaisselle et mettait le peu de restes dans le petit réfrigérateur de la chambre.

Lorsqu'il se retourna vers Remi, elle avait les yeux fermés et respirait profondément. Elle s'était endormie en quelques secondes.

Il fut alors frappé par la confiance qu'elle lui accordait. Ils étaient encore pratiquement des inconnus l'un pour l'autre. Des inconnus qui avaient vécu une expérience très intense, mais tout de même.

Il s'assit de nouveau à la table et regarda Remi dormir. Il ne pouvait pas la quitter des yeux. Avait-il déjà été fasciné à ce point par Bertie lorsqu'elle dormait – ou par n'importe quelle femme, d'ailleurs ? Il ne pouvait pas affirmer que c'était le cas. Qu'est-ce qui, chez *cette* femme en particulier, le touchait si profondément, si rapidement ? Il n'en avait aucune idée. Tout ce qu'il savait, c'était que s'il gâchait quoi que ce soit entre eux, il aurait le sentiment de perdre quelque chose de précieux.

C'était sa chance d'avoir une vraie partenaire à ses côtés pour le reste de sa vie. Il n'avait aucune idée de la façon dont il le savait ni même, pour commencer, de la raison pour laquelle ces pensées lui traversaient l'esprit. Mais il ne doutait pas de ses sentiments.

Pendant qu'il l'observait, Remi recroquevilla les jambes et frissonna dans son sommeil. Cela le fit réagir. Il ferma la porte du balcon, les rideaux, puis il éteignit toutes les lumières de la chambre, à l'exception de celle qui se trouvait de l'autre côté du lit.

Il se dirigea ensuite vers la petite causeuse et s'assit dans une position qui lui permettait de voir Remi. Pour une raison ou une autre, il avait besoin de la garder dans son champ de vision. Il n'avait qu'une envie, c'était de se glisser sous les couvertures derrière elle, de l'entourer de ses bras et de la serrer contre lui, mais il était trop tôt pour cela. Même s'il pensait à une relation à long terme avec cette femme, il ne voulait rien précipiter. Il ne voulait pas qu'elle se réveille en ayant peur de se retrouver dans les bras d'un inconnu.

Au lieu de cela, Kevlar s'installa de manière à ce que sa tête repose sur le dossier du canapé et que ses jambes soient étendues devant lui. Ce ne serait pas une nuit des plus confortables, mais il avait déjà dormi dans de pires endroits. De plus, il veillerait sur Remi, s'assurant que rien ne vienne troubler son repos. La position était donc parfaite.

6
___

Remi était du matin. D'ailleurs, cela rendait l'Affreux complètement fou. Il se plaignait toujours qu'elle n'était pas normale de se réveiller si tôt le matin. Et même si elle était encore endolorie et fatiguée, ses yeux s'ouvrirent à l'aube, et brillamment, comme d'habitude.

Elle sentit tout de suite qu'elle n'était pas seule. Mais au lieu de s'en inquiéter, elle se détendit en balayant la pièce du regard.

Vincent était resté, comme il l'avait promis.

Mais elle fronça quand même les sourcils. Il était assis sur la causeuse, les bras croisés sur sa poitrine, et les jambes étendues devant lui. Le dossier lui servait d'oreiller, et même s'il avait l'air plutôt détendu, Remi savait que ce fauteuil était loin d'être aussi confortable que le lit.

D'une certaine manière, elle ne pouvait s'empêcher de se demander pourquoi il n'avait pas dormi à côté d'elle. Le lit était suffisamment grand pour qu'ils ne se touchent même pas. Avait-il simplement fait preuve de politesse en acceptant de

95

rester ? En avait-il vraiment envie ? Avait-il déjà des doutes à son sujet ?

Les doutes lui traversèrent l'esprit tandis qu'elle restait allongée à l'observer.

Comme s'il avait senti son regard, il se mit à s'agiter. Ses yeux s'ouvrirent et se posèrent immédiatement sur elle.

— Bonjour, dit-il en s'étirant.

Remi était incapable de détourner le regard. Cet homme était vraiment magnifique.

— Bonjour.

Le regard de Vincent s'aiguisa.

— Qu'est-ce qui ne va pas ? demanda-t-il.

— Euh, rien... qu'est-ce qui te fait dire que quelque chose ne va pas ?

— Tu n'as pas l'air d'être... sereine.

— J'ai à peine dit un mot, protesta Remi.

Vincent haussa les épaules, mais l'intensité de son regard ne faiblit pas. Il se pencha en avant, posant les coudes sur ses genoux.

— Si ma présence ici te met mal à l'aise, je peux m'en aller.

— Non ! s'exclama Remi avant de fermer les yeux et de soupirer. Je me disais juste que ce fauteuil ne devait pas être confortable, et je me demandais pourquoi tu n'avais pas dormi sur le lit. Enfin, je sais que c'est un peu rapide, mais ça ne m'aurait pas dérangée.

— Regarde-moi.

Remi n'en avait pas envie, elle voulait repousser son départ le plus longtemps possible, mais elle ne pouvait rien lui refuser. Alors elle ouvrit les yeux.

Son regard bleuté était intense dans la lumière matinale passant à travers la fente des rideaux, qu'il avait manifestement fermés après qu'elle s'était endormie.

— J'en avais envie, poursuivit-il. Tu n'as pas idée à quel

point j'avais envie de monter sur ce matelas à côté de toi. Mais je ne veux pas non plus faire quoi que ce soit qui puisse t'effrayer ou te décourager.

Remi se redressa sur le lit et réajusta ses oreillers pour s'adosser. Elle garda la couverture sur ses jambes. Elle savait très bien que c'était dans ce genre de situation que de nombreuses femmes s'étaient fait avoir. Arnaquer. Blesser. Ou pire encore. Et le fait d'inviter un inconnu dans sa chambre d'hôtel, de lui faire confiance, de s'ouvrir à lui... Mais là, il s'agissait de Vincent, l'homme avec qui elle avait partagé une expérience très intense la veille. Une expérience qu'il aurait pu gérer sans problème, mais qui aurait pu très mal se terminer pour elle.

C'était seulement grâce à lui qu'elle était assise dans sa chambre d'hôtel à ce moment-là. Si elle ne pouvait pas lui faire confiance pour défendre ses intérêts après tout cela, *à qui* pouvait-elle faire confiance ?

— Je n'ai pas peur de toi, lui assura-t-elle.

Il inclina légèrement la tête, et Remi ne put s'empêcher de le trouver encore plus adorable. Ses cheveux étaient en bataille, et sa barbe de trois jours était un peu plus dense aujourd'hui. Elle s'était abstenue de trop s'attarder sur le pantalon de survêtement gris qu'il avait enfilé la veille après sa douche... mais le fait qu'il le remplissait largement au niveau de l'entrejambe ne lui avait pas échappé.

— Je ne suis pas un homme très doux.

On aurait dit qu'il la mettait en garde.

Sans le vouloir, Remi se mit à rire. Son rire habituel, mais cette fois, elle n'était même pas gênée.

— Je n'essayais pas d'être drôle, lui dit Vincent.

— Je sais, je suis désolée. Mais Vincent, si tu crois que je ne l'avais pas remarqué, tu te trompes. Tu es un SEAL. Je ne suis peut-être pas tout à fait consciente de ce que tu fais, mais je ne suis pas idiote non plus. Et même si tu as un travail dangereux, où il faut parfois tuer ou être tué, hier... tu as été *gentil* avec moi.

Il se contenta de la fixer des yeux depuis l'autre côté de la pièce.

Remi prit une grande inspiration avant de reprendre :

— Si j'avais peur de toi, je ne t'aurais pas demandé de rester hier soir. Cela peut paraître naïf mais... ça m'a changée. J'ai regretté tout ce que j'ai loupé dans la vie en restant dans mon appartement et en ne m'aventurant jamais plus loin. Même ici, sur cette île magnifique, j'ai passé plus de temps dans mon hôtel qu'ailleurs. La plongée était l'activité que j'attendais avec le plus d'impatience, et si tu n'avais pas été là, je ne serais très probablement pas en face de toi à l'heure actuelle. Alors non, tu ne me fais pas peur. Les araignées me font peur. Les ponts-levis aussi. Le fait que l'Affreux n'ait pas réussi son coup hier, et qu'il pourrait essayer de me tuer à nouveau, aussi. Mais toi ? Non, Vincent. Tu ne me fais pas peur.

En réponse, l'homme qui se trouvait de l'autre côté de la pièce se leva lentement. Remi ne détourna pas le regard du sien. Elle en était incapable. Elle se sentait figée sur place, comme si elle observait d'en haut ce qui se passait.

Vincent contourna le lit et s'assit près d'elle sur le matelas. Elle se déplaça un peu pour lui laisser plus de place, mais il ne lui donna pas l'occasion d'en faire plus. Il posa une main sur le matelas, près de ses fesses, puis se pencha sur elle. Remi retint son souffle.

— Je suis sur le coup, lui dit-il doucement.

Même s'il lui était difficile de détourner les yeux de ses lèvres, Remi s'efforça de croiser son regard. Il était intense et plein d'émotions. Si elle avait eu des doutes sur cet homme, ils auraient été anéantis sur-le-champ. C'était un peu ridicule, mais à cet instant précis, elle aurait juré voir leur avenir dans son regard.

— D'accord.

— Compris ?

Remi acquiesça.

— Hier, tu m'as assuré que je pouvais te faire confiance, et tu avais raison. Sur toute la ligne. Sur le fait que je devais rester calme, que quelqu'un allait venir nous chercher, qu'il fallait aller sous l'eau et partager l'oxygène, et que ce bateau n'était pas celui de ton ami... Tout. Tu m'as mise au chaud, tu m'as nourrie, et tu m'as fait boire environ quinze litres d'eau. Si tu me dis que tu maitrises la situation, je te crois.

Vincent ferma les yeux et inspira profondément. Remi ne savait pas ce qui lui passait par la tête, mais elle avait l'impression que c'était capital. Un changement de vie. Une vague d'excitation l'envahit. Elle avait soudain envie de partager ses pensées les plus intimes, d'admettre à quel point elle était déçue de ne pas s'être réveillée dans ses bras, de lui dire qu'elle avait envie de lui. Ici et maintenant. Nu et profondément enfoui en elle.

Au lieu de cela, elle s'empressa d'ajouter :

— Mais te faire confiance ne signifie pas que je *ne vais pas* intégrer Bertie et l'Affreux dans l'une de mes bandes dessinées, et faire en sorte que Pecky les humilie.

Vincent ouvrit les yeux en souriant.

— J'ai hâte de voir ce que tu leur réserves.

Au bout d'un moment, il ajouta :

— Ça va marcher. Toi et moi. Ça va marcher.

— J'espère que oui... et qu'une fois que tu sauras à quel point je suis... introvertie, tu ne regretteras rien.

— Non.

Il avait répondu avec une telle conviction que Remi sentit quelque chose au fond d'elle ; elle sentit la petite voix qui murmurait toujours qu'elle était trop grosse, trop bizarre, trop... tout, s'étioler et mourir. Avec cet homme, elle n'était que

Remi Stephenson. Elle pouvait être *exactement* ce qu'elle était déjà.

— J'ai une question, annonça-t-elle avec un petit sourire.

— Oui ?

— Est-ce qu'on pourrait trouver un camion à tacos aujourd'hui, en allant voir ton ami ? Je n'ai jamais eu les tacos que le capitaine m'avait promis.

— Tout ce que tu veux.

— Merci.

Ils ne se quittèrent pas des yeux pendant quelques secondes, qui lui semblèrent être des minutes, avant que Vincent se penche lentement vers elle. Le cœur de Remi s'accéléra. Elle releva le menton à son approche. Ses lèvres frôlèrent les siennes, et au moment où elle ouvrait la bouche pour l'inviter à entrer, il releva la tête.

Confuse, Remi le regarda fixement.

— J'ai envie de toi, de t'embrasser longuement et fougueusement. J'ai envie de me glisser sous les couvertures avec toi et contempler tes courbes sans que rien ne m'en empêche.

— D'accord, répondit Remi dans son souffle.

Elle aussi en avait envie, de toutes ses forces.

Les lèvres de Vincent se courbèrent en un petit sourire sexy.

— Mais je ne peux pas, ajouta-t-il.

Remi fronça les sourcils, et pendant un instant, elle eut l'horrible impression que tout ce qu'elle avait ressenti n'était peut-être qu'un mensonge. Mais elle écarta cette pensée la seconde d'après. Non, cet homme ne lui mentirait pas. Elle aurait parié toute la fortune de sa famille là-dessus.

— Pourquoi ? demanda-t-elle.

— Parce que j'ai la mauvaise haleine du matin.

Remi sourit. Super. Cet homme était parfait pour elle.

— Moi aussi, avoua-t-elle.

Vincent leva la main et la passa dans ses cheveux.

Remi grimaça, n'arrivant pas à croire qu'elle avait oublié à quel point ses cheveux pouvaient être ébouriffés le matin. Elle n'avait pas pris la peine de les sécher après sa douche. Elle avait trop faim et trop envie de passer plus de temps avec Vincent. Ils devaient dépasser de partout, comme si elle venait de mettre son doigt dans une prise électrique.

— J'adore tes cheveux, murmura-t-il, ses doigts s'enfonçant dans les mèches sauvages.

— Ils sont ridicules.

C'est tout ce que Remi fut capable de dire. La sensation de sa main dans ses cheveux était tellement agréable.

— Ils ont leur propre énergie. Ils sont rebelles, indépendants, beaux. Comme toi.

Waouh... cet homme.

Le regard de Vincent renoua avec le sien, mais sa main ne quitta pas ses cheveux.

— Qu'est-ce que tu aimes pour le petit déjeuner ? Un muffin et des fruits ? Des crêpes et des saucisses ? Rien du tout ? Tu bois du café ?

— À la maison, des yaourts et des flocons d'avoine, s'entendit répondre Remi, même si elle avait l'impression d'être dans une autre dimension. Mais en vacances... ici... malasadas, ananas frais, autres fruits... et café Kona.

Vincent sourit.

— Parfait. Je me disais que nous pourrions nous diriger vers le Nord de bonne heure. La circulation est toujours horrible, mais nous pouvons la devancer. Nous pourrons passer plus de temps avec Baker et sa femme, Jodelle, et peut-être éviter la foule à la plantation de Dole, si nous arrivons au moment de l'ouverture.

— D'accord.

— À toi de choisir comment ça se déroule.

— Choisir ?

— Soit je retourne à mon hôtel prendre une douche et me préparer, puis acheter des malasadas et du café au passage avant de te retrouver ici, dans le hall...

— Soit ? s'enquit Remi lorsqu'il marqua une pause.

— Soit pendant que tu te douches, je descends nous chercher le petit déjeuner, je le ramène ici, et tu pourras manger pendant que je me préparerai.

— Je choisis ça, répondit Remi sans hésiter.

Vincent la dévisagea.

— Je croyais que nous avions déjà eu cette conversation. Je te fais confiance, Vincent. À moins que tu ne veuilles pas rester, et que tu essaies de me donner une porte de sortie.

— Je veux rester, lui rétorqua-t-il immédiatement.

— Alors, reste, murmura-t-elle.

— Merde, jura Vincent dans sa barbe.

Puis il l'attira dans ses bras et la serra contre lui.

Tandis qu'il la tenait fermement, Remi enfouit son nez entre son épaule et sa tête et inspira profondément. Ils étaient tous deux entièrement vêtus, mais pour une raison ou une autre, ils se sentaient extrêmement intimes.

— Je ne te mérite pas, mais je vais me plier en quatre pour être le genre d'homme que *tu* mérites, lui affirma-t-il, le nez dans ses cheveux.

Remi se recula et le regarda fixement. Il ne la lâcha pas, et elle sentit la chaleur intense de ses mains sur son t-shirt.

— Tu sais quoi ? C'est déjà le cas.

Elle n'arrivait pas à interpréter l'expression de son visage, mais il était évident que ses paroles signifiaient quelque chose pour lui.

Vincent se pencha à nouveau vers elle, et cette fois, ses lèvres frôlèrent son front dans un baiser à peine perceptible. Les tétons de Remi se raffermirent, et elle sentit son cœur se contracter. Cette séduction sans précipitation était très excitante. Si cela n'avait tenu qu'à elle, elle aurait couché avec lui à la seconde même, mais elle ne pouvait nier qu'elle appréciait aussi la lenteur de l'approche.

Lenteur ? Elle faillit éclater de rire. Cela faisait seulement *un jour* qu'elle avait rencontré cet homme. Jusqu'à présent, rien dans leur relation n'avait été d'une quelconque lenteur. Mais rien n'avait jamais été aussi parfait non plus.

— Tu as faim ? lui demanda Vincent.

Remi haussa les épaules. S'il parlait de sexe, elle en avait très envie. Mais ce n'était probablement pas de cela qu'il parlait.

— Le magasin Dole n'ouvre qu'à 9 h et demie. Nous avons le temps. Si tu veux, tu peux rester ici et regarder le lever du soleil un moment avant de te lever.

— Oui ! s'exclama-t-elle sans même y réfléchir.

En guise de réponse, Vincent se leva et se dirigea vers l'immense baie vitrée de la chambre, qui s'étendait du sol au plafond, puis tira les rideaux. L'un des meilleurs atouts de la suite était le balcon, et comme la chambre était à l'angle, elle avait à la fois vue sur les montagnes et sur l'océan. Elle pouvait donc assister au lever et au coucher du soleil.

La lumière extérieure avait une teinte rosée, et le soleil n'avait pas encore franchi les montagnes. Pour sa plus grande joie, Vincent revint vers le lit, du côté opposé cette fois, et souleva les couvertures. Il s'approcha d'elle, puis la tira vers le bas jusqu'à ce qu'elle soit allongée contre lui. Il passa l'un de ses grands bras musclés autour de sa taille. Il mit quelques coussins derrière sa tête pour contempler le lever du jour.

Ils restèrent dans cette position pendant que le soleil se frayait lentement un chemin à travers les montagnes. Ils ne parlaient pas, ils profitaient simplement du moment. Le fait que Vincent soit le genre d'homme qui savait être dans le moment présent en disait long sur lui. Il n'avait pas immédiatement saisi son téléphone pour consulter ses messages ou les réseaux sociaux. Il n'était pas impatient de se lever et de se mettre en route. C'était peut-être un grand et terrible Navy SEAL, mais c'était aussi un homme qui s'inquiétait de l'haleine du matin, qui voulait s'assurer qu'elle ne se sentait pas contrainte ou mal à l'aise à l'idée qu'il reste dans la chambre, et qui était assez heureux pour passer leur première matinée ensemble à simplement... être.

Remi ferma les yeux et sourit.

Lorsqu'elle les rouvrit, elle sentit que Vincent la regardait. Elle tourna la tête et vit qu'en effet, son attention était portée sur elle, et non sur le beau spectacle qui se déroulait à l'extérieur.

— Quoi ? murmura-t-elle.

— J'ai fait des choses que je regrette dans ma vie. Des choses moralement graves. Mais j'ai aussi fait de mon mieux pour être un bon ami, un bon fils, et un bon petit ami les quelques fois où j'ai eu une relation sérieuse. J'ai l'impression que tout ce que j'ai fait, tout ce que j'ai vécu, m'a conduit à ce moment... allongé dans un lit avec une femme que j'admire, que je désire plus que tout ce que j'ai jamais désiré dans ma vie, et que j'ai hâte de mieux connaître. Je regarde simplement le soleil se lever sur un nouveau jour. C'est surréaliste.

— C'est plutôt moi qui devrais dire ça, répondit Remi, touchée qu'il la voie ainsi. Je ne sais pas comment les choses vont évoluer entre nous. Nous pourrions très bien nous rendre compte que nous avons été attirés l'un par l'autre à cause de la situation intense dans laquelle nous nous trouvions, et que nous n'avons rien en commun. Mais même si c'est le cas, je veux que tu saches que je ne t'oublierai jamais. Et si les choses fonctionnent, je serai la meilleure petite amie que tu aies jamais eue. Je te soutiendrai, toi et tes coéquipiers. Je n'en voudrai jamais à la marine de t'éloigner de moi lors des missions. Je serai ta pom-pom girl, ta supportrice, et je ne te prendrai jamais pour acquis.

— Comme je l'ai déjà dit, ça va marcher, je vais m'en assurer, lui répondit Vincent.

Puis alors que leurs regards restaient verrouillés l'un à l'autre, il marmonna dans son souffle :

— Et puis merde.

Il pencha la tête, et ses lèvres se retrouvèrent contre celles de Remi avant qu'elle ait le temps de cligner des yeux. Ils avaient déjà échangé des baisers dans l'océan, mais c'était différent. Moins désespéré, plus confiant... plus passionné.

Remi ne pensait pas à l'haleine du matin. Elle ne pensait à *rien d'autre* qu'à la sensation de bien-être que lui procurait Vincent en planant au-dessus d'elle tandis qu'il lui faisait l'amour avec sa bouche comme s'il était insatiable. La passion qu'elle ressentait avec lui était bien plus puissante que tout ce qu'elle avait pu ressentir auparavant. Elle avait des fourmis jusqu'au bout des doigts et des orteils.

Lorsqu'il releva la tête, Remi se sentit presque étourdie.

— Waouh, murmura-t-elle.

Vincent sourit. Le bout de ses doigts effleura sa joue.

— Je sais. Je vais descendre voir si je peux te trouver quelques malasadas. Tu prends quelque chose dans ton café ?

— Juste du café noir, s'il te plaît.

Il sourit de plus belle.

— Encore un signe que nous étions faits pour nous rencontrer. Combien de temps te faut-il pour te préparer ?

Remi haussa les épaules.

— Vingt minutes ?

— Vingt minutes ? s'étonna-t-il en haussant un sourcil.

— Oui, c'est trop long ?

— Bertie avait besoin d'au moins une heure.

— Je ne suis pas Bertie, souligna Remi avec fermeté.

— Non, certainement pas. Dieu merci.

Puis il se pencha à nouveau et l'embrassa langoureusement avant de soulever les couvertures et de descendre du lit.

— Prends ton temps. Je serai probablement parti un peu plus longtemps que ça. Pas besoin de se presser, nous avons tout notre temps ce matin.

— Où vas-tu trouver des malasadas ? Il y a un petit café qui en vend en face du hall d'entrée, lui signala Remi. Ou du moins, quelque chose qui s'en rapproche.

— Je vais t'en trouver des vrais, lui assura-t-il. Il n'y a rien de mieux que ceux de Leonard's.

— Leonard's ? s'enthousiasma Remi en se redressant sur le lit, balayant ses cheveux de son visage. Mais il y a toujours la queue.

— Oui, mais ça va vite.

— Tu n'es pas obligé de…, commença-t-elle.

Mais Vincent se dirigeait déjà vers la salle de bains. Il réapparut quelques minutes plus tard et revint vers le lit. Il l'embrassa sur la tête et lui caressa la joue.

— Je serai bientôt de retour.

— D'accord.

Que pouvait-elle dire d'autre ? Cet homme était prêt à faire la queue chez Leonard's pour lui offrir d'authentiques malasadas. Si elle n'était pas en train de tomber amoureuse de lui avant, ce serait le cas maintenant.

Il lui sourit, se dirigea vers la porte, puis disparut.

Remi prit une grande inspiration.

Était-elle stupide ? Laissait-elle ce type se jouer d'elle ?

Non. Elle le savait, dans les moindres recoins de son être. S'il avait voulu lui faire du mal, il avait tout le loisir de le faire la veille, lorsqu'elle était tombée de sommeil dans le lit.

Elle poussa un petit cri, se mit sur le dos et regarda le plafond. Qui aurait cru qu'une expérience aussi terrifiante pourrait littéralement changer sa vie pour le mieux ? Si l'Affreux savait à quel point sa petite combine avait mal tourné, il serait *furieux*. Cette pensée la fit sourire. Elle espérait presque que c'était lui le responsable.

On ne pouvait pas savoir ce que l'avenir nous réservait, mais Remi se jura de ne pas regretter un seul instant. Si Vincent et elle ne s'entendaient pas, tant pis. En attendant, elle allait vivre le moment présent pour la première fois de sa vie. Elle pouvait pratiquement entendre Marley dans sa tête, lui disant de foncer.

Remi balança ses jambes sur le côté du lit, se leva, puis se dirigea vers la salle de bains. Elle avait tout son temps, puisque Vincent devrait probablement faire la queue la plus longue de l'humanité chez Leonard's. Mais elle voulait être prête quand il reviendrait. Elle se réjouissait de cette journée, de retourner à la plantation de Dole avec quelqu'un, et même de revoir cet homme sexy et plus âgé qui les avait sauvés du milieu de l'océan.

Elle avait prévu de passer son dernier jour à Hawaï assise sur la plage, peut-être à esquisser de nouvelles idées pour sa bande dessinée, mais elle était plus qu'heureuse de voir ses plans changer aussi radicalement. Elle n'était pas sûre de ce qui se passerait avec l'Affreux, ou Vincent, ou son ex, mais pour la première fois depuis longtemps, elle était impatiente de découvrir ce que lui réservait l'avenir.

7

———

L'expression de Remi lorsqu'elle ouvrit la boîte de Leonard's Bakery ce matin-là et découvrit ce qu'il avait ramené n'avait pas de prix. Kevlar avait un peu exagéré en prenant des malasadas classiques et des versions fourrées. Mais il avait aussi pris des Pao Doce – du pain sucré hawaïen farci de saucisses portugaises – et des chaussons à l'ananas.

Cela faisait longtemps qu'un geste aussi basique de sa part n'avait pas fait autant plaisir à quelqu'un. Il n'aimait pas comparer Remi à Bertie, mais son ex aurait levé les yeux au ciel, lui aurait dit combien de calories contenaient les friandises, et aurait refusé d'en manger. Le plaisir de Remi et la surprise sincère que quelqu'un fasse une chose aussi simple pour elle donnaient à Kevlar l'envie de trouver d'autres moyens de la réjouir.

Leur visite à la plantation de Dole fut amusante. Comme Remi l'avait déjà visitée en début de semaine, ils ne prirent pas la peine d'aller voir les différentes variétés d'ananas qui poussaient, et se dirigèrent directement vers le labyrinthe. Kevlar la laissa mener la danse et elle les fit tellement tourner en rond qu'ils étaient bel et bien perdus. Il ne s'était jamais autant amusé. Il n'avait jamais autant ri.

Ce fut une révélation. Il passait de bons moments avec ses amis, mais en tant que SEAL et chef d'équipe, il se sentait obligé d'être toujours sur le qui-vive. Mais Remi respirait le bonheur et la volonté de vivre pleinement sa vie. Lorsqu'il le lui dit, elle leva les yeux au ciel et s'opposa catégoriquement, affirmant que c'était une inadaptée sociale qui passait la majeure partie de son temps seule dans son appartement, avec seulement Pecky le Taco pour lui tenir compagnie.

C'était difficile à concilier dans sa tête. Elle n'avait aucun problème pour discuter et rire avec les gens qu'ils rencontraient en jouant les touristes. Elle ne lui paraissait pas timide et semblait se délecter de ses interactions avec les autres.

De plus, Remi était l'une des personnes les plus gentilles qu'il ait jamais rencontrées. Les touristes qui la croisaient dans la boutique de souvenirs de la plantation de Dole ne semblaient pas l'agacer, elle souriait à tout le monde, et elle insista même pour lui acheter un porte-clés en forme d'ananas en guise de souvenir.

En fin de compte, Kevlar se sentait de plus en plus attiré par elle au fil de la journée. Il n'avait rien trouvé chez elle qui le rebutait. Certes, il venait de la rencontrer, mais cela ne ressemblait pas à un effet rebond. Il venait de mettre fin à une relation longue, il n'avait pas l'intention d'en entamer une autre si tôt, mais être avec Remi lui semblait… naturel. Il n'était pas prêt à l'épouser, bien sûr, mais il savait qu'au cours de l'année qu'il avait passée avec Bertie, même au début, il n'avait pas ressenti pour elle les choses qu'il ressentait pour Remi au bout d'une seule journée.

Comme prévu, ils arrivèrent à la maison que Baker partageait avec sa femme, Jodelle, un peu après midi. C'était une petite maison dans un quartier sympathique près de la côte nord. Ils étaient assis sur des chaises de jardin à l'arrière de la maison, sur la terrasse, et Remi était en pleine conversation avec Jodelle au sujet du garçon qu'elle avait adopté et de la façon dont il s'en sortait à l'université à Honolulu.

— Je l'aime bien, déclara discrètement Baker à Kevlar.

Kevlar sourit, satisfait du compliment. Il ne connaissait pas vraiment Baker, sauf à travers les informations qu'il fournissait à leur commandant pour certaines de leurs missions, mais d'après les rumeurs chez les SEALs, il n'était pas du genre à s'immiscer dans les affaires personnelles des gens.

— Moi aussi, lui confia-t-il.

Kevlar entendit Remi s'esclaffer, ce qui le fit sourire de plus belle. Elle trouvait peut-être son rire ridicule, mais pour lui, il était tout simplement adorable.

— J'ai parlé à Tex, annonça Baker d'un ton beaucoup plus sérieux.

Kevlar se retourna et lui accorda toute son attention, l'invitant à poursuivre :

— Et ?

— Et d'après ce que nous savons, ni Bertie ni Miles n'étaient impliqués.

— Miles ? s'enquit Kevlar.

Baker pinça les lèvres.

— L'Affreux.

Kevlar se sentit stupide. Il ne connaissait même pas le nom de l'ex de Remi. Dans sa tête, il l'appelait l'Affreux, comme elle le faisait.

— Ah oui... et tu en es sûr ?

— Pratiquement. Miles est un connard opportuniste. Je suppose qu'il avait des vues sur l'argent de Remi depuis le début. Elle en gagne pas mal avec ses bandes dessinées, mais surtout... tu savais qu'elle gagnait une somme à sept chiffres par an grâce aux intérêts de son fonds de placement ?

Kevlar l'ignorait. Mais honnêtement, cela n'avait aucune importance pour lui. Il secoua la tête.

— Tu sais qui sont ses parents ?

— Oui.

— Bien. Lorsqu'ils décéderont, elle héritera d'encore plus de millions.

Kevlar hocha la tête. Il n'avait que faire de son argent. Il se souciait qu'elle n'ait pas à s'inquiéter de quoi que ce soit à l'avenir, qu'elle ait toujours un toit au-dessus de la tête et qu'elle n'ait pas à lutter, mais en ce qui le concernait, la quantité d'argent qu'elle ou ses parents possédaient ne le regardait pas. Elle ne l'intéressait pas pour son compte en banque, elle lui plaisait pour sa personnalité. Et il savait qu'il n'avait découvert que la partie émergée de l'iceberg. Il était impatient d'aller plus loin et d'en savoir plus.

— Son ex essayait de la convaincre de souscrire une assurance-vie, lui expliqua Baker. Après quelques recherches approfondies, j'ai trouvé la copie électronique d'une police d'assurance qu'il avait fait établir par un agent, mais elle n'est pas signée. Je suppose qu'il lui en a parlé et qu'elle a refusé.

Kevlar pinça les lèvres.

— Quel enfoiré, marmonna-t-il.

— Oui, mais Bertie n'était pas beaucoup mieux, poursuivit Baker.

Kevlar soupira.

— Je le sais. Elle m'a demandé de modifier ma propre assurance auprès de la marine. Elle voulait son nom en tant que bénéficiaire. Elle m'a dit que je lui *devais ça* pour être restée avec moi pendant tant de déploiements, et que si quelque chose arrivait, je devrais vouloir qu'on s'occupe d'elle.

Baker lui lança un regard.

— C'est une connasse cupide.

Kevlar ricana, mais le son était plat.

— C'est vrai.

— Mais je ne suis pas sûr qu'elle soit assez intelligente pour accomplir ce qui s'est passé hier.

— Pas sûr qu'il faille absolument être intelligent, il suffit de mettre assez d'argent dans les mains de la bonne personne, avança sèchement Kevlar

— C'est vrai. Je suis parfois étonné de voir ce que des gens stupides peuvent accomplir lorsqu'ils sont suffisamment motivés.

— Il est donc *possible* que ce soit elle, ajouta Kevlar.

C'était à la fois une question et une affirmation.

— C'est possible, mais jusqu'à ce que Tex et moi trouvions des preuves concrètes, nous pensons que ce n'est pas le cas.

Kevlar acquiesça, puis posa la question qui lui était venue instantanément à l'esprit lorsque Baker l'avait informé qu'ils n'avaient rien trouvé qui puisse impliquer Bertie ou l'Affreux.

— Alors qui ?

— C'est ce que j'allais *te* demander. Tu as énervé quelqu'un dernièrement ?

— Beaucoup de monde, lui répondit Kevlar en toute honnêteté.

— Quelqu'un qui voudrait se débarrasser de toi ?

Il haussa les épaules.

— Me laisser à huit miles des côtes *avec* mon équipement de plongée, serait-ce vraiment vouloir se débarrasser de moi ?

— Non.

L'aplomb avec lequel Baker répondit lui fit du bien.

— Exactement.

— Ce qui signifie que quelqu'un veut tuer Remi, conclut Baker.

L'estomac de Kevlar se serra à cette idée.

— Qui donc ?

— Je ne sais pas. Je te le demande.

— Je ne la connais pas assez bien pour connaître la réponse à cette question, admit Kevlar à contrecœur.

— Tu devrais remédier à ça, lui suggéra Baker.

— J'y travaille, le rassura-t-il.

— Nous aussi, lui rappela Baker.

Se sentant rassuré que Tex et Baker continuent à creuser l'affaire, Kevlar acquiesça.

— Tu la ramènes chez toi ? demanda Baker.

— Heureusement pour moi, elle vit déjà à San Diego, répondit Kevlar en souriant.

— C'est une chance, en effet, convint Baker. Mais ce n'était pas l'objet de ma question.

Kevlar regarda Baker en haussant les sourcils.

— Elle me rappelle ma Jodelle..., poursuivit Baker à voix basse pour ne pas être entendu.

Les deux femmes ne semblaient pas du tout intéressées par leur conversation. Elles riaient et discutaient comme si elles se connaissaient depuis toujours.

— Ma femme a en elle un puits d'amour si profond qu'il engloutit quiconque a la chance de franchir ses barrières et de le découvrir. Toi, ton équipe, toute âme malheureuse qu'elle pense être dans le besoin. Une fois qu'elle a ouvert son cœur, c'est fini. C'est une affaire réglée. J'ai le sentiment que Remi est du même acabit. Sois prudent, Kevlar. Ne t'engage pas si tu n'es pas prêt à aller jusqu'au bout.

Ses premiers mots avaient fait du bien à Kevlar, mais à la fin de son discours, il était un peu énervé.

— Je ne déconne pas avec les femmes, répliqua-t-il à Baker de manière un peu agressive. Quand j'étais plus jeune, les relations superficielles me convenaient. Mais maintenant, je veux plus que ça. Je veux la même chose que Wolf et ses coéquipiers. Je veux une femme qui, lorsque je rentre chez moi, me donne l'impression d'avoir laissé tous mes soucis derrière moi à la seconde où je franchis la porte. Quelqu'un qui peut faire disparaître les choses que j'ai vécues d'un simple sourire.

— Et tu penses que Remi est cette femme ? l'interrogea Baker.

Kevlar ne voulait pas mentir à cet homme.

— Je ne sais pas. Mais après l'avoir côtoyée pendant une journée, je me sens plus proche d'elle que je ne l'ai *jamais* été de Bertie, avec qui j'étais depuis un peu plus d'un an. Elle me fait rire. Elle me fait réfléchir. Elle me donne envie d'être une meilleure personne, et de me plier en quatre pour la rendre heureuse. La seule chose que je sais, c'est qu'il ne s'agit pas d'une simple transition. J'ai l'impression que c'est bien plus que ça.

— Il me semble que c'est un bon début, déclara Baker.

— Quelqu'un a faim ? demanda Jodelle, interrompant leur conversation. Baker et moi avons déjà pris un petit déjeuner tardif, mais je peux aller préparer des sandwichs ou autre, si quelqu'un veut quelque chose.

Baker sourit à sa femme, et Kevlar sentit une pointe de jalousie le traverser. L'ancien SEAL était un homme extrêmement bourru. Sa vie l'avait rendu ainsi. Mais avec sa femme, il était évident qu'il était complètement différent.

— Je ne mange pas si tu ne manges pas, dit Baker à Jodelle.

Elle se mit à rire, puis se tourna vers Remi.

— Une fois, j'ai préparé des sandwichs pour le petit déjeuner des surfeurs du lycée. Il m'en restait un, et je l'ai proposé à Baker. Il a refusé de manger si je ne mangeais pas. Aujourd'hui encore, lorsque nous sommes ensemble, il refuse de mettre quoi que ce soit dans sa bouche si je ne mange pas aussi. C'est à la fois mignon et agaçant.

Baker se contenta de hausser les épaules.

— Ça n'arrivera jamais.

— J'apprécie l'offre, mais j'ai promis à Remi de lui trouver un camion à tacos, répondit Kevlar.

— Génial ! s'exclama Jodelle. La plupart des food trucks d'ici servent des crevettes, mais le camion Surf N' Salsa propose des tacos au poisson à tomber par terre, et bien sûr, leur salsa est l'une des meilleures que j'aie jamais mangées. Ils proposent également des burritos et une très bonne assiette de viande à la mexicaine. Je crois que le Pupukea Grill propose aussi des quesadillas, mais les files d'attente sont toujours plutôt longues. J'ai failli oublier Papi's Tacos ! Ils font des tacos *incroyables*. Mais Kevlar, je vous en prie, ne quittez pas la côte nord sans passer par Matsumoto Shave Ice. C'est la meilleure glace pilée de l'île, haut la main.

— Tu as une préférence, Remi ? demanda Kevlar.

— Hmm... tous ? répondit-elle avec un petit rire.

— Vendu.

Remi haussa un sourcil.

— Je plaisantais.

— Pas moi, lui dit Kevlar. Tu as d'autres projets pour aujourd'hui ?

— À part rentrer jusqu'à l'hôtel en roulant, tu veux dire ?

Tout le monde éclata de rire.

— N'oubliez pas de vous arrêter à la plage de Laniakea pour voir les tortues. Il n'y a aucune garantie qu'elles soient là, mais elles adorent venir sur le rivage et se prélasser au soleil. Les habitants se relaient pour les protéger des touristes qui ont envie de s'asseoir sur elles pour prendre des photos, ce genre de bêtises.

— Des tortues ? Sur la plage ? s'enthousiasma Remi en se retournant vers Kevlar. On peut y aller ? S'il te plaît !

— Bien sûr, répondit Kevlar sans hésiter.

Il sentit que Baker le regardait, mais il ne voulait pas se

détourner de l'excitation et du bonheur qu'il lisait dans les yeux de Remi. Elle était pratiquement en transe.

— C'est le plus beau jour de ma vie, s'exclama-t-elle.

Kevlar se rendit compte une fois de plus que cette femme était différente de toutes celles qu'il avait fréquentées jusqu'à présent. Elle ne s'était pas attardée une seule fois sur le fait que quelqu'un avait délibérément fait en sorte qu'on les abandonne au milieu de l'océan. Il ne doutait pas qu'elle s'inquiétait encore de savoir qui et pourquoi, mais elle ne laissait pas cette affaire l'empêcher de profiter de leur dernier jour sur l'île. Et elle ne voulait pas non plus passer son temps à faire du shopping ou à dîner dans un restaurant étoilé. Elle était excitée à la simple idée de manger des tacos et de voir des tortues.

C'était enivrant, et Kevlar ne pouvait s'empêcher de s'imprégner du bonheur qui semblait suinter de tous les pores de sa peau.

Il avait envie de cultiver cet aspect de la personnalité de Remi à jamais ; ne pas lui cacher les emmerdements de la vie, mais s'efforcer de lui faire vivre de bonnes expériences pour compenser les mauvaises, de la voir sourire à l'idée d'observer des tortues, de manger des tacos, ou de se perdre dans un labyrinthe. Elle avait fait ressortir un côté de lui qu'il ne soupçonnait pas. Un côté protecteur.

Ses amis lui riraient au nez. S'occuper des autres n'était pas dans sa nature. Il exigeait le meilleur de ses coéquipiers, et il les poussait à bout. Il n'était pas du genre à les complimenter ou à les dorloter, mais chacun des hommes de son équipe savait sans aucun doute qu'il ferait toujours le nécessaire pour les ramener sains et saufs à la maison.

Cependant, avec Remi, il avait envie d'être... plus doux. Il voulait la faire sourire. Il voulait être son roc quand la merde s'abattrait sur elle, comme la veille. Elle n'avait pas hésité à se tourner vers lui quand les choses devenaient difficiles. Il adorait l'idée d'être cette personne pour elle, mais il voulait aussi faire de même quand tout irait bien.

Alors qu'ils s'apprêtaient à quitter la maison de Baker et Jodelle, Kevlar regarda Remi serrer fermement leurs hôtes dans ses bras. Elle avait beau prétendre qu'elle était totalement introvertie, il était évident pour lui qu'elle appréciait être entourée d'autres personnes. Sa gentillesse était contagieuse, et il ne ressentit pas une once de jalousie lorsqu'elle étreignit le taciturne Baker. Remi était tout simplement comme ça. Amicale, compatissante. Il avait le sentiment qu'elle pourrait se lier d'amitié avec le plus bourru et le plus belliqueux des grincheux, et probablement gagner son éternel dévouement par la même occasion.

Ne l'avait-elle pas déjà fait avec lui ?

Kevlar posa sa main dans le bas du dos de la jeune femme et la conduit jusqu'à sa voiture de location.

— J'ai beaucoup aimé rencontrer tes amis, lui dit-elle alors qu'il lui ouvrait la portière.

— Ce ne sont pas mes amis, se sentit-il obligé de préciser.

Remi resta devant la voiture en fronçant les sourcils.

— Quoi ? Si, bien sûr.

— Trésor, jusqu'à hier, je n'avais communiqué avec Baker qu'au téléphone et par email. Je l'ai rencontré pour la première fois sur ce bateau, comme toi.

— Quoi ? Ce n'est pas possible.

— C'est pourtant le cas.

— Oh... eh bien, ce sont tes amis maintenant. Et je les ai trouvés adorables.

Kevlar ne put qu'esquisser un sourire.

— Monte, Remi. Il fait chaud dehors, je vais mettre la climatisation pour que tu ne suffoques pas. Réfléchis à quel food truck tu préfères aller en premier.

Une fois qu'elle fut assise, Kevlar ferma la portière et contourna l'arrière de la voiture jusqu'au côté conducteur.

Il regarda la petite maison et vit Baker qui se tenait toujours dans l'embrasure de la porte. Il lui fit un signe de tête, que Baker lui retourna.

Avec un léger sourire, sentant au fond de lui que Remi avait raison – lui et l'insaisissable Baker étaient probablement devenus des amis – Kevlar monta dans la voiture et mit le moteur en marche, ainsi que l'air conditionné.

Si quelqu'un lui avait demandé quelques semaines auparavant ce qu'il pensait tirer de ses vacances à Hawaï, jamais Kevlar n'aurait pu deviner qu'il se lierait d'amitié avec le *fameux* Baker Rawlins, qu'il ferait une excursion de plongée sousmarine plus intéressante que prévu, et qu'il trouverait la femme avec laquelle il aurait envie de passer le reste de sa vie.

Cette dernière partie était ridicule et tellement tirée par les cheveux que la plupart des gens se moqueraient du fait qu'il affirme avec une telle certitude que Remi Stephenson lui était destinée. Mais il savait ce qu'il ressentait. Il devait juste trouver un moyen de *ne pas* tout gâcher entre eux, de découvrir qui aurait pu vouloir sa mort, et d'atténuer la menace.

Puis vivre heureux jusqu'à la fin des temps.

Ça n'allait pas être facile, mais Kevlar était prêt à relever le défi. Il s'agissait peut-être de la mission la plus importante qu'il ait jamais entreprise dans sa vie, et il n'était pas question qu'il échoue. Les répercussions seraient bien trop importantes.

Il regarda Remi sur le siège à côté de lui. Ses yeux pétillaient et sa tête pivotait sans cesse pour ne rien louper. Elle était heureuse d'être ici. Heureuse d'être avec *lui*.

Non, l'échec n'était pas une option ; pas si cela signifiait perdre le rayon de soleil qui se trouvait à ses côtés.

8

—Ne sois pas nerveuse.

Remi eut envie de lui répondre en ricanant, mais elle se sentait figée. La journée de la veille ressemblait à un rêve. Elle avait apprécié chaque seconde qu'elle avait passée avec Vincent. Elle avait adoré rencontrer ses amis, chercher les food trucks que Jodelle leur avait recommandés, discuter avec les gens qui faisaient la queue chez le glacier, et même patienter dans l'embouteillage sur le chemin du retour à Waikiki.

Pour terminer cette journée parfaite, Vincent avait réservé chez Duke's. C'était une expérience complètement différente en compagnie de quelqu'un d'autre.

Il avait ensuite raccompagné Remi dans sa chambre d'hôtel, puis ils avaient regardé un film sur l'un des services de streaming avant d'assister au coucher du soleil et aux feux d'artifice tirés par l'hôtel tous les vendredis soirs. Elle ne voulait pas que la journée se termine et avait hâte de voir ce que la nuit lui réservait. Mais Vincent n'avait pas arraché ses vêtements pour batifoler avec elle, comme elle l'avait espéré.

Ils s'étaient embrassés, et elle ne s'était jamais sentie aussi désirée de sa vie, mais Vincent avait arrêté les choses avant qu'elles n'aillent trop loin. Et il l'avait fait d'une manière à ce qu'elle ne se sente pas rejetée. Il avait dit qu'il voulait que leur première fois soit spéciale ; qu'il voulait apprendre à tout connaître d'elle, ce qu'elle aimait et ce qui la dégoûtait, pour que tout soit parfait la première fois qu'il lui ferait l'amour.

Remi n'avait jamais eu le déclic avec un homme aussi rapidement qu'avec Vincent. Elle aurait peut-être dû s'inquiéter du fait que c'était une sorte de besoin inconscient de valider son attirance, surtout après sa relation avec l'Affreux. Mais au fond d'elle-même, elle savait que ce n'était pas ça. Être avec Vincent lui semblait... naturel. Comme si elle le connaissait depuis toujours, et pas seulement depuis une journée.

Il avait quitté sa chambre d'hôtel vers 23 h, puis il était revenu à 7 h ce matin-là avec du café frais pour partager un petit déjeuner composé des pâtisseries de chez Leonard's qu'ils n'avaient pas terminées la veille.

Le fait qu'ils aient réservé le même vol pour retourner en Californie était une preuve supplémentaire qu'ils étaient faits l'un pour l'autre. Leur avion ne décollant que vers 20 h ce soir-là, ils passèrent la matinée à faire de la plongée libre dans les eaux proches de l'hôtel.

Ensuite ils se douchèrent, bouclèrent leurs valises, et firent un peu de tourisme avant de se rendre à l'aéroport. Elle avait réussi à faire passer le billet de Vincent en classe affaires, pour qu'ils puissent s'asseoir ensemble pendant le vol retour. Il avait protesté, mais elle l'avait fait quand même.

Et maintenant, ils marchaient main dans la main dans l'aéroport de San Diego, en direction de la zone de récupération des bagages. Ses amis Wolf et Caroline les y rejoignaient. Remi s'était arrangée pour que Marley vienne la chercher, mais elle lui avait envoyé un SMS avant le vol en lui parlant un peu de Vincent, lui stipulant qu'il allait la ramener chez elle... enfin, plutôt son ami. Marley avait prévenu Remi qu'il fallait prévoir une soirée entre filles pour qu'elle puisse entendre tous les détails sur ce nouveau type, que Remi allait être ravie de lui divulguer. Elle voulait l'avis de sa meilleure amie. C'était précieux pour elle.

Mais d'abord, elle devait rencontrer Wolf, l'homme dont Vincent avait parlé dans l'avion. Son mentor, qu'il admirait, et dont il appréciait grandement l'opinion. L'idée de rencontrer quelqu'un qui comptait autant pour Vincent la faisait trembler dans ses bottes... chaussures... tongs... peu importe.

Elle se sentait poisseuse après ce long vol. Elle n'avait pas encore pris son café et n'était pas au mieux de sa forme, mais elle voulait faire bonne impression au mentor de Vincent. C'était important pour elle, et elle avait l'impression de ne pas être à la hauteur.

— Ne sois pas nerveuse, lui répéta Vincent en lui serrant la main tandis qu'ils s'engageaient dans l'escalator.

— Je ne peux pas m'en empêcher, avoua-t-elle.

Dès qu'ils quittèrent l'escalier mobile, Vincent l'attira à l'écart et l'adossa contre un mur. Il se pencha vers elle, jusqu'à ce qu'ils aient l'impression d'être les deux seules personnes au monde. Elle s'agrippa à son t-shirt et le regarda fixement.

Il saisit doucement son visage entre ses mains.

— Tu n'as aucune raison d'être nerveuse.

Elle ricana.

— Aucune, insista-t-il.

— Vincent, c'est un homme que tu respectes. Je veux que sa femme et lui m'apprécient, qu'ils me trouvent assez bien pour toi, même si je me demande encore si c'est la réalité. C'est le lever du jour, mes cheveux vont probablement dans un million de directions différentes, et je n'ai pas encore pris ma dose de caféine.

Remi ferma les yeux en entendant son ton plaintif. Elle

détestait quand son anxiété montait en flèche de la sorte. Ça ne la dérangeait pas que Baker en soit témoin, puisqu'il l'avait littéralement vue dans son pire état lorsqu'il l'avait repêchée dans l'océan. Là, c'était différent.

— Regarde-moi, lui ordonna Vincent.

Remi ne voulait pas, mais elle était incapable de refuser quoi que ce soit à cet homme. Elle releva les paupières et scruta ses magnifiques yeux bleus.

— Je te promets que Wolf va t'adorer. Caroline aussi. Tu sais comment je le sais ?

Remi secoua la tête, la bouche trop sèche pour parler.

— Parce qu'il verra ce que je vois en toi.

Cela n'expliquait rien.

Les lèvres de Vincent tressaillirent.

— Il verra la bonté qu'il y a en toi, jusqu'au bout de tes orteils. Tu n'as même pas besoin de faire d'effort, elle est là pour tous ceux qui sauront la voir. Mais plus encore, il verra comment je te regarde, et il le saura.

Elle ne put s'empêcher de demander :

— Savoir quoi ?

— Que tu es faite pour moi.

Ces quelques mots auraient dû faire fuir Remi. Dans quel monde un homme revendiquait-il une femme qu'il connaissait à peine ? Mais au lieu de cela, un frisson la parcourut.

— D'accord.

Vincent se recula un peu et la dévisagea, comme s'il essayait de lire dans ses pensées.

— D'accord ? s'étonna-t-il. Ça ne te fait pas peur ? Tu n'as pas envie de protester en affirmant que c'est trop tôt, que je me comporte comme un homme de Neandertal ?

— *C'est* trop tôt. Nous sortons tous les deux d'une relation longue. Mais honnêtement, je ressens la même chose. Tu es fait pour moi, Vincent Hill.

Elle murmura la dernière phrase, mais le sourire qui se dessina sur le visage de Vincent fut tout ce dont elle avait besoin pour savoir qu'il n'avait pas exagéré ; elle n'était pas la seule à ressentir cela.

— Très bien. Quand je te dis de ne pas t'inquiéter à propos de Wolf et Caroline, tu peux me croire.

— Je vais essayer.

— C'est tout ce que je te demande.

Vincent se pencha pour l'embrasser. Il se fichait pas mal qu'ils soient dans un aéroport bondé, ou qu'ils aient l'air de s'engager l'un envers l'autre à long terme. Et honnêtement, Remi non plus.

Le baiser était doux et affectueux, et cela lui donna envie d'en faire plus. Elle se souvenait de la sensation de ses mains sur elle la veille au soir, lorsqu'ils s'embrassaient dans sa suite.

Lorsqu'il retira ses lèvres des siennes, ils étaient tous deux haletants, et Remi pouvait sentir l'érection de Vincent contre son ventre. Il l'avait pressée plus fort contre le mur pendant qu'ils s'embrassaient, et elle se sentait protégée. En sécurité.

En voyant qu'il restait sur place, elle le regarda d'un air confus.

— J'ai besoin d'une minute, lui dit-il.

Elle comprit le problème.

— Ah oui, évidemment, dit-elle avec un petit sourire.

— Tu es fière de toi ? demanda-t-il en plaisantant.

Il répondit immédiatement à sa place :

— Tu devrais l'être, je ne me souviens pas de la dernière fois où j'ai bandé en public.

Elle sourit de plus belle.

Vincent prit une grande inspiration et se recula, glissant ses mains sur ses épaules.

— Ça va ?

— Je vais bien, assura-t-elle.

— Tu n'es pas nerveuse ? insista-t-il.

Elle ne pouvait pas lui mentir.

— Toujours nerveuse, mais ça va mieux.

— Super. Tu verras bien que j'avais raison. Prête ?

Elle n'était pas prête, mais d'un autre côté, elle l'était quand même. Elle avait envie de quitter cet aéroport et de commencer sa nouvelle vie. Honnêtement, elle pouvait remercier l'Affreux. S'il n'avait pas été aussi... eh bien... affreux, elle n'aurait jamais rencontré Vincent. L'idée de louper tout ce qu'ils allaient vivre ensemble – elle l'espérait – était trop déprimante pour qu'elle l'envisage.

Vincent se retourna, lui tendit la main une fois de plus, puis ils commencèrent à marcher en direction de la zone de récupération des bagages.

— Et puis ce sera un bon entraînement avant de rencontrer le reste de mon équipe.

Remi faillit trébucher. Elle avait oublié à quel point il était proche des autres hommes de son équipe. L'idée de rencontrer d'autres hommes alpha comme Vincent la faisait trembler.

— Je dois aussi rencontrer Marley, tes parents et ta grand-mère, poursuivit-il. Si tu crois que je ne suis pas nerveux à ce sujet, tu te trompes.

Remi y réfléchit pendant qu'ils marchaient. Il avait raison. S'ils voulaient que leur relation fonctionne, ils devaient se présenter l'un et l'autre aux personnes les plus importantes de leurs vies. Et elle n'avait vraiment aucun doute sur le fait que *les siennes* allaient adorer Vincent. Il était tellement différent de l'Affreux.

Le fait de savoir que Vincent avait la même appréhension à l'idée de rencontrer ses proches lui permit d'évacuer un peu la sienne. Elle savait que ses amis et sa famille allaient être impressionnés, et s'il n'avait aucun doute sur le fait qu'elle impressionnerait les *siens*, elle le croyait volontiers.

De toute façon, il n'était plus question de réfléchir. Un homme et une femme se dirigeaient vers eux, et elle sut instinctivement qu'il s'agissait du couple qui était là pour les raccompagner. Wolf avait une allure distinguée, mais quand même un peu mauvais garçon, et Caroline était...

Remi soupira discrètement. Caroline avait l'air terre-à-terre, et tout à fait normale.

Elle eut momentanément honte de ses préjugés à propos de la mystérieuse femme. Pour une raison ou une autre, elle l'avait imaginée grande, plantureuse, parfaitement maquillée – et complètement inaccessible. Mais au lieu de cela, elle était plutôt... ordinaire.

— Kevlar ! s'exclama l'homme en s'approchant.

Il lâcha la main de sa femme et prit Vincent dans ses bras de manière très masculine : une sorte de demi-étreinte avec quelques coups de poing dans le dos. Les deux hommes souriaient, et Remi les observait en se tenant à l'écart.

— Je suis content que tu ailles bien ! s'enthousiasma Wolf.

— Bien sûr que je vais bien, répliqua Vincent avec un peu d'arrogance.

Wolf se tourna vers Remi.

— Et je suis content que *tu* ailles bien aussi.

— Merci, lui répondit-elle en souriant poliment, un peu décontenancée.

— Je n'imagine même pas ce que tu as vécu, lui dit Caroline. Enfin... si, je peux l'imaginer, mais nous en parlerons une autre fois. Heureusement que Kevlar était avec toi.

Remi voyait bien ce qu'elle voulait dire, Vincent lui ayant un peu raconté l'histoire de Caroline dans l'avion, et pourquoi elle était si respectée et admirée chez les SEALs. Tout ce que cette femme avait vécu était incroyable, et le fait de l'entendre était en partie ce qui rendait Remi si nerveuse à l'idée de la rencontrer. Elle n'avait rien à voir avec Caroline. Elle n'aurait pas pu survivre à la moitié des choses qu'elle avait surmontées. Mais l'air accueillant et sincère qu'elle affichait la détendit légèrement.

Alors qu'ils se dirigeaient vers le tapis à bagages pour attendre leurs valises, Wolf demanda à Vincent :

— Qu'est-ce que tu attends de moi ?

Remi regarda Vincent.

— J'ai besoin de ta patrouille de filles, répondit-il.

Wolf et Caroline éclatèrent de rire, mais Remi était confuse.

— Je suis déjà sur le coup, lui dit Caroline.

— Aces Bar & Grill ? demanda Wolf.

Remi n'était pas sûre de savoir à qui s'adressait la question, à Vincent ou à sa femme, mais ils répondirent à l'unisson :

— Parfait !

Puis Vincent se tourna vers elle en souriant tendrement.

— Qu'est-ce que tu en dis ?

— Euh... à quel sujet ? demanda Remi, complètement confuse.

— Kevlar ! le réprimanda Caroline en lui donnant une tape sur le bras, exaspérée, avant de se retourner vers Remi. La patrouille de filles, ce sont mes amies et moi. Kevlar veut que nous te prenions sous notre aile. Nous répondrons à toutes tes questions. Nous te rassurerons en te disant que sortir avec un Navy SEAL n'est pas aussi horrible que certaines personnes le prétendent. Bien sûr, il y a des défis à relever, mais les récompenses en valent la peine.

Elle regarda son mari avec une expression si intime que Remi se sentit un peu comme la troisième roue du carrosse. Et lorsque Wolf se pencha pour embrasser le front de sa femme, Remi, surprise, cligna des yeux. Combien de fois Vincent lui avait-il fait la même chose ? Cela lui venait-il de Wolf ? Ou était-ce un geste spontané, que tous ces hommes robustes et compétents faisaient sans même s'en rendre compte ?

Elle eut à peine le temps d'y penser, car Caroline poursuivit :

— Si tu veux bien, j'aimerais t'inviter au Aces Bar & Grill pour faire plus ample connaissance. C'est un endroit fun, tranquille et sûr, où nous aimons nous retrouver. La propriétaire fait partie de la bande, et elle a travaillé dur pour transformer ce lieu de drague en lieu de détente où l'on peut se réunir sans pression, sans se soucier des apparences, de nos goûts vestimentaires, et sans croiser de chasseuses de grenouilles.

De nouveau, Remi lança un regard à Vincent, qui vint à sa rescousse.

— Les SEALs sont parfois surnommés hommes-grenouilles, et une chasseuse de grenouilles est une femme qui veut coucher avec le plus grand nombre possible d'entre nous.

Avant de pouvoir masquer sa réaction, Remi plissa le nez.

Ses trois accompagnateurs éclatèrent de rire.

— Exactement, commenta Caroline. L'Aces est relax, il n'y a rien de tout ça là-bas. Enfin, je suis sûre qu'il s'y passe encore des choses, mais ce n'est pas aussi flagrant que dans d'autres bars. Quoi qu'il en soit, si tu es d'accord, nous serions ravies que tu te joignes à nous à l'occasion. Nous essayons de sortir de la maison au moins une fois par semaine. Nous laissons les enfants à nos maris et nous parlons de tout et de rien. L'une de nos activités préférées est de recevoir des femmes qui découvrent l'univers SEAL, afin que nous puissions leur dire la vérité – bonne, mauvaise, vilaine – sur le fait de sortir avec un membre des forces spéciales. Qu'en dis-tu ? S'il te plaît, dis-moi que tu viendras !

Remi ne pouvait pas refuser une offre aussi généreuse ; et en réalité, elle n'en avait même pas envie. Elle avait *beaucoup* de questions à poser, et ça pouvait être amusant de passer du temps avec Caroline et ses amies. Vincent lui avait déjà sûrement parlé d'elles.

— Je peux amener ma meilleure amie ?

— Bien sûr ! s'exclama Caroline sans hésiter. Plus on est de fous, plus on rit. Elle est célibataire ? Parce que les coéquipiers de Kevlar le sont tous...

— Ice, la prévint Wolf.

Caroline se contenta de rire.

Remi savait qu'Ice était son surnom, dont elle avait hérité en sauvant d'une menace terroriste un avion rempli de passagers.

— Quoi ? C'est la *vérité*, dit Caroline d'un ton moins innocent. N'est-ce pas, Kevlar ?

Les lèvres de Vincent tressaillirent.

— C'est vrai.

— Tu vois ! lança Caroline à son mari.

— Marley est mariée, interrompit Remi. Elle a deux enfants.

— Oh, c'est génial. Elle s'intégrera bien à notre bande, dans ce cas.

Évidemment, cela mit encore Remi mal à l'aise. Elle n'avait pas d'enfants. Cela signifiait-il qu'*elle* ne s'intégrerait pas ?

— Commence à réfléchir à toutes les questions que tu te poses. Je prendrai ton numéro quand nous serons dans la voiture et je t'enverrai par SMS quelques dates et horaires pour voir ce qui peut convenir.

— Oh, mon emploi du temps est flexible, lui dit aussitôt Remi. Je travaille à la maison, alors faites comme d'habitude, ça me va.

— Cool. Si je peux me permettre... qu'est-ce que tu fais dans la vie ?

— C'est une artiste, répondit Vincent. C'est elle qui dessine Pecky le Taco ambulant.

Remi sentit son bras passer autour de sa taille, et lorsqu'elle leva les yeux vers lui, elle vit une expression de fierté sur son visage.

— Non ! Sérieusement ? Oh, mon Dieu, attends que je dise ça aux filles ! Il n'y a pas moyen qu'une seule d'entre elles loupe notre prochaine réunion chez Aces !

C'était surréaliste. Non seulement Vincent connaissait sa petite bande dessinée, mais Caroline aussi. Pendant qu'ils attendaient leurs bagages, Caroline la questionna brièvement sur la manière dont elle trouvait ses idées, comment elle avait commencé à dessiner, et lui posa une centaine d'autres questions liées à Pecky et ses amis.

Lorsqu'ils eurent récupéré leurs bagages et qu'ils se dirigèrent vers le parking, Remi avait l'impression de connaître Caroline depuis toujours. Et le fait que Wolf veillait constamment sur sa femme ne lui avait pas échappé. Il s'interposait entre elle et la foule autour d'eux, la prit par le bras et l'écarta du chemin d'un homme qui ne regardait pas devant lui, tournait constamment la tête comme s'il était à l'affût du moindre danger potentiel, et posa une main protectrice dans le bas de son dos tandis qu'ils sortaient de l'aéroport.

À bien y réfléchir, Vincent faisait la même chose.

Chaque fois qu'il la touchait, elle en avait pleinement conscience, et elle n'avait pas pu s'empêcher de s'appuyer contre lui pendant qu'ils attendaient leurs bagages. Elle était fatiguée. Elle comprenait qu'en raison du décalage horaire, voyager de nuit jusqu'au continent était le meilleur moyen de profiter d'un maximum de temps passé sur l'île, et elle était contente de ne pas devoir aller au bureau ou quoi que ce soit, pouvant ainsi se réadapter à sa convenance. Mais elle était encore plus heureuse d'avoir passé davantage de temps avec Vincent avant de devoir retourner à sa vraie vie.

Malgré toutes les certitudes qu'il avait partagées, une petite partie d'elle-même craignait encore qu'après avoir repris sa routine et eu le temps de réfléchir, il se demanderait ce qui lui était passé par la tête. Après tout, ils ne s'étaient pas quittés depuis qu'ils avaient sorti la tête de l'eau et réalisé qu'ils étaient seuls au milieu de l'océan. Cette proximité forcée avait pu faire naître chez elle des sentiments qui n'étaient pas authentiques. Il avait dû prendre soin d'elle, la protéger, mais peut-être que maintenant qu'ils étaient rentrés chez eux, il retrouverait la raison. Peut-être qu'une fois séparés, elle n'entendrait plus jamais parler de lui.

Il ne lui avait donné aucune indication que c'était fini entre eux. En fait, c'était exactement le contraire. Même en ce moment, alors qu'ils se dirigeaient vers la voiture de Wolf, la main de Vincent était fermement appuyée sur sa colonne vertébrale. C'était juste ses propres inquiétudes qui essayaient de miner sa confiance.

— Je m'excuse d'avance à propos de la voiture de Matthew, dit Caroline en riant alors qu'ils entraient dans le parking. BABS est ignoble.

— Elle n'est pas si mal que ça, protesta Wolf.

— Big-Ass Black SUV, expliqua Caroline à Remi. BABS en abrégé. Ce truc est énorme. Gigantesque. Elle pourrait affronter un train et gagner le combat.

— C'est justement le but, plaisanta Wolf avec un sourire satisfait. Quand tu la conduis, je sais que tu es en sécurité.

Caroline secoua la tête en roulant des yeux. Elle lança un regard à Remi, exprimant clairement à quel point son mari l'amusait.

Au fond, Remi trouvait cela mignon.

Lorsque Wolf cliqua sur la clé qu'il tenait dans sa main libre, les feux d'un SUV clignotèrent pas très loin devant eux. En s'approchant, Remi ne put qu'approuver les paroles de Caroline, le véhicule était énorme. Elle ne connaissait pas les modèles de voitures, mais elle reconnut l'emblème de Cadillac à l'arrière.

Wolf et Vincent déposèrent leurs bagages à l'arrière pendant que Caroline et Remi montaient à bord de la voiture. Dès que Vincent la rejoignit sur la banquette arrière, il lui tendit la main, puis la serra en haussant un sourcil, comme pour lui demander si tout allait bien.

Remi lui sourit. Honnêtement, elle était inquiète avant de rencontrer ses amis, mais soulagée de constater qu'il avait eu raison. Ils avaient les pieds sur terre, et elle s'était presque immédiatement sentie à l'aise avec eux.

Caroline fit la causette pendant le trajet. Le plan était de la déposer d'abord avant de ramener Vincent chez lui. Plus ils se rapprochaient de son appartement, plus Remi se sentait déstabilisée. À vrai dire, ça allait lui faire bizarre de se retrouver à nouveau seule. Depuis leur rencontre, Vincent et elle ne s'étaient jamais quittés plus de quelques minutes.

Wolf se gara dans le parking de son immeuble, et au lieu de se sentir soulagé d'être rentrée chez elle, Remi se sentait… triste. Les vacances avaient été successivement bonnes, terrifiantes, puis amusantes. À présent, elles étaient terminées, et Remi ne savait absolument pas ce que l'avenir lui réservait, à part cette soirée entre filles avec les amies de Caroline.

— C'était un plaisir de te rencontrer, s'exclama Caroline en se tournant vers Remi. Je t'enverrai un message plus tard dans la journée pour te donner les détails de notre rendez-vous au Aces, et je te donnerai l'adresse. J'espère vraiment que toi et ton amie viendrez… car les filles vont être *terriblement* jalouses que j'aie déjà eu l'occasion de te rencontrer. Et n'oublie pas de penser aux questions que tu voudrais nous poser sur la vie militaire, la marine, les SEALs et… tout ce que tu veux !

— Caroline, reprends ton souffle, dit Wolf en riant. Tu vas la revoir, ce n'est pas la dernière fois que tu lui parles.

— Je sais, je suis juste excitée, répondit Caroline à son mari en soufflant. J'aimerais bien sortir et te serrer dans mes bras, mais ce serait probablement bizarre. En revanche, attends-toi à ce que je le fasse la prochaine fois que je te verrai, c'est sûr. Avant, ce n'était pas mon genre, mais le fait d'être entourée de toutes mes amies et de leurs enfants m'a transformée.

— Vous m'accordez une minute pour la raccompagner jusqu'à sa porte ? demanda Vincent, interrompant les élucubrations de Caroline.

— Bien sûr, répondit Wolf. Je serai juste ici, en train de peloter ma femme.

— Matthew, protesta Caroline en frappant timidement le bras de Wolf.

En sortant de l'énorme véhicule et en rejoignant Vincent derrière, Remi avait le sourire. Il refusa catégoriquement de la laisser porter sa valise, lui faisant signe d'ouvrir la marche.

Pendant qu'ils marchaient sur le trottoir, elle se retourna vers lui et le surprit en train de regarder ses fesses. Tout en souriant, des papillons dans le ventre, elle se retourna et ouvrit sa porte. Vincent entra, posa sa valise dans le petit hall d'entrée, puis la poussa contre le mur. La porte était toujours ouverte, mais ni BABS ni aucun autre véhicule n'était à portée de vue.

Il s'arrêta dans son élan.

— Vincent ?

— J'ai des choses à faire, lui dit-il étrangement. Je dois appeler Tex, et Bertie – pour l'engueuler et savoir si elle est à l'origine de ce qui s'est passé. Mon commandant, et mon équipe. Il faut que je prenne de leurs nouvelles, et que je leur demande ce qui s'est passé en mon absence.

— D'accord, acquiesça Remi lorsqu'il eut terminé.

— Mais je me sens déjà mort rien qu'à l'idée de ne pas te voir en tournant la tête ; de ne pas entendre ton petit *hmm* de plaisir quand tu bois ta première gorgée de café ; de ne pas voir tes yeux s'illuminer devant une boîte de malasadas ; de ne pas te voir mener par le bout du nez, grâce à ta gentillesse, tous ceux que tu rencontres. Bref, mon trésor... tu vas me manquer.

En entendant ces mots, Remi eut l'impression de fondre et de passer à travers le plancher de son entrée. Est-ce que quelqu'un lui avait déjà dit quelque chose qui l'avait fait se sentir aussi bien ? Non. Sans aucun doute.

— Vincent, murmura-t-elle.

— Je suis sérieux. Je t'ai déjà dans la peau, Remi.

Son regard parcourut son visage, comme s'il essayait de le mémoriser, en quelque sorte.

— Et ici, c'est pareil, poursuivit-il. J'espère vraiment que tu étais sérieuse quand tu as accepté de me voir à notre retour. Parce que *moi* je l'étais... je le suis. Je n'ai jamais ressenti cela auparavant. C'est à la fois bouleversant et excitant.

Elle savait exactement ce qu'il voulait dire, car il venait de décrire parfaitement ses propres sentiments.

Puis il baissa la tête et posa son front contre le sien. Ils restèrent ainsi pendant ce qui lui sembla être des minutes entières. Mais cela ne dura probablement que quelques secondes.

— Il faut que j'y aille, reprit-il sans bouger.

— Je sais.

— Tu dois te reposer.

— Hmm.

Il releva la tête.

— Tu n'es pas obligée de sortir avec Caroline, si tu n'en as pas envie.

— Si, j'en ai envie, le rassura Remi.

— Parfait. C'est une... bonne personne. Comme toutes ces femmes, de bons exemples à suivre en tant qu'épouses de SEALs. Elles te décriront les choses telles qu'elles sont. Elles n'édulcoreront rien. Elles te révèleront toutes les mauvaises choses qui vont de pair avec le fait d'être la compagne d'un SEAL, ainsi que les bonnes. J'ai besoin que tu sois certaine de vouloir être avec moi, Remi. Car si nous continuons… je m'engagerai à cent pour cent, et je serai dévasté si tu ne le fais pas. J'ai vu trop de relations s'effondrer et brûler à petit feu à cause d'attentes non satisfaites et d'idées reçues à propos des forces spéciales.

— Je ne suis pas vraiment quelqu'un d'intéressant, Vincent, lui avoua Remi. Ma conception d'un bon moment, c'est d'être en pyjama sur mon canapé. Sans sortir de chez moi. Je ne suis pas très sociable… *du tout*. Je préfère rester à la maison et dessiner. Je me suis forcée à faire ces choses à Hawaï parce que tant qu'à y être, je me suis dit qu'il valait mieux voir tout ce que je pouvais. Mais j'aurais été tout aussi heureuse en restant dans ma chambre, sur le balcon, à regarder l'océan de loin. J'aurais aussi été plus en sécurité, ajouta-t-elle en soupirant.

— Mais nous ne nous serions pas rencontrés, rétorqua Vincent avec un sourire. Et si tu crois que ça me dérange que tu préfères rester chez toi, tu te trompes. Honnêtement, c'est le paradis. J'aime bien traîner avec mes coéquipiers, et j'espère que tu apprendras à aimer ça aussi. Caroline ne mentait pas à propos du Aces. C'est très intime, presque comme si on était à la maison. Mais si tu n'aimes pas ça, je ne te forcerai jamais à faire quelque chose qui te met mal à l'aise.

— Vincent ?

— Oui ?

— Je le sais… je suis déjà sûre. Je suis à cent pour cent *dans le présent.*

Il la regarda fixement un instant, puis baissa la tête et pressa ses lèvres contre les siennes. Remi déplaça ses mains, les faisant glisser sur sa taille, son dos, puis elle s'accrocha à lui tandis qu'il l'embrassait à pleine bouche. Elle donna autant que ce qu'elle recevait. C'était peut-être une artiste introvertie, mais cet homme faisait ressortir un côté d'elle qu'elle ne soupçonnait pas. Elle le désirait. Elle avait besoin de lui. Elle aurait fait n'importe quoi pour qu'il lui enlève son pantalon à la seconde même pour la prendre contre le mur.

— *Merde*, haleta-t-il après avoir arraché ses lèvres de celles de Remi.

L'une de ses mains était plaquée sur ses fesses, et l'autre s'était glissée sous son chandail, lui faisant l'effet d'une marque indélébile sur sa poitrine.

En retour, elle lui caressa la verge à travers son jean, agrippant son biceps de l'autre main, enfonçant ses ongles dans sa peau.

Ils respiraient tous les deux très fort, et Remi n'avait jamais été aussi humide qu'à ce moment précis. Elle ne voulait rien de plus que l'entraîner dans sa chambre et se mettre nue. Mais il avait des choses à faire. Et Wolf et Caroline l'attendaient.

Il se pencha sur la main qui tenait encore son membre, puis la souleva jusqu'à ses lèvres pour l'embrasser. Il prit une grande inspiration, puis une autre encore.

— Je te rappelle. Prends le temps de faire une sieste, et assure-toi de bien manger quand tu te lèveras.

— Autre chose qu'un beignet, tu veux dire ? lui répondit-elle avec un petit sourire.

— Exactement.

— Seulement si tu en fais autant. C'est vrai, ça fait une semaine que tu n'as pas mangé le moindre cookie. Ne mange pas toute la boîte, je sais que tu l'as cachée dans ton réfrigérateur.

Il lui sourit avant de se reprendre.

— Tu me connais mieux que la plupart des gens, et ça ne fait que deux jours.

— Trois, corrigea-t-elle.

— C'est vrai, admit-il fermement. Je t'appellerai plus tard. Tu veux qu'on dîne ensemble ?

— Oui.

Remi se dit qu'elle devrait peut-être mettre un peu d'espace entre eux. Les choses allaient très vite. Marley lui conseillerait probablement de ralentir, d'être prudente. Mais comme elle l'avait déjà pensé, si elle ne pouvait pas faire confiance à Vincent, un homme qui lui avait littéralement sauvé la vie, *à qui* pouvait-elle faire confiance ?

— Je passe te prendre à 17 h 30. Nous irons chez moi. Ce n'est pas aussi bien qu'ici, mais je veux que tu sois dans mon espace. C'est d'accord ?

Remi s'empressa d'acquiescer. Elle voulait découvrir son appartement. On peut en apprendre beaucoup sur une personne en voyant l'endroit où elle vit, et ses habitudes.

— Et demain, je t'emmènerai au Aces, poursuivit-il. Tu pourras te familiariser avec le lieu avant ta soirée entre filles. Tu seras plus à l'aise quand tu rencontreras les autres.

Il avait raison. Bien sûr qu'il avait raison.

— Merci.

— Mais je te préviens, mon équipe va vouloir vous rencontrer. Ils pourraient très bien être là demain soir.

Ça la rendait nerveuse, mais elle voulait rencontrer les gars que Vincent considérait comme des frères. Il avait beaucoup parlé d'eux, et elle avait déjà l'impression de les connaître à moitié. Pour que leur relation fonctionne, elle devait se lier d'amitié avec les hommes les plus importants pour lui.

— D'accord. Et tu apprendras aussi à connaître Marley. Parfois, elle fait sa maman ourse. Elle sait déjà tout sur toi et sur ce que tu as fait... pour me protéger, tout ça. Mais maintenant que nous sortons ensemble, elle va vouloir en savoir beaucoup plus.

— Ça me va très bien.

— Quand j'ai commencé à sortir avec l'Affreux, elle a chipé mon téléphone pour relever son numéro, puis elle lui a envoyé des questions par SMS sans arrêt. Il l'a bloquée le soir même.

— Donne-lui mon numéro, trésor, lui dit Vincent. Je m'en fiche, elle n'a pas besoin d'être sournoise pour l'obtenir. Je répondrai à toutes ses questions. Je n'ai rien à cacher.

— Dit le Navy SEAL, plaisanta Remi.

Vincent sourit, puis redevint sérieux.

— Il y a des choses dont je ne peux pas parler. Des choses concernant mon travail. Mes missions.

— Je sais, le rassura Remi. Tout ce qui m'importe, c'est que tu rentres sain et sauf à la maison. Je me fiche de savoir où tu étais et ce que tu as fait. La seule chose qui compte, c'est que toi et tes amis ne soyez pas blessés.

Vincent la dévisagea longuement.

— Quoi ?

— Tu es déjà la partenaire parfaite pour un SEAL, et tu ne le sais même pas. Beaucoup de femmes ne supportent pas de ne pas savoir où va leur compagnon, ni pour combien de temps.

— Je ne dis pas que je vais aimer ça, d'autant que je ne sais pas combien de temps tu seras parti. Mais je comprends que c'est propre à la vie d'un militaire. Je n'ai jamais ressenti ça pour quelqu'un d'autre, Vincent. Alors je suis prête à gérer les moins bons moments avec toi pour pouvoir profiter des meilleurs. Je n'ai aucun doute sur le fait qu'ils en vaudront vraiment la peine.

Vincent s'apprêtait à répondre lorsqu'un coup de klaxon retentit sur le parking.

Remi rougit.

— Je suppose que Wolf en a marre de t'attendre.

— Il se moque de moi. Je te garantis qu'il adore être seul avec sa femme pendant quelques minutes. Regarde-moi, Remi.

Elle croisa son regard.

— Je te rappelle pour m'assurer que tout est toujours okay pour le dîner. Si tu as besoin de quoi que ce soit, n'hésite pas à m'appeler ou à m'envoyer un message. Je te rappellerai dès que possible.

— D'accord, même chose pour toi. Enfin, je ne sais pas ce que tu pourrais attendre de moi, puisque c'est toi le SEAL, mais quand même.

— J'ai besoin de ton sourire. J'ai besoin de ta gentillesse. J'ai besoin de ton adorable rire narquois. J'ai besoin de *toi*, Remi. Juste de toi.

Il était en train de l'achever. Elle ne voulait pas le lâcher, mais elle savait qu'elle devait le faire. Un aperçu de leur avenir défila dans son cerveau. La tristesse de devoir le laisser partir en mission, mais aussi le bonheur et le soulagement qu'elle ressentirait lorsqu'il lui reviendrait.

Allait-elle vraiment faire cela ? S'engager dans une relation avec un homme qui se mettait volontairement en danger chaque fois, et espérer qu'il revienne vivant et en bonne santé ?

Oui. Parce qu'elle n'avait jamais ressenti cela auparavant, avec personne. Il la rendait vivante, d'une manière qu'elle n'aurait jamais imaginée. Elle ferait tout ce qui était en son pouvoir pour continuer à se sentir ainsi.

Elle releva le menton et l'embrassa, se sentant à la fois courageuse et confiante quant à leur relation naissante. Il lui rendit son baiser, puis resserra ses bras autour d'elle un instant avant qu'elle s'éloigne d'elle-même. Il devait partir. Ils avaient tous deux des choses à faire.

— À plus tard.

— Évidemment, répondit Vincent avec une telle détermination que Remi en a eu la chair de poule.

Elle resta devant la porte pendant qu'il marchait à grands pas vers le SUV de Wolf. Il se retourna avant de monter sur la banquette arrière, et elle lui fit signe. Il lui répondit d'un hochement de tête, puis sauta sur la banquette et ferma la porte derrière lui.

Tandis que Wolf sortait du parking, Caroline baissa sa vitre et lui lança :

— Je t'enverrai un SMS avec les détails de notre soirée entre filles !

— D'accord ! lui cria Remi en retour.

Puis ils disparurent. Remi ferma lentement la porte de son appartement. Le silence l'accueillit. Se laissant glisser sur les fesses, elle enroula ses bras autour de ses jambes, puis posa la joue sur ses genoux. Elle n'avait jamais détesté être seule auparavant, mais maintenant... c'était déconcertant. Cela lui rappelait trop le fait de remonter à la surface de l'océan et de se rendre compte qu'elle avait été abandonnée. Ce sentiment d'effroi, de réaliser que personne ne savait où elle était, ni même qu'elle était en danger. C'était terrifiant.

Remi se força à se lever en inspirant profondément. Elle avait des choses à faire – une lessive, se commander à manger, dessiner, des coups de fil à passer, une sieste. Elle n'avait pas le temps de s'effondrer. D'ailleurs, elle se sentait bien. Tout s'était arrangé.

Cependant, une petite voix au fond d'elle s'inquiétait de la réaction de l'Affreux en se rendant compte que son plan n'avait pas fonctionné.

Vincent croyait peut-être que *son* ex était coupable de leur mésaventure, mais Remi était certaine qu'il se trompait. C'était peut-être une dessinatrice ringarde en surpoids, et non un Navy SEAL musclé, mais elle ferait tout son possible pour s'assurer que Vincent n'était pas en danger à cause d'elle.

9

Finalement, Kevlar n'eut pas l'occasion de voir Remi le soir de leur retour en Californie. Ni le suivant. En tant que chef d'équipe, il lui incombait de se tenir au courant des informations nécessaires à leurs missions. Et son commandant l'avait informé qu'ils allaient probablement être envoyés en mission dans les prochaines semaines. Ce qui, en fait, était un délai considérable. Parfois, ils n'avaient que quelques heures de préavis avant d'être envoyés en mission.

Mais cela signifiait également qu'il y avait beaucoup à faire pour se préparer. La dernière chose que Kevlar souhaitait était d'entrer en situation sans avoir le plus d'informations possible. C'était la clé de toute mission réussie.

Et comme il était parti depuis une semaine, il devait faire un débriefing avec son commandant pour savoir ce qu'il avait loupé pendant son absence. Lorsqu'il avait fini sa journée de travail et qu'il pouvait quitter la base, il était déjà tard. Trop tard pour envisager les moments de qualité qu'il voulait passer avec Remi.

Il l'avait appelée, se sentant coupable de l'avoir réveillée, mais elle avait insisté pour rester au téléphone avec lui pendant son retour de la base en voiture, puis pendant son dîner tardif. Et c'était... agréable. Elle ne s'était pas plainte de l'heure, de la fatigue, ni du fait qu'il travaillait beaucoup et qu'il n'avait pas respecté leurs plans pour le dîner. Elle l'avait simplement écouté parler de ce dont il pouvait parler.

Ils avaient fait la même chose la veille, mais de mauvaises nouvelles entachaient la conversation. Tex venait de l'informer que la police d'Honolulu avait retrouvé le capitaine du bateau mort, apparemment d'une overdose. Il cherchait toujours à savoir *pourquoi* cet homme les avait abandonnés au milieu de l'océan, mais ils n'avaient pas eu l'occasion d'interroger le capitaine lui-même.

Il aimait aussi l'entendre parler de sa journée. De sa visite à sa grand-mère et des détails sur les dernières facéties de la vieille femme. De la joie de ses parents de la retrouver saine et sauve. De la colère de Marley lorsque Remi lui avait enfin raconté leur funeste excursion de plongée.

Kevlar était contrarié de ne pas avoir pu l'emmener au Aces avant la soirée entre filles que Caroline avait organisée. Il lui avait promis et n'avait pas tenu sa promesse, ce qui n'était pas une bonne manière de débuter une relation.

Mais Remi étant Remi, elle lui avait dit que la vie ne se déroulait pas toujours comme prévu, et qu'elle s'en sortirait très bien. Caroline l'avait ajoutée à un SMS groupé avec toutes les autres femmes, et elles discutaient ensemble depuis son retour en Californie.

Ce soir-là, il allait enfin pouvoir la revoir. En personne, pas seulement au téléphone ou sur FaceTime. Il attendait cela avec impatience.

Certes, il allait devoir la partager avec Caroline, les autres femmes, ainsi qu'avec son meilleur ami et tous ses coéquipiers, mais Kevlar comptait prendre le temps de s'occuper d'elle autant que possible.

Caroline lui avait envoyé un message séparément pour lui faire comprendre qu'il ne devait pas accaparer Remi pendant qu'elles apprenaient à la connaître. Le message fit rire Kevlar, car c'était exactement ce qu'il avait prévu de faire : laisser à Caroline environ vingt minutes avant de trouver une excuse pour parler à Remi en privé, puis la faire sortir en douce par la porte de derrière pour l'emmener chez lui et enfin passer le moment en tête-à-tête avec elle qu'il désirait tant.

Mais il voulait aussi que Remi apprenne à connaître tout le monde. Elle prétendait être introvertie et se sentir plus à l'aise chez elle, mais il l'avait bien vue à Hawaï. Elle charmait tous ceux avec qui elle entrait en contact – peut-être à l'exception du capitaine du bateau, mais comme il avait certainement été soudoyé, ça ne comptait pas.

En réalité, Remi semblait s'épanouir avec les autres. Elle ne s'en rendait tout simplement pas compte. Sa bonté était comme un phare dans la nuit. Les gens étaient attirés par elle, et il ne faisait pas exception. Mais il se comporterait comme un connard égoïste en étouffant cette lumière et en essayant de la garder pour lui.

Ce soir, il saurait s'il avait vu juste. Si Remi semblait mal à l'aise, ou si elle voulait partir, il la ferait sortir de là. Mais il avait le sentiment qu'elle allait s'épanouir dans une amitié avec les autres épouses des SEALs. Et il ne doutait pas qu'elle impressionnerait aussi ses coéquipiers.

Ils étaient très sceptiques lorsque Kevlar leur avait dit avoir rencontré la femme avec laquelle il voulait passer le reste de sa vie ; encore plus lorsqu'ils avaient appris *les circonstances* de leur rencontre. Ils avaient insisté sur le fait qu'il devait ressentir une sorte de *complexe de Dieu* après avoir sauvé cette femme. Mais ils se trompaient. Kevlar en était intimement persuadé.

Et ils s'en rendraient compte par eux-mêmes en rencontrant Remi.

Kevlar se gara dans le parking de son immeuble en souriant. Elle vivait dans un quartier sûr, et son appartement était magnifique. Mais il n'était pas jaloux, encore moins de son compte en banque. Il était heureux pour elle, et soulagé qu'elle n'ait pas à se battre pour payer ses factures. Il ne serait jamais le genre de petit ami ou de mari qui s'offusque de ne pas être le seul à subvenir aux besoins de sa famille. Mais il lui apporterait ce que l'argent ne pouvait pas lui apporter : son soutien et son affection. Il ferait le nécessaire à la maison... sortir les poubelles, repeindre les murs, s'occuper de leur bébé pour qu'elle puisse se consacrer au dessin.

Il se sentit ridicule et secoua la tête – c'était bien trop tôt pour penser avoir des enfants avec elle. Même si cette pensée l'émoustillait, et qu'il était presque submergé par un désir profond.

Il gara sa Subaru Crosstrek puis descendit de la voiture, impatient de rejoindre Remi. Il sauta pratiquement du parking jusqu'à sa porte. À sa grande joie, celle-ci s'ouvrit avant même qu'il l'atteigne. Ça lui fit du bien de savoir que Remi était aussi excitée que lui à l'idée de le voir.

Elle afficha un grand sourire, et avant même qu'elle ne puisse parler, Kevlar l'attira dans ses bras et pressa ses lèvres contre les siennes. Ce baiser contenait toutes les émotions refoulées qu'il avait ressenties ces deux derniers jours. La frustration de ne pas avoir pu la voir, le bonheur de l'avoir à nouveau dans ses bras, et l'excitation qui pesait lourdement dans ses veines lorsqu'il pensait à leur dernière entrevue.

Plus d'une fois, il avait repensé à la sensation de sa main au niveau de son entrejambe. Dans sa douche, dans son lit, au hasard de ses journées de travail. Ses gestes étaient gravés dans sa mémoire, et il avait hâte d'être au contact de sa peau, de sentir ses mains sur son corps une fois de plus.

— Vincent, gémit-elle en plongeant la tête sur son épaule, puis dans le creux de son cou.

Il inspira profondément, s'imprégnant de l'odeur de son shampoing ou de sa lotion, peu importe. La plage. Elle sentait la plage à plein nez. Le sable, la noix de coco, le sel. Il n'arrivait pas à mettre un nom sur cette odeur, mais une seule bouffée suffit à l'exciter. Ce qui était surprenant, vu que sa dernière expérience maritime infernale ne lui avait pas laissé un très bon souvenir. Mais sur elle, il ne s'en lasserait jamais.

— Bonjour, lui dit-elle au bout d'un moment.

Kevlar se força à s'éloigner d'elle.

Il fallait qu'il calme ses ardeurs. Il ne voulait surtout pas l'effrayer.

— Bonjour, répondit-il.

Un peu gênée, elle sourit et passa une main dans ses cheveux.

— Tu es parfaite, lui assura Kevlar.

Et il n'était pas en train de lui jeter de la poudre aux yeux. Elle était superbe. Elle portait un jean moulant, des baskets, et un t-shirt sur lequel était écrit *Leonard's Bakery*.

Surpris, il cligna des yeux.

— Où as-tu trouvé ce t-shirt ? demanda-t-il.

Remi haussa les épaules en rougissant un peu.

— Je l'ai commandé sur Internet. Je voulais un souvenir de ces incroyables malasadas que tu nous as achetés pour le petit déjeuner. J'étais déçue de ne pas pouvoir les commander en ligne, alors j'ai décidé de prendre un t-shirt. J'étais sur le point de me changer quand tu es arrivé.

— Te changer ? Pourquoi ?

— Parce que j'ai envie de me faire belle ce soir.

— Comme je l'ai déjà dit, tu es parfaite. Ne change rien. Un jean, un t-shirt, des baskets, c'est ce que tout le monde porte.

— C'est sans importance, dit Remi en levant les yeux au ciel.

— Non, insista-t-il. Je ne voudrais pas que tu te sentes mal à l'aise auprès de mes amis dès la première soirée. Envoie un message à Caroline et demande-lui ce qu'elle porte.

— Je ne peux pas faire ça.

— Pourquoi pas ?

— Parce que !

— Très bien. Je vais le faire.

— Quoi ? Vincent, non ! Qu'est-ce que tu fais ? Arrête !

Mais il ne voulait pas s'arrêter. Il ne voulait pas que Remi quitte l'adorable tenue qu'elle portait. Le jean épousait les courbes de son corps, lui mettant l'eau à la bouche, et en voyant le logo de *Leonard's* sur ce t-shirt... tout ce qui lui venait à l'esprit, c'était Remi assise en face de lui à la petite table de sa chambre d'hôtel, en train de gémir en dégustant les différentes saveurs de malasadas.

— Viens par ici, dit-elle au bout d'un moment, ne le laissant pas envoyer le message qu'il avait commencé à écrire.

Elle lui attrapa le bras en riant, l'entraînant dans son appartement.

— Marley veut te rencontrer.

Kevlar s'arrêta net. Il avait tellement envie de voir Remi qu'il avait oublié qu'il allait rencontrer sa meilleure amie pour la première fois. Il avait déjà l'impression de plutôt bien la connaître – Remi avait communiqué son numéro à Marley, et cela faisait deux jours qu'ils s'envoyaient des SMS. Elle y était allée sans retenue. Elle lui avait posé tout un tas de questions, allant de la fréquence de ses absences à sa vie de famille en passant par sa couleur préférée. Il supposait qu'elle voulait tester sa patience, et voir s'il finirait par l'envoyer promener.

Mais ce ne fut pas le cas. Il était plus amusé qu'agacé par son flot constant de questions.

Le fait de savoir qu'elle partageait chacune de ses réponses avec Remi rendait la situation encore plus supportable. Il l'avait appris lorsque Remi lui avait dit que le bordeaux était aussi sa couleur préférée.

Mais maintenant... il comprenait pourquoi Remi était nerveuse en rencontrant Wolf et Caroline pour la première fois. Il voulait faire bonne impression. Marley était sa meilleure amie, et si leur rencontre se passait mal, Marley pourrait la convaincre qu'elle valait mieux ; ce que Kevlar ne niait pas, mais il espérait encore être l'homme qu'il lui fallait.

Remi le fit entrer, et Kevlar s'amusa du fait que c'était la première fois qu'il passait le hall, où il s'était déjà passé de très bonnes choses.

C'était un bel appartement. En entrant dans le séjour, il eut un bref aperçu de la cuisine. Un grand espace, des appareils électroménagers récents en acier inoxydable, chaque chose à sa place. Il y avait une petite table à côté, avec des fleurs au milieu et des sets de table matelassés devant chacune des chaises. En faisant le tour du salon, Kevlar remarqua que c'était propre, mais il fut aussi soulagé de voir à quel point c'était chaleureux. Une couverture était jetée au hasard sur un fauteuil inclinable, des magazines étaient éparpillés sur une table basse, et le canapé en cuir avait l'air très confortable et un peu usé.

Mais il n'eut pas le temps de regarder attentivement les livres et les photos sur la grande bibliothèque, ni les peintures sur les murs, car une femme – qui ne pouvait être que Marley – lui souriait poliment tandis que Remi le tirait vers le canapé. Elle mesurait quelques centimètres de moins que Remi, avait une épaisse chevelure rousse et des yeux verts, qu'elle plissait comme pour essayer de lire en lui avant même qu'il n'ait ouvert la bouche.

— Marley, voici Vincent. Vincent, voici ma meilleure amie, Marley. Et tu ne peux croire que la moitié des choses qui sortent de sa bouche.

— N'importe quoi, Remi. Bonjour, ravie de te rencontrer, dit Marley en lui tendant la main.

Elle souriait encore, mais Kevlar voyait bien qu'elle réservait son jugement jusqu'à ce qu'il lui ait montré quel genre d'homme il était. Elle n'avait pas à s'inquiéter, bien sûr, mais elle ne le croirait pas sur parole. Elle devait voir par elle-même que Kevlar n'avait pas l'intention de faire quoi que ce soit qui puisse blesser son amie.

Il lui tendit la main et la serra fermement, mais pas assez fort pour lui faire mal.

— Alors... quelles sont les avancées par rapport à l'Affreux ? demanda Marley une fois les civilités terminées.

— Marl ! Qu'est-ce que je t'ai dit à ce sujet ? la réprimanda Remi, l'air perturbée.

— Tu m'as dit que je n'avais pas le droit de le cuisiner, et que je devais être gentille, répondit Marley. Mais je m'en fiche. J'ai regardé ce connard te faire constamment du mal sans intervenir. Je ne veux pas avoir à recommencer.

Il était évident que Remi était gênée, et même si Kevlar ne voyait pas d'inconvénient à ce que Marley soit protectrice, il n'était pas ravi qu'elle mette Remi mal à l'aise.

— J'ai un ami, ancien SEAL, qui vérifie ses relevés téléphoniques pour voir ce qu'il peut trouver. J'ai prévu d'avoir une petite discussion avec Miles dès que j'aurai reçu des informations. Maintenant, j'apprécierais que tu calmes un peu le jeu. Tu mets Remi dans l'embarras, ce qui n'est pas très cool.

Marley cligna des yeux, et Kevlar devina qu'elle regrettait d'avoir rendu ce moment gênant. Elle prit une profonde inspiration avant de se tourner vers Remi.

— Désolée.

— Ce n'est pas grave. Tu voulais bien faire.

Marley acquiesça, puis se retourna vers Kevlar.

— Pour info, nous ne l'appelons pas par son prénom. Jamais. Il s'appelle l'Affreux. Pour toujours.

Kevlar sourit.

— C'est vrai. Je m'excuse.

— Il admet qu'il a tort, souligna Marley en faisant un clin d'œil à Remi. C'est un bon début. Je dois admettre, Kevlar, que tu as été bon joueur avec tous mes SMS, ajouta-t-elle d'un ton un peu plus amical.

— Et *je* dois admettre que tu as posé de bonnes questions, répliqua Kevlar. Me demander qui je sauverais si mon équipe SEAL avait des poids enchaînés aux chevilles et se trouvait dans un bateau en train de couler pendant que Remi est sur le point d'être mangé par un requin ? Un classique.

— Sérieusement, je n'en peux plus, s'agaça Remi en laissant tomber sa tête dans sa main, comme pour essayer de disparaître.

— Tu ne veux pas connaître la réponse ? demanda Marley, le regard pétillant.

— Toi, Remi, dit Kevlar sans attendre. Toujours toi. Mon équipe peut se débrouiller toute seule. Safe aurait trouvé un moyen de retirer les chaînes, Smiley aurait fait une blague pour détendre l'atmosphère, Preacher m'aurait continuellement crié dessus, m'indiquant où se trouvait le requinet s'il se rapprochait. MacGyver... eh bien, il aurait trouvé un moyen de boucher le trou du bateau. Flash aurait utilisé les chaînes enlevées par Safe pour distraire le requin, et Howler serait intervenu pour organiser tout le monde pendant que je m'occupais de toi.

Le regard que Remi lui lança était rempli de... il n'était pas sûr de savoir comment décrire l'émotion qu'il décelait sur son visage. Effroi, incrédulité, humour ?

— D'accord, donc... le SEAL dur à cuir est capable de sauver le monde, plaisanta Marley. Tous tes amis seront là ce soir, n'est-ce pas ?

Kevlar eut du mal à quitter Remi des yeux, mais il se força à regarder son amie.

— Oui, la salle sera pleine. Entre la soirée entre filles, tous les maris qui veulent surveiller leurs femmes, et mon équipe, ça va être un peu... chaotique.

— Je croyais que généralement, Wolf et ses amis restaient à la maison lors des soirées entre filles, pour s'occuper des enfants, s'étonna Remi.

— Oui, mais de temps en temps, ils sortent tous ensemble. Ça n'arrive plus très souvent à cause des enfants, mais ils apprécient d'avoir quelques heures pour passer du temps ensemble et faire des choses d'adultes.

— Oh, c'est chouette, dit Remi.

Kevlar ne jugea pas très malin d'admettre que Wolf ayant parlé à son équipe de leur rencontre, ils voulaient tous la voir aussi. Cela l'effraierait, et c'était la dernière chose qu'il voulait.

— Oui...

— Alors, qui sont ces femmes qui seront là ce soir ? demanda Marley.

— Caroline, que Remi a déjà rencontrée, répondit Kevlar. Alabama, Fiona, Summer, et Cheyenne. J'espère que Jessyka ne restera pas derrière le bar toute la soirée. Je ne sais pas si Julie sera là, mais Dakota pourrait bien se montrer.

— Waouh, OK, ça fait beaucoup de noms à retenir, fit Marley, paraissant hésitante pour la première fois.

— Ha ! s'exclama Remi. J'ai essayé de te le dire, mais tu as dit que c'était ma nervosité habituelle.

Marley leva les yeux au ciel.

— D'accord, j'avais tort. Tu es sûre de vouloir y aller ? Avec toutes ces filles, plus le double de garçons, ça fait beaucoup.

— Je l'étais jusqu'à ce que tu me rappelles que tous ces gens viennent pour me rencontrer et juger si j'étais assez bien pour sortir avec Vincent, répondit sèchement Remi.

Kevlar secoua la tête.

— Tu te trompes, lui dit-il sincèrement. Ils sont là pour te rencontrer, c'est vrai, mais ils ne te jugeront pas. Enfin, tant que tu ne réprimandes pas les employés ou que tu ne provoques pas une scène en te saoulant complètement et en dansant sur les tables – ce que je sais que tu ne feras pas – ils seront cool. Les gars seront trop occupés à se moquer de *moi* après avoir rencontré la femme qui m'a dérouté à ce point. Ils ne m'avaient jamais vu aussi distrait. Et les filles... elles veulent juste qu'une autre femme rejoigne leur groupe. Comme Caroline l'a dit, avec eux, plus on est de fous, plus on rit. Ce n'est pas toi qui seras sous le microscope ce soir, ma chérie. C'est moi.

On pouvait facilement déceler dans son expression un léger soulagement, un peu de scepticisme et de l'appréhension.

— Je pourrais avoir besoin de nouveaux amis, dit Marley en haussant les épaules. Et mes petits barbares de nouvelles personnes à terroriser.

Remi sourit.

— Ma nièce et mon neveu sont des anges, et je n'aime pas que tu dises le contraire.

— C'est parce que tu ne vis pas avec eux, murmura Marley.

Kevlar appréciait la dynamique entre les deux amies.

— Vous êtes prêtes, mesdames ? demanda-t-il, soudain excité à l'idée de se rendre au Aces et de faire son intéressant avec Remi. Car il ne faisait aucun doute que c'était ce qu'il allait faire. Remi était la meilleure chose qui lui soit arrivée depuis très longtemps, et il avait hâte qu'elle rencontre les personnes les plus importantes de sa vie.

— Marl, Vincent prétend que ce que je porte est très bien

pour ce soir, mais je pense que je dois me changer et mettre la tenue que nous avons choisie tout à l'heure. Qu'en penses-tu ?

Marley observa Remi de la tête aux pieds, puis se tourna vers Kevlar, qui pria pour qu'elle ne l'encourage pas à se changer. Il aimait le t-shirt qu'elle portait, ça lui rappelait les bons moments qu'ils avaient passés à Hawaï, et ce jean lui allait à ravir.

— Je crois que tu devrais faire confiance à l'homme qui t'a sauvé la vie à Hawaï, répondit Marley au bout d'un moment.

Les épaules de Kevlar s'affaissèrent de soulagement.

— Tu es sûre ? C'est tellement... décontracté, dit Remi en se regardant et en passant ses mains le long de ses cuisses.

— Tu vas dans un bar, Remi, pas dans un restaurant cinq étoiles, rétorqua son amie.

— *Merci*, dit Kevlar à Marley.

Elle acquiesça, appréciant ses remerciements, puis dit à Remi :

— Mais tu pourrais peut-être mettre ces nouvelles chaussures à talons que tu as achetées avant de partir en vacances. Cela donnerait un peu plus d'allure à l'ensemble.

— Oh ! Bonne idée. Je reviens tout de suite !

Remi lui adressa un petit sourire, puis se dirigea vers les escaliers.

Dès qu'elle fut hors de vue, Marley se tourna vers Kevlar, qui s'arc-bouta.

— Jusqu'à présent, tu n'as rien fait pour agiter mon antenne à connards. Mais je te préviens : ne joue *pas* avec Remi. C'est une fille bien, jusqu'au bout des ongles, et elle a tant d'amour à donner. Si tu es avec elle uniquement pour son argent, ou parce que tu veux une sorte de flirt post-vacances, mets fin à tout ça maintenant. Je suis sérieuse. Elle s'est fait emmerder trop de fois pour que ça se reproduise si vite après l'Affreux. Si tu lèves le petit doigt contre elle, je te l'arrache et te l'enfonce dans la gorge pour que tu t'étouffes avec.

Même s'il était évident que Marley était tout à fait sérieuse, Kevlar ne put s'empêcher d'esquisser un léger sourire.

— Ce n'est pas drôle, l'avertit-elle. Je ferais n'importe quoi pour Remi. Et cela inclut de se battre contre toi, même si je sais que je perdrai. C'est mon amie la plus proche, et elle mérite le meilleur. Et si tu ne peux pas le lui offrir, si ça te fait flipper, il faut que tu passes à autre chose avant qu'elle ne tombe trop bas.

Ses paroles heurtèrent Kevlar de plein fouet. Mais pas de la manière dont elle pourrait le penser. Il effaça toute forme de sourire de son visage.

— Ça ne me fait pas peur. Remi est... elle est différente de toutes les personnes avec qui j'ai été auparavant, dans tous les bons sens du terme. Sais-tu que lorsque nous étions au milieu de l'océan et qu'elle a réalisé que nous avions été abandonnés, elle n'a pas paniqué une seule fois ? Elle est restée calme, a plaisanté avec moi et fait tout ce que je lui demandais sans hésiter. Elle m'a mis la puce à l'oreille, et chaque minute que j'ai passée avec elle, chaque discussion que j'ai eue avec elle ne faisait que m'intriguer de plus en plus. Je ne suis pas avec elle pour son argent. Je ne veux pas d'une simple aventure. Et je ne lui ferai jamais de mal. Jamais. Je ne suis pas parfait, elle mérite probablement mieux que moi, et mon travail rendra notre relation extrêmement difficile, mais c'est ce que je veux. Elle. Plus que je n'ai jamais rien voulu depuis très longtemps.

En attendant de voir comment Marley réagirait à sa réponse sincère, ses tripes se contractèrent.

À son grand soulagement, elle sembla se détendre, et sourit même un peu.

— Bien.

Ce fut tout ce qu'elle dit avant qu'ils entendent des bruits de pas dans l'escalier.

— C'est la perfection ! s'exclama Marley lorsque Remi les rejoignit dans la pièce.

Kevlar ne pouvait qu'être d'accord. Les talons noirs qu'elle portait la mettaient presque à hauteur de son mètre quatre-vingt-dix, et l'assurance qu'ils semblaient lui donner l'excitait au plus haut point. Ses cheveux étaient attachés en chignon sur sa nuque, et elle avait ajouté du brillant à lèvres pendant qu'elle était à l'étage. Kevlar ne faisait pas le poids à côté d'elle, et il n'avait jamais été aussi fier d'avoir une femme à ses côtés qu'à ce moment.

— D'accord, alors allons-y, dit Marley. Je vous rejoins là-bas. Je devrai retourner voir les petites terreurs juste après le dîner.

Le respect de Kevlar pour cette femme s'accrut. Elle avait probablement des choses à faire, mais elle consacrait quand même du temps à Remi. Il était heureux que Marley soit là pour la soutenir moralement, même s'il était persuadé qu'elle n'en avait pas besoin. Caroline et les autres les accueilleraient toutes les deux à bras ouverts.

Les filles récupérèrent leurs sacs à main, puis ils quittèrent l'appartement pour se diriger ensemble vers le parking. Marley partit dans son monospace et Kevlar accompagna Remi jusqu'à sa Crosstrek. Une fois à l'intérieur, Remi posa sa main sur son bras.

— Tout va bien ?

— Oui, pourquoi ça n'irait pas ? demanda Kevlar, confus.

— Marley peut parfois... exagérer. Je suis sûre qu'elle t'a dit quelque chose quand je suis montée. Peut-être même qu'elle t'a mis en garde. Elle a envie de bien faire. Nous avons traversé beaucoup de choses ensemble.

Kevlar se détendit.

— Ça ne me dérange pas, lui assura-t-il sincèrement. Elle te protège, et j'approuve.

Remi roula des yeux.

— Tu agis comme si j'avais dix ans.

— Pas du tout, protesta-t-il. Nous voulons juste nous assurer que personne ne te fera de mal.

— Je suis capable de me débrouiller toute seule, argumenta Remi.

— Bien sûr que tu en es capable. Tu es une adulte. Tu es en train de me dire que si quelqu'un s'en prenait à Marley, tu ne te jetterais pas dessus ?

— Je ferais n'importe quoi pour Marley, répondit Remi.

— Exactement.

Ils échangèrent un long regard.

— Bon. D'accord. Mais tout va bien entre vous ?

— Absolument, confirma Kevlar.

— Ouf, fit Remi avec un petit sourire, faisant mine de s'essuyer le front. L'Affreux la détestait.

— C'est parce que c'est un con, conclut Kevlar sans détour.

Remi s'esclaffa, ce qui fit tressaillir son membre dans son pantalon. Il n'y avait aucune raison d'être excité par ce rire si singulier, et pourtant c'était le cas. C'était tellement... elle.

Il tendit la main derrière sa nuque et la rapprocha. Elle se laissa faire de bon gré, un sourire aux lèvres.

— Tu m'as manqué, lui dit-il doucement.

— Ça ne fait que deux jours que nous nous sommes quittés, et nous avons parlé tous les soirs, protesta-t-elle.

— Parce que *moi*, je ne t'ai pas manqué ? s'enquit-il.

Remi rougit légèrement.

— Peut-être, répondit-elle.

— Je suppose que je devrais te rappeler pour quelle raison, dit Kevlar avant de déposer ses lèvres sur les siennes.

Il allait probablement se mettre du gloss partout, mais il

s'en fichait. Elle pourrait être maquillée comme un clown qu'il aurait quand même envie de l'embrasser. Embrasser cette femme l'excitait plus que l'acte sexuel avec ses anciennes petites amies. C'était un signe supplémentaire qu'elle était faite pour lui.

Ils haletaient tous les deux lorsqu'il se força à reculer. Sa main avait défait son chignon, et sa chevelure rebelle retombait maintenant autour de son visage. Il n'avait jamais rien vu de plus beau de toute sa vie.

— Tu m'as décoiffée, se plaignit-elle avec un léger sourire.

— Ça en vaut la peine, répondit-il.

Prenant une profonde inspiration, elle se redressa sur son siège et abaissa le pare-soleil.

— Il vaudrait mieux y aller, Vincent. Si Marley a trop d'avance sur nous, on ne sait pas ce qu'elle pourrait dire à tes coéquipiers ou aux autres filles avant que nous arrivions.

Kevlar ricana, mais il s'empressa de saisir la clé de contact. Il observa du coin de l'œil la jeune femme lisser ses cheveux et refaire son chignon. Lorsqu'elle se tourna vers lui, elle souriait.

— Vincent ?

— Oui ?

— Merci.

— Pour quoi ?

— Pour tout. Pour être celui que tu es.

Il lui tendit la main et la serra en soupirant intérieurement.

— Si les choses deviennent trop compliquées pour toi ce soir, dis-le-moi et nous partirons. Ou nous ferons une pause à l'extérieur, quelque chose comme ça.

— Je vais m'en sortir, le rassura-t-elle.

— Je suis sincère. Personne ne nous en voudra si nous partons avant eux.

— Je suis peut-être introvertie, mais je peux supporter une sortie nocturne, dit-elle d'un ton neutre.

— Je n'ai jamais dit le contraire, mais il y aura beaucoup de monde.

— *Ça ira*, Vincent. Je te le promets. Si c'est trop pour moi, j'irai aux toilettes, ou je trouverai un coin tranquille. J'ai eu beaucoup de temps pour apprendre à naviguer dans les eaux sociales, même si je n'aime pas y nager. Ne t'inquiète pas pour moi.

— Tu ne comprends pas ? demanda Kevlar. Je m'inquiéterai *toujours* pour toi. Peu importe que je sois enfoncé dans le sable jusqu'aux genoux au Moyen-Orient, au milieu d'une mission, ou à l'autre bout de la ville, à la base, en pleine réunion barbante. J'ai l'impression que je penserai toujours à toi et que je me demanderai toujours si tu vas bien.

— Vincent, murmura-t-elle.

Il haussa les épaules.

— Je vis les choses intensément, ma chérie. Tu devrais le savoir, maintenant. Si tu ne peux pas le supporter et l'accepter, alors c'est peut-être *moi* qui devrais te mettre en garde contre *moi-même*. Comme je l'ai dit à Marley, ce n'est pas juste une aventure pour moi. Il y a quelque chose en toi qui m'a attiré à la seconde où je t'ai vue. Je veux *tout* avec toi, Remi. Si tu ne veux pas la même chose, je peux faire demi-tour maintenant et nous partirons chacun de notre côté avant que les choses deviennent trop sérieuses.

— Je le veux, lui dit aussitôt Remi en serrant sa main. Et c'est trop tard, de toute façon.

— Trop tard pour quoi ?

— C'est déjà sérieux, répondit-elle un peu prudemment.

Le cœur de Kevlar se mit à battre la chamade.

— Oui, c'est vrai, acquiesça-t-il avec un petit sourire.

— Me retrouver au milieu de l'océan avec toi est ce qui m'est arrivé de mieux dans la vie, lui avoua-t-elle.

Il ne pouvait pas la contredire, même s'il n'appréciait pas du tout le fait que sa vie ait été mise en danger.

— Et si *tu* as besoin de faire une pause, si ça devient trop difficile pour toi, n'hésite pas à te servir de moi comme excuse pour partir, lui dit-elle.

Cette femme... elle était parfaite pour lui.

— Si je veux partir, je le dirai simplement à tout le monde. Je ne t'utiliserai jamais comme excuse. Pas comme ça. Mais si ça me met mal à l'aise que mes amis regardent ma copine, s'il me prend l'envie de te ramener chez toi, ou chez moi, et qu'on s'embrasse comme des ados, tu seras d'accord ?

Elle le regarda timidement, mais répondit sans aucune ambiguïté :

— Oui.

L'entrejambe de Kevlar tressaillit de nouveau.

— C'est bon à savoir, la taquina-t-il.

Remi se mit à glousser.

D'une certaine manière, la présence de cette femme faisait disparaître toutes les choses qui hantaient habituellement ses souvenirs. Elle valait tout ce qu'il avait vu et fait dans sa vie. Assis à côté d'elle, main dans la main, la mort et la destruction passaient au second plan.

Trop rapidement à son goût, il s'arrêta sur le parking du Aces Bar & Grill.

— Tu es prête ? lui demanda-t-il.

— Absolument.

À contrecœur, Kevlar lâcha la main de Remi pour qu'ils puissent sortir du véhicule, mais il la reprit dès qu'ils se rejoignirent à l'avant de sa voiture. Ils avancèrent jusqu'à la porte. Après avoir pris une profonde inspiration, Kevlar ouvrit et la suivit à l'intérieur.

10

———————

La perspective de cette soirée avait rendu Remi nerveuse, mais elle passait un excellent moment. Et Vincent avait raison, son jean et son t-shirt lui permettaient de s'intégrer parfaitement aux autres femmes et clients du bar. Marley et elle étaient assises à une table avec Caroline et cinq de ses amies, et dès qu'elles commencèrent à discuter, c'était comme si elle les avait connues toute sa vie.

Elle n'avait jamais fréquenté un grand groupe de femmes auparavant. Solitaire depuis toujours, elle avait tendance à se lier d'amitié avec une, voire deux personnes à la fois. Mais toutes ces femmes avaient les pieds sur terre, étaient très amicales, et n'hésitaient pas à se taquiner les unes les autres – Remi comprise – en parlant de tout et de rien. Les sujets abordés allaient de la politique de la marine aux déploiements, en passant par les enfants, la vie après la retraite de leurs maris, et les meilleures boissons alcoolisées.

Elles répondirent à toutes les questions que Remi leur posa sur les Navy SEALs, ainsi qu'à d'autres qu'elle ne soupçonnait même pas.

— Les déploiements, ça craint, la prévint Jessyka sans tourner autour du pot. Je redoutais les appels téléphoniques que Benny recevait pour lui annoncer qu'ils partaient trois heures après. Il devait se dépêcher de faire ses valises, et c'était tellement difficile d'expliquer aux enfants où papa allait, et pourquoi. Surtout que je ne connaissais pas les réponses.

— Oui, le pire, c'était de ne pas savoir quand ils reviendraient, convint Summer.

— Mais quand les choses sont devenues difficiles, nous nous sommes soutenues mutuellement, ajouta Fiona.

Tout le monde a acquiesça.

— Vous vous souvenez de l'époque où nous n'avions pas d'enfants et allions toutes chez Caroline pour traîner dans son sous-sol et déprimer ensemble ? demanda Alabama.

— C'était la meilleure période ! admit Cheyenne.

— Pas parce que nous déprimions, mais parce que nous étions ensemble, précisa Fiona avec un petit rire.

Caroline posa les coudes sur la table et se pencha vers Remi.

— Voilà ce qu'il en est. Nos gars – les SEALs et les autres opérateurs des forces spéciales – font ce qu'ils font parce qu'ils croient vraiment qu'il faut servir leur pays. Ils ne le font pas pour les récompenses ou les tapes dans le dos. Ils le font pour que leurs proches, une fois rentrés chez eux, puissent vivre leur vie en toute liberté et dans une relative sécurité. La chose la plus importante que j'ai faite pour Matthew a été de le laisser faire ce qu'il aimait, ce pour quoi il était doué, sans avoir à se soucier de moi. Une femme fidèle et forte était ce dont il avait le plus besoin. Et cela n'a pas été un problème pour moi. Si jamais je m'inquiétais, ou si je pensais que je n'y arriverais pas, je parlais à mes amies qui vivaient la même chose que moi. Nous sommes là pour toi si tu as besoin de nous, Remi. Aimer un SEAL n'est pas la chose la plus facile au monde. Nos hommes étaient souvent absents. Mais le fait de savoir qu'ils rendaient le monde meilleur, plus sûr, ça valait le sacrifice.

Ses paroles s'ancrèrent au plus profond de Remi. Elle n'aimait déjà pas l'idée que Vincent soit absent pendant de longues périodes, mais ce n'était pas comme s'il partait batifoler sur le sable, au soleil. Il faisait un travail dangereux. Un travail important.

— Et ça ne durera pas éternellement, ajouta Summer. Les jeunes, comme Kevlar et son équipe, finissent par prendre le relais, et les vieux briscards sont poussés vers la sortie.

Cela fit rire tout le monde.

— Après quoi ils sont tout le temps à la maison, ils nous mettent des bâtons dans les roues, ils sont surprotecteurs, et ils nous donnent des ordres, déclara Cheyenne.

— Sauf que tu aimes que Dude te donne des ordres, la taquina Fiona.

— C'est vrai, admit Cheyenne sans la moindre gêne. Il le fait si bien.

Tout le monde se remit à rire.

— Je dois admettre qu'il est agréable d'avoir de l'aide à la maison, surtout lorsque ça me permet d'aller à l'épicerie sans les enfants, avoua Alabama.

Remi écouta les autres femmes parler des rassemblements sur la plage avec l'ensemble des familles, et il était évident que les épreuves qu'elles avaient traversées lorsque leurs maris étaient en service actif valaient largement la belle vie qu'elles menaient à présent.

— Pouvons-nous parler de Kevlar et de son équipe maintenant ? demanda Summer en jetant un regard vers le bar, où les hommes s'étaient réunis.

En regardant dans cette direction, Remi ne put s'empêcher de sourire. Vincent et son équipe traînaient avec Wolf et ses amis. C'était un mélange d'hommes grisonnants et de leurs homologues plus jeunes. Remi avait été présentée aux autres hommes un peu plus tôt – Abe, Cookie, Mozart, Dude et Benny – mais elle ne savait pas encore vraiment qui était qui. Ils étaient tous en très bonne forme, et avaient manifestement travaillé dur pour garder une silhouette svelte. Même si elle ne les observait pas depuis très longtemps, il n'était pas difficile de voir qu'ils étaient entièrement dévoués à leurs femmes. Ils les avaient laissées seules pour leur soirée entre filles, mais les surveillaient régulièrement, s'assurant qu'elles avaient de quoi boire et que personne d'autre dans le bar ne harcelait leur table.

Ce n'était pas le cas de tout le monde. Jessyka était la propriétaire, et elle avait expliqué plus tôt à quel point elle avait travaillé dur pour changer la réputation de l'Aces, qui n'était plus un bar tapageur pour les SEALs, mais un endroit plus décontracté, où les hommes et les femmes pouvaient venir boire un verre en paix, sans avoir à s'inquiéter d'être dragués ou harcelés.

— Sérieusement, tous les SEALs qui se trouvent actuellement dans ce bar sont tellement beaux, commenta Cheyenne en soupirant de bonheur avant de boire une gorgée de vin.

Remi était entièrement d'accord avec elle. Elle se doutait bien que les amis de Vincent seraient sveltes et musclés de par leur travail, mais elle ne s'attendait pas à ce que chacun d'entre eux soit aussi beau. Ils avaient tous à peu près le même âge, entre la fin de la vingtaine et le début de la trentaine, et leurs tailles variaient de la sienne à 1 m 90 environ. Ils avaient tous des traits distinctifs... mais honnêtement, ils ressemblaient quand même à une bande d'étudiants plus âgés et plus musclés.

Cependant, il y avait chez eux un air subtilement redoutable qui ne trompait pas. Ils étaient également très vigilants. Chaque fois que la porte du bar s'ouvrait, le regard de chacun évaluait immédiatement la personne qui entrait, à la recherche d'une menace potentielle. Au-delà d'une brève rencontre, Remi n'avait pas eu l'occasion de s'asseoir et de parler à l'équipe de Vincent, car peu de temps après leur arrivée, Caroline les avait accaparées, Marley et elle. Mais ils lui avaient tous semblé amicaux et contents pour elle et Vincent.

— Je me sens mal pour Blink, dit Jessyka doucement.

— Qui ça ? demanda Marley.

— Blink. C'est le gars assis tout seul au bar. Il est issu d'une autre équipe. Il vient presque tous les jours et sirote une bière toute la soirée. Il ne se saoule pas, il reste assis et regarde dans le vide, perdu dans ses pensées.

— Quelqu'un sait ce qui s'est passé ? demanda Fiona.

— Oui, déclara Caroline.

Tout le monde se tourna vers elle.

— Mais je ne peux pas le dire, poursuivit-elle. Matthew m'en a parlé l'autre soir, et ce n'est pas à moi de le partager.

— J'ai entendu dire que certains de ses coéquipiers étaient morts, annonça Summer.

— C'est le cas. D'autres ont été renvoyés pour raisons médicales. La dernière mission... ne s'est pas bien passée, admit Caroline.

— Je pense qu'il s'en veut, avança Jessyka.

— On dirait bien, acquiesça Caroline en hochant la tête.

— Alors... il ne fait plus partie d'une équipe ? demanda Remi. Il est en vacances, ou en permission, peu importe le terme ?

— Congé de convalescence, précisa Caroline. Je crois que ça dure une trentaine de jours, mais je n'en suis pas sûre.

— Que se passera-t-il ensuite ? demanda Marley.

— Il sera sans doute affecté à une autre équipe, et probablement muté.

— Changement Permanent de Base, expliqua Summer. Ce

qui signifie qu'il sera transféré dans une autre base de la marine, et qu'il rejoindra une équipe de SEALs.

— Mais il devra d'abord avoir l'aval du psychologue, ajouta Caroline.

— On ne peut pas vraiment l'appeler M. Convivialité, souffla Alabama à voix basse. Il est un peu bourru.

— Il n'est pas si méchant que ça, insista Jessyka. Il est juste... triste.

— Mais il peut très bien être triste sans s'en prendre aux autres, dit Fiona. Il s'est déjà emporté auprès de quelques personnes depuis que nous sommes ici.

— Peut-on lui en vouloir ? Si les gens agissent comme des idiots et qu'il repense à ce qui est arrivé aux hommes de son équipe, il ne peut sûrement pas s'empêcher d'interpeller les autres à propos de leur comportement stupide, argumenta Jessyka en haussant les épaules.

— C'est vrai, mais s'il ne veut pas être entouré de gens, pourquoi vient-il dans un bar ? rétorqua Fiona.

Tout le monde se tut. Elles se contentèrent de regarder le rouquin assis tout seul au bout du bar.

— Quoi qu'il en soit, reprit Caroline en se redressant, Kevlar et toi, vous allez très bien ensemble, Remi.

Il était évident qu'elle voulait changer de sujet, ce qui ne dérangeait pas Remi, car elle se sentait mal à l'aise de parler du gars du bar dans son dos. Cela ne lui semblait pas correct. Elle se sentait mal pour lui, mais n'en savait pas assez sur la marine ou les SEALs en général pour comprendre ce que l'avenir lui réservait.

— Caroline a dit que Kevlar et toi aviez été abandonnés au milieu de l'océan lors d'une excursion de plongée ? renchérit Cheyenne.

— Mais tu n'es pas obligée d'en parler si cela te rappelle trop de mauvais souvenirs, ajouta Fiona dans la foulée.

Étonnamment, ça ne dérangeait pas Remi de leur parler de ce qui s'était passé à Hawaï. Certes, avoir été abandonnée en pleine mer était une expérience effrayante, mais le temps qu'elle avait passé avec Vincent lui avait aussi valu beaucoup de bons souvenirs.

— C'est bon, dit-elle à ses nouvelles amies. Je suivais cette tortue de mer, et quand j'ai finalement redressé la tête pour regarder autour de moi, je ne voyais le bateau nulle part. Je ne savais pas ce qui se passait, et puis Vincent est arrivé. Il m'a apaisée, m'assurant qu'il avait une sorte de traceur dans sa combinaison, que son ami saurait qu'il était en difficulté, et qu'il enverrait de l'aide.

— Tex, lancèrent Caroline et Fiona à l'unisson.

Toutes éclatèrent de rire, sauf Remi et Marley.

— Qui est Tex ? demanda Marley.

— C'est un ancien SEAL qui vit sur la côte Est avec sa femme, Melody, expliqua Caroline. Il est obsédé par le fait de garder la trace de ses amis et de leurs femmes.

— Il est génial, ajouta Fiona à mi-voix. Il se soucie vraiment des autres. Je ne sais pas ce que j'aurais fait sans lui.

— Moi non plus, dit Cheyenne.

— Même chose, dit Jessyka.

— Donc ce Tex suivait Vincent ? Pourquoi ? demanda Marley, visiblement encore confuse.

— Vincent a dit que le traceur se trouvait dans sa combinaison de plongée, celle qu'il porte lors de ses missions, raconta Remi. Il l'avait oublié, mais il a affirmé que Tex se rendrait compte que quelque chose n'allait pas s'il restait trop longtemps dans l'océan, au même endroit.

— Tu as dû avoir peur. J'aurais été morte de trouille, avoua Alabama.

— J'avais peur. Mais Vincent a été... parfait. Il était tellement persuadé que quelqu'un viendrait nous chercher.

Évidemment, quand le type qui nous avait abandonnés est revenu pour s'assurer que nous étions morts – je ne sais toujours pas ce qu'il avait prévu de faire s'il nous trouvait ; rien de bon, probablement – Vincent nous a emmenés sous l'eau, et nous avons partagé son oxygène jusqu'à ce que le bateau soit reparti.

Les yeux de Marley s'écarquillèrent.

— Tu ne m'as pas raconté cette partie de l'histoire, la réprimanda-t-elle.

Remi avait volontairement évité de mentionner cette partie de l'atroce événement auprès de sa meilleure amie, car Marley était déjà furieuse et effrayée en entendant tout le reste.

— Ce n'est pas facile à faire, convint Caroline. Partager la réserve d'air, je veux dire.

— Tu l'as déjà fait ? s'enquit Remi.

— Oui. Avec Cookie. C'est une longue histoire, et c'est vraiment terrifiant. Il faut avoir une confiance aveugle envers l'autre personne pour qu'elle te passe le machin pour respirer quand tu en as besoin.

Remi acquiesça. C'était terrifiant, effectivement. Mais le fait de regarder Vincent dans les yeux tandis qu'il passait son détendeur d'un côté à l'autre avait rendu l'expérience moins éprouvante.

— Quoi qu'il en soit, cet abruti ne vous a manifestement pas vus, et quelqu'un est venu vous sauver…, dit Cheyenne.

— Oui. Baker. Il était un peu rude, mais gentil. Nous sommes allés chez lui le lendemain pour passer un moment avec lui et sa femme, Jodelle. C'était sympa.

— Attends un peu, Baker ? s'exclama Jessyka. *Le* Baker ? Je suis tellement jalouse ! J'ai entendu parler de lui par des amis de Benny qui sont en poste à Hawaï.

— C'est le surfeur sexy qui vit sur la côte nord ? demanda Fiona.

— Oui ! C'est lui ! s'écria Jessyka.

— J'ai entendu dire qu'il avait marché sur de la lave pour brûler un ennemi.

— J'ai entendu dire qu'il connaissait tous les membres de la mafia à New York, et dans d'autres grandes villes.

— Et *j'ai* entendu dire qu'il était si beau qu'il était secrètement mannequin pour *GQ*.

— Comment cela pourrait-il rester secret s'il laisse quelqu'un prendre des photos de lui pour un magazine ?

— Je ne sais pas, mais apparemment, c'est un reclus qui sort rarement de chez lui, sauf pour aller surfer.

Remi s'esclaffa devant leur surenchère. Elle les interrompit :

— Je ne sais rien de tout cela. Mais je dirais que j'ai été très heureuse de le voir s'arrêter près de nous au milieu de l'océan, et que notre visite chez eux était tout à fait normale. Il était amical, et soucieux de savoir comment je me portais suite à mon épreuve.

— Mais il est beau, non ? la relança Jessyka, le regard pétillant. Dis-moi qu'il est beau.

— Oh oui, il est sexy. Il pourrait tout à fait être mannequin, mais j'ai l'impression qu'il serait horrifié si quelqu'un lui suggérait une telle chose. Il n'a pas l'air d'être le genre de type à aimer être sous les feux de la rampe. Pas du tout.

— Qu'as-tu fait d'autre pendant ton séjour à Hawaï ? demanda Alabama.

Remi continua à raconter certaines des choses qu'elle avait faites seule, *avant Vincent*, puis ce qu'ils avaient fait ensemble le dernier jour.

Les discussions portèrent sur les vacances et les endroits où les autres filles voulaient voyager. Remi lança un regard en direction des gars, qui s'étaient lancés dans ce qui semblait être une sorte de tournoi de billard. Ils avaient pris possession de deux tables, riant et plaisantant entre eux.

Puis elle reporta son attention sur l'homme qui se trouvait seul au bar. Elle était désolée pour lui. Il avait probablement fait ce que les autres SEALs faisaient lors de chaque mission. Et s'il était comme Vincent, il avait perdu des hommes qu'il aimait comme des frères. Ça craignait. Dur.

— Je vais aller au bar et commander une boisson sans alcool, déclara Remi lors d'une pause dans la conversation. Quelqu'un veut quelque chose ?

— Je peux aller te la chercher, proposa Jessyka en commençant à se lever.

Mais Remi s'empressa de répondre :

— Oh non, ne te dérange pas pour ça. J'ai besoin de me dégourdir les jambes, de toute façon. Ça ira.

— Tu en es sûre ? s'inquiéta Jessyka.

— J'en suis certaine, répondit Remi.

Lorsque la conversation reprit, Marley se pencha vers elle pour lui demander :

— Ça va ? Je sais que ce n'est pas ton truc d'être entourée de gens. Tu veux que je vienne avec toi ?

— Je vais bien. Promis. Je reviens tout de suite.

Marley acquiesça, et lorsque Remi se leva, son amie fut rapidement ramenée à la conversation à propos de ce qui était le mieux entre des vacances dans un endroit froid où l'on peut se blottir contre son mari, ou dans un endroit tropical où l'on peut se baigner et prendre le soleil.

Remi croisa le regard de Vincent pendant qu'elle se frayait un chemin dans la salle bondée, en direction du bar.

Il commença à poser sa queue de billard, manifestement dans l'intention de la rejoindre, mais Remi lui fit signe de rester où il était en murmurant :

— *Ça va.*

Il inclina la tête, comme pour lui demander si elle en était sûre, et Remi acquiesça.

Il lui fit un signe puis retourna à sa partie, mais elle pouvait sentir son regard sur elle alors qu'elle s'avançait vers l'extrémité du bar. C'était agréable de pouvoir converser avec lui depuis l'autre bout de la salle, et qu'il soit prêt à tout laisser tomber pour venir la voir si elle en avait besoin.

Même si elle avait envie de passer du temps avec Vincent, à cet instant, celle de parler à celui que les autres appelaient Blink prenait le dessus.

Cet inconnu lui brisait le cœur, et elle ne pouvait s'empêcher de penser à Vincent éprouvant la même chose que lui. Et si c'était *son* équipe qui avait vécu une terrible mission ? De plus, ce type ne semblait avoir personne d'autre pour l'épauler. Elle avait horreur de ça. Elle avait l'impression qu'elle devait au moins faire l'effort de prendre de ses nouvelles. Il pourrait très bien la repousser, se comporter comme un con avec elle, comme il l'avait apparemment fait avec d'autres. Mais elle n'arriverait pas à dormir sans au moins avoir essayé.

Marley l'avait traitée de sentimentale plus d'une fois. Elle était persuadée que c'était pour cette raison que Remi s'était retrouvée avec certains hommes peu recommandables. Mais Remi était comme ça. Elle n'aimait pas que les gens souffrent. Même les inconnus.

Il y avait un siège libre à côté de l'homme, ce qui n'était probablement pas très bon signe, mais Remi était déterminée à au moins lui dire bonjour.

Elle se hissa sur le tabouret, et le serveur lui dit qu'il serait là dans un instant.

Maintenant qu'elle était là, Remi ne savait pas trop quoi dire. L'homme à côté d'elle ne l'avait même pas regardée quand elle s'était assise.

Prenant une grande inspiration, elle se lança.

— Bonjour, je m'appelle Remi.

Il ne bougea pas. Il ne semblait même pas l'avoir entendue.

— Je suis amie avec Vincent... hmm... Kevlar. Vous le connaissez peut-être. J'imagine qu'il vient tout le temps ici avec son équipe et ses amis.

Il se tourna alors vers elle pour la regarder. Ce n'était pas vraiment un regard amical, mais pas hostile non plus. Et comme il ne lui demanda pas d'arrêter, elle lui adressa un sourire et continua à parler.

— C'est la première fois que je viens ici. C'est agréable. Je ne m'attendais pas vraiment à ce qu'un endroit appelé Aces Bar & Grill soit aussi haut de gamme. C'est horrible et ça me fait passer pour une snob, mais je n'aime pas trop aller dans les bars. Enfin, j'aime bien aller au restaurant et prendre un verre de vin avec mon repas, mais dans un bar... non. Surtout dans cette ville. Sans vouloir vous offenser, je n'aime pas que des militaires me draguent pendant que je suis en train de boire un verre. De toute façon, personne ne me drague vraiment. D'accord, je n'ai pas vraiment l'air d'avoir envie de me faire draguer... mais quand même.

Il ne fit aucun commentaire, continuant simplement à la fixer du regard. Mais là encore, il ne l'envoya pas sur les roses, alors Remi poursuivit :

— Je suis venue rencontrer Caroline Steel et ses amies ce soir. Les amis de Vincent, aussi. Et l'équipe du mari de Caroline. Ça fait beaucoup. Ils sont tous très gentils, mais comme j'ai l'habitude de rester à la maison et de parler aux voix dans ma tête, je trouve cet endroit... bruyant.

— Est-ce qu'elles répondent ?

Il a parlé !

Remi ne put s'empêcher de sourire. Elle ne savait pas trop s'il se moquait d'elle ou non, mais cela n'avait pas d'importance.

— Tout le temps, répondit-elle en haussant les épaules. Je suis une artiste. Enfin, dessinatrice. Je me vois comme une artiste, mais je suis sûre qu'il y a un tas de gens qui ne seraient pas d'accord avec ça. Mais Pecky – c'est mon personnage principal – ne se soucie pas de ce que pensent les autres. Quand il veut partir à l'aventure, il me le dit sans hésiter, et il exige que je le dessine dans les endroits où il veut aller.

Pour la première fois, Remi se demanda comment cet homme avait hérité de son surnom.

— Les gens vous appellent Blink parce que vous gagnez tout le temps les batailles de regards ? tenta-t-elle.

Sur cette lancée, elle eut une idée.

— Oh ! Ça vous dérangerait si je vous faisais intervenir dans une de mes bandes dessinées ? Je vous vois bien faire une bataille de regards avec Pecky... mais c'est lui qui gagnerait. Désolée. Après tout, Pecky est un taco, et je pense qu'il pourrait battre n'importe qui, même vous. Il gagnerait, mais au lieu de vous fâcher, vous lui feriez simplement un de ces lever de menton virils que Vincent et ses amis militaires adressent aux gens, avant de retourner à votre verre.

À sa grande surprise, elle vit les lèvres de l'homme se courber. Elle l'avait fait sourire ! Son bavardage embarrassant en valait vraiment la peine.

— Qu'est-ce que je vous sers ? demanda le barman, détournant son attention de l'homme à côté d'elle.

— Un thé glacé, s'il vous plaît.

— Long Island ?

Remi fronça les sourcils, perplexe.

— Qu'est-ce que c'est ?

— Un thé glacé Long Island ?

— C'est une marque ?

Un léger bruit attira l'attention de Remi sur le SEAL à côté d'elle. Blink, l'homme que tout le monde disait déprimé et grincheux, venait de *rire*. Il ne riait plus maintenant, mais elle l'avait entendu.

— Un thé glacé Long Island est une boisson alcoolisée, lui dit-il. C'est assez fort.

Se sentant stupide, Remi rougit.

— C'est vrai. Je le savais. Non, juste un simple thé glacé. Pas d'alcool. Avec du sucre si possible. S'il vous plaît.

Le barman regarda longuement Blink, puis fit un signe de tête à Remi et se retourna pour préparer son verre.

— Kevlar est un bon gars, lui dit Blink.

— Oui. Je l'aime bien. Beaucoup.

— Cependant, vous devriez être prudente. Tout le monde n'est pas aussi... loyal que lui.

— Qu'est-ce que vous voulez dire ? s'enquit Remi.

Mais au lieu de lui répondre, Blink saisit la bière devant lui et en but une gorgée, regardant à nouveau dans le vide.

Remi prit le risque de lui toucher le bras. Elle sentit ses muscles se contracter sous sa main, mais il ne bougea pas.

— Je suis désolée pour votre équipe. Je ne sais pas ce qui s'est passé, mais c'est forcément grave. Il n'y a rien que je puisse dire qui ramènera vos amis. Et ça doit faire encore plus mal d'avoir été là pour en être témoin.

Il tourna la tête, mais il n'y avait aucune étincelle dans son regard. Il avait l'air... vide.

Remi eut envie de se laisser glisser du tabouret et de retourner auprès des autres filles, mais elle était déterminée à lui dire ce qu'elle pensait qu'il avait besoin d'entendre.

— Je dépasse les bornes, j'en suis consciente. Mais ça me fait mal au cœur de vous voir assis là, tout seul, si triste. Vous savez, si je mourais et que Marley se morfondait, faisant la grincheuse avec ceux qui veulent simplement l'aider, je serais très en colère contre *elle*. Enfin, ça ne me dérangerait pas qu'elle soit triste, parce que c'est ma meilleure amie, mais je voudrais qu'elle s'en remette, et qu'elle continue de vivre sa vie. Pour moi. Qu'elle fasse toutes les choses dont nous avons toujours parlé et que nous n'avons jamais faites. Louer une décapotable et parcourir les États de l'Ouest, comme Thelma et Louise dans ce film. Manger de la barbe à papa jusqu'à avoir envie de vomir, même si aucune d'entre nous n'aime la barbe à papa. Aller au Texas et prendre des photos dans un immense champ de bluebonnets. Je ne sais pas... toutes ces choses stupides qui ont l'air tellement géniales dans les films, mais pour lesquelles personne n'a le temps dans la réalité. Je ne connaissais pas vos amis, et comme je l'ai dit, je ne sais pas ce qui s'est passé, mais vous êtes un SEAL. Et si je n'avais pas eu Vincent à mes côtés quand les choses ont mal tourné à Hawaï, je ne serais pas ici aujourd'hui. Vous êtes un héros. Je le sais. Et je veux juste vous dire... merci pour ce que vous faites.

— Je ne suis pas un héros, grogna-t-il.

Un véritable grognement.

— C'est ce que les héros prétendent toujours. Mais ce n'est pas parce que vous le dites que c'est vrai.

— Vous êtes un peu agaçante, lui dit Blink.

— Je sais, convint Remi en hochant la tête, pas du tout décontenancée.

Elle lui serra le bras.

— Vous avez le droit d'être triste. Vous avez le droit d'être en colère. Vous pouvez ressentir ce que vous voulez. Mais je pense que n'importe quelle équipe aurait de la chance de vous avoir dans ses rangs. Ce qui s'est passé vous a sans doute beaucoup appris. Si des erreurs ont été commises au cours de votre mission, vous ne les laisserez jamais se reproduire. En soi, cela fait de vous une personne précieuse aux côtés de quelqu'un. J'irai même jusqu'à dire que si Vincent avait des ennuis, je voudrais que vous soyez à ses côtés.

Blink la fixa des yeux avec une expression étrange. Une expression qu'elle n'arrivait pas à interpréter.

— Désolée. Je dis encore ce qui me passe par la tête. Mais je compte *carrément* vous mettre dans un gag de Pecky. Peut-être que je vous ferai gagner cette bataille de regards, après tout. Je dois admettre que vous êtes vraiment doué pour ça.

Elle fut récompensée par quelques plis autour de ses yeux, comme si elle l'amusait à nouveau. Elle s'en contenta.

— Thé glacé, sucré, sans alcool, annonça le barman en plaçant le verre sur une serviette devant elle.

— Merci, lui dit Remi en attrapant les billets qu'elle avait mis dans sa poche un peu plus tôt.

— Mettez-le sur ma note, demanda Blink.

— Oh, c'est bon, je peux...

— Ma note, répéta fermement Blink.

— Ce sera fait, acquiesça le barman avant de s'éloigner.

— Merci, dit doucement Remi.

Il ne répondit pas.

Remi tendit la main et serra son bras une fois de plus, puis se laissa glisser du tabouret. Elle s'éloigna d'un pas, mais quelque chose la poussa à s'arrêter.

Elle s'approcha de Blink, se pencha vers lui, et l'embrassa près de la tempe.

C'était un geste totalement spontané, elle ne savait même pas pourquoi elle l'avait fait, si ce n'est qu'elle ne supportait pas la tristesse qui semblait suinter de chaque molécule de son corps.

— C'est un cliché, ajouta-t-elle à voix basse, mais je vais le dire quand même. Merci, Blink. Pour vos services. Pour ce que vous faites. Pour tout ce que vous avez vu et accompli. Pour vos sacrifices. Je vous suis reconnaissante. Et je vous apprécie.

Puis elle tourna les talons et s'éloigna sans regarder en arrière. Elle n'avait peut-être rien changé pour cet homme, mais elle se sentait mieux d'avoir au moins essayé.

11

———

— Ta nouvelle petite amie vient d'embrasser Blink, signala Howler en faisant la grimace.

Kevlar se tourna vers le bar, où il avait déjà vu Remi assise à côté du SEAL, et la regarda revenir à la table auprès des filles.

— Quoi ?

— Sa tête, précisa Safe. Elle l'a embrassé sur la *tête*. Jeez, Howler, épargnez-lui une crise cardiaque.

— Un baiser reste un baiser, rétorqua Howler. Si c'était ma femme, je ne voudrais pas qu'elle embrasse un autre homme. Surtout un homme comme *lui*.

— Lâche-lui la grappe, grommela Flash.

— Il s'est comporté comme un connard toute la soirée, protesta Howler.

— Et il a une bonne raison, répondit aussitôt Flash. Lâche-le un peu.

— Je me demande ce qu'elle lui a dit, commenta Preacher. Parce que je veux bien être damné s'il n'a pas l'air moins en colère contre le monde que d'habitude.

Kevlar observa le SEAL assis à sa place habituelle et réalisa que Preacher avait raison. Blink avait toujours les épaules voûtées et le regard perdu dans le vide… mais il avait une sorte de demi-sourire sur les lèvres, qui n'existait pas auparavant. En fait, pas depuis qu'il était revenu de sa dernière mission.

Kevlar n'était pas du tout surpris que sa Remi ait réussi à franchir les boucliers que le SEAL brisé avait érigés autour de lui depuis que cette mission avait si mal tourné.

— Je n'aimerais quand même pas que ma femme embrasse quelqu'un d'autre, ronchonna une nouvelle fois Howler.

Mais Kevlar ne tint pas compte des paroles de son ami. Howler avait déjà bu plus que de raison ce soir, et il avait quelque chose en travers ces derniers temps. Il ne voulait pas prendre à cœur ce qu'il disait.

Depuis que Kevlar était revenu d'Hawaï et que l'équipe avait commencé à préparer sa prochaine mission, Howler s'était montré encore plus difficile que d'habitude. C'était toujours lui qui se faisait l'avocat du diable lors de l'élaboration des stratégies. Il se sentait obligé de mettre en évidence les lacunes dans leurs plans, de soulever les points qui s'opposaient à ce que les autres suggéraient, mais pour cette prochaine mission, il semblait encore plus… en colère à propos de son rôle au sein du groupe. Comme s'il prenait tout personnellement, ce qu'il n'avait jamais fait par le passé.

Kevlar avait songé à demander à Flash de reprendre le flambeau de Howler, que ce soit lui qui apporte d'autres points de vue et d'autres suggestions afin d'être sûr à cent pour cent que ce qu'ils mettaient en place était ce qu'il y avait de mieux pour le bon déroulement de la mission. Howler n'aimerait pas ça, mais s'il n'était pas capable de garder ses émotions ou ce qui se passait dans sa vie personnelle *en dehors* des sessions de planification, alors il fallait que les choses changent.

— Elle te correspond bien, dit Smiley à Kevlar.

— Elle n'arrête pas de prendre de tes nouvelles, c'est vraiment adorable, ajouta MacGyver.

— Oui, c'est vrai, acquiesça Safe. Elle a l'air de vouloir s'assurer que tu vas bien.

— Comme si Kevlar avait besoin qu'on le surveille, dit Howler en grognant. Il est avec une douzaine de Navy SEALs. Qu'est-ce qu'elle croit qu'il peut se passer ? Une bande de tangos va abattre le mur et nous éliminer ?

— Peut-être qu'elle aime juste regarder ses fesses, suggéra Preacher.

Tout le monde éclata de rire, et Kevlar ne put s'empêcher d'aimer cette pensée.

— Il devrait peut-être lui donner ce qu'elle veut, dans ce cas. Pourquoi ne pas aller de l'autre côté de la table et essayer de mettre la troisième boule dans le trou du coin ? dit Flash en haussant un sourcil de manière suggestive.

— Tu essaies de montrer *son* cul à *ma* femme ? demanda Dude, qui avait manifestement entendu la conversation.

— Comme si Cheyenne regardait quelqu'un d'autre, rétorqua Cookie à son ami en lui donnant une tape sur l'épaule.

— Elle est bien placée pour le savoir, dit Dude avec un petit sourire en coin.

— Il me faut une femme soumise, déclara Howler. Une femme qui fait *tout* ce que je veux, *quand* je le veux. Ça doit être agréable d'avoir quelqu'un à sa disposition. Peut-être que j'essaierai de donner des ordres à la prochaine chasseuse de grenouilles que je ramènerai chez moi, et la mettre à genoux, comme il se doit.

— Attention, Howler, l'avertit fermement Dude à voix basse, d'un ton qui n'avait rien à voir avec l'humeur taquine qu'il affichait l'instant d'avant. La soumission d'une femme est un don, pas quelque chose qu'il faut lui imposer.

— Je plaisantais, bon sang, protesta Howler. Prends une pilule pour te calmer.

— Qu'est-ce que tu viens de me dire ? demanda Dude en posant sa queue de billard et en faisant un pas vers Howler.

— Allez, Dude, ça suffit, intervint Wolf avec fermeté en s'avançant devant son ami.

— Combien de verres as-tu bus, Howler ? demanda Kevlar en s'interposant également.

— Toujours le chef d'équipe, hein ? ricana Howler. Toujours en charge, même dans un bar. J'ai une nouvelle pour toi, mon pote, tu ne sais pas tout. Loin de là.

— Je n'ai jamais dit ça, répondit calmement Kevlar.

Howler était toujours un peu belliqueux lorsqu'il buvait. Ce n'était pas nouveau. Mais ce soir, il n'aimait pas sa vilaine attitude. Pas du tout.

— Peu importe. Je n'ai plus rien à faire ici, à rencontrer la pièce rapportée comme un bon petit soldat. Elle n'est pas à la hauteur de tes exigences, Kevlar. Et je suis probablement le seul qui soit assez courageux pour le dire à voix haute. Elle est mal fagotée, ordinaire, et elle était en train de draguer un autre SEAL juste devant toi. Mais tu es tellement en manque que tu ne l'as même pas remarqué, ou que tu ne t'en es pas soucié. Écoute-moi bien : une fois qu'elle sera montée sur ta queue, elle s'en ira. Comme toutes les autres salopes qui convoitent les SEALs.

— Tu vas trop loin, l'avertit Cookie en saisissant d'une main le bras de Kevlar.

Kevlar ne s'était même pas rendu compte qu'il avait fait un pas menaçant vers son ami avant que Cookie l'en empêche.

— Rentre chez toi et dors un peu, conseilla-t-il à Howler en serrant les dents.

— En d'autres termes, fiche le camp d'ici, aboya Wolf, visiblement énervé. Remi me rappelle beaucoup Caroline. Les femmes n'ont pas besoin de faire la couverture d'un magazine pour être belles, espèce d'abruti. C'est ce qu'elles ont *à l'intérieur* qui compte.

— Je me doutais que *tu* dirais ça, renchérit Howler. Je me casse d'ici. Je vais au Golden Oyster. Là-bas au moins, les femmes sont honnêtes au sujet de ce qu'elles veulent : une nuit avec une grosse queue. Deux choses que je suis ravi de fournir, ajouta-t-il en bafouillant légèrement. Ne viens pas nous voir en pleurant quand elle te quittera après la première mission qu'elle aura à supporter, Kevlar.

— Je ne le ferai pas, murmura-t-il en regardant Howler se faufiler vers la porte.

— Il est en voiture ? s'inquiéta Mozart.

— Non. Il prend toujours un taxi ou un Uber quand nous sortons maintenant, expliqua Preacher. Nous lui confisquons toujours ses clés et il n'aime pas devoir s'arranger pour ramener sa voiture chez lui le lendemain.

— Au moins, c'est déjà ça, murmura Benny.

— Waouh, quel *enfoiré*, s'exclama Abe après le départ de Howler.

— Il n'est pas toujours comme ça, souligna Flash en défendant son coéquipier.

Kevlar ne prit pas la parole pour le défendre. Son ami le dégoûtait. Ils avaient traversé l'enfer ensemble, littéralement, et s'étaient toujours soutenus l'un l'autre. Mais en l'entendant dénigrer Remi, Kevlar avait envie de l'écraser. Il avait dépassé les bornes. Les paroles de Howler n'avaient pas entaché son désir d'être avec elle, mais l'avaient *définitivement* fait douter de la nécessité de l'emmener traîner avec l'équipe.

Enfin, avec Howler. Et ça, c'était nul.

— Ne l'écoute pas, lui dit Smiley.

— Je ne l'écoute pas.

— Elle a embrassé Blink – sur le côté de la tête – *mais* je pense que si quelqu'un avait besoin de la compassion et de la gentillesse d'une femme, c'est bien lui, dédramatisa Cookie.

Kevlar était d'accord avec lui, mais après la confrontation et les paroles désobligeantes de Howler, la soirée avait perdu de son éclat.

Manifestement, le départ de Howler avait également attiré l'attention des filles, qui les regardaient avec inquiétude.

— On dirait que leur soirée entre filles est terminée, constata Dude. Je pense que je vais ramener Cheyenne à la maison.

— Je suis sûr qu'April sera contente de voir sa mère, ajouta Mozart en se dirigeant vers le support mural pour ranger sa canne.

Les autres firent de même, et en passant devant lui, Wolf donna une tape dans le dos de Kevlar.

— Il faut la garder. Dès que j'ai rencontré Caroline, j'ai su qu'elle était spéciale. Et j'avais raison. Quand on sait, on sait. Ne la laisse pas filer.

— Je n'en ai pas l'intention, répondit Kevlar.

Wolf acquiesça et se dirigea vers la table.

— Howler est *vraiment* un connard, dit Safe une fois les autres partis. Il a dépassé les bornes ce soir.

— Je ne sais pas ce qu'il a en travers ces derniers temps, déplora Kevlar.

— Je vais lui parler, proposa Flash.

— Je ne suis pas sûr que ça serve à quelque chose, murmura Preacher.

— Qu'il aille se faire foutre, lança MacGyver avec fermeté. Remi est géniale. Nous l'aimons bien. Elle te fait du bien, Kevlar. Avoir une vie en dehors des missions et de la marine est une bonne chose. Et ça me donne de l'espoir. Si dans notre bande de connards, il y en a un qui parvient à attirer l'attention d'une personne aussi gentille que Remi, peut-être qu'on y arrivera aussi.

— Merci, dit Kevlar.

Il se sentait un peu mieux, mais il avait toujours envie de se tirer de là.

— Vas-y, lui dit Smiley. Ramène ta femme à la maison.

Sa femme. Ça sonnait merveilleusement bien. Il salua ses amis d'un signe de tête puis se dirigea vers Remi, qui embrassait les autres filles de la table pour leur dire au revoir.

* * *

— Quoi qu'il en soit, c'était intense, murmura Caroline à l'oreille de Remi, qui la serrait dans ses bras. Je ne connais pas très bien ses coéquipiers, mais je connais mon mari. Et si ce qui a été dit a suffi à lui donner cet air furieux, ton homme va avoir besoin d'apaisement. Alors... va l'apaiser.

Son homme. Ça sonnait merveilleusement bien.

Elle serra les autres filles dans ses bras et regarda leurs maris qui les appelaient, puis tout le monde se dirigea vers la porte.

— C'était une soirée passionnante, s'enthousiasma Marley. J'adore ces filles, et leurs maris sont aussi terriblement sexy. Ils ont vraiment bien vieilli. Quant aux coéquipiers de Vincent...

Elle s'éventa d'un geste de la main avant de reprendre :

— Pfiou. Ils devraient les mettre sur une affiche de recrutement. Je ne sais pas quoi penser de ce mec au bar, mais je t'admire de vouloir l'aider.

Remi n'était pas surprise que son amie sache ce qu'elle avait fait. À ce stade de leur amitié, Marley et elle se connaissaient presque mieux l'une et l'autre qu'elles se connaissaient elles-mêmes.

— Voilà Vincent. Raccompagne-le, déshabille-le, et tu me

diras demain s'il est aussi beau tout nu que dans sa combinaison.

— Marley ! s'exclama Remi.

Mais elle ne put rien dire d'autre, car Vincent était là, derrière elle, enroulant un bras autour de sa taille.

— Amusez-vous bien ! dit Marley en souriant. Je rentre chez moi retrouver mon mari. Je pense que nous allons mettre les enfants au lit de bonne heure. Tout ce qu'il y avait à voir ce soir m'a beaucoup... inspirée.

Remi roula des yeux.

— Sois prudente au volant. Envoie-moi un SMS pour me signaler que tu es bien rentrée.

— Compte sur moi. Mais ne m'en envoie pas quand *tu* seras rentrée, ce sera bien trop tôt pour moi.

Remi rougit, mais Marley se contenta de rire et de faire un signe de la main en se dirigeant vers la porte. Pendant ce temps, Safe se précipita vers elle en trottinant à travers la foule, faisant un signe de tête à Vincent.

— Qu'est-ce qu'il fait ? demanda Remi.

— Il va l'accompagner jusqu'à sa voiture, répondit Vincent. S'assurer qu'elle va bien.

— Oh, c'est gentil. Merci pour elle.

— Tu n'as pas à me remercier de prendre soin des gens que tu aimes.

C'était étonnant de constater qu'il ne pensait vraiment pas faire quelque chose d'extraordinaire. Mais c'était le cas, et Remi lui en était reconnaissante. Elle se sentait bénie qu'il soit avec elle.

— Tu es prête à partir ?

— Oui.

Sans un mot, il la tourna vers la porte.

— Attends, je dois payer mes boissons.

— Déjà fait, lui dit Vincent.

— Par qui ?

— Moi. J'ai gagné le droit de payer ma tournée ce soir.

— Attends, *gagné* ? s'étonna Remi tandis qu'ils se dirigeaient vers la sortie. Je ne comprends pas.

— Quand il y a une soirée entre filles, les gars règlent les consommations à tour de rôle. Comme Marley et toi vous êtes jointes à elles ce soir, j'ai eu le privilège de payer.

— Je ne suis pas sûre que ce soit un privilège, rétorqua-t-elle sèchement.

— Bien sûr que non.

Remi ne comprenait pas les hommes. Pas du tout. Mais elle ne put s'empêcher de ressentir un frisson de plaisir en voyant qu'on s'occupait d'elle comme ça. À l'idée de faire partie d'un groupe de personnes aussi extraordinaires. Ce n'était pas comme si elle n'avait pas les moyens de payer ses consommations, elle pouvait régler celles de *tout le monde*. Mais c'était agréable de ne pas avoir à le faire, pour une fois.

Vincent la conduisit jusqu'à sa voiture, et une fois qu'ils furent en route, elle le regarda. Il avait l'air... perturbé. Mais Remi voyait bien que ce n'était pas contre elle.

— Il avait l'air de se passer des choses intenses entre toi et tes amis en fin de soirée. Tout va bien ?

Au lieu de répondre immédiatement par l'affirmative et de balayer son inquiétude, il haussa les épaules et répondit :

— Pas vraiment.

Remi fut frappée par sa réaction.

— Tu veux qu'on en parle ? lui demanda-t-elle.

Vincent soupira.

— Howler a fait le con.

Remi repensa à son ami, qui semblait être le plus jeune de l'équipe. Il avait des cheveux blonds, des yeux bleus, et il était extrêmement beau. Il aurait pu être mannequin s'il l'avait voulu. Il était musclé, mais pas trop. Il n'était pas aussi grand que les autres SEALs, mais Remi n'avait aucun doute sur le fait qu'il pouvait rivaliser au combat.

Mais sa manière de la regarder avait mis Remi mal à l'aise. Comme s'il l'avait jaugée toute la soirée et qu'elle n'avait pas été à la hauteur.

— Il a dit quelque chose à mon sujet, n'est-ce pas ?

Vincent tourna la tête vers elle, et elle sut d'un seul coup d'œil qu'elle avait vu juste.

Il laissa échapper un autre soupir.

— Oui.

Il n'avait dit qu'un mot, mais le respect de Remi pour l'homme qui se trouvait à côté d'elle s'intensifia encore.

— Vincent, ce n'est pas grave si l'un de tes amis ne m'apprécie pas. C'est normal. Ça ne me dérange pas.

Il la regarda à nouveau en haussant un sourcil.

Remi lui adressa un petit sourire.

— Bien sûr que j'aimerais que tous tes amis s'entendent bien avec moi, mais il y a peu de chances que cela se produise. Je suis un peu bizarre, et je peux être plutôt distante quand je rencontre des gens pour la première fois. C'est le résultat d'une enfance pendant laquelle les gens ne voulaient être mes amis ou sortir avec moi qu'en raison de la fortune de ma famille. Et tu n'imagines même pas le nombre de blagues sur les préservatifs et autres allusions sexuelles que j'ai dû subir parce que je suis la fille de l'homme qui a fondé Crown Condoms. Si c'est juste mon apparence qui lui a déplu, je peux m'en accommoder, parce que je suis comme je suis. Mais si c'est quelque chose que j'ai dit ou fait, dis-le-moi pour que je puisse essayer d'arranger ça la prochaine fois que je le verrai.

— Ce n'est pas toi qui as provoqué ça, la rassura immédiatement Vincent. Howler a quelque chose en travers de la gorge depuis un moment, et je n'arrive pas à savoir ce que c'est. Il ne me dit rien. Mais je le découvrirai tôt ou tard. De préférence au plus tôt, car nous avons une mission qui approche, et s'il continue à faire le con, toute l'équipe se retournera contre lui. Mais non, tu n'as rien fait d'offensant ou qui mérite d'être corrigé.

— Tu es fâché que j'aie parlé à Blink ?

— Quoi ? Non. Pourquoi me demandes-tu ça ?

— Je ne sais pas, répondit Remi en haussant légèrement les épaules. Personne n'est allé lui parler ce soir, et c'est un collègue SEAL. Je me suis simplement dit qu'il avait peut-être fait quelque chose de si horrible que dans votre cercle, c'était devenu un paria, ce genre de choses. Et que le fait que je lui parle pouvait avoir mis Howler hors de lui.

Elle sut qu'elle avait raison lorsque Vincent grimaça légèrement.

— C'est bien *ça* qui a contrarié ton ami, n'est-ce pas ?

— Blink n'est pas un paria. Nous nous sentons tous mal pour lui, mais nous ne savons pas quoi dire pour l'aider à surmonter ce qui est arrivé à son équipe. Comme je l'ai déjà dit, Howler a quelque chose en travers, ça n'a rien à voir avec toi. Tu peux parler à qui tu veux. Je ne suis pas le genre d'homme qui refuse que sa petite amie fréquente quelqu'un d'autre que lui. Tant que je sais que tu rentres avec moi à la fin de la soirée, tu peux parler à qui tu veux.

Ces paroles lui réchauffèrent le cœur, et elle se sentit troublée. Mais elle voulait quand même mettre les choses au clair à propos de Blink.

— Il souffre, Vincent. Je ne sais pas ce qui s'est passé, mais ça le ronge. En fait, il est plutôt gentil, dans le genre vieil homme grincheux. Il avait l'air d'avoir besoin d'un ami. J'ai eu honte, j'ai dit toutes sortes de choses stupides, mais il a *souri*, Vincent. Et il a même ri une fois ! Il se moquait probablement de moi et de mon discours ringard, mais je m'en fiche, parce que j'ai réussi à le faire sourire. Je ne le draguais pas, j'avais juste envie de lui parler un peu, et lui faire savoir que j'apprécie tout ce qu'il a fait pour notre pays… même si je ne sais pas de quoi il s'agit.

— Tu lui as dit ça ? demanda Vincent.

— Oui. Il n'a pas répondu, et je ne lui ai pas vraiment donné l'occasion de le faire. Il n'a pas aimé que je le qualifie de héros, mais il est dur avec lui-même. C'est un héros. Comme toi et tous tes amis. Non, ne secoue pas la tête, tu *l'es*, insista Remi avec acharnement. Si tu n'avais pas été là à Hawaï…

Sa voix s'estompa, et elle frissonna.

Vincent saisit sa main et la serra au creux de la sienne.

Remi respira profondément pour contrôler ses émotions. Elle ne voulait pas pleurer. La soirée avait été très agréable, et elle s'était bien amusée. Elle refusait de penser aux *et si*.

— Je l'ai embrassé, avoua-t-elle sans ménagement.

Puis elle se dépêcha de continuer pour que Vincent ne se fasse pas de fausses idées.

— Je ne sais pas si tu m'as vue faire ou non, mais ça ne voulait rien dire. Enfin si, mais pas de la même manière que lorsque je t'embrasse. C'était juste sur la tempe. Je voulais seulement qu'il sache qu'il a beau se sentir seul, il y a quelqu'un qui se soucie de lui. Amicalement. Même si je suis presque sûre qu'il ne faisait que tolérer que je sois dans son espace et que je lui parle. Mais ce n'était que ça.

— Détends-toi, Remi. Je sais ce que tes baisers signifient pour *moi*, et j'ai l'impression que Blink avait plus besoin de tes soins particuliers que la plupart des gens.

Sans qu'elle se soit rendu compte que ses muscles étaient tendus, ils se relâchèrent.

Au moment où Vincent se gara devant son appartement, Remi écarquilla les yeux de surprise. Le retour n'avait pas pris autant de temps qu'elle le pensait, et qu'elle l'espérait.

Sans un mot, Vincent coupa le moteur et saisit la poignée de sa portière.

— Je vais te raccompagner, dit-il en montrant clairement qu'il n'accepterait pas de réponse négative.

Remi sortit et sourit légèrement lorsqu'il lui prit la main tandis qu'ils se dirigeaient vers sa porte. Elle remarqua qu'en approchant de l'entrée, il tournait la tête pour observer les alentours.

— Tu devrais faire tailler les buissons autour de ta porte, suggéra-t-il d'un ton presque désinvolte. Quelqu'un pourrait s'y cacher sans que tu t'en rendes compte jusqu'à ce que tu ouvres et qu'il te pousse à l'intérieur.

L'image que ses mots provoquèrent dans sa tête lui fit froid dans le dos.

Il jura entre ses dents.

— Désolé, je ne voulais pas te faire peur.

— Non, tu as raison. Mieux vaut prévenir que guérir.

Remi ouvrit sa porte, puis se tourna vers lui pour lui demander timidement :

— Tu veux entrer ?

— Oui. Mais je ne vais pas le faire.

Remi fronça les sourcils.

— Comment ça ?

Vincent s'avança et prit son visage entre ses mains. Il l'inclina vers lui et la fixa du regard un long moment.

— Pourquoi ? murmura-t-elle. J'en ai envie.

Plus tard, elle serait embarrassée d'avoir eu l'air si désespérée, mais pour l'instant, elle voulait simplement passer plus de temps avec cet homme. L'emmener dans son lit et lui montrer à quel point elle le désirait.

— J'ai envie d'entrer, plus que tout au monde. Mais tu sais ce que je veux encore plus ?

— Quoi ? demanda-t-elle, essayant de ne pas laisser la déception l'envahir.

— De me réveiller près de toi dans un an. Que tu me souries pendant le petit déjeuner. Que tu m'attendes à mon retour de mission. Que ta gentillesse et ta bonté contaminent tous mes amis. Que tu sois là pour mes camarades SEALs lorsqu'ils sont au bout du rouleau et qu'ils luttent pour trouver une raison de continuer. Je veux plus qu'une nuit, Remi. Je veux tout de toi. Tous tes matins, toutes tes nuits, tes larmes, tes rires, t'entendre parler de tout ce qui te passe par la tête, et te voir me regarder exactement comme tu le fais en ce moment, comme si tu étais à deux doigts d'arracher mes vêtements, et que tu allais mourir si tu ne pouvais pas m'avoir tout de suite.

Elle le regardait vraiment de cette manière ? Remi n'était pas vraiment surprise. Elle s'humecta les lèvres et profita de la sensation de son érection contre son ventre.

— Et tu ne peux pas avoir tout ça si tu rentres maintenant ? demanda-t-elle.

— Je ne sais pas. Je ne veux pas que tu sois avec moi par gratitude pour ce qui s'est passé à Hawaï. Je ne veux pas être une sorte de passade parce que tu te sens émue à propos de tout ça. Je veux être dans ton lit parce que tu désires la même chose que moi : un avenir.

Remi ouvrit la bouche pour lui assurer que *c'était bien* ce qu'elle voulait. Mais il posa un doigt sur ses lèvres.

— Tout ce que je te demande, c'est d'en être sûre. D'y réfléchir. D'y réfléchir vraiment. Être avec un SEAL n'est pas une promenade de santé. J'espère que Caroline et les autres te l'ont bien fait comprendre ce soir. Je suis souvent absent. Quand tu auras besoin de moi, il y aura beaucoup de fois où je ne serai pas là. Tu devras tondre le gazon toi-même, réparer les toilettes quand elles ne fonctionnent plus, sécher les larmes de notre petite fille quand elle tombe et s'écorche le genou. Être avec toi ce soir, puis te voir décider que tu ne peux pas le faire ensuite, que tu ne peux pas vivre la vie d'une femme de SEAL… j'ai le sentiment que cela me changerait à jamais, et pas de la bonne manière.

Remi pouvait le comprendre. Il venait de sortir d'une mauvaise relation, et elle respectait le fait qu'il ne voulait pas seulement du sexe.

— Tu n'es pas une passade, lui affirma-t-elle. J'en avais fini avec l'Affreux bien avant de rompre. Tu n'as *rien à voir* avec lui. Et si l'herbe doit être tondue ou les toilettes cassées, j'appellerai quelqu'un pour s'en occuper, ou je le ferai moi-même. Et je suis assez forte pour m'occuper de notre famille jusqu'à ce que tu rentres à la maison pour soigner nos bobos, sécher nos larmes, et célébrer toutes les étapes que tu as pu louper.

Il ferma les yeux et s'efforça de contrôler ses émotions. Elle le vit sur son visage ; ce qu'elle avait dit signifiait quelque chose pour lui. Remi fit glisser ses mains le long de son torse. Elle en posa une derrière sa nuque et se servit de l'autre pour le rapprocher d'elle. Les mains de Vincent quittèrent son visage et passèrent autour de sa taille.

— J'en suis sûre, Vincent. Mais je peux attendre que *tu* sois sûr. Je ne suis pas avec toi à cause de ton travail ou de ma reconnaissance. Je respecte ce que tu fais et je suis terriblement reconnaissante que ce soit toi qui aies fait cette excursion en bateau avec moi. Mais je peux ressentir de la gratitude et du respect pour d'autres personnes sans pour autant vouloir les inviter dans mon lit. Je veux que tu sois là parce que tu es *toi*. Quand tu seras prêt, je serai là. Je n'ai jamais ressenti pour un homme ce que je ressens pour toi.

Il ouvrit les yeux et la regarda avec un tel désir qu'elle faillit tomber à genoux.

— Ce n'est pas facile de rester gentleman avec toi.

Remi pouffa de rire.

— Toi, Vincent Hill, tu n'es pas un gentleman. Et j'ai hâte de découvrir chaque partie de toi. Sois indulgent, car j'ai l'impression que je ne vais pas être à la hauteur de tes attentes au début.

Voilà qu'elle rougissait, maintenant. Mais elle refusait de détourner son regard de lui.

— Tu te moques de moi ? Quand je suis près de toi, j'ai l'impression de revivre ma première fois.

Remi sourit.

— Tu es sûr que tu ne veux pas entrer ? dit-elle en plaisantant.

— Je vais t'embrasser, ma chérie.

— Je ne vais pas m'en plaindre, répliqua-t-elle.

Puis ses lèvres se posèrent sur les siennes, et Remi jura voir des étoiles. Il fit l'amour à sa bouche, et chaque terminaison nerveuse de son corps se mit à vibrer. Elle le voulait au plus profond d'elle-même, qu'il la prenne sauvagement avec le membre qu'elle pouvait encore sentir contre son ventre. Son baiser ne lui suffisait pas. Elle avait besoin de plus. Elle avait besoin de ses mains et de sa bouche sur son corps.

Elle se recula en haletant et le regarda fixement.

— Combien de temps ? demanda-t-elle.

Il fronça les sourcils, confus.

— Quoi ?

Remi se sentit un peu mieux de voir qu'il semblait aussi déconcerté qu'elle.

— Combien de temps dois-tu attendre avant d'être sûr de mes intentions à ton égard ? Une semaine ? Deux ? Un an ? Combien de temps vas-tu me faire attendre ?

Il sourit.

— Je ne suis pas sûr qu'il y ait un calendrier pour ça, trésor.

Elle le dévisagea, puis elle énuméra :

— Vingt-trois coups de téléphone, deux autres rencontres

avec ton équipe, quatre rendez-vous en tête-à-tête, une séance de pelotage, une après-midi chez mes parents et un dîner avec moi chez Marley. Cela devrait te convaincre que je suis sérieuse.

— Quinze appels, une autre rencontre avec mon équipe, deux rendez-vous en tête-à-tête, une rencontre avec ta famille et celle de Marley, et *trois* séances de pelotage, répliqua-t-il.

— Marché conclu.

— Bon sang, tu n'y as même pas réfléchi, la taquina Vincent.

— Ce n'est pas la peine. C'est moi qui t'ai invité à entrer ce soir, n'oublie pas ?

Une nouvelle vague d'émotion inonda le regard de Vincent avant qu'il ferme les yeux et appuie son front contre le sien.

— Ne me fais pas souffrir, murmura Remi. Je ne le supporterais pas. Mon cœur ne le supporterait pas.

Il écarquilla les yeux.

— Jamais. Je te le promets.

— Merci.

Il l'embrassa encore, réactivant une salve de décharges électriques à travers son corps. Il se recula bien avant qu'elle y soit prête. Remi passa sa langue sur ses lèvres, où elle pouvait toujours sentir son goût. Elle en voulait plus, mais le respectait suffisamment pour lui accorder ce dont il avait besoin. À savoir l'assurance qu'elle s'impliquerait à long terme dans cette relation.

— Rentre chez toi, Remi. Ferme la porte à clé. Je te rappellerai bientôt.

Elle acquiesça, puis recula dans l'embrasure de la porte.

Vincent se tenait dans son allée, et il était si beau que ça lui brisait le cœur. Elle avait encore du mal à croire qu'il s'intéressait à elle, Remi Stephenson, la dessinatrice de bandes dessinées.

Il lui sourit.

— Vas-y...

— Oui, répondit-elle.

Mais elle ne bougea pas.

— Remi, insista-t-il en fronçant légèrement les sourcils.

Elle gloussa, puis ferma lentement la porte. Une fois la porte close, elle tourna le verrou, puis jeta un coup d'œil à travers le judas. Vincent se passa une main dans les cheveux, ajusta son entrejambe en grimaçant, puis se retourna finalement vers sa voiture. Remi ne put empêcher son regard de dériver sur ses fesses. Elles étaient vraiment belles. Elle l'avait déjà remarqué au bar quand il jouait au billard, mais de près, c'était encore mieux.

Tout en souriant comme une imbécile, elle tourna le dos à la porte. Son corps vibrait encore de ses baisers. Était-elle déçue de ne pas être en train de se rouler dans son lit avec Vincent en ce moment même ? Oui. Mais au fond, elle était satisfaite de la façon dont la soirée s'était déroulée. Le respect qu'il lui témoignait en voulant s'assurer qu'ils n'étaient pas en train de s'engager dans une aventure à court terme la comblait.

Alors qu'elle était encore debout à se remémorer la soirée, son téléphone sonna, et Remi fouilla dans son sac à main pour trouver son portable. Elle fronça les sourcils en voyant que c'était Vincent qui l'appelait, puis elle répondit.

— Tout va bien ? lui demanda-t-elle sans lui laisser le temps de dire un mot.

— Oui, c'est le premier. Je veux en finir rapidement.

— Le premier ? s'enquit-elle, confuse.

— Coup de fil. Nous nous sommes mis d'accord sur quinze.

Les lèvres de Remi se courbèrent en un grand sourire.

— C'est vrai. Un de moins. Où es-tu ?

— Je viens de sortir de ton parking.

— Oh.

— Tu me manques déjà.

— Eh bien, je te signale que tu pourrais encore être ici.

— À ce stade, je me questionne sur ma santé mentale, rétorqua Vincent.

— Je pense que tu as bien fait, admit-elle.

— Je crois que le fait que mon envie que cette relation fonctionne m'a rendu nerveux, avoua Vincent. Et prudent.

— Prudence est mère de sûreté, lui répondit-elle.

— Quel est ton programme pour demain ?

— J'ai vraiment besoin de passer du temps à dessiner. J'ai un délai à respecter et une tonne d'idées qui me trottent dans la tête pour Pecky et ses amis. Et toi ?

— Encore des réunions pour la prochaine mission.

— Mais c'est dimanche, s'étonna Remi.

— Être avec un SEAL leçon numéro I : pas de week-end.

— D'accord, dit-elle en hochant la tête.

— Je ne sais pas combien de temps ça prendra, mais si je quitte la base assez tôt, tu veux dîner avec moi ?

Remi sourit en remarquant à quel point il semblait nerveux.

— Oui, je peux cuisiner si tu veux.

— Et si je passais te prendre pour t'emmener chez moi ? Ce n'est pas très chic, mais je peux faire griller du poulet, des steaks, ou des légumes, si tu préfères.

— C'est parfait.

— Qu'est-ce que tu choisis ?

— Tout.

Vincent éclata de rire.

— D'accord, je t'enverrai un SMS demain pour te tenir au courant.

— Très bien.

— Remi ?

— Oui ?

— Merci.

— Pour quoi ?

— Pour ta compréhension. Pour avoir été géniale à ce point. Pour avoir épaulé Blink ce soir. J'ai déjà essayé de lui parler, sans succès. Mais il est évident que j'aurais dû essayer davantage. Nous devons tous nous mobiliser pour qu'il sache qu'il n'est pas seul. Que nous sommes là pour lui.

— Tu n'as pas à me remercier pour ça, protesta Remi.

— J'en ai envie. Et je le fais.

— De rien.

— Je t'appelle demain. Dors bien, mon trésor.

— Toi aussi. Sois prudent au volant. Tu me feras savoir quand tu seras rentré ?

— Oui. Merci encore pour cette bonne soirée.

— C'est *moi* qui te remercie. À plus tard.

— À plus.

Remi raccrocha et se rendit compte qu'elle avait un sourire béat sur les lèvres. N'a-t-on pas toujours dit que l'attente rendait les choses meilleures ? Elle ignorait de quelles *choses* il s'agissait, mais elle priait pour que dans son cas, concernant son intimité avec Vincent, ce soit vrai.

* * *

Brandon *Howler* Starrett regardait le plafond tandis que la chasseuse de grenouilles qu'il avait ramenée du Golden Oyster rebondissait sur sa queue. Il ne se rappelait pas son prénom, mais cela n'avait aucune importance. Il avait besoin de prendre son pied, et elle voulait s'envoyer en l'air avec un SEAL. Ils avaient tous les deux ce qu'ils voulaient. Mais Howler se fichait de ce que faisait cette pétasse.

Il n'arrêtait pas de penser aux injustices qu'il subissait au boulot. Il avait travaillé comme un forcené pendant que Kevlar batifolait à Hawaï. Il s'était renseigné sur la situation au Tchad, où l'équipe devait se rendre pour leur prochaine mission. Il avait fait le nécessaire pour obtenir les informations que leur commandant avait exigées, et pourtant, dès le retour de Kevlar, tout le monde avait tout simplement oublié son dur labeur, se tournant vers lui pour obtenir des informations à la place.

Il en avait assez d'être négligé, et que Kevlar reçoive toute l'attention et les honneurs.

— Oooh, bébé, tu es si dur, gémit la fille qui le chevauchait. Elle est tellement grosse. Touche-moi, caresse-moi les seins.

Il s'en fichait. Il faisait ce qu'il voulait, quand il le voulait. C'était *lui* qui commandait, pas elle. Il ne voulait pas l'entendre. Tout ce qu'il voulait, c'était baiser.

Il la saisit par les hanches et la repoussa. Son membre quitta l'entrejambe de la fille dans un bruit sourd, puis il se mit aussitôt à genoux pour lui enfoncer le visage dans les draps. Il lui souleva les fesses et les frappa violemment. Il pouvait voir l'empreinte de sa main fleurir sur sa peau claire. Il aligna sa queue et l'enfonça à nouveau en elle.

Elle gémit dans les draps et se cambra. Elle aimait ça. Elle aimait se faire dominer.

Howler agrippa fermement ses hanches tandis qu'il allait et venait dans ce corps qui s'offrait à lui. Cependant, il était loin de prendre son pied autant qu'elle. Il éprouvait plus de plaisir à être aux commandes qu'à l'acte sexuel en lui-même. Il voulait avoir le contrôle.

Car il n'avait aucun contrôle en tant que SEAL. Ce n'était qu'un grognard. Juste un corps parmi tant d'autres, portant une arme et obéissant aux ordres de quelqu'un.

Il voulait être aux commandes, être celui qui donne des ordres à tout le monde. Celui qui planifie les missions. Il était aussi compétent que ce foutu Kevlar. Il avait suivi le même entraînement. Il avait même *soutenu* Kevlar pendant la Semaine de l'Enfer, plus que Kevlar ne l'avait aidé.

Alors pourquoi n'avait-il pas été choisi comme chef d'équipe à sa place ?

Il s'enfonça plus profondément dans le corps de la fille, sa colère contre cette vie de merde ne faisant qu'augmenter. Il entendait à peine ses gémissements, qui de toute façon étaient probablement simulés.

Il croyait que le problème serait réglé. C'était pour cette raison qu'il avait travaillé si dur pendant des mois, pour prouver à son commandant qu'il serait aussi bon en tant que chef d'équipe, voire meilleur – il s'imaginait que Kevlar ne reviendrait pas d'Hawaï.

Car il avait fait tout ce qui était en son pouvoir pour cela.

Comment aurait-il pu savoir que ce connard partirait en vacances avec sa combinaison de plongée ? Et qu'il aurait sur lui ce satané traceur que Tex utilisait pour les surveiller ?

Foutus traceurs. Howler ne voulait pas que quelqu'un le surveille, il n'en avait pas besoin. Si c'était lui le chef, il ordonnerait à son équipe de laisser cette merde à la maison. Hors de question qu'un vieux débris surveille ses moindres faits et gestes depuis sa cave en Pennsylvanie. C'était un truc de gonzesse, et cet enfoiré avec ses traceurs avait ruiné ses plans.

Il espérait que Kevlar trouverait la mort dans cet océan. Le capitaine était censé l'emmener à *trente kilomètres* de la côte, puis repartir sans lui. Il était au courant que Kevlar était un SEAL. Mais Howler avait appris que le capitaine était feignant et cupide. Il avait voulu économiser du carburant, et l'avait débarqué à seulement douze kilomètres d'Oahu.

Ce jour-là, Howler avait attendu avec impatience que son commandant l'appelle pour lui annoncer la disparition de Kevlar. Il était prêt à s'envoler immédiatement pour Hawaï et à faire bonne figure en menant les recherches de son ami et coéquipier, prouvant ainsi à tout le monde qu'il était capable d'être chef d'équipe...

Mais au lieu de cela, il avait reçu un appel lui annonçant que ce connard avait été *secouru*.

De plus, la passagère du bateau, qui n'aurait dû être qu'un dommage collatéral, était originaire de la région... et maintenant Kevlar se croyait amoureux.

Tout avait mal tourné.

Howler n'était pas le nouveau chef d'équipe ; il était toujours le grincheux de service.

Kevlar n'était pas mort. Il était bien vivant, et plus heureux que jamais avec la nouvelle salope de sa vie.

Ce n'était pas juste, merde !

Howler *méritait* d'être chef d'équipe. Il était tellement en colère et jaloux qu'il n'y voyait pas clair. Il était aussi intelligent que cette merde de Kevlar, et pourtant, c'était vers lui que tout le monde se tournait pour obtenir des conseils. Même maintenant, les autres membres de l'équipe se pliaient en quatre pour lui faire plaisir. Ils étaient si heureux qu'il ait trouvé une nouvelle nana. C'était dégoûtant.

Mais par-dessus tout, il y avait Tex et cet ancien SEAL à Hawaï, qui essayaient de comprendre qui avait engagé le capitaine pour le larguer au milieu de l'océan.

Il ne fallait surtout pas qu'ils découvrent que c'était lui. Sinon, sa carrière de SEAL serait terminée, et il ne pouvait pas l'accepter.

Howler avait brouillé les pistes, il était trop malin pour laisser la moindre trace de sa culpabilité. Alors il s'était occupé de la seule personne qui pouvait le relier aux événements d'Hawaï.

Le capitaine.

Tex savait sûrement qui pilotait le bateau avant même que Kevlar soit secouru. Et quand le capitaine avait appelé Howler pour lui annoncer que Kevlar et Remi avaient été repêchés par Baker, il avait tout de suite su ce qu'il fallait faire.

Il avait immédiatement contacté l'homme qui avait remis le téléphone jetable au capitaine… mais au lieu de lui remettre le reste de l'argent, comme le capitaine l'avait demandé, son contact s'était rendu dans son appartement minable et l'avait réduit au silence – de façon permanente.

Comme convenu, la police avait conclu à une overdose accidentelle de fentanyl. Ce connard ne parlerait plus jamais à Tex, ni à Baker, ni à *personne*.

Quant au contact de Howler à Hawaï ? Personne ne le trouverait jamais. C'était un véritable fantôme, capable de disparaître en un clin d'œil.

Cette dernière pensée le faisant sourire, Howler baissa le regard. Il ignorait depuis combien de temps il baisait la chasseuse de grenouilles, mais elle ne faisait plus semblant de gémir. À présent, ses coups de reins la laissaient indifférente. Salope.

Howler lui saisit les cheveux, et elle glapit lorsqu'il lui releva la tête.

— Tu t'ennuies ? lui lança-t-il en ricanant.

— Non ! Tu es super. Génial. Oh, bébé ! chantonna-t-elle.

C'était une grosse menteuse. Elle lui disait ce qu'il voulait entendre. Comme tout le monde l'avait fait avec cet enfoiré de Kevlar… de la lèche.

Si Howler ne pouvait pas le tuer, il devait le mettre au pied du mur. Le blesser d'une manière qui le mettrait hors d'état de nuire, ce qui lui donnerait une chance de montrer au commandant et à tous les autres qu'il pouvait tout aussi bien diriger l'équipe.

Lui casser une jambe serait parfait ; le dos ou le cou encore mieux. Mais Howler ne savait pas trop comment faire sans s'impliquer personnellement.

Il repensa à leur soirée au Aces... à la nouvelle copine de Kevlar embrassant ce minable, Blink...

Il observait ce connard depuis quelques semaines. Il avait vu à quel point il s'était écroulé après une seule mission ratée – ce qui faisait de lui un piètre SEAL aux yeux de Howler. S'il ne pouvait pas supporter le côté sombre de leur job, il ne devrait pas faire partie des forces spéciales.

Mais grâce à lui, Howler eut une idée.

Il réalisa que briser Kevlar *émotionnellement* serait tout aussi efficace.

Même Howler pouvait savoir jusqu'où Kevlar était allé avec sa nouvelle trainée. Il pourrait utiliser ce fait à son avantage...

Le sourire aux lèvres, il sentit ses couilles se contracter tandis qu'il réfléchissait aux options qui s'offraient à lui. Un enlèvement, peut-être. Kevlar serait accaparé par la recherche de cette salope qu'il croyait aimer. Il serait décontenancé, incapable de jouer son rôle de SEAL. Mais la mission au Tchad devrait quand même se poursuivre.

Howler se porterait volontaire pour reprendre l'équipe et la conduire en Afrique.

Satisfait de pouvoir utiliser Remi pour éliminer Kevlar, même s'il devait agir rapidement, Howler se retira de la garce à genoux et secoua son membre frénétiquement en s'imaginant botter des fesses au Tchad en tant que SEAL en charge des opérations. Les éloges afflueraient, il obtiendrait le respect qu'il méritait, et Kevlar et le reste de l'équipe verraient enfin à quel point ils l'avaient sous-estimé.

Remi Stephenson ne serait qu'un dommage collatéral. Mais tous les coups étaient permis, et Howler se frayerait un chemin jusqu'à sa position légitime au sommet de l'échelle, peu importe qui pouvait être blessé dans le processus.

Tout en grognant au moment où il atteignait enfin l'orgasme, Howler vit son sperme gicler sur les fesses et le dos de la chasseuse de grenouilles. Dès qu'il eut fini, il poussa la fille, qui tomba sur le côté.

— Dehors, grommela-t-il.

— Quoi ? s'étonna-t-elle en le regardant d'un air perplexe.

— Je parle chinois ? J'ai dit *dehors*.

— Connard, marmonna-t-elle.

Howler réagit en un rien de temps. Il l'attrapa par le cou et la plaqua contre le matelas.

— Qu'est-ce que tu viens de dire ? siffla-t-il.

Elle lui griffa la main, essayant de retirer ses doigts.

— Rien, croassa-t-elle.

Il aimait voir la peur dans ses yeux.

— Et oui, pétasse. C'est moi qui commande. Je pourrais te faire tout ce que je veux sur le champ, personne ne le saurait. Personne ne se soucierait d'une salope comme toi. Tu t'es tapé un SEAL, maintenant dégage. Et si j'entends la moindre plainte à propos de ce qui s'est passé ici ce soir, tu le regretteras. Tu as eu exactement ce que tu voulais. Tu m'as supplié de te ramener et de te faire profiter de ma queue. Ne prétends pas quoi que ce soit d'autre. Compris ?

Il relâcha suffisamment sa prise pour qu'elle acquiesce. Se sentant au sommet du monde, et se réjouissant du sentiment de pouvoir qu'il avait sur cette fille, Howler recula.

Il s'allongea sur le matelas et lui sourit tandis qu'elle s'éloignait en tâtonnant pour ramasser ses vêtements. Il était ravi que son regard la mette mal à l'aise. Il adorait voir ses seins rebondir lorsqu'elle essaya d'enfiler son t-shirt. Elle avait encore son sperme sur les fesses et sur le dos, et Howler fut pris d'un frisson d'excitation à l'idée qu'elle porterait sa marque jusqu'à ce qu'elle rentre chez elle et se douche.

Elle ne se retourna pas en quittant la chambre. Il entendit la porte claquer, puis il bascula sur le dos en souriant. Une main derrière la tête et l'autre sur le ventre, il se rendit compte qu'il se sentait très bien. Plein d'énergie.

Il avait beaucoup de choses à régler, à planifier, et peu de temps pour le faire, mais il y arriverait. Il serait débarrassé de Kevlar, obtiendrait la promotion qu'il méritait, et tout se passerait comme prévu.

Son heure de prendre les commandes approchait, et merde, il attendait cela avec impatience.

12

———————

Frustré, Kevlar se passa une main dans les cheveux. Cela faisait une semaine entière qu'il n'avait pas vu Remi. Depuis qu'il l'avait accompagnée devant sa porte et qu'il l'avait embrassée fougueusement... avant de perdre la tête et de refuser d'entrer dans son appartement. Il ne savait pas ce qui lui avait pris, il était évident qu'elle ne l'invitait pas à entrer juste pour discuter. Mais alors qu'il se tenait là, devant elle, il avait eu l'envie irrésistible de ralentir les choses. De ne pas précipiter leurs rapports intimes.

La dernière chose qu'il voulait, c'était qu'elle pense que leur aventure n'était qu'une passade. Un coup d'un soir. Il n'était plus ce genre d'homme. Avec Remi, il voulait davantage. Il voulait tout.

En la voyant avec ses coéquipiers, avec la femme de Wolf et ses amis, avec Blink, il avait compris qu'il était sur le point de vivre quelque chose de spécial, et il ne voulait rien faire qui puisse tout gâcher. Il avait donc eu l'idée saugrenue de repousser le moment de faire l'amour, pour qu'elle soit certaine que ce n'était pas tout ce qu'il attendait d'elle.

Mais maintenant, une semaine plus tard, alors que l'univers conspirait contre lui, il regrettait de ne pas avoir accepté sa proposition quand il en avait l'occasion. Il y voyait plus clair. Il savait que son emploi du temps était imprévisible. Il savait que les criminels de ce monde pouvaient agir à tout moment et faire échouer ses objectifs bien établis.

Quinze appels. La bonne blague. Depuis le temps, il avait eu Remi au téléphone au moins deux fois plus que ça. Mais les autres points sur lesquels ils s'étaient mis d'accord avant de passer à l'étape suivante de leur relation n'avaient pas évolué. C'était compliqué de rencontrer ses parents et la famille de sa meilleure amie sans pouvoir s'absenter du travail, sauf tard le soir ou trop tôt le matin.

Il était frustré, Remi lui manquait, il était fatigué, et il en avait assez des petites disputes que Howler ne cessait de déclencher lors de leurs réunions de planification et d'information. Il s'était montré indiscipliné pratiquement tout au long de la semaine passée – et Kevlar était à bout. Il devait découvrir ce que son ami avait en travers de la gorge. *Maintenant.*

Laissant échapper un soupir, Kevlar regarda sa montre et grimaça. 20 h 30. Il ne se doutait pas qu'il était si tard. Il était arrivé le matin vers 8 h, et il était encore là. C'était la première fois qu'il aurait l'occasion de respirer un peu. Ses coéquipiers et lui terminaient leur collecte de renseignements pour la mission au Tchad. Leur commandant, ainsi que quelques capitaines et même un vice-amiral, participaient au briefing ce jour-là. Kevlar n'avait même pas eu le temps d'envoyer un message à Remi pour lui dire qu'il pensait à elle.

Plus il restait longtemps sans la voir, plus il craignait qu'elle remette tout en question. Apprendre qu'il serait souvent absent et en faire l'expérience directe avant qu'ils aient pu consolider leur relation, ce n'était pas du tout la même chose. Et il ne voulait surtout pas qu'elle laisse tomber alors que ça n'avait même pas commencé…

Il ne pouvait s'empêcher de se remémorer tout ce que Bertie lui avait dit en rompant avec lui. Son sentiment d'abandon. Le fait qu'il ne soit pas là quand elle avait le plus besoin de lui. Les échos de ces paroles se bousculaient dans sa tête, et c'était presque suffisant pour qu'il jette l'éponge et oublie toute tentative de relation avec *qui que ce soit*.

— Ça fait des heures que nous travaillons là-dessus, prenez votre matinée demain, déclara le commandant lorsque le vice-amiral eut quitté la salle de conférence. Nous nous retrouverons après le déjeuner. Peut-être que nous aurons de meilleures indications sur l'endroit où se cache la cible principale, et que nous pourrons élaborer des plans concrets.

Cette pause était plus que nécessaire. Kevlar se demanda s'il parviendrait à voir Remi dans la matinée avant de devoir retourner à la base.

Comme si ses pensées l'avaient invoquée, son téléphone se mit à sonner, et le nom de Remi apparut sur l'écran.

Kevlar répondit avec le sourire.

— Coucou, je pensais justement à toi.

Surpris, et inquiet, il n'entendit que des cris. Puis Remi prononça son nom d'une voix tremblante.

— Vincent ? Tes réunions sont terminées ?

— Qu'est-ce qui ne va pas ? demanda Kevlar. Qui est en train de crier ?

— C'est l'Affreux. Il est là. Et il est vraiment en colère.

— Où ça ?

— Ici. Dans mon appartement. Il voulait entrer pour discuter, mais je n'ai pas voulu lui ouvrir. Maintenant, il est furieux et ne veut plus partir.

— J'arrive. N'ouvre *surtout pas* cette porte.

Safe et Howler étaient les deux seuls membres de son

équipe encore présents dans la salle. Il plaqua une main sur le téléphone et déclara :

— J'ai besoin de vous de toute urgence.

À son grand soulagement, les deux hommes acquiescèrent immédiatement. Les relations entre lui et Howler étant tendues, Kevlar fut un peu surpris de voir qu'il n'hésitait même pas à assurer ses arrières, sans poser de questions.

— Je n'ai pas l'intention d'ouvrir la porte, mais il frappe plutôt fort, signala Remi.

Kevlar pouvait clairement entendre le martèlement à travers la ligne téléphonique. Il pouvait aussi déceler la peur dans la voix de Remi. Il était déjà en mouvement, ses amis sur ses talons.

— Qu'est-ce qui l'a mis en colère ? s'enquit-il, ayant besoin de détails.

— Il prétend que j'ai appelé les flics. Il dit qu'ils sont venus à son travail et l'ont accusé d'avoir essayé de me tuer. Il dit aussi que s'il se fait virer, ce sera ma faute.

— D'accord, respire, mon trésor. Tu as déjà appelé la police ?

— Non, je t'ai appelé en premier.

C'était extraordinaire qu'il soit la première personne qu'elle appelait à l'aide en se sentant menacée. Mais il était trop loin. Il lui faudrait au moins dix minutes, à lui et ses amis, pour se rendre à son appartement.

— Il faut que tu raccroches et que tu appelles la police, lui dit-il.

C'était l'une des choses les plus difficiles qu'il ait jamais faites. Il voulait la garder en ligne, s'assurer qu'elle allait bien. Mais il avait surtout besoin qu'elle soit en sécurité.

— D'accord.

Elle avait l'air complètement perdue. Et elle était si loin.

— J'arrive, Remi. Tu m'entends ? J'arrive. Je serai bientôt là, mais la police peut arriver plus vite.

— Oui, acquiesça-t-elle.

— Si tu dois te cacher, fais-le. Y a-t-il un endroit où tu pourrais te cacher ?

— Pas vraiment. La salle de bains, peut-être.

— Alors, vas-y. Verrouille la porte. Reste à couvert.

Il avait envie de lui dire de prendre une arme, mais il refusait de penser qu'elle devrait s'en servir. Il ignorait si elle en était *capable*.

— Entendu. Je vais aussi prendre un couteau de la cuisine.

Il avait eu tort de penser qu'elle ne pouvait pas se défendre. À son grand soulagement, le fait qu'on lui dise quoi faire semblait lui redonner confiance en elle. Maintenant qu'elle avait une sorte de plan, son cerveau avait l'air de se remettre en marche.

— Je suis désolée de t'avoir dérangé. Je ne savais pas trop quoi faire.

— Tu ne me dérangeras jamais, trésor, lui assura fermement Kevlar. Maintenant, monte à l'étage. Appelle la police. Je serai là dès que possible.

— D'accord. Sois prudent au volant.

Il avait envie de rire. Elle était morte de peur, son ex lui criait dessus en frappant à sa porte, elle se sentait menacée, suffisamment inquiète pour l'appeler à l'aide, et elle *lui* demandait d'être prudent.

— Tiens bon, Remi. Reste forte.

— Je vais essayer, murmura-t-elle avant de raccrocher.

Tout en parlant à Remi, il avait sauté dans la Jeep Wrangler de Safe, et Howler était monté à l'arrière. Safe conduisait comme un as, ce que Kevlar appréciait.

— Rapport de la situation, lança Howler dès que Kevlar retira le téléphone de son oreille.

— L'ex de Remi est à son appartement, furieux que les flics soient venus l'interroger à propos d'Hawaï, annonça-t-il succinctement. Elle est en train d'appeler la police.

— Elle t'a appelé avant la police ? s'étonna Safe, prenant une seconde pour jeter un regard vers Kevlar.

— Apparemment.

— Elle t'a vraiment dans la peau, observa-t-il avec un petit sourire.

— Je m'en fous, je veux juste qu'elle soit en sécurité, répondit Kevlar en serrant les dents.

— Une fois sur place, nous devrions nous séparer, suggéra Howler. Je vais passer par devant et m'occuper de son ex. Safe et toi, vous ferez le tour du bâtiment pour vous assurer qu'il n'essaie pas de s'enfuir. Si jamais il y a une porte à l'arrière qui n'est pas verrouillée, vous pourrez entrer et rassurer Remi. Une fois que la cible sera hors d'état de nuire, nous pourrons décider de la marche à suivre.

— Pas question, dit Kevlar à son coéquipier. Il n'est pas nécessaire de faire le tour de la maison si l'Affreux est devant. Il ne faut pas prendre le risque de l'affronter seul. Je ne sais rien de ce type. J'ignore s'il sait se battre, et s'il est armé. À nous trois, on peut le neutraliser plus facilement. Ensuite, quand la zone sera sécurisée, j'appellerai Remi pour qu'elle descende et nous ouvre la porte. Mais j'espère que la police aura déjà maîtrisé la situation quand nous arriverons.

— Et si ce n'est pas le cas ? demanda Safe.

— Nous aviserons le moment venu. Inutile de rôder autour du bâtiment comme une bande de mauvais acteurs de série B. J'ai l'impression que lorsqu'il nous verra, ce connard se pissera dessus et essaiera de se tirer de là.

Il l'espérait. Plus ils se rapprochaient de l'appartement de Remi, plus Kevlar devenait nerveux. Il ignorait complètement ce qu'ils trouveraient en arrivant. Comme il venait de le dire à

Howler, il espérait que les flics seraient déjà sur place et qu'ils auraient la situation en main.

Safe tourna brusquement dans la rue de Remi, et au grand soulagement de Kevlar, ils aperçurent des lumières bleues et rouges tourbillonnant dans la nuit noire. Ils ne pouvaient pas se garer près de l'appartement de Remi à cause de toutes les voitures de police, alors Safe s'arrêta sur une place de parking près de l'entrée de la résidence. Kevlar sortit et entra en mouvement avant même que le véhicule soit à l'arrêt.

— Je suis avec toi, lui dit Howler pendant qu'ils couraient.

Kevlar l'entendit à peine. Il ne pensait qu'à rejoindre Remi, s'assurer qu'elle allait bien.

Il y avait un homme face contre terre dans l'herbe, avec le genou d'un officier sur le dos. Miles, supposa-t-il. Il hurlait que ses droits étaient bafoués, qu'il n'avait rien fait de mal. Tandis que Kevlar passait devant eux, les agents redressèrent Miles, qui avait désormais les mains menottées dans le dos, puis ils le conduisirent vers l'un de leurs véhicules.

— Merde, on arrive après la fête, se plaignit Howler.

Kevlar avait envie de lui répondre que ce n'était pas drôle, loin de là, mais il était arrivé devant la porte de Remi, et n'en eut pas eu l'occasion.

— Stop ! ordonna l'officier qui se trouvait là.

— Où est Remi ? aboya Kevlar.

— Vous ne pouvez pas entrer là-dedans, lui dit sévèrement le même agent.

— Officier, c'est ma petite amie qui est *là-dedans*.

— Oui, eh bien ce type prétend *aussi* être son petit ami, rétorqua l'officier, les yeux plissés, en faisant un geste vers la voiture de police où l'Affreux se trouvait.

— C'est son ex. S'il vous plaît, j'ai besoin de la voir, le supplia Kevlar.

Le policier dut déceler quelque chose dans sa voix, car ses paroles suivantes furent un peu plus douces.

— Nous sommes en train de sécuriser la zone. Nous nous assurons qu'il n'y a pas d'autres agresseurs à l'intérieur, au cas où. Quand nous serons sûrs que tout est dégagé, nous parlerons à la victime, pour voir si elle accepte de vous laisser entrer.

Kevlar voulut forcer le passage et rejoindre Remi, mais il sentit une main sur son bras qui l'éloignait de la porte d'entrée. L'envie de repousser son ami était forte, mais il savait qu'il devait rester calme. Remi avait besoin de lui, et il ne pouvait pas risquer d'énerver les policiers et de se faire arrêter lui aussi.

— On aurait pu s'occuper de lui, murmura Howler à côté de Kevlar. Ça n'aurait posé aucun problème, si on l'avait eu en premier.

Pour la première fois depuis une semaine, Kevlar était d'accord avec son coéquipier.

Le temps semblait passer au ralenti pendant qu'il attendait le feu vert. Finalement, une policière passa la tête par la porte d'entrée de l'appartement, puis demanda :

— L'un d'entre vous est Vincent ?

— C'est moi, répondit Kevlar en s'avançant.

La femme acquiesça.

— Mme Stephenson vous demande.

Elle lui fit signe d'entrer.

— On reste là, si tu as besoin de quoi que ce soit, déclara Safe.

— Pourquoi devrions-nous rester ? Elle va bien maintenant, et demain c'est notre première matinée de repos depuis des lustres. Je voulais aller au bar.

En entrant dans l'appartement, Kevlar entendit Safe donner une tape sur la tête de Howler, ce qui l'aurait normalement fait sourire, mais il était trop concentré sur le fait de rejoindre Remi pour s'assurer qu'elle allait bien.

Il suivit l'officier dans la pièce de vie. Remi était assise sur le canapé, une couverture autour d'elle, et elle avait l'air... diminuée. Ses épaules étaient voûtées, et son regard était vide.

— Remi.

En entendant sa voix, elle tourna la tête, et son regard perdu laissa place à un tel soulagement que Kevlar s'arrêta net. Elle se débarrassa de la couverture et se précipita vers lui, se jetant à son cou.

Il passa ses bras autour d'elle et la serra si fort qu'il n'était pas sûr de pouvoir la lâcher un jour.

— Shhhhh, murmura-t-il en la sentant trembler contre lui. Tout va bien. Tu es en sécurité.

Mais il n'arrivait pas à oublier le regard soulagé qu'elle lui avait lancé. Comme si elle n'allait pas bien jusqu'au moment de le voir. Personne ne s'était jamais réfugié auprès de lui auparavant. Il n'avait jamais été rassurant pour qui que ce soit. C'était à la fois effrayant et excitant.

Il la sentit respirer profondément, puis elle hocha la tête contre sa poitrine. Elle se pencha en arrière, sans le lâcher pour autant.

— Tu es venu, murmura-t-elle.

— Bien sûr que je suis venu, lui dit-il. Si c'est en mon pouvoir, ce sera toujours le cas.

Elle ferma les yeux, et lorsqu'elle les rouvrit, elle semblait mieux maîtriser ses émotions.

— Merci, murmura-t-elle.

Il s'apprêtait à s'excuser par avance pour toutes les fois où il ne pourrait pas être là quand elle aurait besoin de lui, mais derrière lui, un officier prit la parole avant qu'il puisse le faire.

— Nous devons enregistrer la déclaration de Mme Stephenson.

Remi se retourna, mais Kevlar ne la lâcha pas. Ils retournèrent vers le canapé, et une fois qu'elle fut assise, il prit la couverture et l'enroula autour de ses épaules.

— Racontez-moi ce qui s'est passé ce soir, ordonna l'homme.

— J'étais en train de regarder la télévision quand on a frappé à ma porte. Je n'attendais personne, donc ça m'a surprise. Je me suis approchée, j'ai regardé à travers le judas, et j'ai vu que c'était mon ex.

— Son nom ?

— L'Affreux, répondit Remi sans hésiter.

Les lèvres de Kevlar tressaillirent.

— Miles Barton, corrigea-t-il.

Il crut percevoir de l'amusement dans le regard de l'autre homme, mais il s'en abstint et fit signe à Remi de continuer.

— Il a dit qu'il savait que j'étais chez moi, ce qui me fait peur, parce qu'il a dû me surveiller ou regarder par la fenêtre. Il en serait capable. Quoi qu'il en soit, je lui ai demandé de partir en ajoutant que je n'avais rien à lui dire. Il a perdu les pédales et m'a crié que si je n'ouvrais pas la porte, il la forcerait, et que *lui* avait beaucoup de choses à *me* dire. Puis il s'est lancé dans une diatribe sur les flics qui venaient à son travail pour l'interroger à propos de ce qui m'était arrivé à Hawaï, et qui l'avaient accusé. Il voulait que je rappelle mes *hommes de main*, et prétendait savoir qu'ils le surveillaient. J'ignore de quoi il parle, je n'ai engagé *personne* pour le suivre. Je veux juste qu'il s'en aille.

— Hawaï ? s'enquit l'inspecteur.

Remi soupira, puis passa les dix minutes suivantes à raconter à l'officier sa rupture avec son ex, le voyage qu'ils avaient prévu à Hawaï, la colère qu'il avait piquée quand elle était partie sans lui, et enfin le fait d'avoir été abandonnée en plein océan lors de l'excursion de plongée.

— J'étais avec elle, finit par préciser Kevlar. Nous avons tous les deux été abandonnés. Je ne doute pas qu'un inspecteur lui ait parlé des faits et du rôle qu'il pouvait avoir dans cette histoire – il a dit à Remi qu'il espérait qu'on l'abandonnerait en mer pendant l'excursion, ce qui me paraît trop précis pour être une simple coïncidence. Mais en tant que Navy SEAL, j'ai quelques relations qui ont tenté de découvrir si c'était son ex ou la mienne qui était derrière tout ça. Jusqu'à présent, ils n'ont rien trouvé de concret. Je doute que mes contacts soient assez imprudents pour engager quelqu'un qui se laisserait repérer en suivant un suspect. Je pense donc que Miles est juste paranoïaque, et en colère parce que Remi a rompu avec lui. Il s'en prend à elle comme à une cible facile.

L'officier prit quelques notes pendant que Kevlar parlait. Il finit par lever la tête, dévisagea Kevlar, puis s'adoucit un peu en regardant Remi.

— Crier n'est pas vraiment un crime, souligna l'homme au bout d'un moment. A-t-il menacé de vous faire du mal ?

— Non, répondit Remi en secouant légèrement la tête. Mais il était tellement furieux. Il n'arrêtait pas d'exiger que je lui ouvre la porte pour qu'il puisse me parler. Il m'a dit que si je n'appelais pas la police pour confirmer qu'il n'avait rien à voir avec tout ça, il pourrait perdre son travail et sa réputation, et que tout serait ma faute. Il a juré qu'il n'avait rien à voir avec cette histoire.

— Vous le croyez ? demanda l'officier.

Remi pinça les lèvres.

— Je ne sais pas.

— Bon. Voilà où nous en sommes. Nous pouvons l'inculper pour trouble à l'ordre public, et si vous le souhaitez, vous pourrez déposer une ordonnance restrictive à son encontre demain, l'obligeant à ne pas vous approcher à moins de cent mètres. Mais comme il n'a pas spécifiquement menacé de vous faire du mal, nous ne pouvons pas l'arrêter.

Kevlar se crispa.

— Il ne l'a pas menacée ? Il frappait à sa porte, essayant de l'enfoncer. Il pèse au moins cinquante kilos de plus que Remi. S'il avait pu entrer, il l'aurait blessée, je n'en doute pas.

— Mais ce n'est pas le cas, rétorqua calmement l'officier.

— C'est bon, intervint Remi en posant une main sur la jambe de Kevlar.

Ce n'était pas bon. C'était tout *sauf* bon.

— Restez vigilants et appelez-nous si quelque chose d'autre se produit. S'il revient ce soir, par exemple.

— Je n'y manquerai pas, dit doucement Remi. Merci.

L'officier se leva de son siège, et Remi fit de même. Kevlar n'avait pas d'autre choix que de se lever lui aussi. Il accompagna Remi jusqu'à la porte, et fut heureux de constater que Miles avait disparu.

Howler et Safe étaient toujours là, ainsi que quelques autres officiers. La plupart des voisins étaient rentrés à l'intérieur, maintenant que l'agitation semblait être retombée.

— Qu'est-ce qu'ils font ici ? demanda Remi en regardant Kevlar.

— Qui ça ?

— Safe et Howler.

— Oh, Safe m'a conduit jusqu'ici, et Howler était encore dans la salle de conférence quand j'ai reçu ton appel et que je t'ai proposé de venir.

— J'ai interrompu votre réunion ? demanda-t-elle, les sourcils froncés.

— Nous avions terminé, la rassura Safe en s'approchant avec Howler.

— Et nous avons une matinée de libre, ajouta Howler en souriant.

— Oh. Et vous êtes restés coincés ici. Je suis vraiment désolée.

— Nous ne sommes coincés nulle part, la rassura Safe une nouvelle fois. Je ne voudrais être nulle part ailleurs. À vrai dire, j'imagine que les autres gars seront furieux de ne pas avoir été présents quand tu as appelé, pour pouvoir être à tes côtés eux aussi.

— Pour ma part, je préférerais être au bar, marmonna Howler.

Kevlar se crispa, mais Remi se contenta de rire.

— Quoi qu'il en soit, j'apprécie que vous soyez venus. Vous pouvez y aller maintenant. Je vais bien.

Howler acquiesça avant de tourner les talons, se dirigeant immédiatement vers le parking et la Jeep de Safe.

Mais Safe ne bougea pas.

— Tu en es sûre ? demanda-t-il.

— Oui.

— Parce que je peux très bien rester dehors, faire le guet, et m'assurer que ce connard ne reviendra pas après le départ des flics.

Remi inclina la tête en fronçant les sourcils.

— Tu ne veux pas aller au bar avec Howler ?

— Non, répondit-il avec dédain.

— Et tu serais prêt à rester quelques heures dans ta voiture, sur mon parking, pour guetter l'Affreux ?

— Pas quelques heures, toute la nuit, corrigea Safe.

— Pourquoi ?

— Parce que tu es importante pour Kevlar, donc tu l'es aussi pour nous. Et puis je n'aime pas les brutes. Et ton ex a l'air d'être une foutue grosse brute.

— Je... hmm... waouh.

Elle s'éloigna de Kevlar pour s'approcher de Safe. Lorsqu'elle le serra dans ses bras, Kevlar eut envie de rire en voyant l'expression de surprise sur le visage de son ami. Il lui rendit maladroitement son étreinte, mais elle ne sembla même pas remarquer qu'elle l'avait choqué. Remi recula, et Kevlar l'attira à nouveau contre lui.

— J'apprécie ton offre, mais tu as travaillé très dur, et tu dois être épuisé. Je suis sûre que l'Affreux a trop peur pour revenir ce soir. Il serait stupide de le faire, de toute façon. Rentre chez toi, Safe. Dors un peu. Profite de ta grasse matinée.

Elle sourit en ajoutant :

— Demain, vous devez continuer à planifier le sauvetage du monde.

Safe ricana, puis se ravisa.

— Tu es sûre ?

— Certaine.

Il regarda Kevlar.

— Tu veux que je reste ?

Kevlar secoua la tête. Sur ce coup-là, il était sur la même longueur d'onde que Remi. Miles s'était énervé alors qu'il était au sol, menotté… mais plus encore, il avait complètement paniqué. Il ne risquerait pas de revenir et de se faire arrêter.

De plus, Kevlar n'avait pas l'intention de laisser Remi ici. Miles savait peut-être où elle vivait, mais il n'avait aucune idée de l'endroit où se trouvait *son* appartement.

— Tout ira bien, assura-t-il à Safe.

Son coéquipier lui fit un signe de tête, puis se retourna et se dirigea vers sa Jeep, où Howler l'attendait.

L'officier leur répéta que s'ils avaient besoin de quoi que ce soit, il ne fallait pas hésiter à les appeler, avant de rejoindre sa voiture avec les quelques flics restants.

Kevlar ferma la porte derrière lui, et Remi prit une profonde inspiration avant de l'attirer dans ses bras. Il la serra fort, probablement trop fort, soupirant de soulagement lorsqu'elle sembla s'accrocher à lui tout aussi désespérément.

— Tu m'as fait une peur bleue, marmonna-t-il, le nez dans ses cheveux.

— Je suis désolée.

— Il ne faut pas, dit Kevlar en se reculant pour pouvoir la regarder dans les yeux. Si tu as besoin de moi, tu m'appelles. Si tu n'arrives pas à me joindre, tu appelles Safe. Ou Smiley, Preacher, MacGyver, Flash ou Howler.

— Je pense que Howler n'apprécierait pas qu'on interrompe son nouveau plan cul, plaisanta-t-elle.

Mais Kevlar n'était pas d'humeur à plaisanter.

— Je suis sincère, ma chérie. Même si ça me fait mal de le dire, je ne serai pas toujours là quand tu auras besoin de moi. Mais si mon équipe et moi ne sommes pas disponibles, je m'assurerai que tu aies les numéros d'au moins une douzaine d'autres SEALs, qui n'hésiteront pas à tout laisser tomber pour te rejoindre.

— Tout va bien. Vraiment. D'habitude, je suis beaucoup plus... imperturbable que ce soir. C'est juste que... depuis Hawaï... je crois que je ressens un peu plus ma mortalité. Et comme on ne sait pas si c'est l'Affreux ou ton ex qui s'est arrangé pour nous laisser au milieu de l'océan... je ne sais pas. J'ai eu peur.

— Tu as fait ce qu'il fallait. On ne sait pas de quoi il aurait été capable s'il était entré.

— Effectivement.

— Ne restons pas ici.

— Quoi ? s'enquit-elle.

— Je t'emmène chez moi. Ce n'est pas aussi beau que chez toi, mais Miles ne connait pas mon adresse. Tu seras en sécurité là-bas.

— Je ne veux pas qu'il me chasse de chez moi, protesta Remi.

— Ce n'est pas le cas. C'est juste pour ce soir. Tu as besoin de dormir, et si tu restes ici, le moindre petit bruit t'en empêchera. Tu te demanderas si c'est encore lui.

— Ça t'est déjà arrivé ? demanda-t-elle avec un peu trop de perspicacité.

Il aurait pu mentir. Ou faire une blague. Mais il n'en fit rien. Elle était trop importante pour lui.

— Oui. Après des missions intenses, il est parfois difficile de revenir à la vie normale et de s'habituer aux bruits du quotidien. Les détonations, les enfants qui crient, les chiens qui aboient, tout cela n'a pas la même signification quand je suis en sécurité dans mon appartement que quand je suis en mode SEAL.

— J'imagine. D'accord.

— D'accord pour quoi ?

— Pour venir chez toi ce soir. Mais si je refuse de partir demain parce que je m'y sens en sécurité, ne m'en veux pas.

Ses paroles marquèrent profondément Kevlar. L'idée qu'elle emménage et ne reparte jamais lui semblait... parfaite.

Cela aurait dû le faire paniquer. Normalement, il n'emmenait pas de femmes chez lui, point final. Même Bertie n'avait jamais passé la nuit dans son appartement au cours de leur année ensemble. Évidemment, les quelques fois où il l'avait invitée, l'endroit ne l'avait pas assez impressionnée, et elle se sentait visiblement mal à l'aise dans cet espace simple et fonctionnel. Elle ne pouvait pas partir assez vite. Kevlar passait le plus clair du temps qu'ils passaient ensemble dans son appartement froufrou et surdécoré.

Toutefois, imaginer Remi dans son espace, dans son lit, fit naître en lui un profond désir.

— Prends autant d'affaires que tu veux, trésor. Si tu décides de rester une semaine, un mois, pour toujours, je ne m'en plaindrai pas.

Les mots sortaient tout droit de son âme. De son cœur. De là où il pensait avoir abandonné depuis longtemps l'idée de trouver quelqu'un avec qui passer sa vie.

— Vincent, murmura-t-elle d'un air accablé.

— Arrête de réfléchir et fais tes valises, lui ordonna-t-il.

Elle lui sourit avant de hocher la tête et de s'éloigner.

Kevlar l'observa jusqu'à ce qu'elle disparaisse dans l'escalier, puis il prit une profonde inspiration. Il ne savait pas ce qui venait de se passer, mais assurément, quelque chose avait changé quelque part au fond de lui. Il s'était contenté d'y aller doucement, d'attendre de voir comment les choses se passaient entre Remi et lui. Mais dès qu'il avait entendu sa voix effrayée au téléphone et qu'il avait réalisé qu'elle était en danger, il avait commencé à voir les choses différemment.

La vie était courte, il le savait mieux que quiconque. Et rien n'était garanti. Un jour, on pouvait penser avoir toute la vie devant soi, et le lendemain, se retrouver mort dans la rue.

Il ne mettrait pas la pression à Remi, mais il lui ferait savoir sans ambiguïté qu'il était prêt à ce que les choses avancent entre eux ; qu'il voulait tout ce qu'elle avait à lui donner.

13

Remi se sentait déstabilisée. Elle tremblait, et ne pouvait s'empêcher de regarder par-dessus son épaule. Elle détestait que l'Affreux s'en prenne à elle. Elle l'avait déjà entendu crier, mais ce soir-là, le ton menaçant de sa voix était inédit. S'il avait réussi à entrer, ou si elle lui avait ouvert la porte, elle ne savait pas ce qu'il aurait fait.

Elle aurait dû contacter la police d'abord, mais elle n'y avait pas pensé en cliquant sur le nom de Vincent. Elle ne s'attendait pas à interrompre une réunion importante, ni à ce qu'il refuse de s'impliquer dans une bagarre entre elle et l'Affreux. Tout ce qui lui était passé par la tête, c'était à quel point elle se sentait en sécurité auprès de lui. Peu importe que la police soit arrivée avant.

Elle l'avait entendu crier son nom en s'approchant de son appartement. Cela signifiait beaucoup pour elle.

Il viendrait.

Il serait là dès que possible quand elle aurait besoin de lui.

La sensation dans sa poitrine menaçait de la submerger. Elle avait supplié les officiers de le laisser entrer. Elle avait besoin de le voir, de le toucher. Elle avait besoin qu'il la couvre.

À la seconde où ses bras s'étaient refermés sur elle, elle s'était enfin sentie en sécurité.

Elle était prête à le supplier de rester pour la nuit, mais cela ne fut pas nécessaire, car il lui dit qu'il l'emmenait chez lui. Il ne lui proposa même pas. Il l'affirma.

Elle était tout à fait d'accord.

Elle voulait être avec cet homme. Tout en elle criait que c'était le bon. Celui qu'elle avait attendu et cherché toute sa vie d'adulte. Il se fichait qu'elle ne se maquille pas. Il se fichait de son rire étrange. Il respectait sa carrière, ne qualifiait pas ça de hobby, et ne se moquait pas du fait qu'elle gagnait sa vie en dessinant un taco doué de parole. Et il n'avait pas fait la moindre remarque désobligeante sur le fait que ses parents travaillaient dans l'industrie du préservatif.

Mais il y avait plus que tout cela. Il y avait cette bien-veillance qu'elle pouvait sentir suinter de tous les pores du corps de Vincent. Il était courageux et protecteur. Certes, il était aussi un peu rude sur les bords et très direct, mais elle ne lui en tenait pas rigueur. Il avait appris à être ainsi parce que c'était un SEAL.

Ses amis étaient pareils. Elle pouvait sentir le côté sombre en chacun d'eux, mais il était compensé par un besoin inébran-lable de protéger. De surmonter l'adversité et les difficultés. Ce n'était pas étonnant qu'ils soient tous si proches. Qui se ressemble s'assemble, et Vincent et ses coéquipiers étaient tous taillés dans la même étoffe.

Safe en était l'exemple même. Elle ne lui avait pas demandé de rester. Elle ne lui avait même pas laissé entendre qu'elle pourrait se sentir un peu mal à l'aise et se demander si l'Af-freux reviendrait. Mais il l'avait deviné d'une manière ou d'une autre, et s'était porté volontaire pour faire le guet dans son parking toute la nuit. Il devait être fatigué, avoir envie de rentrer se coucher et de profiter de sa matinée de repos. Mais au lieu de ça, il s'était porté volontaire pour aider à la protéger.

Honnêtement, cela lui donnait envie de pleurer.

C'était peut-être aussi tout ce qui s'était passé qui lui donnait envie de pleurer. Mais elle ne pleurerait pas. Elle était plus forte que ça. Elle n'était pas blessée, l'Affreux ne l'avait pas touchée. Et maintenant, elle se rendait à l'appartement de Vincent. Depuis qu'ils étaient rentrés en Californie, elle était curieuse de savoir où il vivait. Elle avait hâte de le voir de ses propres yeux.

Comme s'il pouvait lire dans ses pensées, une fois en route, Vincent lui tendit la main.

— J'espère que tu ne t'attends pas à quelque chose de luxueux, dit-il, un peu gêné. Mon appartement n'a rien d'extraordinaire.

— Je suis sûre qu'il est très bien.

Il souffla légèrement.

— C'est correct. Sans plus.

— Vincent, je me fiche de l'endroit où tu vis. Je me fiche de savoir combien tu as payé tes meubles. Je me fiche même que ta chambre soit pleine de têtes d'animaux empaillés sur les murs, d'armes à feu et de couteaux. Tout ce qui m'importe, c'est que *tu sois là*.

Il lui serra la main en ricanant.

— Il n'y a pas d'animaux morts sur les murs, et mes armes sont dans des coffres-forts.

Elle lui sourit.

— Je veux juste que tu sois à l'aise, et que tu te sentes en sécurité, ajouta-t-il.

— Quand je suis avec toi, c'est le cas, dit Remi en espérant ne pas être trop mièvre.

Le sourire qu'il afficha lui assura que ce n'était pas le cas.

— C'est vraiment le cas, tu sais. Quand tu es avec moi, tu es en sécurité. Je ne te ferai jamais de mal, ma chérie. Ni avec des mots ni avec les poings. Et je ferai tout ce qui est en mon pouvoir pour empêcher les autres de le faire. Mais le problème, c'est que je ne serai pas toujours là. Je sais que je ne cesse de le répéter, mais tu dois en être consciente.

Son inquiétude était facile à déceler. Mais cela renforçait ses sentiments pour lui, et non l'inverse.

— Je vis seule depuis longtemps, Vincent. J'ai l'habitude. Mes parents ne sont pas très loin, et crois-moi, ils connaissent beaucoup de monde. Si j'ai vraiment besoin de quelque chose, il me suffit de les appeler pour qu'un homme à tout faire, un plombier ou quelqu'un d'autre se déplace immédiatement chez moi. Et crois-le ou non, en réalité, j'ai une vie plutôt ennuyeuse. En dehors du fait d'avoir été abandonnée au milieu de l'océan, et de ce qui s'est passé ce soir. Je peux m'accommoder de ton activité. Promis.

— Je déteste l'idée de ne pas être là pour toi, lui avoua-t-il. Je n'y ai jamais trop réfléchi avec mes autres petites amies, mais avec toi… ça me ronge de l'intérieur. J'aime être un SEAL, mais cette semaine, j'ai compris à quel point ça oblige les autres à se sacrifier pour moi. J'aurais déjà dû rencontrer ta famille, sortir avec toi et Marley, t'emmener au restaurant, m'asseoir avec toi sur ton canapé pour regarder un film. Sans parler des séances de pelotage que je t'ai promises.

— Ce n'est pas un sacrifice, ça fait partie de la vie. À certains moments, j'aurai un délai à respecter et je ne pourrai pas te parler ; je ne *voudrai pas* te parler. Je m'enfermerai dans ma chambre pour me concentrer sur ce que je fais. Je suis perfectionniste, et je m'énerve contre moi-même et contre les autres si je me laisse distraire. Franchement ? Si tu étais comptable ou vendeur de voitures, ça m'aurait déjà agacée de ne pas avoir de rendez-vous, ou de penser que tu évites de rencontrer les personnes les plus importantes pour moi. Mais ce n'est pas le cas. Tu es un foutu SEAL. Tu prépares une mission très importante dans un endroit dangereux pour assurer la sécurité des autres. Je ne m'énerverai jamais à cause de ça, Vincent. Jamais. Je suis fière de toi et de tes coéquipiers.

Il lui lança un regard chargé d'une émotion qu'elle ne parvint pas à interpréter. Mais il resta silencieux, se contentant de serrer sa main dans la sienne avant de reporter son attention sur la route.

Ils se garèrent sur un petit parking derrière son immeuble, puis il coupa le moteur et ouvrit la portière. Remi lui emboîta le pas. Avant même qu'elle ait l'occasion de la récupérer, il tenait déjà sa valise. Il s'approcha d'elle et lui prit la main avant de se diriger vers l'immeuble d'un pas soutenu.

Les lèvres de Remi tressaillirent. Il se montrait autoritaire sans dire un mot. C'était plutôt impressionnant. Mais comme cela ne la dérangeait pas, elle se garda bien de lui faire la remarque. Cela faisait du bien de le laisser prendre le contrôle, même pour une chose aussi simple que de porter sa valise et de l'escorter jusque chez lui.

Il la conduisit jusqu'à l'escalier et la passerelle extérieure. Son appartement était le dernier d'une longue rangée. Il ne lui lâcha la main que le temps d'ouvrir sa porte et de remettre ses clés dans sa poche. Puis il la saisit à nouveau et la tira à l'intérieur.

Remi regarda autour d'elle avec curiosité. Vincent n'avait pas encore allumé la lumière, mais comme il n'avait pas éteint celle de la cuisine, elle y voyait très bien. Elle aperçut une énorme étagère remplie de livres, une télévision géante plaquée contre le mur, et un vieux canapé déglingué qui semblait extrêmement confortable. Puis Vincent la conduisit à travers un petit couloir.

— Vincent ? l'interpela-t-elle, ne comprenant pas pourquoi il ne parlait plus.

Il avait toujours sa valise à la main, alors elle se dit qu'il l'emmenait peut-être dans la chambre d'amis.

Mais lorsqu'il poussa la porte au bout du couloir, elle réalisa que ce n'était pas le cas. Il s'agissait de *sa* chambre. Elle le sut sans qu'il dise un mot, car son odeur régnait dans la pièce. L'odeur sombre et boisée qu'elle lui attribuait était très présente dans cet espace de taille raisonnable.

— Vincent ? répéta-t-elle quand il s'arrêta et posa sa valise par terre.

Mais il ne dit pas un mot. Il se tourna simplement vers elle et prit son visage entre ses mains. Puis il l'embrassa. Ce n'était pas un baiser tendre et succinct. C'était ferme, virulent... et affirmé.

Lorsqu'il se recula, elle n'arrivait plus à penser correctement. Il lui avait brouillé l'esprit avec un simple baiser. Enfin, simple n'était pas vraiment le terme adéquat. Il n'y avait rien de simple dans ce baiser.

— Tu as le choix, annonça-t-il à voix basse. Tu peux dormir ici, dans mon lit, toute seule. Je dormirai sur le canapé, et demain matin, je nous préparerai un petit déjeuner avant de te ramener chez toi et de retourner à la base pour mes réunions.

Comme il ne poursuivait pas, Remi trouva le courage de lui demander :

— Ou bien ?

— Ou nous pouvons rester tous les deux ici, et je te ferai lentement et longuement l'amour toute la nuit. Je goûterai chaque centimètre de ta peau, et j'irai si loin en toi que tu te demanderas comment tu as pu vivre sans moi. Demain matin, nous prendrons une douche ensemble, je préparerai le petit déjeuner, j'aménagerai ma deuxième chambre pour en faire ton espace de travail, et tu pourras rester ici pendant que j'irai assister aux réunions à la base. Puis quand j'aurai terminé, je reviendrai auprès de toi et nous reprendrons là où nous nous sommes arrêtés.

Remi sentit son corps tressaillir, prêt à tout ce qu'il venait de lui proposer.

— J'ai besoin de toi, Remi, admit Vincent. Mais tout ce que j'ai dit la semaine dernière tient toujours. Si on fait ce que je viens de dire, si tu m'ouvres la porte, je ne te laisserai plus partir. Je ne suis pas comme ton imbécile d'ex. Je sais reconnaître une bonne personne quand je la vois, et je suis aussi conscient que tu pourrais aspirer à beaucoup mieux que moi. Mais je passerai le reste de ma vie à m'assurer que tu ne regrettes pas de m'avoir choisi. Je ferai en sorte que les moments où nous serons ensemble en valent la peine, et j'espère que les moments où nous serons séparés ne te sembleront pas trop difficiles.

Remi ne put s'empêcher de rire. Elle rit même aux éclats.

Vincent fronça les sourcils.

— Je ne me moque pas de toi, le rassura-t-elle en passant les bras autour de son cou. Je me moque du fait que tu puisses penser une seule seconde que je vais choisir la première option. Je te veux, Vincent. Tout ce que tu es. Avec tes bons et tes mauvais côtés. Mes parents vont t'adorer, et Marley m'a déjà dit que si je ne te sautais pas rapidement dessus, elle s'arrangerait pour nous enfermer ensemble dans la chambre d'un chalet de montagne à l'approche de la tempête de neige du siècle.

Elle plissa le nez en ajoutant :

— Elle lit trop d'histoires d'amour à huis clos, mais ça fait partie de son charme, et je ne trouve pas que le scénario qu'elle a proposé soit si horrible que ça.

Lorsqu'elle se rendit compte qu'elle était trop bavarde et que le regard inquiet de Vincent ne s'était pas dissipé, elle lui déclara rapidement :

— Je te choisis *toi*, Vincent. Ton lit. Nous deux. Toi en moi, dur, profond, lent. Ou rapide. Peu importe.

Si elle n'était pas à moitié amoureuse de cet homme, son regard intense aurait pu l'effrayer, mais c'était Vincent. L'homme qui lui avait sauvé la vie à Hawaï ; qui ne bronchait même pas lorsqu'elle s'esclaffait ; qui se fichait éperdument de son compte en banque ; qui était venu aussi vite que possible lorsqu'elle l'avait appelé.

Il commença à la pousser en arrière.

— Tu as besoin de quelque chose dans ta valise ?

— Euh, non...

— Très bien. Parce que je suis à deux doigts d'arracher tes vêtements et de faire de toi ce que je veux.

Remi sourit.

— Ça me va.

Avant qu'elle ait le temps de dire *ouf*, il s'exécuta. Il ne déchira pas littéralement ses vêtements, mais il parvint à lui enlever son t-shirt et son jean en quelques secondes. Elle aurait dû se sentir gênée, mais elle ne ressentait rien d'autre que le besoin de le voir nu également. Elle n'était pas aussi agile, et lutta pour faire passer son t-shirt par-dessus sa tête, mais heureusement, il l'aida. Puis il la poussa sur son lit.

En reculant, Remi était incapable quitter des yeux l'homme qui s'avançait sur elle.

Vincent était magnifique. Et il était tout à elle. C'était difficile à croire, mais son regard plein de désir était pour *elle*. C'était une sensation tellement excitante.

Se sentant confiante pour la première fois, Remi se cambra et mit ses bras au-dessus de sa tête, se pavanant pour son homme.

— *Merde alors*, souffla Vincent tandis que son regard parcourait son corps. Je ne sais pas quoi regarder ou toucher en premier. Quand je t'ai vue dans cette combinaison, je savais que tu étais parfaite pour moi. Mais je ne savais pas *à quel point*.

À chaque mot qu'il prononçait, Remi se sentait plus forte.

Puis il grimpa sur elle et se mit à califourchon sur ses hanches. Elle sentit son membre contre son ventre. Il n'était manifestement pas gêné par *son* corps, mais en quoi devait-il l'être ? Il était sec et tout en muscle.

Il ne souriait pas, il avait un regard intense et concentré sur son visage. Il leva une main et effleura lentement son téton du bout du doigt, qui durcit comme s'il avait son propre esprit et attendait ce contact.

Un petit sourire se dessina sur les lèvres de Vincent.

— Magnifique, murmura-t-il en continuant à jouer avec son téton.

Il n'utilisait qu'un seul doigt, mais Remi en voulait plus.

— Vincent, s'il te plaît, supplia-t-elle.

— Quoi ?

Au ton satisfait de sa voix, son ventre se contracta.

— Touche-moi.

— Où ?

— N'importe où. Partout !

— Je me suis peut-être précipité pour t'emmener dans mon lit, mais il est hors de question que j'aille trop vite pour notre première fois.

— Il y a un juste milieu entre la précipitation et la lenteur d'une tortue, grommela-t-elle en posant ses mains sur ses cuisses, les caressant de haut en bas. Pour son plus grand plaisir, sa verge tressaillit, et une petite perle annonciatrice apparut à l'extrémité.

— Il n'y aura *aucune* lenteur si tu continues à me toucher, grommela-t-il en retour.

— Si tu crois que je vais m'en plaindre, tu te trompes, répliqua-t-elle.

En fait, c'était plutôt amusant. Elle avait du mal à croire que le fait de se retrouver nue avec un homme pouvait être si amusant. Par le passé, elle avait toujours été trop nerveuse, trop gênée pour ça. Mais là, c'était différent. La preuve que Vincent était vraiment fait pour elle.

Elle sentit les muscles de ses cuisses fléchir sous ses mains, puis il tendit les siennes vers ses seins. Elles les recouvrirent entièrement, et Remi se cambra à nouveau en sentant sa peau calleuse contre ses tétons.

— Encore ? lui demanda-t-il.

— Oui, s'il te plaît, répondit-elle dans son souffle.

Il lui caressait et lui massait les seins comme s'il ne s'en lasserait jamais. D'autres hommes l'avaient touchée de la même manière, mais seulement pendant quelques secondes avant de remonter le long de son corps et de s'enfoncer en elle. Vincent se contentait de prendre son temps. Remi pouvait sentir la zone humide sur son ventre, à l'endroit où son sexe reposait, mais il ne semblait pas pressé de *passer aux choses sérieuses*, comme l'un de ses ex définissait le sexe.

Il recula quelques minutes plus tard, et Remi retint son souffle, pensant que c'était le moment... mais au lieu de s'enfoncer en elle, il baissa la tête.

Les dix minutes qui suivirent furent époustouflantes, et une toute nouvelle expérience pour Remi. Vincent faisait de son mieux pour lécher et sucer chaque centimètre de sa poitrine, la pinçant et la mordillant, se délectant de son corps comme s'il savourait un bon repas.

Chaque fois qu'il lui pinçait un téton plus fort qu'elle l'aurait cru, une sensation similaire descendait entre ses jambes. Elle ne tarda pas à se tortiller, les jambes écartées, se frottant à lui en désespoir de cause.

Elle aurait pu ressentir de la gêne, mais chaque fois qu'elle le regardait dans les yeux, elle n'y voyait que du désir et du plaisir. Il faisait tout ce qui était en son pouvoir pour l'exciter... et ça marchait.

— Vincent, s'il te plaît ! Il m'en faut plus. J'ai besoin de toi en moi.

En réponse, il s'assit et s'approcha de la petite table de chevet. Il ouvrit le tiroir et en sortit un préservatif. Il le fit rapidement rouler le long de son membre, et Remi était incapable de le quitter des yeux. Si elle pensait déjà qu'il devait être gros, ce n'était rien comparé au monstre qu'il avait entre les jambes à présent. Il était plus grand et plus épais que tous ceux qu'elle avait déjà connus, et elle commençait à se demander si ce n'était pas trop pour son corps.

Elle sursauta, une goutte froide tombant sur sa poitrine.

— Désolé, murmura-t-il. Ce sera froid au début.

Elle n'était pas sûre de comprendre de quoi il parlait. Puis elle vit le flacon de lubrifiant dans sa main.

Lorsqu'elle haussa un sourcil interrogateur, il haussa les épaules en retour.

— La masturbation est meilleure avec du lubrifiant, lui confia-t-il.

Surprise qu'il soit si ouvert à propos d'une chose aussi personnelle, Remi ne put que lui adresser un léger sourire.

Il en fit couler un peu dans sa main et lui expliqua :

— À l'avenir, je te dévorerai jusqu'à ce que tu aies un orgasme, pour m'assurer que tu es assez humide pour me recevoir. Mais là, je ne peux pas attendre. J'ai besoin d'être en toi maintenant. Je ne veux pas te faire de mal, alors je dois m'assurer que tu es prête.

Remi voulut le rassurer en lui disant qu'elle était prête, qu'elle était plus humide qu'elle ne l'avait jamais été, mais il s'était déjà reculé pour se mettre à cheval sur ses cuisses, et il posa sa main entre ses jambes. Elle sursauta au premier contact.

— Doucement, ma chérie, lui dit-il. Je m'occupe de toi.

Et c'est ce qu'il fit. Ses doigts étalèrent le lubrifiant autour de ses replis intimes, puis il commença à caresser son clitoris. Remi haleta et essaya d'écarter les cuisses pour lui offrir plus d'espace, mais il les maintenait serrées entre les siennes.

— Tu es si belle. Si sensible. Est-ce que ça te fait du bien ? demanda-t-il en faisant lentement tourner son pouce sur son clitoris.

Remi ne pouvait que gémir. Pendant qu'il la caressait, elle tendit le bras et saisit l'une de ses cuisses.

Elle entendit vaguement son gloussement, mais tous ses sens étaient concentrés sur son entrejambe. Ses tétons étaient durs comme de la pierre, et elle avait l'impression qu'elle allait se briser en mille morceaux.

— Tu y es presque, n'est-ce pas ? demanda-t-il.

Elle entendit la surprise dans sa voix, mais refusa de se sentir embarrassée. Il la taquinait depuis un quart d'heure. Il l'avait mise dans tous ses états. *Bien sûr* qu'elle était au bord de l'orgasme. Elle se trouvait dans le lit de Vincent Hill, et il la désirait.

— Oui, répondit-elle en le regardant. Plus fort, ordonna-t-elle.

Il sourit.

— À vos ordres, mam'zelle.

Il versa davantage de lubrifiant sur son doigt, puis la surprit en l'introduisant lentement en elle pendant qu'il caressait son clitoris avec l'autre main.

— Oh ! s'exclama-t-elle en resserrant ses parois intimes autour de son doigt.

Il gémit à son tour.

— C'est tellement sensuel. Tellement étroit. Tu vas me serrer si fort quand j'y mettrai ma queue.

Il parlait un peu grossièrement, mais Remi n'avait jamais été aussi excitée.

— Jouis pour moi, Remi. Humidifie mes doigts pour que je puisse te donner ma queue.

C'était ce qu'elle voulait. Elle le voulait *tout entier*. À l'approche de l'orgasme, elle se cambra sans se préoccuper des secousses ni de ce que son amant pouvait en penser. Seules ses mains entre ses jambes et le plaisir qu'elles lui procuraient l'intéressaient. Entre le lubrifiant et sa moiteur, elle était plus humide qu'elle ne l'avait jamais été.

Au bord de l'extase, elle sentit Vincent se mouvoir, puis elle le sentit en elle, entre ses jambes, alors même qu'elle était ébranlée par l'orgasme le plus intense qu'elle ait jamais eu.

* * *

Kevlar puisa tout ce qu'il avait en lui pour ne pas jouir à ce moment précis. Il n'avait jamais été avec une femme aussi sensuelle que Remi, les bras au-dessus de la tête et le corps cambré à son contact, gémissant de plaisir.

C'était un homme robuste, et il ne voulait surtout pas la blesser. C'était pour cette raison qu'il se servait du lubrifiant. Il voulait s'assurer qu'elle était bien prête pour une pénétration sans douleur. Il ne s'attendait pas à ce qu'elle ait un orgasme, mais à la seconde où il toucha son clitoris, il comprit qu'elle en était proche.

Il n'avait jamais rien vu d'aussi sexy de sa vie. Alors que ses cuisses tremblaient et qu'elle gémissait, il poursuivit sans trop y réfléchir. Il enfouit son membre entre ses jambes et le glissa en elle.

Elle était étroite. Presque trop. Et son orgasme n'arrangeait rien. Ses muscles se contractaient, réagissant à contre-courant. Mais Kevlar ne pouvait pas s'arrêter. La sensation de compression sur son sexe lui révulsa les yeux. Il était doublement satisfait de l'avoir rendue si humide et fluide avant d'essayer de la pénétrer.

Il la sentait minuscule en dessous de lui, autour de son membre, mais il ne pouvait pas se retirer sans être allé jusqu'au bout. Ce ne fut qu'en sentant ses poils pubiens se mêler aux siens qu'il ouvrit les yeux et osa baisser le regard. Il s'arrêta de bouger, appréciant les petites contractions au fond de son corps qui lui massaient le sexe.

Remi agrippa ses bras, et il sentit ses ongles s'enfoncer dans sa peau. Le cœur de Kevlar battait si fort qu'elle pouvait sûrement remarquer les palpitations au niveau de sa gorge.

— Vincent, murmura-t-elle.

Il ne se lasserait jamais d'entendre son nom sur ses lèvres. Chaque fois, sa manière de le prononcer l'excitait.

— Remi, lui répondit-il, tout aussi haletant.

— Tu es... au fond ?

Il acquiesça en souriant.

— Tu ne bouges plus, fit-elle.

— Tu es étroite, ma chérie. Je te laisse le temps de t'adapter.

Elle inspira profondément.

— Oui, d'accord. Merci. Je, hmm...

Ses parois intimes se contractèrent autour de lui, et Kevlar prit une grande inspiration à son tour.

— Encore, la supplia-t-il.

Elle lui sourit.

— Quoi ? Ça ?

Cette fois, elle le pressa en rythme plusieurs fois de suite.

— Mince ! Tu n'as pas idée du bien que ça fait. Tu es comme un cocon, si chaude autour de moi.

Kevlar recula les hanches et se déplaça en elle.

Elle haleta.

— Ça va ? Je ne te fais pas mal ?

Elle passa une main dans ses cheveux.

— Non, absolument pas. Elle est grosse et je me sens comblée. Presque trop, mais c'est si bon.

Kevlar fut envahi par un sentiment de satisfaction.

— J'ai envie de continuer. Je peux bouger ? la supplia-t-il.

Cela ne lui ressemblait pas. C'était le genre d'homme qui faisait ce qu'il voulait, quand il le voulait. Mais il aurait préféré être émasculé plutôt que faire du mal à Remi.

— Oui. S'il te plaît, Vincent. Vas-y !

Lentement, il retira son membre de son corps moite jusqu'à ce qu'il ne reste que le gland, puis il s'enfonça à nouveau en elle.

Elle gémit.

— Encore ! Plus fort, insista-t-elle.

Kevlar commença à aller et venir, réalisant que sa vie avait complètement changée. Elle était à lui. Il ne serait plus jamais intime avec quelqu'un d'autre que Remi, et cette pensée le fit gémir d'extase. Il n'avait besoin de personne d'autre. Il n'avait besoin que d'elle, que de son corps. Elle était faite pour lui.

— Vincent, *plus fort*, exigea-t-elle en enfonçant ses ongles dans ses fesses.

La faible douleur fit monter le plaisir dans sa verge. Ses bourses laissèrent échapper une giclée de sperme dans le préservatif. Il ne voulait pas que cela se termine tout de suite. Il en voulait plus. Il voulait rester à l'intérieur de son corps chaud et humide aussi long-temps que possible. Mais il voulait aussi donner du plaisir à Remi, lui offrir l'expérience la plus agréable qu'elle ait jamais vécue.

Il s'avança davantage, écartant encore plus les jambes de la jeune femme sur ses hanches. Puis il se retira une nouvelle fois.

Remi poussa un gémissement de contestation.

— Vincent, s'il te plaît ! J'ai envie de te sentir fermement au fond de moi.

— Ça va venir, promit Kevlar. Mais d'abord, je veux que tu jouisses à nouveau. Pendant que je suis en toi, cette fois.

— Je n'y arrive pas, protesta-t-elle. Je suis trop sensible.

Kevlar savait bien qu'il n'était pas correct de sa part d'ignorer ses protestations. Tout ce dont il avait envie, c'était de la sentir onduler autour de son sexe. Il baissa la main jusqu'à son entrejambe et constata qu'il était encore bien lisse grâce au lubrifiant. Il la caressa avec le pouce jusqu'à ce qu'elle soit plus humide, puis se remit en mouvement pour la faire jouir à nouveau.

Au premier contact de son pouce sur son clitoris, elle tressaillit et ne put s'empêcher de sourire.

— Non, c'est trop !

Mais il l'ignora une fois de plus. Il ne savait pas du tout ce qui le poussait à faire cela. Il avait vu des films pornographiques décrivant des orgasmes forcés, mais il se disait que les femmes jouaient simplement la comédie. Ça ne l'excitait pas, même si c'était plus ou moins intéressant. Cependant, avec Remi qui remuait autour de sa queue, essayant en vain de le ralentir, il se mit à sécréter un peu plus de fluide.

Il n'allait pas tenir très longtemps, surtout en baissant les yeux pour constater qu'il était enfoui en elle jusqu'à la garde. Sa chair était tendue autour de la base de son sexe, et il avait du mal à croire qu'elle soit capable de l'accueillir. Et qu'elle l'accueillait *encore*.

— Ce n'est pas trop, rétorqua-t-il.

Ses hanches tressautaient maintenant à un rythme régulier, et elle avait les deux mains sur ses cuisses, enfonçant ses ongles tandis qu'il poursuivait ses caresses.

— Ahhhh ! cria-t-elle en se tortillant.

Kevlar ferma les yeux, ressentant son orgasme sous son corps et autour de son membre. Puis il s'élança en avant, s'appuya sur ses avant-bras et la prit fermement, rapidement et profondément, comme elle l'avait demandé.

À chaque coup de reins, elle gémissait dans son oreille, son intimité le massant tandis qu'elle continuait à jouir. Chaque fois qu'il allait et venait, il caressait son clitoris, prolongeant son orgasme. *Rien* n'était comparable à cela. Pas même la montée d'adrénaline que lui procurait une mission. Pas même la fierté qu'il avait ressentie lorsqu'il avait obtenu son pin's Budweiser. Rien.

Gémissant de plus belle, il s'enfonça aussi profondément qu'il le pouvait avant de lâcher prise. Il se déversa en elle par à-coups. L'orgasme sembla durer une éternité, et il utilisa toutes ses ressources pour ne pas s'affaler sur Remi et l'écraser sous son poids. Ses bras tremblaient, il avait des taches noires devant les yeux, et pendant tout ce temps, il sentait les mains de Remi sur son dos, sur ses fesses, le caressant, l'attirant plus près.

Lorsqu'il put enfin reprendre sa respiration, Kevlar bascula sur le dos, entraînant Remi avec lui jusqu'à ce qu'elle soit étendue sur son corps, son membre toujours enfoncé en elle. Alors qu'il se mettait à l'aise, elle se mit à rire contre son torse, restant contre lui.

Kevlar sentit une vague de réconfort l'envahir. La dernière chose qu'il souhaitait, c'était faire du mal à cette femme, et pendant un instant, il avait cru qu'il allait trop loin en la forçant à jouir, en la prenant aussi fort qu'il l'avait fait. Mais lorsqu'il entendit ce doux ricanement, il laissa échapper un soupir de soulagement.

— C'était... waouh, murmura-t-elle.

— Oui, convint-il.

Elle était allongée contre lui, le corps relâché, et Kevlar se dit avec satisfaction que la même chose l'attendrait à son retour de sa prochaine mission. Il ne pensait pas seulement à leurs ébats amoureux, mais à Remi se prélassant contre lui, peau contre peau, le caressant de ses mains douces, heureuse d'être en sa compagnie. Non pas pour ce qu'il était capable de faire pour elle, ni pour son statut de SEAL, mais pour ce qu'il était. Seulement pour ce qu'il était.

Il serait capable de tuer pour préserver cela.

— Il va falloir que je me lève, déclara-t-il au bout d'un long moment.

— Oh, euh, d'accord, acquiesça-t-elle d'un air hésitant.

Kevlar se rendit compte qu'elle ne comprenait pas pourquoi.

— Le préservatif. Même si j'ai envie de rester là, avec ma queue bien au chaud dans ton corps, je dois m'occuper du préservatif.

— Oh ! C'est vrai, dit-elle en enlevant sa jambe pour le libérer.

Mais Kevlar la maintint contre lui, n'ayant aucune envie de se retirer pour l'instant. C'était stupide, cela pouvait avoir de graves conséquences, mais il appréhendait de quitter la chaleur de son corps.

— Je croyais qu'il fallait que tu te lèves, dit-elle en soufflant légèrement.

— Oui. C'est vrai, mais d'abord, j'ai besoin de t'entendre dire que tout va bien. Que je ne t'ai pas fait de mal.

— Je vais plus que bien, le rassura-t-elle immédiatement. C'était... intense, mais génial. Vraiment extraordinaire.

— Je t'ai obligée à faire quelque chose que tu n'étais pas sûre de vouloir faire, insista-t-il.

Kevlar ne savait pas du tout pourquoi il insistait. Il voulait être complètement sûr qu'il n'avait pas fait quelque chose qu'elle lui reprocherait plus tard.

— C'était un peu inconfortable, ça m'a fait un peu mal. Mais dans le bon sens, s'empressa-t-elle d'ajouter en remarquant son froncement de sourcils. Personne ne m'a jamais fait ça. Je n'ai jamais ressenti cela auparavant, jamais. Je n'ai jamais eu d'orgasme aussi intense. Et t'avoir en moi quand c'est arrivé... oui, c'était incroyable, Vincent. Je te le promets.

Lorsqu'elle eut terminé, son visage était rouge vif, mais il n'aurait pas pu être plus fier – d'elle et de lui – qu'il l'était à ce moment-là.

— Très bien, dit-il. Je voulais juste en être sûr.

— C'est la vérité, confirma-t-elle. *Vraiment.*

Kevlar l'embrassa. Fougueusement.

— Enlève ta jambe, ma chérie. Je reviens tout de suite.

Elle s'exécuta, et ils gémirent tous les deux lorsqu'il glissa hors de son corps.

En se levant, Kevlar remarqua que son sperme s'écoulait par l'extrémité du préservatif. Il fit la grimace, puis se rendit à la salle de bain, retira le préservatif, et le jeta. Il humidifia un gant de toilette et se nettoya rapidement avant de le rincer et de retourner dans la chambre.

Remi était sous les draps, et il se demanda avec inquiétude si elle se cachait de lui, mais il repoussa cette idée. Il lui faudrait du temps pour se sentir à l'aise. Au moins, elle n'avait pas sauté du lit pour se rhabiller.

Il se glissa sous les draps avec elle et s'appuya sur un coude pour poser le gant de toilette chaud sur son ventre.

— Puis-je ? demanda-t-il doucement.

Remi acquiesça timidement, et Kevlar s'efforça de se contrôler en essuyant l'excès de lubrifiant et de fluide entre ses jambes. Il jeta le gant de toilette par terre et l'attira à nouveau contre lui. Pour son plus grand plaisir, elle passa une jambe par-dessus sa cuisse et enroula son bras autour de sa poitrine.

Elle se sentait si bien contre lui.

— Vincent ?

— Oui, ma chérie ?

Elle marqua une longue pause.

— Rien, se ravisa-t-elle finalement.

Il se tourna un peu, de manière à ce qu'elle bascule légèrement sur le dos, puis il la regarda fixement.

— Qu'est-ce qu'il y a, Remi ? Tu peux tout me dire, et demander n'importe quoi.

— J'ai... j'ai peur.

— De quoi ? De moi ? s'enquit Kevlar avec stupéfaction.

— Non ! Enfin, peut-être... mais il s'agit de moi, pas de toi. C'est juste que... c'était tellement bon. Tu es tellement extraordinaire. J'ai peur que ce soit *trop parfait*.

Kevlar se détendit. Il comprenait ce sentiment. Il s'installa sur le dos et l'encouragea à se blottir contre lui une fois de plus.

— Je ressens la même chose, admit-il.

— À propos de *moi* ?

Elle avait l'air si surprise. Tellement surprise qu'il ne put s'empêcher de s'esclaffer.

— Oui, toi. Tu me fais peur, ma chérie. J'ai peur que tu reprennes tes esprits et que tu réalises qu'être avec moi est trop pénible pour toi.

— Je ne suis pas comme elle, rétorqua Remi avec vigueur. Ni comme aucune autre des stupides garces avec qui tu es sorti, et qui n'ont pas su saisir le bonheur quand il était à portée de main. Toi, ton travail... je peux m'accommoder de tout ça, Vincent.

Ses paroles s'ancrèrent profondément dans l'esprit de Kevlar, et elle les avaient prononcées avec une telle conviction qu'il ne pouvait que la croire.

— Dans ce cas, nous sommes d'accord sur le fait qu'il n'y a aucune raison d'avoir peur. N'est-ce pas ?

— Oui, répondit-elle en soupirant.

— Endors-toi, ma chérie, murmura-t-il.

— Tu vas dormir aussi ? demanda-t-elle.

— Je vais dormir aussi.

Kevlar s'endormit le sourire aux lèvres, certain que son univers venait de basculer... et qu'il n'avait jamais été aussi heureux d'être chamboulé qu'à cet instant.

* * *

Howler, agité, faisait les cent pas dans son petit appartement. Il avait demandé à Safe de le déposer au Golden Oyster, mais il n'y était pas resté. Dès que son coéquipier était parti, il avait commandé un Uber pour rentrer chez lui.

Il était inquiet. De toute évidence, Tex se penchait sur le cas de l'ex de Remi, ne trouvant rien parce qu'il n'y avait *rien* à trouver. Lorsqu'il s'en rendrait compte, il élargirait les recherches. Même si Howler avait été très prudent, la possibilité que Tex trouve quelque chose pour le relier aux évènements d'Hawaï le rendait de plus en plus paranoïaque.

Certes, il s'était occupé du capitaine du bateau, et son contact à Hawaï était quelqu'un de confiance, mais il restait une infime possibilité pour qu'une connexion restante puisse lui revenir en pleine gueule. Et le temps pressait. Le jour de leur départ pour la mission au Tchad approchait à grands pas. S'il voulait être chef d'équipe, et que Kevlar soit trop instable émotionnellement pour continuer à jouer le rôle qui était censé lui appartenir, il devait agir maintenant.

Il avait établi son plan, il était prêt à le mettre en œuvre, il avait terminé les préparatifs... mais il n'avait pas réussi la dernière étape : atteindre Remi.

Cela s'avérait être la partie la plus difficile, uniquement à cause de ce satané Kevlar. Ce connard les sollicitait pour des réunions du matin au soir, jour après jour. Comme s'ils n'avaient pas déjà tout prévu, de ce qu'ils allaient manger à l'endroit où ils allaient chier. Éliminer une cible principale n'était pas si compliqué. S'il avait été chef d'équipe, ils auraient déjà tué ce fils de pute, et seraient rentrés chez eux.

Raison de plus pour que Kevlar disparaisse. Immédiatement.

Il devait faire preuve d'un peu plus de créativité s'il voulait atteindre Remi avant qu'ils partent en mission.

Tout en faisant les cent pas, il repensa au Aces... et soudain, il sut comment s'y prendre.

Blink.

Le SEAL n'était pas encore au bout de ses peines. Tout le monde savait que lorsqu'il n'était pas au Aces, il restait chez lui à s'apitoyer sur son sort. Il se répétait probablement dans sa tête qu'il avait merdé lors de la mission qui avait eu raison de la moitié de son équipe. Howler avait entendu dire que l'homme surveillait de manière obsessionnelle toutes les personnes qui entraient et sortaient de sa résidence, comme si quelqu'un pouvait poser une bombe artisanale dans le parking, ce genre de connerie. Et comme par hasard, Blink vivait dans le même complexe – proche de la base – que plusieurs autres militaires, dont Kevlar.

Tout ce qui sortait de l'ordinaire devant chez Blink était susceptible d'attirer son attention, et il semblait avoir un faible pour Remi Stephenson. Howler avait envie de vomir à cette idée, mais peu importe. Il pouvait s'en accommoder. S'il se passait quelque chose impliquant cette fille sous sa surveillance, il ressentirait le besoin de s'immiscer dans la situation.

En tout cas, Howler y comptait bien.

Son plan était délicat... il pourrait même ne pas fonctionner. Mais si Blink faisait ce que Howler attendait de lui, il aurait quelqu'un de mentalement déséquilibré à pointer du doigt, quelqu'un à blâmer pour ce qui était sur le point d'arriver à la chienne de Kevlar. Un bouc émissaire bien pratique. Quelqu'un qu'il n'aurait même pas à *payer*.

Un dommage collatéral. En tant que SEAL, Howler savait que c'était inévitable. Pour faire le job, il fallait toujours des dommages collatéraux. C'était ce que Blink allait devenir. S'il avait été plus fort, un meilleur SEAL, il ne s'impliquerait pas. Mais il était faible. C'était parfait pour le plan de Howler.

Et Remi Stephenson n'était qu'une énième chasseuse de grenouilles. Elle ne l'admettait peut-être pas, mais elle était comme toutes les autres salopes qui voulaient s'envoyer en l'air avec un SEAL. Elle aurait ce qu'elle méritait, tout comme Kevlar.

14

———

Remi fut réveillée par une sonnerie de téléphone. Elle tendit la main pour saisir son portable, qu'elle gardait toujours près de son lit, mais sursauta lorsqu'elle sentit la chaleur d'un corps au bout de ses doigts.

— Bonjour, murmura Vincent, encore somnolent.

Mon Dieu, que cet homme était sexy. Même à moitié endormi, il était magnifique. Elle s'était déjà réveillée avec lui dans la même pièce, mais cette fois-ci, c'était tellement différent. Elle était dans son lit, ils étaient tous les deux nus, et elle pouvait encore le sentir entre ses cuisses. Elle avait mal, ce qui n'était pas surprenant, vu la taille du sexe du jeune homme. Mais c'était une douleur agréable. Une douleur qui lui rappelait sa manière époustouflante de lui faire l'amour.

Il l'avait réveillée au milieu de la nuit, et ils avaient remis ça. C'était moins virulent, presque doux. Il s'était quand même assuré qu'elle était suffisamment lubrifiée pour l'accueillir sans douleur, et avait insisté pour qu'elle jouisse avant lui.

— Bonjour, marmonna-t-elle contre sa poitrine.

Elle releva la tête, puis ajouta :

— Ton téléphone sonne.

— Je sais.

— Tu ne décroches pas ? C'est peut-être une urgence. Il y a des chances pour que ce soit ton patron, et que tu doives partir plus tôt en mission...

— Ça te dérangerait ?

Elle fronça les sourcils.

— Oui, mais seulement par crainte que tu aies des ennuis. Le téléphone a sonné quatre millions de fois, et la personne n'abandonne toujours pas.

Il ricana, et elle sentit les vibrations la traverser.

— Ce n'est pas pour le travail.

— Comment le sais-tu ?

— J'ai programmé une sonnerie différente pour mon équipe et le commandant.

— Oh.

Au bout d'un moment, le téléphone se remit à sonner. Remi ne put s'empêcher d'insister.

— Tu n'es pas curieux ? Il y a peut-être un problème.

— Le seul problème, c'est que quelqu'un qui ne comprend pas que je ne veux pas lui parler me dérange pendant ma seule grasse matinée, grommela-t-il.

Remi sourit.

Vincent poussa un soupir, puis se retourna pour saisir son téléphone ; sans lâcher Remi, qu'il entraîna avec lui.

Elle riait encore quand il répondit sèchement :

— Quoi ?

— Je n'en reviens pas que tu aies fait ça, merde !

Remi cligna des yeux en entendant l'attaque au vitriol provenant de la voix féminine à l'autre bout du fil. Même si Vincent n'avait pas mis le haut-parleur, elle pouvait clairement percevoir ce que cette femme disait.

— Tu as un sacré culot d'envoyer les flics chez moi pour m'accuser d'avoir essayé de te tuer ! vociféra l'interlocutrice. Tu es fou ?!

— Bonjour, Bertie, soupira Vincent.

Les yeux de Remi s'écarquillèrent.

— Je suis sérieuse ! Pourquoi je ferais ça ? C'est vrai, tu es un connard de m'avoir empêchée d'aller à Hawaï avec mon amie, et ça t'apprendra, mais *sérieusement* ? Tu crois que je paierais quelqu'un pour t'abandonner dans l'océan ? Tu pourrais nager jusqu'au rivage avec une main attachée dans le dos – du moins, c'est ce que tu as toujours dit. Est-ce que tu mentais ? Peut-être que tu as *vraiment* failli mourir et que tu es furieux parce que ta précieuse réputation est en danger si quelqu'un de la base découvre que tu n'es pas aussi macho que tu le prétends.

— C'est la routine, Bertie. Rien de personnel.

— Ce n'est pas personnel ? s'écria-t-elle. Ils ont dit que comme je suis ton ex et que je t'en veux, j'ai un mobile. Si je voulais te tuer, je viendrais chez toi et je t'exploserais la gueule à la seconde où tu ouvrirais la porte !

Remi se crispa contre Vincent, mais il ne semblait pas du tout inquiet.

— Attention, ça pourrait être interprété comme une menace, l'avertit-il.

— *C'était* une menace ! hurla-t-elle pratiquement. Tu es un salaud ! Si on apprend que j'ai été interrogée, je serai ruinée ! Il faut que tu arranges ça. Dis aux flics que je n'ai rien à voir avec tes foutus problèmes !

— Je ne sais pas si tu n'as véritablement rien fait.

— Peut-être que tu ne devrais pas la contrarier, chuchota Remi.

— Qui c'est ? Oh la vache, il y a une nana avec toi ? Il est sept heures du matin... Attends, elle a passé la nuit chez toi ? Tu ne m'as *jamais* laissée dormir chez toi ! Je vois que tu es très vite passé à autre chose. Tu me trompais probablement pendant tout ce temps. Foutus Navy SEALs... quels connards ! Peut-être que c'est *elle* qui t'a piégé. Hé, salope, cria-t-elle haut et fort, s'adressant manifestement à Remi. Il n'en vaut pas la peine. Il a peut-être une grosse queue, mais il ne sait pas s'en servir !

Remi avait les yeux exorbités, et elle en était consciente. Est-ce que cette femme plaisantait ?

— Elle ne m'a pas piégé, elle a été abandonnée dans l'océan *avec moi*, précisa calmement Vincent en regardant Remi.

Bertie éclata de rire ; un rire horrible et rempli d'amertume.

— D'accord, donc ton complexe du héros s'est déclenché, et elle te voit comme son sauveur. Croyez-moi, femme mystère, ce n'est pas un héros. Il en est loin. Fuyez pendant que c'est encore possible, avant qu'il vous accuse de quelque chose d'odieux et vous mette les flics sur le dos !

— Pas un héros ? Vous vous moquez de moi ? lui lança Remi.

Elle ne pouvait pas s'en empêcher. Elle était énervée au nom de Vincent.

— Elle doit avoir une chatte en or pour mériter le privilège de dormir dans ton lit, s'emporta Bertie. J'en ai rien à foutre. Laisse-moi tranquille, Kevlar. Je ne plaisante pas. Rappelle les flics ou tu regretteras d'avoir eu affaire à moi.

— Je le regrette déjà, lui assura Vincent. Cette conversation est terminée. Si tu n'as rien fait, tu n'as pas à t'inquiéter. Réponds simplement aux questions de la police et ce sera fini. Plus tu seras énervée, plus ils penseront que c'est toi. Au revoir, Bertie. Ne m'appelle plus jamais.

Il raccrocha, coupant la parole à Bertie qui s'énervait encore. Il tapota quelques fois de plus sur l'écran avant de jeter le téléphone sur la table de chevet puis de se retourner, basculant Remi sur le dos.

— J'ai bloqué son numéro pour qu'elle ne puisse pas rappeler. Ça va ?

— *Moi* ? Et *toi* ? Elle a dit des choses tellement méchantes.

À sa grande surprise, Vincent sourit.

Elle fronça les sourcils.

— Ce n'est pas drôle.

— Ça l'est quand même un peu, rétorqua-t-il. Ton ex fait une crise. La mienne aussi. Quelqu'un de coupable pourrait avoir exactement ce genre de réaction.

— Lequel des deux, à ton avis ? murmura-t-elle en le regardant fixement.

— Honnêtement ?

— Bien sûr.

— Ni l'un ni l'autre.

Remi fut grandement soulagée par sa réponse, mais la confusion s'installa dans la foulée.

— Si tu dis vrai, alors qui a fait ça, et pourquoi ?

— Je ne sais pas. Tex est encore en train de creuser. Mais je sais que ce n'est personne de ton entourage.

— Comment le sais-tu ? demanda-t-elle.

— Parce que tu es trop gentille. Tu te fais des amis partout où tu vas. Je pense que tu étais juste au mauvais endroit au mauvais moment. Tu t'es retrouvée dans ce merdier parce que j'étais là, et je ne me le pardonnerai jamais.

— Tu es gentil, toi aussi. Qui voudrait te faire du mal ?

Vincent éclata de rire.

— Je ne suis pas gentil, Remi.

— Si, tu l'es, protesta-t-elle.

— Mon Dieu, tu es trop bien pour moi, lui dit-il. Mais je ne te laisserai pas partir. Tu peux continuer à penser que je suis quelqu'un de bien. Mais j'ai besoin que tu me rendes un service.

— Tout ce que tu veux, répondit-elle sans hésiter.

Il sourit un peu tristement.

— Tu vois ? Tu es trop bien pour moi. Si quelqu'un m'en veut pour une raison ou une autre, il faut que tu fasses très attention. Le simple fait de me côtoyer pourrait te mettre en danger.

Un frisson parcourut Remi. Non pas à l'idée que quelqu'un veuille lui faire du mal pour atteindre Vincent, mais parce que quelqu'un à l'extérieur pourrait mener une vendetta contre lui.

— D'accord.

— Je suis sérieux, insista-t-il.

— Et je t'ai entendu. Vincent, je n'irai nulle part. Si tu veux que je traîne dans ton appartement, je le ferai. Ce n'est pas un problème. Je peux dessiner Pecky n'importe où. Je peux demander à Marley de m'accompagner si j'ai besoin d'aller faire des courses, ou autre. Et au pire, je peux loger dans la propriété de mes parents. Elle est tellement sécurisée que même un cafard n'oserait pas péter.

Vincent la regarda sans rien dire.

— Vincent ? s'inquiéta-t-elle.

— Je sais que tu es fatiguée, mais *à quel point* exactement ? lui demanda-t-il en réponse.

— Oh, hmm... pas suffisamment pour dire non.

— J'ai envie de toi. J'ai besoin de te montrer à quel point tu comptes pour moi.

— D'accord, acquiesça-t-elle, adhérant tout à fait à la proposition.

— Je vais régler tout ça, lui assura-t-il. Tex finira par trouver quelque chose. Il faut juste que tu me promettes d'être prudente en attendant. Je pense que celui qui a organisé cette merde à Hawaï est un lâche. Il ne veut pas m'affronter directement. Ce qui veut dire que tu es probablement hors de danger, mais sois prudente, juste au cas où.

— Promis.

Il se redressa et rejeta le drap en arrière, exposant son corps à la lumière du matin.

— Tu as un problème avec les rapports oraux ? lança-t-il en se penchant sur elle.

Remi sourit.

— Non. Tant que j'y participe aussi.

— Tu veux me sucer, Remi ? grogna-t-il.

Vincent avait le don de faire ressortir sa timidité tout en l'excitant.

— Oui, mais je ne peux pas te prendre en entier. Elle est trop grosse.

— La simple idée de ta langue sur moi me fait bander. Tu peux faire ce que tu veux, prendre autant ou aussi peu que tu veux... une fois que j'en aurai fini avec toi.

Il lui saisit les hanches et la tira vers le bas. Remi poussa un petit cri, puis s'esclaffa lorsqu'il se mit à faire des bruits de bateau à moteur contre son ventre. Mais son rire s'estompa lorsqu'il lui écarta les jambes en baissant la tête.

* * *

Quelques heures plus tard, après la meilleure fellation de sa vie, Kevlar se doucha avec Remi, partagea avec elle un petit déjeuner tardif, lui installa son bureau dans la deuxième chambre de son appartement, puis lui demanda de promettre d'être là quand il rentrerait le soir. Ensuite, Kevlar se dirigea vers la base, à la fois plus heureux qu'il ne l'eût jamais été dans sa vie... et plus inquiet.

Quelque chose dans les paroles de Bertie n'arrêtait pas de lui trotter dans la tête. Non pas les conneries à son sujet ou sa tentative d'avertir Remi, mais quelque chose sur la planification de ce qui leur était arrivé à Hawaï – qu'elle savait de quoi il était capable. Il ne s'était pas vanté en lui disant pouvoir nager au moins trente kilomètres s'il le fallait. Elle aurait su que l'abandonner au large d'Oahu l'aurait seulement énervé, pas plus. Il était certain qu'elle n'était pas coupable.

Si ce n'était pas elle ni l'Affreux – honnêtement, il ne croyait pas que cet imbécile assez malin pour mettre en place une chose pareille – alors qui était-ce ? Kevlar ne voyait personne de son entourage essayer de se débarrasser de lui en l'abandonnant dans l'océan. En tout cas, pas en connaissant ses compétences de nageur. Une autre ex-petite amie ? Un autre petit ami jaloux ? Ça n'avait pas de sens, puisqu'il n'avait vu personne pendant des mois avant de sortir avec Bertie, et que Remi lui avait dit que ses relations amoureuses se faisaient rares.

Il avait été franc avec Remi, il était sûr que c'était quelqu'un qui essayait de l'énerver, et qu'elle n'était pas visée. Elle était gentille jusqu'au bout des ongles. Il ne s'était jamais dit qu'elle pouvait être en danger rien qu'en le fréquentant, mais maintenant cette idée ne le quittait plus. Il se demanda brièvement s'il ne devrait pas rompre avec elle, pour son bien... mais il n'en tint pas compte. Il n'allait pas risquer de perdre la meilleure chose qui lui soit arrivée pour une menace non établie.

Non, il allait devoir lever le voile sur cette histoire à Hawaï et la tuer dans l'œuf.

Il devait appeler Tex, mais pour le moment, il n'en avait pas le temps. Il était déjà à deux doigts d'être en retard à la base. Il avait passé trop de temps à s'assurer que Remi était bien installée dans son appartement. Jusqu'à ce qu'il puisse contacter son ami, il devrait redoubler de vigilance et prendre des nouvelles de Remi plus souvent. Au moindre signe suspect, il passerait à l'action. Il savait également que si Tex apprenait quelque chose d'important, il le contacterait en premier.

Kevlar espérait que son ami trouverait des informations, car il avait le sentiment que son équipe et lui se rendraient en Afrique plus tôt que prévu, et il préférait avoir des réponses avant de partir. S'il arrivait quelque chose à Remi à cause de lui, il ne se le pardonnerait jamais. Jamais.

15

Trois jours plus tard, Remi ne pouvait toujours pas s'empêcher de sourire. Elle n'avait jamais été aussi heureuse qu'en ce moment. Même Marley lui avait dit qu'elle ne se rappelait pas l'avoir vue aussi comblée. Vincent et elle avaient enfin eu l'occasion de dîner chez Marley avec sa famille. Vincent avait passé beaucoup de temps à jouer au football dans l'arrière-cour avec son mari et son fils. Puis après le dîner, il avait joué au gin-rami avec sa fille et s'était fait battre à plate couture.

Inutile de préciser qu'il s'était parfaitement intégré, et qu'il avait non seulement reçu les louanges de Marley, mais aussi de toute sa famille. Lorsqu'elle était allée aux toilettes avant de partir avec Vincent, Marley l'avait interceptée à l'étage pour lui dire à quel point elle était contente pour elle, et certaine que ça allait marcher entre elle et Vincent.

Remi espérait que son amie avait raison. Ils étaient encore dans la phase lune de miel de leur relation, et Remi n'avait aucun doute sur le fait qu'ils continueraient à voir la vie en rose. Mais elle espérait aussi qu'ils pourraient surmonter toutes les épreuves qui se présenteraient à eux.

Elle avait parlé à ses parents la veille, et Vincent avait eu l'occasion de les rencontrer... en quelque sorte... par téléphone. Il avait été poli et respectueux, et Remi avait bon espoir que lorsqu'ils auraient enfin l'occasion de se rencontrer en personne, les choses se passeraient tout aussi bien.

Ce jour-là, elle avait un dessin à terminer dans la matinée, puis Caroline viendrait la chercher pour l'emmener au Aces, où elles retrouveraient Vincent pour le déjeuner. Elle lui avait assuré qu'il pouvait tout simplement la rejoindre chez lui, mais il avait répondu qu'il ne voulait pas qu'elle reste cloîtrée dans son appartement, d'autant que Wolf lui avait dit que Caroline souhaitait la revoir et passer du temps avec elle.

Elle ne pouvait pas refuser.

Se retrouver dans l'espace de Vincent ne la dérangeait pas. Certes, son appartement était plus petit que le sien, mais il était à l'image de cet homme, sans fioritures. Elle avait passé quelques heures à parcourir les livres de sa bibliothèque et à consulter les émissions qu'il avait sauvegardées sur les applications de streaming. Leurs goûts étaient étonnamment semblables. De plus, comme elle le lui avait dit, elle pouvait dessiner n'importe où. Elle aimait aussi être entourée de ses affaires, et présente lorsqu'il rentrait le soir. Il était évident qu'il était stressé par la mission qu'il préparait avec son équipe, mais elle espérait que ça le soulageait au moins un peu qu'elle soit à ses côtés, qu'elle lui change les idées en lui racontant sa journée, et qu'elle lui prépare le dîner.

Quant aux nuits en sa compagnie... elle n'avait jamais aussi bien dormi ni reçu autant d'amour. Elle ne doutait pas que Vincent adorait l'avoir dans son lit, bien qu'il ne lui ait jamais donné l'impression d'être là uniquement pour le sexe. Il lui avait même avoué qu'elle était la première femme à avoir passé une nuit dans son lit.

Plus d'une fois, Remi avait failli lui dire qu'elle l'aimait, mais elle ne voulait pas tomber dans le cliché, encore moins l'effrayer. Même si elle l'avait surpris en train de la regarder avec autant de désir qu'elle en éprouvait à son égard, quelque chose l'empêchait de prononcer les mots. Peut-être qu'une fois qu'ils auraient passé le cap de la première mission, elle se sentirait plus à l'aise pour partager ses sentiments.

En attendant, elle lui démontrait non verbalement qu'elle s'engageait pleinement dans leur relation.

Deux jours auparavant, elle lui avait timidement montré la bande dessinée dans laquelle il apparaissait, et il était resté silencieux pendant deux minutes entières. Elle avait eu peur qu'il n'apprécie pas du tout, qu'il trouve cela idiot et stupide, mais il avait posé la feuille – en prenant soin de ne pas la froisser, même un tout petit peu – avant de l'entraîner dans leur chambre et de lui montrer *exactement* ce que cela signifiait pour lui d'avoir une place dans son univers.

Remi se regarda une dernière fois dans le miroir. Vincent ne s'était jamais plaint de son penchant pour les t-shirts et les sweats lorsqu'elle était à la maison. En fait, il aimait qu'elle ne porte pas de soutien-gorge, car cela lui donnait un accès direct à ses seins. C'était vraiment un truc de mec, mais comme Remi profitait du plaisir qu'il lui donnait en la touchant, elle ne s'en plaignait pas.

Malgré tout, aujourd'hui, elle avait envie de se faire belle. Elle voulait faire l'effort de lui montrer qu'elle se souciait de son apparence lorsqu'elle sortait avec lui. Elle portait un jean, comme d'habitude, mais elle en avait choisi un qui épousait ses courbes, quitte à être moins à l'aise qu'en temps normal. Avec Vincent en tant qu'amant, elle commençait à adorer son corps. Il lui avait très clairement prouvé à quel point il appréciait sa silhouette.

Elle avait associé à son jean une chemise à col en V qui descendait assez bas pour afficher un joli décolleté, mais pas assez pour que ça paraisse vulgaire. Elle était jaune avec des fleurs bleu pâle, et lui donnait l'impression d'être belle et féminine.

En regardant l'heure, Remi s'aperçut qu'elle était en avance. Caroline ne serait pas là avant trente ou quarante minutes. L'envie de voir Vincent en pleine journée était trop forte pour qu'elle puisse y résister, et elle s'était préparée bien plus tôt que nécessaire.

Elle venait de s'installer sur le canapé pour trouver quelque chose à regarder en attendant quand son téléphone sonna. Elle sourit. Vincent avait pris de ses nouvelles aussi souvent que possible, généralement pendant qu'il était en pause.

Mais ce n'était pas le nom de Vincent qui apparaissait à l'écran – c'était celui de Howler. Fronçant les sourcils, se demandant pourquoi il appelait, Remi se redressa inconsciemment en répondant.

— Allô ?

— Salut, Remi, c'est Howler. Kevlar est blessé. Je suis en route pour venir te chercher et t'emmener le rejoindre. Je serai là dans deux minutes. Retrouve-moi sur le parking.

— Quoi ?! Que s'est-il passé ?

— Pas le temps de parler maintenant. Je t'expliquerai tout en arrivant. Tiens-toi prête, Remi. C'est du sérieux.

— D'accord. Sois prudent au volant, évite d'avoir un accident toi aussi.

Lorsqu'il ajouta que Vincent allait s'en sortir, elle ne parvint pas à interpréter le ton de sa voix, et raccrocha brusquement. Mais elle ne pouvait pas s'attarder là-dessus. L'idée que Vincent ait été blessé la faisait paniquer. Si Howler venait la chercher, c'était forcément grave. Sinon, Vincent l'aurait appelée lui-même pour lui annoncer la nouvelle.

Remi se leva, puis se mit à faire les cent pas, sans trop savoir comment réagir. Elle prit une profonde inspiration. Elle devait se ressaisir. Vincent avait besoin qu'elle garde son calme. Il s'en sortirait. Il le fallait.

Elle saisit un gilet à manches longues sur le dossier du canapé, se disant qu'il avait tendance à faire froid dans les hôpitaux et qu'elle en aurait probablement besoin, puis elle se dirigea vers la porte d'entrée. Elle ne prit pas la peine d'emporter son sac à main. Elle ne pensait qu'à descendre retrouver Howler, et rejoindre Vincent. Rien d'autre ne comptait.

* * *

Nate *Blink* Davis observait la petite amie de Kevlar qui faisait les cent pas sur le parking devant son appartement. Kevlar et lui vivaient dans la même résidence, mais leurs chemins ne se croisaient pas beaucoup, probablement parce que Blink passait la plupart de son temps chez lui ou chez Aces.

Mais ce jour-là, il regardait fixement sa voiture, hésitant à se rendre à la base pour s'entraîner, ce qu'il n'avait pas fait depuis des semaines. Il en avait assez de lui-même. Assez de passer autant de temps dans sa tête.

D'un point de vue rationnel, il savait qu'il n'avait rien fait de mal lors de la dernière mission. Celle qui avait coûté la vie à tant de ses coéquipiers. Parfois, les choses tournaient mal. La malchance, le fait d'être au mauvais endroit au mauvais moment. C'était exactement ce qui s'était passé en Iran.

Il avait mis le temps, mais Blink sortait enfin la tête de l'eau.

Grâce à Remi Stephenson.

Elle l'avait abordé au Aces, bravant sa mauvaise humeur et son regard glacial pour parler de tout et de rien. Elle était nerveuse, c'était évident. Mais elle avait tenu bon. Elle semblait même sincère en le qualifiant de héros.

Blink ne se voyait pas comme un héros. Loin de là. Il n'avait pas envie d'entendre ce genre de choses ni venant d'elle ni de personne d'autre. Mais ce n'était pas cela qui avait dissipé le brouillard dans sa tête.

C'était son ignorance à propos du thé glacé Long Island. Et son rire. Ainsi que sa manière de regarder Kevlar en pensant que personne ne la voyait. Il n'y avait pas le moindre artifice chez cette femme. Elle était exactement ce qu'elle semblait être : douce, gentille, prête à faire tout son possible pour apaiser le cœur brisé d'un inconnu.

Mais c'était son contact physique qui avait fait la différence.

Personne ne l'avait touché depuis des semaines, comme s'il était pestiféré. Certes, il avait mis en place un sacré bouclier, se coupant de tout le monde, y compris son propre frère jumeau. Mais Remi ne semblait pas avoir remarqué son isolement. Ou alors, elle s'en fichait. La douceur de sa main sur son bras avait brisé ses barrières comme si ce n'était que du papier. Ensuite, elle l'avait embrassé. *Lui.* Le SEAL détraqué que les autres avaient peur d'approcher.

Mais pas Remi. Elle l'avait fait sans réfléchir. Cela n'avait rien de sexuel. C'était un petit geste amical et attentionné... qui avait permis à Blink de se sentir humain pour la première fois depuis que les choses avaient mal tourné lors de cette mission.

Maintenant, il la regardait faire les cent pas avec agitation devant son appartement, et il voyait bien que quelque chose n'allait pas. Quelque chose de grave.

Dès que Blink aperçut le vieux pick-up déglingué de Howler entrer dans le parking, son radar à emmerdes se mit en marche.

Il n'y avait aucune chance pour que Kevlar envoie *Howler* chercher sa copine. Il avait entendu les rumeurs. Il avait vu de ses propres yeux le manque de respect de Howler pour son coéquipier et ami.

Non. Cet homme préparait un sale coup.

Prenant sa décision en une fraction de seconde, s'appuyant

sur les compétences qu'il avait perfectionnées toute sa vie d'adulte mais ignorées ces dernières semaines, Blink se dirigea vers la porte. Peu importait ce qui se passait, il voulait en être. Il avait beau ne plus avoir d'équipe, il était hors de question qu'il reste là à regarder de mauvaises choses arriver à de bonnes personnes.

* * *

Remi se rongeait les ongles en faisant les cent pas, attendant impatiemment l'arrivée de Howler. À chaque seconde, son imagination menaçait de la submerger. Elle n'arrivait pas à se faire une idée de ce qui avait bien pu se passer. Vincent avait-il eu un accident de voiture ? Avait-il été impliqué dans une fusillade à la base ? Elle n'avait reçu aucune alerte sur son téléphone, mais cela ne signifiait pas que quelque chose d'important ne s'était pas produit.

Lorsqu'elle vit enfin le vieux pick-up de Howler entrer dans le parking, elle fut à la fois soulagée et encore plus angoissée. Elle se dirigea vers le siège passager avant, ignorant le bruit d'une porte d'appartement qui claquait derrière elle. Elle essaya d'actionner la poignée et fut contrariée de constater que la portière ne s'ouvrait pas immédiatement.

Elle attendit que Howler la déverrouille, et quand il le fit enfin, elle l'ouvrit rapidement et grimpa sans la moindre hésitation.

— Que s'est-il passé ? Où est Vincent ?

Howler n'eut même pas le temps de répondre, car soudain, la portière arrière s'ouvrit, et quelqu'un se glissa sur la banquette arrière.

En se retournant, Remi vit qu'il s'agissait de Blink. Le SEAL du Aces. Celui que certains voyaient déjà se faire interner parce qu'il n'arrivait pas à se remettre des évènements de sa dernière mission.

— Sors de là, lui lança Howler.

— Je vous accompagne, répondit Blink.

— Pas question.

— Je veux en être, insista fermement Blink. Quoi que ce soit, *j'en suis*.

Remi oscilla du regard entre Blink et Howler. Elle ne comprenait pas ce qui se tramait entre les deux hommes.

— Quand on se fait cracher au visage suffisamment longtemps, on a envie de prouver au cracheur qu'on vaut plus que de la boue sur sa chaussure. Je ne sais pas ce qui se passe, mais je suis partant. Je t'ai observé, Howler. Tu vaux mieux que les cartes qu'on t'a distribuées. Tu es un leader né. Si je pouvais encore faire partie d'une équipe, je voudrais être dans la tienne.

Les sourcils de Remi se froncèrent en signe de confusion. Elle ne comprenait pas de quoi Blink parlait. Qui lui avait craché dessus ? Il voulait faire partie d'une équipe ? *Quelle* équipe ? Howler était-il responsable d'une équipe à présent ? Elle ne savait plus où donner de la tête.

— Si tu crois que j'ai peur de me salir les mains, tu te trompes, poursuivit calmement Blink. Elles sont déjà sales. Très sales. Je suivrai un bon chef partout où il voudra me mener.

Un étrange sourire se dessina sur les lèvres de Howler. Un sourire de... satisfaction ?

— J'avais prévu d'agir seul, mais après tout, j'aurais bien besoin d'un peu d'aide. D'accord, tu peux rester. Mais tu fais ce que je dis, quand je le dis. C'est compris ?

Oui, acquiesça Blink en refermant la portière derrière lui.

— Que se passe-t-il ? demanda Remi à nouveau.

— Je vais te le dire, mais je dois d'abord m'arrêter quelque part, répondit Howler.

— Un arrêt ? s'écria Remi. Non ! Il faut qu'on aille voir Vincent.

— Nous irons le voir ensuite, dit Howler d'un ton un peu brusque.

— Mais...

Ce fut tout ce qu'elle put dire avant que Blink lui adresse un *chut* d'une voix basse et inquiétante.

Remi se tourna vers lui, et en voyant la froideur dans ses yeux bleus, elle fit la seule chose qui lui sembla intelligente à ce moment-là : elle se tut.

Elle tint sa langue tandis que Howler les conduisait à travers les rues jusqu'à un autre immeuble d'habitation, non loin de celui de Vincent. Il se gara et tendit son téléphone à Blink.

— Prends mon portable et le tien, et rends-toi à mon appartement. Numéro 102, au premier étage. Va jusqu'à la porte coulissante à l'arrière, elle n'est pas verrouillée. Pose les deux téléphones sur la table de la cuisine en les laissant allumés.

Sans hésiter, Blink acquiesça et tendit la main vers Howler.

— C'est un test, ajouta-t-il fermement avant de lui remettre le téléphone.

— Et je vais le réussir, lui assura Blink avant d'ouvrir la porte et de se diriger vers le côté du bâtiment.

— Howler, sérieusement, qu'est-ce qui se passe ? Pourquoi tu laisses ton téléphone ? Et si quelqu'un essayait de t'appeler au sujet de Vincent ?

— Il ne faut pas t'inquiéter, lui dit-il.

Mais Remi était très inquiète. Howler se comportait bizarrement, Blink ne semblait pas être le même homme que celui qu'elle avait rencontré au bar l'autre soir, et elle paniquait à l'idée de ce qui avait pu arriver à Vincent.

Quelques instants plus tard, elle vit Blink revenir dans leur direction. Elle fut soulagée qu'il soit si vite de retour et qu'ils puissent enfin aller voir Vincent pour qu'elle vérifie par elle-même s'il allait bien.

Blink remonta dans le pick-up et déclara :

— C'est fait.

Howler sourit, puis enclencha la marche arrière et sortit de la place de parking.

— Maintenant, vas-tu me dire où est Vincent et ce qui lui est arrivé ? demanda Remi. Est-ce qu'il va bien ?

Howler ne répondit pas. C'était comme si elle n'était pas là.

Pour la première fois depuis le début, Remi se sentit franchement mal à l'aise. Mais... Howler était un membre de l'équipe de Vincent. C'était l'un de ses plus vieux copains SEALs. Ils avaient vécu ensemble l'emblématique Semaine de l'Enfer. Elle n'avait pas hésité à monter dans son pick-up. Pourquoi l'aurait-elle fait ?

— Howler ? l'interpela-t-elle.

— Quoi ? répondit-il fermement.

Remi grimaça.

— Qu'est-il arrivé à Vincent ? Tu m'emmènes jusqu'à lui, n'est-ce pas ?

— Bien sûr. Patience, Remi. Tu le sauras bien assez tôt.

Elle ne fut pas rassurée par ses paroles. Pas du tout.

Réalisant qu'elle tenait toujours son téléphone à la main, elle décida en une fraction de seconde d'essayer d'appeler Vincent – ce qu'elle aurait déjà dû faire. Il répondrait peut-être, ou l'un de ses autres amis, et elle pourrait leur demander de faire savoir à Vincent qu'elle était en route.

Elle déverrouilla le téléphone, cliqua sur l'icône faisant apparaître le clavier, quand quelque chose la frappa au visage.

C'était soudain et inattendu. Remi poussa un cri de douleur.

— Donne-moi ça ! lui ordonna Howler.

Confuse, elle le regarda en clignant des yeux. Il la dévisagea d'un air renfrogné, puis son poing s'élança vers elle. Dans la seconde précédent le choc, elle réalisa que c'était ce qui lui avait heurté le visage la première fois. Howler l'avait frappée.

Elle tenta de l'éviter, en vain. Ses phalanges frappèrent à nouveau sa joue au même endroit.

Remi gémit, hébétée et incapable de se battre. Howler lui arracha le téléphone des mains.

Elle poussa un cri de stupeur lorsque des bras l'attrapèrent par-derrière, la tirant sur la banquette arrière du pick-up. Elle n'avait pas mis sa ceinture de sécurité, l'oubliant complètement dans la panique.

Elle mit du temps à réagir, mais maintenant, elle se débattait. Elle ne savait absolument pas ce qui se passait, mais ce n'était pas bon.

— Je l'ai, lança Blink tandis qu'elle essayait en vain de se dégager.

Il était plus grand et plus fort qu'elle, et elle se retrouva rapidement sur les genoux, le dos contre son torse, ses bras l'emprisonnant comme des bandes d'acier. Elle remua, mais ses bras étant coincés le long de son corps, elle ne pouvait pas faire levier pour essayer de lutter contre le SEAL musclé.

— Laissez-moi partir ! hurla-t-elle. Arrêtez !

Blink plaqua une main sur sa bouche, l'empêchant de protester.

— Merde, quelle conne, marmonna Howler depuis le siège conducteur.

Il croisa un instant le regard de Remi dans le rétroviseur avant de reporter son attention sur la route. La haine pure qu'elle put lire dans ses yeux la figea sur place. Était-ce le même homme qu'elle avait rencontré au Aces ? Le type dont Vincent disait qu'il était l'un de ses meilleurs amis ?

— C'est *ta* faute, déclara Howler. Si tu t'étais bien comportée, je n'aurais pas eu à te frapper.

Remi se sentit envahie par la colère. Il *lui* reprochait sa propre violence. Elle tenta à nouveau de faire en sorte que les bras de Blink se relâchent, mais c'était peine perdue. Il la tenait fermement, et elle n'irait nulle part.

Un sentiment de trahison la frappa de plein fouet. Elle pensait que Blink était un type bien. Elle avait fait de son mieux pour être gentille et se lier d'amitié avec lui. C'était comme ça qu'il la remerciait ? Quel con !

Sa colère la poussa à se débattre encore. Elle les traitait de tous les noms d'oiseaux possibles et imaginables, Howler et lui, mais la main sur sa bouche rendait ses efforts un peu inutiles, car ils ne pouvaient pas la comprendre.

— Calme-toi, Remi, lui grogna Blink à l'oreille.

Pour une raison inconnue, elle s'arrêta de bouger.

— Tu la tiens ? s'inquiéta Howler depuis le siège conducteur. La dernière chose dont j'ai besoin, c'est que cette pétasse se libère.

— C'est bon, lui répondit Blink.

Alors qu'elle s'efforçait, paniquée, de maîtriser sa respiration... Remi réalisa que Blink la maintenait immobile, mais sans lui faire mal. La main sur sa bouche ne couvrait pas son nez, elle pouvait donc respirer facilement. Son bras autour d'elle n'était pas assez serré pour que ce soit douloureux. Il avait également enroulé une de ses jambes autour de la sienne, de sorte qu'elle ne pouvait pas le frapper ni utiliser ses pieds pour essayer de s'échapper.

Elle était plus confuse que jamais.

Elle pensa à Vincent. Est-ce qu'il allait bien ? Son soi-disant *ami* l'avait-il blessé, lui aussi ?

— Et Vincent ? marmonna-t-elle derrière la main de Blink.

D'une manière ou d'une autre, Howler comprit ce qu'elle disait.

— Kevlar va bien. Pour l'instant, marmonna-t-il d'un ton

sinistre. Il fallait juste que je trouve un moyen de te faire venir avec moi dans les plus brefs délais. Nous n'avons pas beaucoup de temps. Je dois être de retour à la base pour les réunions de l'après-midi. Il faut donc que tu coopères. Tu comprends ?

Il pouvait aller se faire foutre. S'il était censé se rendre quelque part et qu'elle pouvait faire en sorte qu'il n'y soit pas, poussant quelqu'un à se poser des questions, ça lui allait très bien. Et maintenant qu'elle savait que Vincent n'était pas en danger, elle était d'autant plus déterminée à s'éloigner de ces psychopathes.

Elle se rendit compte qu'ils roulaient vers l'ouest, et que Howler conduisait à vive allure. Elle pria pour qu'il se fasse arrêter, ce serait sa meilleure chance de s'enfuir. Mais bien sûr, plus ils s'éloignaient de la ville, plus ses espoirs s'amenuisaient.

— Quel est le plan ? demanda Blink au bout d'une dizaine de minutes.

— J'ai un endroit déjà prêt. Nous la laisserons là-bas, puis nous retournerons en ville. Nos téléphones sont nos alibis. Nous lui laisserons le sien pour qu'elle soit retrouvée. Je me joindrai aux équipes de recherche. Évidemment, quand on retrouvera son corps, je serai aussi dévasté que les autres.

Un sourire diabolique se dessina sur le visage de Howler.

— Mais le spectacle doit continuer, n'est-ce pas ? poursuivit-il. Nous sommes censés partir pour cette mission au Tchad dans trois jours. Kevlar sera trop dévasté pour y aller, j'en suis sûr. Je vais donc prendre la tête de l'équipe. On va avoir besoin d'un septième homme. Tu veux être des nôtres ? Tu t'es remis de cette connerie qui t'a collé des nœuds dans la tête ?

Il y avait beaucoup de choses à décortiquer dans son petit discours, et rien de tout cela ne plaisait à Remi. Son cœur battait la chamade, et elle n'arrivait pas à croire que Howler était... que faisait-il ? On aurait dit qu'il l'emmenait quelque part pour *la tuer* !

Non, c'était impossible. Pourquoi ? Juste pour prendre le contrôle de l'équipe SEAL de Vincent ? C'était... complètement fou !

— Comme je l'ai déjà dit, je suis partant, répondit Blink d'un ton calme et neutre.

— Tout le monde a dit que tu étais fini, mec. Que tu serais révoqué. Mais j'avais le sentiment qu'ils avaient tort. J'ai vu quelque chose en toi, une chose que j'ai reconnue en moi. J'ai besoin de gens forts dans mes rangs, car Dieu sait que la foutue équipe dont je fais partie en ce moment est composée d'une bande de mauviettes. Ils préfèrent rester assis comme des vieillards au Aces plutôt que de participer au buffet de petits culs dans d'autres bars. Je ne sais pas pourquoi tu t'es vautré dans cet endroit. Tout semble meilleur quand on a la queue bien enfoncée dans une gonzesse.

Il sourit à Blink dans le rétroviseur en ajoutant :

— Peut-être que j'irai faire un tour avec la pute de Kevlar, pour voir comment elle a réussi à le mettre à sa botte aussi rapidement.

Remi se crispa. Sa colère s'estompait, et la panique refaisait surface rapidement. Il n'y avait aucune chance pour qu'elle parvienne à maîtriser Howler. Surtout pas avec Blink qui la tenait aussi facilement que si elle avait été gamine.

— Je pense que nous n'avons pas le temps pour ça, rétorqua Blink à l'autre SEAL.

— Merde, grommela Howler. Tu as probablement raison. J'ai un emploi du temps à respecter, il me reste un peu plus d'une heure pour terminer cette merde et retourner à la base.

— C'est donc toi qui as monté ce coup à Hawaï, dit Blink presque nonchalamment.

— Je ne vois pas de quoi tu parles, rétorqua Howler.

— D'accord. Mais si tu veux mon avis, ce plan était brillant.

— Satané capitaine, ronchonna Howler. S'il n'avait pas merdé en s'arrêtant trop tôt, ça aurait marché.

— Kevlar est l'un des meilleurs nageurs de l'équipe, argumenta Blink.

— Oui, mais dans le meilleur des cas, il aurait eu beaucoup de mal à parcourir une distance de trente kilomètres sans difficulté. Il avait sa combinaison et son équipement de plongée, mais ça ne lui aurait été d'aucune aide contre un requin. Et si le capitaine du bateau avait fait son travail, il aurait fait nuit avant que Kevlar s'approche de la côte. Au pire, il aurait été épuisé, peut-être même blessé et incapable d'assumer ses fonctions. Au mieux... bref, tu vois bien.

Remi se sentit mal. Les choses que disait Howler étaient horribles. Surtout concernant quelqu'un qui était censé être son ami. Son coéquipier.

— Enfoiré de capitaine, marmonna une nouvelle fois Howler. S'il avait suivi les instructions, on n'en serait pas là. Kevlar aurait joué les valeureux héros, comme il pense l'être, et vous seriez morts *tous les deux*, poursuivit-il en regardant Remi dans le rétroviseur. Tu ne faisais pas partie du plan, mais honnêtement, j'aurais dû penser à inclure un civil dès le départ. Une fille sans défense, quelqu'un qu'il ne pourrait pas abandonner pour sauver ses fesses. Kevlar a toujours été noble, c'est ce qui fait de lui un chef d'équipe de merde.

Remi serra les poings. La colère avait repris le dessus. Ses émotions étaient à fleur de peau.

Puis elle sentit quelque chose contre son bras et retint son souffle. Elle voulut baisser le regard pour s'assurer qu'il s'agissait bien de ce à quoi elle pensait, mais la main de Blink couvrait toujours sa bouche. Elle ne pouvait pas bouger la tête, qui reposait sur l'épaule du SEAL. Tout ce qu'elle pouvait faire, c'était regarder droit devant elle.

Mais elle le sentit à nouveau.

Le pouce de Blink... caressait doucement son bras. Comme s'il essayait de l'apaiser.

Mais c'était impossible, n'est-ce pas ? Remi était complètement désarçonnée.

À présent, Howler roulait encore plus vite. Remi sentait des palpitations à l'endroit où il l'avait frappée – par deux fois – et ignorait où il l'emmenait et ce qu'il comptait lui faire avant de retourner à la base et de se prétendre aussi inquiet que les autres lorsqu'on découvrirait sa disparition.

Et puis merde. Si une chance se présentait, elle la saisirait. Elle ne se laisserait pas faire sans se battre. Au moins, elle mettrait l'ADN de Howler sous ses ongles pour que le labo sache qu'elle s'est battue avec quelqu'un. Si elle le pouvait, elle s'enfuirait, mais avec Blink, elle n'était pas sûre que l'occasion se présente.

Il pouvait aller se faire voir. Ils pouvaient tous les deux aller se faire voir.

— Merci d'avoir géré... *ça*, dit Howler en regardant Blink.

— Tu aurais eu du mal à la maîtriser tout en conduisant, répondit-il impassiblement.

— C'est vrai. Je pense que c'est une bonne chose que tu te sois enfin réveillé, et que tu aies décidé de venir.

— Moi aussi, acquiesça Blink.

Remi avait envie de supplier Howler de la laisser partir, de lui promettre qu'elle quitterait la région de Riverton, et qu'elle ne verrait plus Vincent. Tout ce qui pourrait prolonger sa vie. Mais avec la main de Blink sur sa bouche, elle ne pouvait rien dire, et de toute façon, elle ne pensait pas pouvoir changer les plans de Howler de cette manière.

Mais surtout, elle savait qu'elle ne serait jamais capable d'abandonner Vincent.

Elle avait une boule dans la gorge, et les larmes lui montèrent aux yeux, mais elle les chassa d'un revers de main.

Elle devait rester vigilante, prête à tout. Guetter la moindre chance de s'échapper. Remi n'avait aucune idée de la réaction Blink si elle s'enfuyait, mais elle ne doutait pas que Howler ferait tout son possible pour l'en empêcher.

Les soixante prochaines minutes seraient les plus importantes de sa vie. Soit elle baissait les bras et acceptait le sort que Howler lui réservait, soit elle se battait. Et elle avait beau être une intello introvertie, elle n'était pas prête à mourir.

* * *

— Comment ça, elle n'est pas là ? demanda Kevlar à Caroline, confus.

Elle était censée aller chercher Remi à son appartement et la conduire au Aces, où il devait les retrouver pour le déjeuner.

En tout cas, c'était ce qu'ils avaient prévu. Mais les réunions avaient pris du retard ce matin-là, et il avait dû annuler. Cela le mettait en colère, mais il n'y avait rien à faire. Il semblait qu'ils allaient décoller trente-six heures plus tard, voire moins, et il n'était pas satisfait des derniers renseignements. Il voulait éviter autant que possible d'envoyer son équipe sur le terrain sans avoir un maximum d'éléments concrets.

La cible qu'ils étaient chargés de neutraliser disposait de plusieurs planques en ville, et même s'ils avaient de bonnes informations sur celle où il se cachait probablement, ils avaient besoin de connaître les plans de *chaque* maison. Au cas où. Il y avait des dizaines de choses qui pouvaient mal tourner, et c'était à lui, en tant que chef d'équipe, d'atténuer le plus possible les obstacles.

Il avait envoyé un message à Caroline et à Remi pour les prévenir vingt minutes auparavant... et maintenant qu'il y pensait, Kevlar n'avait pas eu de réponse de Remi ensuite. Ce qui n'était pas courant. Il était tellement occupé à trouver des itinéraires de sortie qu'il ne s'en rendit compte qu'à ce moment précis.

— Elle n'est pas là, lui répéta Caroline. Je suis chez toi et elle ne répond pas. Pourtant, sa voiture est bien là. Peut-être qu'elle s'est fait raccompagner par quelqu'un d'autre ?

Mais Kevlar secouait déjà la tête. Non, elle ne ferait pas ça sans le prévenir. En remontant leur chaîne de SMS, il vit que le message qu'il lui avait adressé était le dernier.

L'esprit de Kevlar passa immédiatement en mode planification. Son équipe faisait une pause bien méritée. Ils étaient partis environ une demi-heure auparavant, et ne devaient pas être de retour avant une heure.

— Tu veux bien aller au Aces et vérifier si elle déjà est là-bas ? demanda calmement Kevlar à Caroline. Je t'en serais reconnaissant.

Si les membres de son équipe avaient été là, ils auraient tout de suite su que quelque chose clochait, car chaque fois que ça tournait mal, là où d'autres s'emballaient et s'excitaient, Kevlar faisait exactement le contraire. Il était *hyper concentré*, presque sans émotion.

— Je suis certaine qu'elle va bien, le rassura Caroline.

— Ouais, acquiesça Kevlar.

Mais au fond de lui, il savait que quelque chose n'allait pas. Il ignorait de quoi il s'agissait, mais Remi n'aurait pas changé de plan sans le lui faire savoir. Il l'avait peut-être rencontrée depuis peu, mais il le savait sans l'ombre d'un doute.

— Kevlar ? l'interpela son commandant lorsqu'il raccrocha. Qu'est-ce qui ne va pas ?

Tout comme son équipe, le commandant pouvait lire ses humeurs.

— Je ne sais pas, admit-il. Remi n'est pas à la maison.

— Et c'est inhabituel ?

— Oui.

— Est-ce que je peux faire quelque chose ?

C'était bien là le problème : Kevlar n'avait aucune idée de la marche à suivre ni de la manière dont on pouvait l'aider, d'ailleurs. Tout ce qu'il savait, c'était que chaque fibre de son être lui hurlait que quelque chose n'allait pas, et que Remi avait des problèmes.

— Vous pouvez appeler les membres de l'équipe et leur demander s'ils peuvent revenir plus tôt de leur pause déjeuner ?

— Bien sûr.

Kevlar prit une profonde inspiration. Tout en lui le poussait à partir à la recherche de Remi pour voir de ses propres yeux qu'elle se portait bien. Mais ce serait une erreur. Sans aucune information, et sans savoir où commencer les recherches, il ne ferait que tourner en rond.

Il ferma les yeux, inspira profondément par le nez une nouvelle fois, puis expira par la bouche. Il ne pouvait pas se permettre de paniquer. Pas maintenant. Il pria pour que Remi ait une bonne raison de s'être volatilisée. Il espérait qu'elle le taquinerait pour sa réaction excessive face à son absence. Il espérait qu'elle s'était simplement mélangé les pinceaux en appelant un Uber pour l'emmener au Aces au lieu d'attendre Caroline. Il espérait qu'elle lèverait les yeux au ciel lorsqu'on découvrirait qu'elle était au bar, saine et sauve.

Mais au fond de lui, il savait qu'elle n'y serait pas. Il s'était passé quelque chose... et son instinct lui disait que cela avait un rapport avec Hawaï.

Il avait été idiot de ne pas prendre sa sécurité plus au sérieux. Si quelqu'un en avait après lui, il était logique qu'il essaie de l'atteindre par l'intermédiaire de Remi. Ce n'était pas comme s'il avait caché à quel point elle comptait pour lui.

Combien il l'aimait.

Cette pensée ne le surprit même pas. Il aimait Remi. Il

l'avait installée dans son appartement sans hésiter, et avait bien l'intention de la convaincre de rester. Il avait hâte de la retrouver à la fin de chaque journée, et ne vivait que pour les SMS mignons qu'elle lui envoyait aléatoirement pendant qu'il travaillait.

L'idée qu'il lui arrive quelque chose à cause de lui était inacceptable. Elle n'avait aucun ennemi au monde. Elle avait des ennuis parce qu'il n'avait pas travaillé assez dur pour savoir qui lui voulait du mal.

La sonnerie du téléphone brisa le silence de la salle de conférence, ramenant Kevlar à la réalité. Il serra les dents. Personne n'allait s'en sortir en ayant fait du mal à sa compagne. Il trouverait Remi, et détruirait tous ceux qui avaient osé essayer de l'éloigner de lui.

16

Le pick-up ralentit, et Remi se prépara à ce qui allait suivre. Howler avait manifestement déjà repéré l'endroit où il se rendait, car il n'hésita pas à prendre une série de routes de plus en plus petites. D'abord l'asphalte, puis le gravier, puis la terre, et ils roulaient maintenant dans l'herbe, sur des pistes à deux voies qui ne pouvaient même pas être qualifiées de route. Il arrêta le véhicule à l'orée d'une immense forêt.

— C'est maintenant que ça commence, déclara-t-il en se retournant.

— Connard, marmonna-t-elle derrière la main de Blink.

L'autre SEAL n'avait pas retiré sa main de sa bouche pendant tout le voyage. C'était agaçant, et elle avait essayé de le mordre plusieurs fois, mais Blink lui avait simplement appuyé sur la bouche jusqu'à ce qu'elle se calme, avant de relâcher sa prise une fois de plus. Il ne l'avait pas blessée. C'était toujours aussi déroutant. Quel était l'intérêt d'être doux avec elle si Howler allait la tuer ?

Blink retira finalement sa main une fois Howler sorti du camion. Il ouvrit la portière et glissa sur le siège pour sortir, tout en tenant Remi comme si elle n'était rien de plus qu'un bambin. Ce qui était plutôt impressionnant, compte tenu de sa taille et de son poids. Mais Blink la manœuvrait apparemment sans aucun effort... ce qui mettait Remi en colère. Ses émotions étaient en dents de scie, et l'adrénaline lui donnait un peu la nausée, mais elle devait rester vigilante. Et prête à tout.

— Allez, dit Howler. Nous n'avons pas beaucoup de temps.

Remi remarqua qu'il avait son téléphone, et elle avait une envie désespérée de mettre la main dessus pour appeler la police, Vincent, Wolf, *n'importe qui*. Bien sûr, elle n'avait aucune idée de l'existence d'un réseau cellulaire ici, mais elle marcherait aussi loin qu'il le faudrait pour pouvoir joindre quelqu'un, si seulement elle pouvait s'échapper.

— Avance, ordonna Blink en saisissant le haut de son bras dans sa main gauche, enroulant son bras droit autour de sa taille et la maintenant contre son flanc.

Remi se débattit, essayant de voir si elle pouvait lui échapper, mais Blink la tenait fermement, et elle ne voyait pas comment elle pourrait le faire lâcher prise. Il était plus fort et plus grand.

Elle essaya de crier, mais Blink lui couvrit rapidement la bouche avec sa main, tout en la forçant à marcher. De toute façon, il n'y avait personne autour d'elle. Il n'y avait que Howler, Blink et elle. Elle n'entendait que le bruit des feuilles agitées par la brise. L'endroit où Howler l'avait emmenée était certainement désert.

C'était insensé, mais à vrai dire, le soutien physique de Blink la soulageait alors qu'ils s'enfonçaient à travers les arbres, car elle avait l'impression que ses jambes ne pouvaient plus la porter. Cette idée lui donna envie de pleurer. Remi avait besoin que ses muscles soient opérationnels si elle voulait s'éloigner de ces connards.

— Laisse-moi partir, Howler. Je promets de disparaître. Je m'éloignerai de Riverton. Je ferai tout ce que tu veux.

Mais le SEAL qui ouvrait la voie vers la destination qu'il avait en tête se contenta de hausser les épaules.

— Désolé, mais ça ne marchera pas. J'ai besoin que Kevlar soit brisé. Il faut qu'il soit incapable d'exercer ses fonctions pour que je puisse prendre sa place, et prouver que je peux diriger notre équipe mieux que lui. Le seul moyen d'y arriver, c'est de le frapper là où ça fait le plus mal.

— Lui et moi, ce... ce n'est pas sérieux.

Son mensonge était dissonant sur ses lèvres, mais Remi aurait littéralement renié toute sa famille si cela lui permettait de se sortir de cette situation.

— Ce n'est pas ce qu'il a dit, l'informa Howler.

Le cœur de Remi faillit s'arrêter de battre tellement c'était douloureux d'entendre ça. Elle n'eut pas besoin de demander ce que Vincent avait pu dire à son sujet, car Howler semblait suffisamment satisfait pour continuer à parler.

— Il ne parle que de toi. Remi a fait ceci, Remi a dit cela... *beurk*. Tu devrais l'entendre parler de ton dessin ridicule. Il fait comme si c'était le truc le plus drôle du monde, alors que c'est juste stupide. Merde, il a même prétendu que tu étais la meilleure chose qui lui soit arrivée. Qu'être bloqué dans l'eau à Hawaï avec toi, c'était plutôt marrant. Amusant ! hurla Howler, se tournant soudain pour leur faire face. Il était censé mourir, bordel ! Et il trouvait ça *amusant !*

Il s'avança à grands pas jusqu'à elle, et Remi put sentir Blink se crisper contre son flanc. Elle n'osait pas bouger. Elle n'osait rien dire. Il était évident que Howler perdait les pédales, et sa joue lui faisait encore mal à l'endroit où il l'avait frappée. Elle ne voulait pas le contrarier davantage.

— Après ton départ, il ne *s'amusera plus*. Il pleurera sur ta tombe et fera tout ce qu'il peut pour découvrir qui t'a tué et pourquoi. Quant à moi, je serai avec *mon* équipe au Tchad, à botter des fesses et attendre les prochaines. Ses plans sont ridicules, trop conservateurs. La seule façon de traiter les terroristes est d'y aller à fond, et rapidement. Toute cette planification, ces contingences et ces journées de douze heures sont tout simplement stupides. Nous devons aller là-bas et faire ce pour quoi nous avons été entraînés : botter des culs. Je montrerai au commandant et à tous les autres comment un *vrai* SEAL dirige une équipe. Ta mort va briser Kevlar, et j'aurai enfin ma chance. Nous verrons à quel point il s'*amuse !*

Remi était consternée. Mais elle fit de son mieux pour que l'horreur ne se lise pas sur son visage. C'est ce que voulait Howler, qu'elle ait peur. Qu'elle le supplie. Mais cela ne servirait à rien ; il n'en serait que plus satisfait.

— Tu te feras prendre, affirma-t-elle au bout d'un moment, avec seulement un petit tremblement dans la voix.

— Non. Mon téléphone est allumé et transmet ma position : chez moi. Je suis rentré pour déjeuner, et le temps que Kevlar tire la sonnette d'alarme à propos de ta disparition, je me précipiterai à la base pour l'aider avec tous les autres. Blink sera mon alibi. Mon pick-up est assez vieux pour ne pas avoir de GPS. Il n'y a pas de péage sur les routes pour venir ici, et j'ai un autre ensemble de vêtements dans mon camion, juste au cas où les choses deviendraient... salissantes.

Remi devait bien admettre qu'il avait l'air d'avoir réfléchi – jusqu'à un certain point. Ses empreintes digitales seraient dans son pick-up. Peut-être même son ADN. De plus, il l'avait appelée, ce qui laisserait aussi une trace.

Howler pensait avoir tout planifié à la perfection... mais il s'était quand même planté.

Il lui vint une idée.

— Mon téléphone, murmura-t-elle.

— Oui, ton téléphone, dit Howler en jetant un regard vers

l'appareil, qu'il tenait toujours. Il est probablement en train de transmettre en ce moment même. Mais les flics auront quand même une grande zone à fouiller. Les pings ne sont pas précis. Le temps qu'ils pensent à le localiser, même si ce foutu Tex intervient pour les aider, nous aurons disparu depuis longtemps, Blink et moi. Et je *veux* que les autorités te retrouvent, Remi. J'ai besoin qu'on te trouve pour que Kevlar s'effondre. Oh, et je détruirai le téléphone avant de partir. Tout ce que la police trouvera, ce sont des morceaux de plastique. Pas de traces de pneus, pas d'empreintes de pas. Juste ton pauvre corps. Tu finiras dans les dossiers d'affaires classées, et personne ne saura jamais qui t'a tuée, ni pourquoi. Ils seront obligés de supposer qu'il s'agit d'un enlèvement aléatoire. Peut-être as-tu simplement ouvert ta porte à quelqu'un qui t'a kidnappée. Mais... le temps passe. Je n'ai plus le temps de rester ici à bavarder avec vous. J'ai une mission à planifier en Afrique. Amène-la, conclut-il en faisant un signe de tête à Blink.

Cette fois, lorsqu'il la poussa en avant, les jambes de Remi refusèrent de fonctionner.

Non, elle n'irait pas plus loin dans cette forêt de la mort. Elle n'allait pas laisser Howler s'en tirer avec ses plans. Il se comportait comme un gamin jaloux, tapant du pied et pleurant parce qu'il voulait être à la tête d'une équipe de SEAL. C'était insensé. Il était *fou*.

Mais son refus d'avancer ne troubla en rien Blink. Il la souleva et s'enfonça dans les arbres à la suite de Howler.

— S'il te plaît, Blink, ne fais pas ça ! bafouilla-t-elle. Tu n'as pas à faire ça ! Tu es un type bien, et un bon SEAL. Ce qui s'est passé n'est pas ta faute. Tu peux encore arrêter ça. S'il te plaît, ne le laisse pas me faire du mal !

Blink ne répondit pas. Ses lèvres étaient pressées l'une contre l'autre, et tandis qu'il la portait, elle remarqua un tic musculaire au niveau de sa mâchoire. Elle se débattit, tenta frénétiquement de se libérer de son emprise, mais il ne fit que la raffermir.

— Arrête, Remi, lui dit-il.

— Non ! Laisse-moi partir ! Blink, c'est de la folie ! Vous ne pouvez pas me tuer ! À l'aide ! Quelqu'un, à l'aide !

À court d'idées, elle s'était mise à crier.

Howler se retourna et avant qu'elle puisse réagir, il lui donna un nouveau coup de poing. Du sang coula de sa lèvre sur son menton, mais elle n'y prêta guère attention. Son poing se recula, et il essaya de la frapper à nouveau, mais cette fois il n'atteignit que son épaule, car Blink s'était retourné.

Remi grogna sous l'effet de la douleur qui lui traversa le bras.

— Je la tiens, souffla Blink avant de replacer sa main sur sa bouche.

Non ! Elle devait pouvoir parler ! Parler pour s'en sortir. Les *supplier !* Mais la main de Blink restait immobile. Elle essaya de tourner la tête, mais son bras l'en empêcha, maintenant sa joue contre son épaule.

— Putain de salope, se plaignit Howler. Amène-toi, et qu'elle se taise. Je suis en retard. Ce n'est plus très loin.

Remi était, en quelque sorte, à califourchon sur la hanche de Blink, qui la portait tout en l'empêchant de parler. Elle enfonça ses ongles dans son bras, essayant de le déloger, sans succès. Elle pria pour qu'un peu de son ADN se retrouve sous ses ongles. Tout ce qui pourrait aider les flics à découvrir qui l'avait kidnappée.

Howler s'arrêta – et si elle était déjà terrifiée avant cela, ce n'était rien comparé à ce qu'elle ressentit en découvrant le trou dans le sol que Howler avait manifestement creusé à l'avance.

Il y avait ce qui ressemblait à une malle au fond du trou, avec un cadenas ouvert suspendu au loquet.

— Non ! hurla-t-elle sous la main de Blink.

— Mets-la dedans, ordonna Howler.

Remi lutta de toutes ses forces contre Blink. S'il l'enfermait dans cette boîte, elle était déjà morte. Elle pouvait au moins se réjouir qu'il n'ait pas simplement sorti une arme pour lui tirer une balle dans la tête, ou qu'il ne l'ait pas poignardée une bonne vingtaine de fois avant de l'enfermer... mais était-ce préférable d'être enterrée vivante ?

C'était presque pathétique de constater à quel point il était facile pour Blink de la maîtriser et de la pousser dans le coffre en métal. Elle essaya de se mettre à genoux, refusant de leur faciliter la tâche, mais Howler s'approcha et ajouta son poids à celui de Blink, exerçant une pression sur ses épaules et la forçant à se recroqueviller dans le coffre. Elle hurlait à pleins poumons et se débattait, faisant de son mieux pour s'échapper. C'était peine perdue.

Le bruit du coffre qui se refermait résonna fortement à l'intérieur de l'espace exigu. Mais ce fut le son du cadenas s'enclenchant qui la glaça de terreur, pétrifiant tous les muscles de son corps.

C'était fini. Elle allait mourir, ici et maintenant.

Elle entendit Howler dire *recouvre-moi ça* avant qu'un bruit sourd fasse tressaillir ses muscles figés. Au deuxième bruit sourd au-dessus du coffre, ses larmes commencèrent à couler.

Elle se faisait enterrer vivante. Par un homme à qui Vincent aurait pu confier sa vie.

Maladroitement, Remi bascula le côté et se roula en boule en sanglotant de manière incontrôlable.

Elle voulait vivre. Elle n'avait pas eu l'occasion de dire à Vincent qu'elle l'aimait ; qu'il était la meilleure chose qui lui soit arrivée. Il était probable qu'il ne saurait jamais que l'un des hommes avec qui il avait vécu l'enfer et en était revenu l'avait tuée.

— Vincent, s'écria-t-elle. Je suis désolée. Je suis tellement désolée. J'ai essayé de me battre... je l'ai fait.

Aucun autre mot ne s'échapperait de ses sanglots alors qu'elle était allongée dans la boîte métallique qui deviendrait son cercueil.

* * *

— J'ai demandé à tout le monde, personne ne l'a vue, annonça Caroline à l'oreille de Kevlar.

Ses épaules s'affaissèrent. Contre toute attente, il avait espéré que Remi serait au Aces, même s'il savait que c'était peu probable.

— Merci d'avoir essayé.

— Qu'est-ce qu'on peut faire pour toi ? demanda Caroline. Wolf pourrait appeler les gars, et moi les filles, pour commencer les recherches. Dis-nous simplement ce dont tu as besoin.

C'était pour cette raison que Kevlar n'avait jamais regretté d'être devenu SEAL. Le soutien indéfectible. Même de la part d'hommes et de femmes qui n'étaient plus en service actif. Cela représentait beaucoup pour lui. Il souhaitait juste avoir quelque chose à leur faire faire. Pour l'instant, il n'avait nulle part où commencer à chercher Remi. C'était comme si elle s'était volatilisée.

— Si tu pouvais appeler Wolf et lui dire que Remi a disparu, j'apprécierais, répondit Kevlar à Caroline. Mais c'est tout pour l'instant. Je vous contacterai si j'ai des informations.

— D'accord. On va la retrouver, Kevlar.

Y arriveraient-ils ? Tout le monde disait cela quand quelqu'un disparaissait. Pour le moment, ces mots sonnaient tellement creux.

— Merci, parvint-il à dire avant de raccrocher.

Il regarda fixement la table, se sentant frustré et perdu. C'était un SEAL. Il devrait *agir*, avoir une idée de l'endroit où commencer à chercher Remi. Il gardait encore une petite lueur d'espoir pour qu'elle soit simplement sortie faire des courses, ou quelque chose comme ça. C'était ce que n'importe quelle personne normale aurait supposé en n'arrivant pas à joindre sa petite amie au bout d'une heure. Mais après ce qui s'était passé à Hawaï, et vu leur relation naissante, il ne la voyait pas se lever et partir sans lui dire où elle allait. D'ailleurs, elle n'avait pratiquement pas quitté son appartement depuis son arrivée. Elle n'arrêtait pas de répéter qu'elle était plus qu'à l'aise en restant chez lui à dessiner. De temps en temps, elle lui envoyait des SMS, et...

Marley !

Kevlar saisit son téléphone. Quel idiot ! Il devait appeler la meilleure amie de Remi. Si elle était partie quelque part, elle l'aurait sûrement dit à Marley.

Trois minutes plus tard, il n'avait réussi qu'à inquiéter une personne de plus, sans rien apprendre sur l'endroit où Remi pouvait se trouver. Marley n'en savait rien, et aux dernières nouvelles, Remi était impatiente de revoir Caroline et de déjeuner avec lui.

Derrière lui, la porte s'ouvrit, et Flash et MacGyver apparurent.

— Que se passe-t-il ?

— Je suis venu ici dès que le commandant m'a dit que Remi avait disparu.

Le simple fait que ses coéquipiers soient là pour le soutenir permit à Kevlar de se sentir beaucoup mieux.

Preacher, Smiley et Safe arrivèrent à leur tour.

Kevlar se tenait debout face aux meilleurs amis qu'il ait jamais eus... mais il n'avait rien à dire. Il n'en avait aucune idée. Son esprit était vide. Il était censé être le chef d'équipe, mais à ce moment même, il était perdu. Frustré, et en colère. Il ignorait complètement ce qu'il devait faire ensuite.

— Où est Howler ? demanda Smiley.

— Il n'a pas répondu quand je l'ai appelé, répondit le commandant. J'ai laissé un message.

— Je suis sûr qu'il sera là dès qu'il le pourra, avança Flash.

— Il est probablement allé chercher une chasseuse de grenouilles pour s'envoyer en l'air pendant le déjeuner, marmonna MacGyver.

Kevlar ne pouvait pas contester son point de vue. Plus leur départ en mission approchait, plus Howler ressentait le besoin de draguer. Il avait essayé d'expliquer à son ami à quel point c'était tordu, mais Howler ne l'avait pas écouté. Il était un peu déçu qu'il ne soit pas là pour l'aider à retrouver Remi, mais comme il n'avait aucune idée de l'endroit où commencer les recherches, il se dit que cela n'avait pas vraiment d'importance.

Safe s'approcha de Kevlar et posa une main sur son épaule, puis le poussa à s'asseoir.

— Commence par le début. Que se passe-t-il, quand as-tu entendu parler de Remi pour la dernière fois ?

Soulagé que son ami prenne les choses en main, car il était incapable de faire plus que paniquer pour le moment, Kevlar prit une profonde inspiration, puis mit son équipe au courant de la situation. Il pria pour qu'ils aient les idées plus claires que lui, et qu'ils trouvent une raison logique expliquant pourquoi Remi ne répondait pas au téléphone, et restait introuvable.

* * *

Blink était hyperconcentré. Il avait besoin d'une fenêtre pour agir. Juste une petite. Il était désavantagé ici. Howler était un connard, et manifestement déséquilibré, mais dans un combat au corps à corps, c'était lui qui l'emporterait. Blink avait laissé sa forme physique se dégrader au cours des dernières semaines. Rester assis à ruminer n'avait pas fait de bien à son corps. Howler, quant à lui, devait s'entraîner tous les jours pour se préparer à la mission au Tchad.

S'ils se battaient dans les bois, Blink perdrait. Et la possibilité de mettre Howler hors d'état de nuire dépendait trop de lui pour que cela se termine comme ça.

Il avait *détesté* voir la terreur dans les yeux de Remi en refermant ce foutu couvercle sur le coffre. Et même s'il avait fait de son mieux pour la protéger des poings de Howler, elle avait quand même reçu quelques coups.

Blink était indigné. Ça l'énervait tellement que Howler utilise sa force contre quelqu'un de plus faible physiquement. Blink avait tiré Remi sur la banquette arrière du pick-up pour la mettre hors de portée des poings de ce type. Elle ne comprenait pas que c'était pour l'aider, bien sûr. Comment aurait-elle pu le comprendre ? Il avait dû suivre le plan insensé de Howler, ne pas laisser transparaître son horreur face à l'insouciance et à la désinvolture avec lesquelles il avait planifié la mort d'une autre personne.

Il avait fait ce qu'il fallait, y compris complimenter cet homme pour ses qualités de chef, et lui promettre de servir sous ses ordres. Il n'était pas question que cela se produise. L'équipe SEAL de Blink était sa famille. Il aurait pu mourir pour eux, tout comme ils étaient morts et s'étaient blessés pour *lui* sauver la vie. Il n'était pas question de salir leur nom et leur réputation pour servir sous les ordres de quelqu'un comme Howler.

Ce type était déséquilibré, jaloux à souhait. Blink avait parfois observé leur équipe au Aces. Il avait vu les regards que Howler lançait souvent à Kevlar. Personne ne pensait qu'il faisait attention à quoi que ce soit quand il passait des heures au bar... mais c'était le cas.

Blink avait *tout vu*. Il avait tout entendu. Il savait comment les gens parlaient de lui. Il était au courant des commérages. Il savait bien que tout le monde pensait qu'il avait perdu la volonté de vivre. Mais il était tout simplement en train de… se recalibrer. Il avait accepté ce qui était arrivé. Il disait juste au revoir à ses amis mentalement.

Il avait également vu que Kevlar ne pouvait quitter Remi des yeux cet après-midi-là dans le bar, et comment elle *le* regardait avec désir quand elle pensait que personne ne la voyait.

Il avait vu à quel point Remi était nerveuse, à quel point elle était mal à l'aise au Aces. Mais elle charmait tout le monde et s'intégrait parfaitement à la famille SEAL de Kevlar. Lorsqu'elle s'était approchée de lui, Blink s'était préparé à un tas de questions indiscrètes ; à un autre témoignage d'indifférence déguisée en bonnes intentions.

Mais au lieu de cela, elle avait fait preuve de bienveillance. Elle ne le connaissait pas, et pourtant elle avait voulu s'assurer qu'il allait bien. Lui exprimer sa gratitude. Elle l'avait presque fait sourire pour la première fois depuis des semaines.

Elle avait réussi à l'atteindre, alors que rien ni personne d'autre ne l'avait fait.

Et comment l'avait-il remerciée ? En lui faisant peur, et en lui faisant croire qu'il était aussi mauvais que Howler.

Elle ne lui pardonnerait jamais. Elle ne pourrait jamais le voir sans se souvenir de la terreur qu'elle avait ressentie lors de son enlèvement. Et il ne pouvait rien y faire.

Mais Blink n'allait pas laisser Howler s'en tirer avec son plan diabolique et révoltant.

Il ne doutait pas que le commandant ne nommerait jamais Howler chef d'équipe, quel que soit l'effet de ce coup monté sur Kevlar. Même s'il n'y avait pas d'autre équipe SEAL disponible pour se rendre au Tchad, le commandant n'enverrait pas l'équipe de Kevlar sans lui. Howler se faisait des illusions. Il n'allait pas devenir le chef. Jamais. Il n'avait ni l'état d'esprit ni les compétences nécessaires pour cela. Il n'avait que sa propre vanité, qui le poussait à croire qu'il pouvait faire le travail avec succès.

— *Merde*, plus vite, Blink ! ordonna Howler. Je dois retourner à la base ! Nous devons recouvrir ce coffre pour qu'elle suffoque avant que quelqu'un la trouve.

Blink fut encore plus horrifié en entendant ses paroles. Jetant un regard par-dessus son épaule, il remarqua que Howler se tenait derrière lui, suffisamment près pour se rendre compte des avancées. Il se contentait de regarder Blink faire le travail physique et remplir le trou avec de la terre. Une autre preuve que cet homme ne pourrait jamais être chef. Un vrai chef ne se contenterait pas de regarder les autres faire le travail, il serait là pour les aider.

À présent, Remi frappait sur le coffre. Blink grimaça, imaginant les dégâts qu'elle infligeait à ses poings en essayant en vain de sortir de cette boîte.

C'était maintenant ou jamais.

Resserrant ses mains sur la pelle, Blink prit une profonde inspiration et passa à l'action.

Il balança la pelle comme une batte de baseball, de toutes ses forces.

Il prit Howler par surprise et le frappa directement au visage. Blink sentit les os de l'homme se fissurer lorsque la pelle métallique atteignit sa cible.

Howler poussa un cri de douleur et tomba sur le dos d'un coup sec.

— Espèce de connard ! hurla-t-il, la rage envahissant les traits de son visage tandis qu'il portait la main à son nez. Tu faisais un pion parfait...

Sans hésiter, Blink se rua sur Howler en un éclair. Il se mit à cheval sur lui et passa à l'attaque.

Sans relâche, il frappa le SEAL au visage, laissant toute la peine et la rage qu'il ressentait depuis des semaines se déverser dans ses poings. Il frappait si vite et si fort que son adversaire n'avait aucune chance de riposter. Il continua jusqu'à ce que ses articulations soient couvertes de sang... et que Howler ne bouge plus.

Haletant, Blink se mit à genoux, les sens aiguisés, prêt à faire tout ce qu'il fallait pour s'assurer que Howler soit incapable de se relever, et qu'il ne puisse pas s'en sortir avec son satané plan insensé pour tuer Remi. Il croyait qu'il avait eu un coup de chance en voyant Howler s'arrêter devant la résidence par sa fenêtre. Maintenant que Howler l'avait qualifié de pion, il savait qu'il avait eu raison... mais ce n'était pas un coup de chance pour *Blink*. C'était un coup de chance pour *Howler*.

Il avait été piégé. Howler avait manifestement entendu parler de sa soi-disant paranoïa, et de la rumeur ridicule selon laquelle il passait son temps aux fenêtres de son appartement à surveiller ses voisins. De toute évidence, il avait espéré s'en servir à son avantage, en laissant Blink porter le chapeau de la mort de Remi. Il était tombé directement dans le piège de ce connard.

Même en sachant cela, Blink était tellement heureux de ne pas avoir hésité à monter dans ce pick-up, et de s'être mis en travers du plan de Howler.

Remi le détesterait, et Kevlar serait à jamais furieux de ne pas avoir fait plus pour éviter que les choses en arrivent là. Mais Blink avait fait ce qu'il pouvait dans cette situation.

Il inspira profondément, puis regarda Howler... et se figea.

Merde.

L'homme ne bougeait plus. Pas du tout. Il ne gémissait pas, n'essayait pas de se relever. Il gisait dans l'herbe, flasque et ensanglanté.

Blink tendit lentement une main tremblante et posa ses doigts sur le cou de Howler.

Rien. Pas de pouls.

Tombant sur les fesses et s'éloignant du corps, Blink avala difficilement sa salive. Il ne regrettait pas de l'avoir tué, mais il savait que cela poserait des problèmes. On l'accuserait de tout : enlèvement, tentative de meurtre. Remi raconterait tout ce qu'il avait dit et fait, et il serait jugé aussi coupable que l'enfoiré qui gisait sur le sol.

Il s'en moquait. Il accepterait les répercussions de ce qui s'était passé ici aujourd'hui. Car Remi serait en vie. C'était tout ce qui comptait.

En repensant à Remi, Blink se rendit compte qu'il ne l'entendait plus frapper sur le coffre. Est-ce qu'elle allait bien ? Il n'avait pas mis plus de quelques pelletées de terre sur le dessus de la boîte. Mais il ignorait complètement si Howler avait fait en sorte de rendre le coffre imperméable à l'eau ou à l'air. Était-elle déjà en train de suffoquer ?

Blink rampa jusqu'à Howler et fouilla frénétiquement dans la poche avant de son jean. Il devait avoir la clé sur lui. Il *devait* l'avoir. Mais il ne trouva rien.

Ce connard avait la clé du cadenas quelque part, mais Blink n'avait pas le temps de la chercher. Il ne pouvait pas retourner au pick-up, encore moins jusqu'à l'appartement de Howler.

Il devait faire sauter ce verrou. Immédiatement.

En regardant autour de lui, Blink aperçut la pelle qu'il avait utilisée pour frapper le visage du SEAL. Il se leva et la saisit, se précipitant vers le trou. De toutes ses forces, il abattit la pelle sur le cadenas. Elle fit un bruit sourd en heurtant le côté du coffre, qui ne s'ouvrit pas.

— Allez, merde, brise-toi ! murmura Blink en frappant à nouveau.

Puis il frappa encore. Il était aveuglé par le désespoir et la colère. Il devait faire sauter ce verrou et sortir Remi de cette boîte. Il ne s'arrêterait pas tant qu'elle ne serait pas libre.

Ses mains glissaient sur le manche à cause du sang de Howler, mais Blink refusait d'abandonner. Les échardes du manche en bois s'enfonçaient dans sa peau, mais il ne les sentait même pas. Il était pleinement concentré sur le fait de briser ce cadenas. Il n'avait pas pu sauver ses coéquipiers, et les avait vus se faire abattre par l'ennemi. Il était hors de question que quelqu'un d'autre meure sous ses yeux.

17

———

Remi avait finalement cessé de taper sur le couvercle du coffre. Cela ne servait à rien, et de toute façon, l'angle n'était pas facile. Même couchée sur le côté, les genoux ramenés sur la poitrine, elle tenait à peine et ne pouvait mettre aucune force dans les coups. Si elle avait été aussi petite que Marley, elle se serait peut-être sentie moins claustrophobe. Mais avec son mètre soixante-treize et ses rondeurs, elle se sentait très à l'étroit.

Elle se dit un instant que si elle avait été plus grande, elle n'aurait peut-être pas pu entrer dans cette foutue boîte. Qu'aurait fait Howler s'il n'avait pas réussi à la verrouiller ?

Elle laissa échapper un ricanement, qui se transforma en autre sanglot. Mais elle s'efforça de le contenir. Elle avait déjà eu sa crise de larmes. Elle ne voulait pas passer ses derniers instants sur terre à brailler.

Elle retint son souffle, essayant d'écouter ce qui se passait à l'extérieur de sa prison, mais elle ne put rien entendre. Après quelques bruits sourds provoqués par ce qu'elle supposait être de la terre jetée sur le coffre, tout s'était arrêté. Étaient-ils

286

partis ? Ne l'avaient-ils enterrée qu'à moitié pour qu'elle soit plus facile à retrouver ?

Combien de temps le corps humain pouvait-il tenir sans eau ? Trois jours, de ce qu'elle en savait. Elle pourrait y arriver. Mais le problème le plus urgent serait l'oxygène. Dès que le coffre serait recouvert de terre, l'air lui manquerait rapidement. Il était peu probable que Vincent et ses amis la retrouvent avant qu'elle suffoque. Même en demandant à leur génie de l'informatique de localiser son téléphone. Howler s'attendait justement à ce que la police fasse cela, pour qu'ils la trouvent avant que l'équipe soit censée partir en mission.

Stupide Howler ! Quel connard. Enfoiré. Foutu taré !

Elle avait envie de sortir de cette boîte pour avertir Vincent que son coéquipier était un déséquilibré ; pour pouvoir porter plainte, l'affronter dans une salle d'audience, et dire à tout le monde qu'il avait essayé de la tuer.

Soudain, un gros bruit juste à côté de sa tête lui fit tellement peur qu'elle sursauta et cogna sa joue meurtrie contre le haut du coffre.

— Merde ! cria-t-elle avant que le bruit revienne.

Et encore.

On aurait dit que quelqu'un frappait le coffre aussi fort qu'il le pouvait. Elle ne savait pas pourquoi. Peut-être que finalement, Howler n'était pas à l'aise à l'idée de la laisser en vie là-dedans… Peut-être essayait-il d'ouvrir pour la tuer avant de l'enterrer à nouveau, au cas où.

Qu'importe ce qui se passait, cela ne pouvait pas être bon. Elle avait beau vouloir sortir de ce petit cercueil, elle n'avait aucune envie de se retrouver à nouveau face à Howler. Ni face à Blink. Rien de bon ne pouvait résulter de l'ouverture du couvercle si tôt après qu'on l'avait forcée à entrer.

Le martèlement continua un moment, puis s'arrêta brusquement. Elle entendit des bruits de raclement de métal, puis le couvercle s'ouvrit d'un coup sec.

Se mettant à genoux, Remi cligna des yeux à la lumière du jour après avoir passé ce qui lui semblait être des heures dans l'obscurité, alors que ce n'était que quelques minutes. Elle essaya de se concentrer, eut envie de s'enfuir en courant, mais elle avait besoin de savoir ce qui l'attendait avant d'essayer de se frayer un chemin hors du coffre.

Dans un premier temps, son cerveau refusa de comprendre ce qu'elle voyait.

Howler gisait à une dizaine de mètres de là, sur le dos, immobile. Son visage était couvert de sang. Il y en avait tellement que dans n'importe quelle autre circonstance, cette vision l'aurait rendue malade. Mais elle devait être en état de choc, car le sang ne lui faisait aucun effet, son cerveau relevant simplement que l'homme ne se relèverait sans doute pas de sitôt pour lui faire du mal.

Puis elle se concentra sur Blink. Il s'éloignait lentement d'elle, le regard perdu. Il y avait une pelle sur le sol près du trou, et le cadenas brisé gisait dans la terre à côté du coffre.

Son regard oscilla entre le cadenas, la pelle et Blink.

C'était lui qui l'avait brisé. Il avait ouvert le couvercle. Il avait clairement tabassé Howler. Alors qu'elle était assise là, en train de rassembler les pièces du puzzle, Blink trébucha sur une bûche ou autre chose, puis tomba sur les fesses. Mais il n'essaya même pas de se relever.

Ils étaient tous les deux figés sur place, s'observant l'un l'autre avec des yeux écarquillés.

Puis Blink lui dit dans un râle :

— Cours, Remi. Il a laissé les clés dans le pick-up. Retourne en ville. Appelle les flics.

Elle aurait dû faire exactement ce qu'il lui disait, mais pour une raison ou une autre, elle n'y parvint pas. Au lieu de cela, elle sortit du coffre à quatre pattes et commença à ramper vers Blink.

Tout ce qui s'était passé tourbillonnait dans son cerveau comme un mauvais film de série B. Howler arrivant à l'appartement de Vincent. L'intervention de Blink, et l'air furieux de Howler lorsqu'il était monté dans le camion. Blink la tenant fermement, mais pas assez pour la blesser. Son demi-tour lorsque Howler avait essayé de la frapper à nouveau au visage.

Elle était probablement en train de perdre la tête, de subir une sorte de rupture mentale, comme lorsque les gens commençaient à avoir confiance en leurs kidnappeurs – mais dans un éclair de lucidité, elle sut que Blink l'avait sauvée. Il *essayait* de la sauver depuis le début.

Il avait blessé – tué ? – Howler, et avait brisé le cadenas pour la libérer.

Il semblait avoir peur... *d'elle*. Il avait l'air dévasté.

Remi tremblait tellement qu'il lui était difficile de continuer à se mouvoir, mais elle ne pouvait s'empêcher de ramper vers Blink.

Il secoua la tête.

— Vas-y, Remi. Sors d'ici !

Mais elle l'ignora.

Lorsqu'elle fut suffisamment proche, Remi se jeta sur lui. Elle avait besoin d'un contact humain. Elle avait failli *mourir*. Elle avait été enterrée vivante ! Elle avait besoin de s'ancrer à un autre être humain, de savoir avec certitude qu'elle ne rêvait pas, que Blink l'avait bien sauvée. Certes, il avait dit et fait des choses effrayantes, mais il était tout aussi impuissant qu'elle.

C'était son ange gardien.

Laissant échapper un doux grognement, Blink la prit dans ses bras, parvenant à se maintenir droit tandis qu'elle s'accrochait à lui comme un bébé singe à sa mère.

Elle enfouit son visage dans le creux de son épaule et se mit à trembler violemment.

— Merci, Blink ! murmura-t-elle. Merci.

Ses bras se resserrèrent autour d'elle, mais il garda le silence.

Ils restèrent assis ensemble sur le sol pendant un long moment sans rien dire, avant que Blink déclare finalement :

— Tu devrais être en colère contre moi.

— Ce n'est pas le cas.

— J'ai laissé les choses aller trop loin. Je suis désolé. Je suis tellement désolé.

— Tu as fait ce que tu avais à faire, et tu l'as arrêté quand tu en as eu l'occasion.

— J'aurais pu faire plus.

Remi prit une grande inspiration et se recula. Elle aurait dû être gênée d'être à califourchon sur les genoux de cet homme. Après tout, c'était pratiquement un inconnu. Mais ils venaient de traverser l'enfer ensemble, et elle avait besoin de lui à ce moment précis. Elle avait besoin de sa chaleur, de sa force, de sa protection.

— Je suis vivante, et pas dans cette boîte recouverte de terre. C'est *plus* que suffisant.

Ses paroles semblèrent l'affecter grandement, car il ferma les yeux et frissonna sous son étreinte. Pour la première fois, Remi réalisa qu'il avait probablement besoin d'un contact humain autant qu'elle, voire plus.

— Je croyais que tu t'enfuirais en hurlant, lui avoua-t-il.

— J'y ai pensé, admit Remi. Mais en y réfléchissant à deux fois, j'ai réalisé qu'en réalité, tu m'avais protégée pendant tout ce temps.

Il la dévisagea un instant avant de lui dire :

— Il faut appeler Kevlar.

— Mon téléphone ! s'exclama Remi. Où est-il ? Je n'arrive pas à croire que j'ai oublié que Howler l'avait.

— Reste ici, lui ordonna Blink de sa voix grave et rauque caractéristique.

Mais cette fois, elle ne faisait pas peur à Remi.

Comme s'il devinait qu'elle n'avait pas l'intention de rester assise comme une gentille petite fille, il ajouta :

— S'il te plaît. Je ne veux pas que tu t'approches de lui.

— Est-ce qu'il est... mort ? demanda-t-elle en bégayant.

— Oui.

Remi avala sa salive – péniblement. La présence d'un cadavre à moins de trois mètres d'elle aurait dû la secouer davantage. Mais à vrai dire, elle se sentait soulagée avant tout. Elle adressa à Blink un signe de tête solennel.

Il la fixa du regard encore un moment, comme pour s'assurer qu'elle ne bougerait pas, puis il la fit doucement descendre de ses genoux pour se lever et s'approcher du corps de Howler. Il le retourna pour fouiller sa poche arrière. Lorsqu'il se redressa, le téléphone de Remi était dans sa main.

Blink revint vers l'endroit où elle était toujours assise et lui tendit la main.

Remi trembla en saisissant le téléphone et en le déverrouillant. Puis elle leva les yeux vers Blink, frustrée.

— Pas de réseau.

— Retournons jusqu'au pick-up. Nous aurons peut-être plus de chance là-bas.

Remi acquiesça d'un signe de tête, lui tendant la main pour qu'il l'aide à se lever. Elle n'était pas sûre de pouvoir y arriver seule. La décharge d'adrénaline qu'elle avait eue au moment où le coffre s'était ouvert s'estompait, et elle se sentait toujours aussi tremblante.

Blink regarda fixement sa main un long moment, puis la serra dans la sienne. Une fois debout, Remi s'appuya contre lui et passa son bras autour de ses épaules pour se stabiliser. Hormis le fait qu'il n'avait pas la main sur sa bouche, leur marche vers le pick-up ressemblait beaucoup à celle qu'ils avaient faite il n'y avait pas si longtemps.

Mais tout avait changé. Remi se sentait différente. Elle l'avait échappé belle, et grâce à l'homme qui était à ses côtés, elle était en vie pour profiter de la seconde chance qu'elle avait tant souhaitée.

Lorsqu'ils atteignirent le pick-up, Blink ouvrit la portière arrière et aida Remi à s'asseoir, les jambes sur le côté du véhicule.

— La chance est de notre côté ? s'enquit-il.

En regardant le téléphone, Remi sourit.

— Une barre.

— Il faudra s'en contenter.

— On rentre en ville ? lui demanda-t-elle.

Blink soupira.

— Ce n'est probablement pas une bonne idée, pas avec... tu sais, répondit-il en regardant les arbres derrière lui. Mais avant toute chose, tu dois contacter Kevlar.

— Il se peut qu'il ne sache même pas qu'il s'est passé quelque chose, supposa Remi.

— Oh, il le sait, lui assura Blink. Il a probablement senti un changement dans le continuum espace-temps dès la première fois que Howler t'a frappée.

Remi regarda fixement l'homme qui se trouvait devant elle. Elle n'arrivait pas à savoir s'il plaisantait ou non.

— Appelle-le, Remi, insista-t-il.

Hochant la tête, elle tapota sur le nom de Vincent et porta le téléphone à son oreille.

* * *

Kevlar faisait les cent pas dans le hall du commissariat. Lorsque son téléphone avait sonné une heure plus tôt et qu'il avait vu le nom de Remi s'afficher sur son écran, il avait failli faire une crise cardiaque.

Mais ce n'était *rien* comparé à ce qu'il avait ressenti lorsqu'elle lui avait raconté l'essentiel de ce qui s'était passé, et où elle se trouvait.

Tout ce qu'il voulait, c'était sauter dans sa voiture et foncer dans les collines pour la retrouver, et s'assurer par lui-même qu'elle allait bien. Mais son commandant et son équipe l'avaient convaincu qu'il serait plus rapide d'aller directement au poste de police. C'était là que les policiers l'emmèneraient pour recueillir sa déposition.

Et maintenant, il était là, impatient de poser ses mains sur elle et de voir de ses propres yeux qu'elle allait bien.

Apprendre que c'était Howler, son propre coéquipier, son ami, qui l'avait enlevée... et qui avait essayé de la *tuer*... avait emmené Kevlar à son point de rupture, ainsi que le reste de son équipe. Comment Howler avait-il pu faire ça ? Qu'est-ce qui lui était passé par la tête, merde ?

Il voulait des réponses, et il n'avait que des questions.

Mais à vrai dire, tout ce dont il avait besoin en ce moment, c'était de Remi. Il pourrait obtenir des réponses après s'être assuré qu'elle allait bien.

— Doucement, mec, elle sera bientôt là, lui dit Safe.

Kevlar acquiesça, mais il avait à peine entendu son ami.

Toute son équipe était à ses côtés, et même si ça lui faisait plaisir, il avait l'impression qu'il allait exploser s'il ne voyait pas Remi dans les prochaines secondes.

— Vincent Hill ? appela une policière après avoir franchi une porte qui menait au cœur du commissariat.

— Oui, c'est moi.

— Si vous voulez bien me suivre.

— Vas-y, lui dit Smiley. On t'attend là.

— On ne devrait pas appeler ses parents ? demanda Preacher.

— Oh, merde, et Marley ? ajouta Flash.

— Je suis sûr qu'elle les appellera rapidement, si ce n'est pas déjà fait, dit calmement MacGyver. Allez, Kevlar. Va la rejoindre.

Il n'avait pas besoin qu'on le lui répète deux fois. Kevlar suivit l'officier à travers un long couloir. Elle le conduisit jusqu'à une porte qu'elle ouvrit. En regardant à l'intérieur, Kevlar secoua la tête.

— Non. Où est Remi ? Il faut que je la voie.

— Elle va bien.

— Ce n'est pas ce que j'ai demandé, grommela Kevlar, refusant de mettre un pied dans la petite pièce. S'il vous plaît, supplia-t-il. J'ai besoin de la voir, et de m'en assurer par moi-même.

La femme sourit légèrement, puis reprit son sérieux.

— Vous avez l'air aussi têtu qu'elle.

— Qu'est-ce que vous voulez dire ?

— Elle a refusé de quitter les lieux si elle n'était pas dans la même voiture que Nate Davis.

— Qui ça ? s'enquit Kevlar.

L'officier sembla confuse à son tour.

— Nate Davis. L'homme avec qui elle était.

Kevlar se rendit compte qu'elle parlait de Blink. Il n'était pas sûr d'avoir déjà entendu son vrai nom. Remi lui avait brièvement précisé que Blink lui avait sauvé la vie. Il ne connaissait pas les détails. Tout ce qu'il savait, c'était que Remi avait été enlevée par Howler, et que Blink l'avait sauvée d'une manière ou d'une autre. Mais il se fichait de la manière. Il lui était *entièrement* redevable.

— Oh, oui, Nate. S'il vous plaît, où est Remi ?

— Elle arrive, lui répondit l'officier. Elle sera là dans un instant, avec les autres. Vous pouvez attendre dans cette pièce, nous vous l'amènerons.

Mais Kevlar n'avait aucune envie d'entrer dans cette pièce. Il voulait attendre sur le parking pour la voir le plus tôt possible.

À l'autre bout du couloir, un bruit attira leur attention. En levant les yeux, Kevlar assista au plus beau spectacle qu'il ait jamais vu.

Remi. Elle était debout, sur ses deux pieds – Dieu merci – avec l'une de ces couvertures chauffantes argentées sur les épaules, et le bras de Blink autour de sa taille.

Kevlar s'élança sans même y réfléchir. Il était à mi-chemin du couloir lorsque Remi l'aperçut. Elle se débarrassa de la couverture et se mit à courir. À vrai dire, elle trottinait plutôt en chancelant. Elle avait à peine fait quatre pas avant qu'il la rejoigne.

Il passa délicatement ses bras autour d'elle et l'attira contre lui. Kevlar se rendit compte qu'il tremblait comme une feuille. Même sans être au courant des détails, il savait qu'il avait failli la perdre.

— Vincent, murmura-t-elle dans le creux de son cou en s'accrochant à lui.

— Je suis là, tout va bien, murmura-t-il en retour.

Rapidement, il se recula, son regard la balayant de la tête aux pieds. Il remarqua des bleus sur son visage et ses bras, sa lèvre fendue, de la terre sur ses genoux, ses jambes et ses mains. Tout dans son apparence lui donnait envie de retrouver Howler et de le tuer une deuxième fois. Mais il était aussi très heureux qu'elle soit là. Dans ses bras. Vivante.

— Je t'aime ! lui lança-t-il, sans se soucier du fait que le couloir d'un commissariat n'était probablement pas le meilleur endroit pour lui faire part de ses sentiments.

Mais d'un autre côté, c'était parfait.

— Je t'aime tellement, renchérit-il. Je suis vraiment désolé de ne pas avoir été là ! De ne pas t'avoir protégée.

— Je t'aime aussi, répondit-elle avec un sourire larmoyant. Et ne t'inquiète pas... Blink était là.

Elle tourna la tête pour regarder l'homme qui se tenait derrière elle.

Se redressant, Kevlar regarda fixement le SEAL, le découvrant sous un jour entièrement nouveau. Blink ne souriait pas. Il avait plutôt l'air sinistre, en fait. Ses yeux étaient emplis de douleur et de regrets... mais Remi lui tendit la main.

Il la saisit sans hésiter, puis Remi l'entraîna vers elle.

— Je sais que nous avons beaucoup de choses à nous dire, mais il faut que tu saches. Blink m'a sauvée. Sans lui, je...

Sa voix se brisa, et elle se racla la gorge avant de reprendre :

— Je ne serais pas là en ce moment.

Kevlar sentit sa gorge se serrer. Il était incapable de parler. L'ampleur de ce qu'il devait à cet homme était écrasante. Il ne pourrait jamais lui rendre la pareille. Jamais. Il tendit la main, attrapa l'épaule de Blink et la serra. Très fort.

Blink ne dit rien, mais Kevlar put voir une salve d'émotions sur son visage : incrédulité, inquiétude, soulagement, peur.

— Demande-moi tout ce que tu veux, lui dit Kevlar. Tu l'auras. Il est probablement trop tôt, mais si tu veux réintégrer une équipe, je t'accueillerai dans la mienne à bras ouverts. Quiconque se donne autant de mal que toi pour protéger une vie innocente est quelqu'un que je veux à mes côtés. Je parlerai à qui de droit pour que ça arrive. Je te remercie, Blink. Merci.

— Je n'ai rien fait de plus que ce que n'importe qui aurait...

— Si, l'interrompit Remi.

Les deux hommes la regardèrent et virent des larmes couler sur ses joues.

— Remi ? s'inquiéta Kevlar.

— Je vais bien, le rassura-t-elle avec un petit sourire. Je suis juste heureuse d'être en vie.

Laissant tomber sa main de l'épaule de Blink, Kevlar attira Remi dans ses bras une fois de plus. Il n'était pas sûr de pouvoir la lâcher avant longtemps.

— Excusez-moi, intervint l'un des officiers qui avaient escorté Remi et Blink dans le commissariat. Nous devons enregistrer des déclarations officielles.

— Je ne la quitterai pas d'une semelle, prévint Kevlar.

— Vous n'êtes pas obligé de le faire. Mme Stephenson, si vous voulez bien entrer dans cette pièce à votre droite. M. Davis, nous vous écouterons dans cette autre...

— Attendez ! Pourquoi vous nous séparez ? Vous n'allez pas l'arrêter, n'est-ce pas ? Parce qu'il n'a rien fait de mal ! Il m'a sauvée ! D'accord, il a tué Howler, mais c'était justifié ! Il m'avait enfermé dans une boîte et essayait de m'enterrer vivante !

Tout le corps de Kevlar se crispa. *Qu'est-ce que c'est que ce bordel ?*

L'officier ne sembla pas du tout surpris par les propos de Remi.

— Nous avons juste besoin de votre déclaration, madame.

Mais Remi était trop paniquée pour écouter. Elle se tourna vers Kevlar, agrippant son t-shirt.

— Est-ce qu'on a besoin d'avocats ? On devrait appeler le NCIS de la marine, quelque chose comme ça ?

— Nous avons déjà pris contact avec eux, déclara un autre officier. Ils sont en route. Et il ne s'agit pas d'un interrogatoire, Mme Stephenson. Nous avons juste besoin de connaître vos deux versions des évènements.

Remi ne semblait pas moins inquiète, mais elle finit par hocher la tête et se tourna vers Blink.

— Ne t'inquiète pas. Je vais m'en occuper. Quand ils auront

fini d'entendre mon histoire, ils te donneront une foutue médaille.

Les lèvres de Blink tressaillirent, mais il maîtrisa sa réaction presque immédiatement.

— N'oublie rien, Remi. Dis-leur *tout.*

— Bien sûr, acquiesça-t-elle. Pourquoi je ne le ferais pas ?

Elle s'éloigna de Kevlar et serra Blink dans ses bras. Très fort. Elle leva les yeux vers lui et posa une main sur sa joue.

— Merci d'avoir été observateur. Merci de m'avoir regardée par la fenêtre comme une bête de foire.

Elle lui sourit, lui faisant comprendre qu'elle plaisantait.

— Je suis désolée pour tout ce que tu as vécu, poursuivit-elle. Mais j'ai la conviction que les choses arrivent pour une raison. Ma rupture avec l'Affreux, mon départ pour Hawaï, ma rencontre avec Vincent, le fait que tu sois assis dans ce bar jour après jour, à observer et écouter, et le fait que tu sois là quand Howler est venu me chercher. Merci.

Blink lutta visiblement pour contrôler ses émotions, mais finit par hocher la tête.

Remi recula, et Kevlar passa son bras autour de sa taille, l'attirant contre lui.

— Je suis prête, déclara-t-elle en faisant un signe de tête à l'un des officiers.

* * *

Deux heures plus tard, Kevlar ne savait pas s'il voulait emmener Remi chez lui pour ne plus jamais la quitter, ou traquer le corps de Howler et le profaner.

Il lui avait fallu toute la maîtrise qu'il avait cultivée au fil des années pour s'asseoir dans cette petite salle d'interrogatoire et écouter Remi expliquer tout ce qui s'était passé.

Il était outré que Howler ait prétendu qu'il était blessé,

jouant sur les émotions de Remi pour l'amener à le suivre de son plein gré. Mais ce n'était rien comparé à ce qu'il ressentait lorsque Remi parlait calmement de Howler la frappant au visage, et la poussant dans un coffre pour l'y enfermer.

Il tremblait lorsqu'elle décrivait le bruit de la terre atterrissant sur le coffre, la poussant à frapper sur le couvercle pour essayer de sortir, même si c'était futile.

Tout au long de sa déclaration, il lui tenait la main. Il la serrait pour la soutenir lorsqu'elle faiblissait, et passait son bras autour d'elle lorsqu'elle frissonnait. Il n'avait jamais été aussi fier de quelqu'un.

Plus encore, il se rendit compte de la dette qu'il avait envers Blink. Il avait envie d'entendre sa version de l'histoire, de savoir comment il avait compris que Howler préparait un sale coup, et ce qui s'était passé une fois Remi enfermée dans cette boîte. Mais il était indéniable qu'indépendamment de la manière dont Blink s'était impliqué, Remi devait sa vie à cet homme.

Les officiers lui demandèrent de répéter plusieurs fois les différentes parties de l'histoire, probablement pour vérifier si les détails avaient changé. Il ne doutait pas qu'ils comparaient sa déclaration à celle de Blink dans la pièce voisine.

— Il a dit qu'il voulait être le chef d'une équipe SEAL ? demanda l'inspecteur pour la deuxième fois.

— Oui. Il était jaloux de Vincent. Il disait que si je mourrais...

Elle frissonna sous la main de Kevlar, qui eut envie de tuer cet imbécile psychopathe de Howler une fois de plus.

— Vincent ne pourrait jamais s'en remettre, reprit-elle. Et qu'il prendrait la tête de l'équipe pour leur prochaine mission dans quelques jours. Il a dit que Vincent serait trop dévasté par le chagrin. Il voulait que la police et l'équipe me retrouvent, c'est pourquoi il a laissé mon téléphone allumé.

— Et il a demandé à M. Davis d'apporter leurs deux téléphones chez lui, afin d'avoir un alibi ?

— Oui, répondit Remi, légèrement agacée. Je vous l'ai déjà dit. Je suis sûre que vous les retrouverez dans son appartement. Oh, et vous pouvez aussi vérifier le mien. Vous verrez qu'il m'a appelée ce matin. Mes empreintes digitales sont aussi dans le pick-up.

— Parlez-moi davantage de M. Davis, qui vous a prise en otage dans le véhicule, et vous a transportée jusqu'au trou que M. Starrett avait creusé dans les bois.

Kevlar n'était pas ravi d'entendre cette partie de l'histoire. Il était presque en colère contre Blink lorsqu'elle avait décrit sa manière de garder sa main sur sa bouche, et d'aider Howler à la kidnapper. Mais Remi l'avait défendu corps et âme, si fermement qu'il avait pu y voir un peu plus clair lorsqu'elle avait décrit les choses une seconde fois.

— Encore ? déplora Remi en soupirant. C'est vrai, *d'accord*. Blink m'a tirée du siège avant et m'a fait passer à l'arrière avec lui. Oui, il m'a serrée contre lui pour que je ne puisse pas bouger ni essayer d'ouvrir la porte et de sauter. Et oui, il avait sa main sur ma bouche. Mais c'était pour me protéger de *Howler*. Il m'a mise hors de portée de ses coups après que ce crétin m'a frappée deux fois au visage, et il m'a fait taire pour que je ne le contrarie pas davantage. Croyez-moi, s'il n'y avait eu que Howler et moi, il m'aurait battue jusqu'à ce que je perde connaissance pour me faire obéir, sans aucun doute. Blink ne m'a fait aucun mal, insista-t-elle. Même en me portant. Je ne le savais pas sur le moment, mais maintenant je me rends compte qu'il s'est interposé entre Howler et moi, au sens propre comme au figuré. Il l'empêchait de me faire du mal du mieux qu'il pouvait. Dans les bois, il s'est même retourné quand Howler a essayé de me frapper à nouveau, pour qu'il rate mon visage.

Le détective prit de nouvelles notes sur le carnet posé devant lui.

Remi soupira à nouveau.

— C'est bon maintenant ? Je vous ai dit plusieurs fois ce qui s'était passé. Je veux rentrer chez moi.

Elle gémit presque en prononçant ces cinq derniers mots. Kevlar réalisa à quel point elle était épuisée. Il s'apprêtait à insister pour que l'inspecteur la laisse partir, même s'il devait obliger Remi à faire valoir ses droits au cinquième amendement, lorsque l'homme referma son carnet et hocha la tête.

— Oui, je pense que nous avons assez d'éléments.

— Et Blink ? insista-t-elle. C'est terminé pour lui aussi ?

Kevlar était aussi fier d'elle qu'il le pouvait. Même après tout ce qu'elle avait vécu, elle s'inquiétait encore pour cet homme.

— Parce que je ne partirai pas tant que ce ne sera pas le cas, ajouta Remi avec fermeté.

— Je vais vérifier auprès de mon collègue qui l'interroge, lui répondit l'officier.

— Allez-y, je vous attends ici, dit-elle en croisant les bras.

Le détective sourit.

— Je peux vous offrir quelque chose ? Un autre verre d'eau ? Un en-cas ? Nous avons un distributeur au bout du couloir.

— Non. Mais je vous remercie.

Kevlar avait envie de rire. Sa Remi, si polie et si gentille, s'inquiétait pour les autres, même épuisée et probablement blessée.

L'officier les salua d'un signe de tête et quitta la pièce. Dès qu'il fut parti, Kevlar tira Remi par la main.

— Viens par-là, lui dit-il.

— Quoi ? Où ça ? demanda-t-elle en se levant sous son impulsion.

Kevlar la saisit par les hanches et l'attira sur ses genoux. Elle s'assit et s'appuya sur lui, posant sa tête sur son épaule.

— Je t'aime, lui répéta-t-il. Quand tu étais introuvable, que j'ignorais complètement où tu étais...

Il frémit.

— Je sais. Je savais que tu serais inquiet.

— Inquiet est un bien piètre mot pour décrire ce que je ressentais, admit-il dans son souffle.

Remi redressa la tête et le regarda fixement.

— Je n'ai même pas réfléchi avant d'aller avec lui, dit-elle calmement. C'était ton coéquipier. J'avais confiance en lui. Je pensais que tu étais blessée, et je voulais à tout prix te rejoindre.

— Nous avons besoin d'un foutu code, grommela Kevlar. Pour nous assurer que cela ne se reproduise plus.

— Oui, effectivement. Vincent ?

— Oui, ma chérie ?

— Je suis désolée pour Howler.

— Qu'est-ce que tu veux dire ? demanda Kevlar, confus.

— C'était ton ami. Vous avez traversé tellement de choses ensemble. Tu dois être un peu triste qu'il soit parti.

Kevlar secoua la tête.

— Non. Pas le moins du monde. Ce n'était clairement pas l'homme que je croyais connaître. Il voulait être chef d'équipe ? Il lui suffisait d'en parler au commandant. Il aurait pu être transféré dans une autre équipe, aller à l'école de la marine, prendre l'initiative d'obtenir ce qu'il voulait. Au lieu de ça, il a ruminé, laissé sa rancœur s'accumuler, puis élaboré un plan complètement insensé et impardonnable. C'était un *lâche*. Un connard jaloux. Je ne regrette pas qu'il soit parti. Pas du tout. Ce que je regrette, c'est de ne pas avoir été là quand tu avais le plus besoin de moi.

— Tu l'étais, en quelque sorte. Si tu n'étais pas celui que tu es, si Blink ne te respectait pas autant, s'il ne pensait pas que tu étais un super chef, une super *personne*, il n'aurait pas fait ce qu'il a fait. Donc d'une certaine manière, tu étais présent. En raison de son respect pour toi, Blink a fait des pieds et des mains pour me protéger, alors qu'il n'avait aucun besoin de s'impliquer. Et puis... tu es toujours avec moi, Vincent. Ici.

Elle mit une main sur son cœur en ajoutant :

— J'ai essayé d'être forte, pour toi.

— Je ne te mérite pas, lui dit Vincent en appuyant son front contre le sien.

— Moi non plus je ne te mérite pas. Donc deux négatifs donnent un positif... ou quelque chose comme ça. En grandissant, je n'étais pas très douée en maths. Je griffonnais toujours dans mon manuel, faisant des dessins que m'inspiraient les problèmes que nous étions censés résoudre.

— Je t'aime vraiment, tu sais. J'attendais pour te le dire. Je ne voulais pas te faire peur.

— J'attendais aussi, admit-elle. Pour la même raison.

Kevlar l'embrassa doucement et délicatement. La sensation de la croûte qui se formait sur sa lèvre à l'endroit où Howler l'avait frappée fit remonter sa colère. Mais il garda ses émotions pour lui. Pour le moment, elle avait besoin qu'on s'occupe d'elle. Pas de le voir en colère.

— Je dois appeler Marley, et mes parents. Ils sont sans doute en train de paniquer, après les messages que je leur ai envoyés.

Elle n'avait pas tort. Elle avait eu le temps d'envoyer un petit message aux personnes les plus importantes de sa vie pour leur faire savoir qu'elle allait bien, et qu'elle les tiendrait au courant plus tard. Mais elle était épuisée, probablement morte de faim, et tenait à peine debout. Kevlar devait la ramener à la maison et s'occuper d'elle. Pendant qu'elle dormirait, il appellerait sa famille et Marley pour tout leur raconter.

— Au fait, Vincent...

— Oui ?

— Est-ce qu'on peut... ça ne te dérange pas si... on retourne chez moi ? Juste pour ce soir ? Je sais que je n'ai pas quitté ton appartement, mais je n'arrête pas de revivre ce qui s'est passé et...

— Bien sûr, l'interrompit Kevlar.

Évidemment que l'endroit où elle avait été kidnappée la mettrait mal à l'aise. Il resterait chez elle aussi longtemps qu'elle le souhaitait, ça ne lui posait aucun problème. Pour toujours si nécessaire. De toute façon, son appartement était plus agréable que le sien.

La porte s'ouvrit à nouveau, et le détective passa la tête à l'intérieur.

— M. Davis est prêt à partir.

Remi sauta pratiquement des genoux de Kevlar, légèrement chancelante une fois debout. Tout en la soutenant, Kevlar eut l'idée fugace que certains hommes se sentiraient certainement menacés par l'intérêt soudain de leur femme pour un autre homme, mais il n'y parvint pas. En ce qui le concernait, Blink était son nouveau frère de sang.

Ils sortirent de la pièce, et Blink les attendait dans le couloir. Il avait l'air aussi épuisé que Remi.

— Tu rentres avec nous, déclara-t-elle en le voyant, comprenant manifestement que l'homme était au bout du rouleau, tout comme elle.

— Je ne suis pas...

— Viens chez moi, insista-t-elle sévèrement, ne lui laissant pas l'occasion de refuser. Si tu crois que je vais te laisser retourner dans ton appartement vide pour que tu te tortures toute la nuit en repensant à tout ça, tu ne me connais pas si bien que ça.

— *Effectivement*, je ne te connais pas si bien que ça, rétorqua

Blink avec un léger sourire.

— Eh bien attends un peu, ça va changer, lui assura Remi.

— Tu es vraiment autoritaire, souligna-t-il.

— En réalité, je ne suis pas comme ça. Je suis douce et gentille. Demande à n'importe qui. Je suis dessinatrice, et je reste chez moi en permanence, la tête plongée dans mon carnet de croquis. Mais là, je ne veux pas te laisser tout seul... et avec toi et Vincent, je me sens en sécurité.

Elle prononça la dernière phrase avec douceur, et Kevlar resserra son bras autour d'elle. Sa Remi était forte, mais elle avait aussi vécu une expérience horrible et terrifiante. Si elle avait besoin de lui *et* de Blink pour se sentir en sécurité, c'était exactement ce qu'elle obtiendrait. Même s'il devait attacher Blink et le forcer à entrer chez elle.

À son grand soulagement, Blink fit un bref signe de tête.

— Si tu en as besoin...

— Vraiment, insista Remi.

— Viens, ma chérie. Rentrons à la maison.

Le trio fut escorté par un officier jusqu'à la porte qui menait au hall d'entrée, où Kevlar fut surpris de ce qu'il découvrit.

Le hall était plein à craquer. Non seulement son équipe était toujours là, mais Wolf et la sienne étaient arrivés, ainsi que leurs épouses.

— Remi ! s'écria une femme.

Avant que Kevlar s'en rende compte, Remi fut arrachée à ses bras pour se retrouver dans ceux de Marley.

Les deux femmes éclatèrent en sanglots l'une contre l'autre, se serrant dans les bras.

— Je n'en reviens pas que ce connard t'ait enlevée ! s'exclama Marley lorsqu'elle eut retrouvé un semblant de contrôle.

— Je sais. Qui l'aurait cru ?

— Abandonnée dans l'océan *et* kidnappée. C'est terminé !

Tu m'entends ? aboya Marley en agitant son doigt en direction de Remi.

Remi acquiesça en souriant.

— Je te comprends, dit-elle doucement.

Puis les deux femmes se lancèrent dans une nouvelle étreinte.

— C'est mon tour, lança un homme plus âgé d'un ton bourru.

Lorsque Kevlar se retourna, il sut d'un simple regard qu'il s'agissait de Fernando Stephenson, le père de Remi. Le magnat qui avait créé la marque Crown Condoms, et l'avait rendue aussi puissante qu'elle l'était aujourd'hui. Il n'avait rien à voir avec l'homme d'affaires réservé qu'il semblait être sur la scène mondiale. Il avait l'air d'un père dévasté d'apprendre que sa fille avait été blessée, et presque tuée.

Lorsqu'elle se tourna vers son père, les larmes de Remi recommencèrent à couler. M. Stephenson était un homme de grande taille. Remi semblait minuscule face à lui, mais sa manière de la serrer contre lui, comme si c'était la chose la plus chère à ses yeux, fit presque pleurer Kevlar lui-même.

Il la confia ensuite à une femme, et Kevlar devina qu'il s'agissait de sa mère ; elles avaient le même nez, et les mêmes yeux.

Kevlar était impressionné par la présence de tous ceux qui étaient venus lui témoigner leur soutien. Il ne quitta pas Remi des yeux alors qu'elle passait d'une personne à l'autre. Tout le monde voulait la serrer dans ses bras et lui dire à quel point ils étaient soulagés qu'elle aille bien.

La manière dont son équipe resserra les rangs autour de Blink ne lui échappa pas non plus. Même s'ils ne connaissaient que quelques détails de ce qui s'était passé, les membres de son équipe traitaient le SEAL comme le héros qu'il était.

— Alors vous êtes Vincent, déclara M. Stephenson.

Kevlar se tourna vers l'homme et acquiesça. Ce n'était pas ainsi qu'il voyait sa rencontre avec les parents de Remi, mais c'était le moment ou jamais. Le vieil homme lui tendit la main, et Kevlar la lui serra fermement.

Le père de Remi ne le lâcha pas avant un long moment, l'observant attentivement avant de hocher la tête.

— J'espère que c'est la dernière fois que nous nous retrouvons ensemble dans un commissariat de police à cause de Remi, dit-il avec aplomb.

— Absolument. Et pour information, j'aime votre fille. Elle est trop bien pour moi, mais je passerai le reste de ma vie à m'assurer qu'elle ne regrette pas de m'avoir choisi.

— Veillez à ce que ce ne soit pas le cas.

— Fernando ! le réprimanda la mère de Remi. Ne sois pas malpoli.

Soudain, Kevlar eut un flash, et vit comment se passeraient les choses entre Remi et lui quelques années plus tard. Elle le reprendrait lorsqu'il ne serait pas très aimable avec les autres, mais elle le regarderait aussi comme Mme Stephenson regardait son mari. Avec amour et affection. C'était évident : Remi tenait sa gentillesse de sa mère.

— Madame, la salua Kevlar en lui adressant un signe de tête. C'est un plaisir de vous rencontrer, même si j'aimerais que ce soit dans d'autres circonstances.

— Remi m'a beaucoup parlé de vous, dit-elle avec courtoisie. Je ne suis pas heureuse de ce qui lui est arrivé, mais je suis soulagée qu'elle aille bien. On dirait qu'elle a trouvé un groupe d'amis qui l'apprécient telle qu'elle est, et qui veilleront à sa sécurité.

— C'est le cas, lui confirma Kevlar en regardant à l'autre bout de la pièce, où Wolf serrait Remi dans ses bras.

Elle avait les yeux fermés, et écoutait quelque chose que Wolf lui murmurait à l'oreille pendant leur étreinte. Là encore,

Kevlar n'était pas jaloux, pas le moins du monde. Il était heureux qu'elle ait des gens pour s'occuper d'elle quand il ne pouvait pas le faire. Il détestait l'idée de devoir être absent à certains moments, comme ça avait été le cas plus tôt dans la journée. Mais sa famille de la marine s'occuperait d'elle, et il ne pouvait rien demander de mieux.

— Si vous voulez bien m'excuser, je dois ramener Remi à la maison. Elle a eu une dure journée, il faut qu'elle mange et que je la mette au lit.

Stephenson acquiesça.

— Deux jours.

— Excusez-moi ? s'enquit Kevlar, impatient de traverser la pièce pour récupérer Remi et la sortir de là.

— Deux jours. Ensuite nous viendrons lui rendre visite, sa mère et moi.

Kevlar sourit.

— Elle sera heureuse de passer un peu de temps avec vous, dit-il en hochant la tête.

Puis il se tourna vers Remi. Cette journée avait été l'une des plus effrayantes de sa vie, et il ne voulait plus jamais revivre quelque chose de semblable, jamais. Il devait ramener Remi chez elle, la serrer contre lui, et essayer d'oublier tout cela.

ÉPILOGUE

Remi était assise dans la salle du Aces, entourée de tous ses nouveaux amis. Deux équipes SEAL, toutes leurs épouses, et Marley. Même ses parents et sa grand-mère avaient voulu venir. Ce rassemblement était une fête improvisée – une célébration de la vie de Remi, et du fait que Vincent et son équipe étaient rentrés sains et saufs d'une autre mission.

Cela n'avait pas été une partie de plaisir lorsqu'il avait dû partir quelques jours seulement après son enlèvement, mais Remi s'en était accommodée. C'était sa nouvelle vie. Être la petite amie d'un Navy SEAL n'était pas simple, mais elle avait vite compris que ce n'était pas parce que Vincent était parti qu'elle était seule.

Blink faisait partie de sa vie à présent. Elle était restée dans l'appartement de Vincent pendant son déploiement – ça le rassurait de savoir que Blink était juste à côté. Elle aurait fait n'importe quoi pour le soulager, afin qu'il puisse se concentrer sur son travail. Blink était venu leur rendre visite avant la mission, et pendant que l'équipe était absente, il était là tous les soirs. Ils avaient regardé la télévision et discuté ensemble. Elle avait travaillé sur ses bandes dessinées de Pecky le Taco voyageur pendant qu'il lisait des livres. Être près de lui était très apaisant, et malgré ce que Marley craignait, ça ne rappelait pas de mauvais souvenirs à Remi.

Au terme de l'enquête, il avait été innocenté, ce qui avait été un grand soulagement pour eux deux. Elle aurait été prête à engager l'un des meilleurs avocats de l'État s'il y avait eu le moindre soupçon contre Blink.

Tex avait appelé un soir, et s'était excusé de ne pas avoir pu découvrir que Howler était à l'origine de ce qui s'était passé à Hawaï. Il doutait sérieusement de l'hypothèse de la police, selon laquelle le capitaine du bateau était mort d'une overdose accidentelle. Il avait également réussi à apprendre que Howler avait acheté une douzaine de téléphones jetables, en liquide, et qu'il en avait manifestement envoyé un à Hawaï, car la police l'avait retrouvé dans l'appartement du capitaine en même temps que son cadavre. Ils l'avaient gardé comme pièce à conviction, juste au cas où.

Remi ne savait pas du tout comment il avait pu apprendre *tout cela* – et encore moins comment il avait eu accès à un téléphone qui se trouvait encore parmi les pièces à conviction. Mais Vincent lui avait assuré que ce n'était même pas la peine de poser la question. Tex était capable d'obtenir toutes sortes d'informations, c'en était presque effrayant.

Depuis l'enlèvement de Remi, Marley ne la lâchait plus d'une semelle, insistant pour qu'elle l'appelle ou lui envoie un message toutes les heures, jusqu'à ce que Remi mette les pieds dans le plat et refuse. Elles avaient eu une grosse dispute à ce sujet, mais comme elles étaient les meilleures amies du monde, elles s'étaient réconciliées quelques minutes seulement après s'être raccrochées au nez.

Pendant que Vincent et le reste de son équipe étaient partis, elle avait déjeuné avec au moins une femme du groupe presque tous les jours. Caroline et Fiona un jour, Summer et Cheyenne le lendemain, Alabama un autre jour. Jessyka l'avait également invitée au Aces pour qu'elle fasse un essai derrière le bar... qui s'était soldé par un désastre à mourir de rire.

Tout compte fait, en regardant autour d'elle et en voyant toutes les personnes devenues très importantes pour elle en si peu de temps, elle avait le sentiment d'être bénie. Certes, il lui était arrivé des épreuves, mais elle les avait surmontées avec l'aide de ses amis, et en était ressortie plus forte.

Son regard se dirigea vers les tables de billard, où son père faisait équipe avec Dude et Preacher ; ils étaient en train de mettre la pâtée à Benny, Cookie et Flash. Elle n'aurait jamais cru voir un jour son père, riche et raffiné, traîner dans un bar militaire avec une bande de SEALs, et c'était très réjouissant.

Des éclats de rire ramenèrent son attention à la table, et elle découvrit que sa grand-mère et Cheyenne étaient toutes deux en train de devenir folles. Probablement à cause d'une remarque déplacée de sa grand-mère. La doyenne n'avait pas peur de dire tout ce qui lui passait par la tête, et elle avait été accueillie à bras ouverts dans le nouveau groupe d'amies de Remi.

Son regard se dirigea vers le bar, où Blink se tenait à côté de Vincent. Pendant un instant, elle craignit que Blink n'ait repris ses vieilles habitudes, s'asseyant seul et se fermant aux autres. Mais elle sourit lorsque Vincent tendit le bras et donna à Blink une de ces étranges accolades que se faisaient les hommes. Ils souriaient tous les deux, ce qui la soulagea.

Avant qu'ils se rendent au Aces, Vincent lui avait dit avoir reçu des nouvelles de son commandant – Blink avait réussi son évaluation psychologique, et intégré l'équipe de Vincent. Ça lui faisait chaud au cœur qu'aucun des autres gars n'ait retenu d'éléments contre Blink. Certes, il lui avait fait peur et l'avait retenue contre sa volonté, mais ils comprenaient aussi bien qu'elle que s'il n'était pas monté dans ce pick-up, l'issue de cette journée aurait été bien différente.

Cette accolade devait signifier que Vincent venait d'annoncer à Blink que c'était officiel. Il faisait à nouveau partie d'une équipe. Soulagée de voir que Blink avait l'air aussi satisfait que son homme, Remi se leva et se dirigea vers le bar.

Elle donna le bras à Vincent et se blottit contre lui.

— Tu lui as dit ? demanda-t-elle.

— Il me l'a dit, confirma Blink avec un léger sourire et un hochement de tête.

— Et ça te réjouit ? s'enquit-elle.

— Oui.

— Très bien. Moi aussi.

— De toute façon, si ce n'était pas passé avec la paperasse, tu serais sans doute entré dans le bureau du commandant pour le plier à ta volonté, plaisanta Vincent en ricanant.

— Moi ? s'exclama Remi. Je suis un ange. Je n'aurais jamais fait ça ! J'aurais envoyé ma grand-mère. Ou peut-être les hommes de main de papa.

Blink et Vincent éclatèrent de rire.

— Fernando n'a pas d'*hommes de main*, souligna Vincent en secouant la tête.

— Je pense que si, rétorqua Remi en haussant les épaules. Mais je suis contente que nous n'ayons pas eu à les solliciter. Maintenant, je peux déchirer cette caricature que j'ai dessinée, où Pecky et ses amis se sont faufilés dans la base une nuit pour brûler le quartier général des SEALs en signe de protestation.

Lorsque Blink et Vincent se mirent à rire une fois de plus, elle sourit. Elle se blottit de nouveau contre Vincent, nageant dans le bonheur. Elle se sentait... comblée.

— Je vais aller voir si MacGyver et Mozart ont besoin d'un troisième homme, déclara Blink.

Il adressa un signe de tête à Vincent, puis se pencha pour

embrasser Remi sur la tempe avant de se diriger vers les tables de billard avec sa bière.

Elle appréciait beaucoup l'affection que Blink lui portait après l'épreuve qu'ils avaient vécue ensemble. Il était toujours grognon et enclin à se retrancher dans sa tête, mais ils avaient forgé un lien qui ne pourrait jamais être rompu. Mieux encore, son petit ami ne semblait pas le moins du monde jaloux de sa relation avec son collègue SEAL.

— Je vais t'épouser, tu sais, annonça nonchalamment Vincent.

Remi le regarda dans les yeux.

— Quoi ?

— Je vais te passer la bague au doigt, mettre un bébé dans ton ventre, et jeter un regard noir à tous ceux qui osent poser les yeux sur ma ravissante femme.

En entendant cela, Remi eut des papillons dans le ventre.

— Mais avant de te le demander, poursuivit-il, je veux être absolument certain que tu sais dans quoi tu t'engages si tu t'attaches à moi. Ce n'est pas facile d'être avec un militaire. Tu as vécu l'enfer *deux fois*, et tout ça à cause de moi. Et tu n'as vécu qu'un seul déploiement. Avant d'officialiser les choses, je veux m'assurer que c'est bien ce que tu veux ; que *je suis* celui que tu veux.

— Tu *l'es*, lui dit-elle fermement. Je n'ai pas besoin d'autres missions pour le savoir. Et ce qui m'est arrivé n'*est pas* ta faute. C'était la sienne.

Remi refusa de prononcer le nom de Howler à voix haute. Vincent avait beau jurer qu'il n'était pas bouleversé par la mort de son ami et coéquipier, elle avait l'impression que c'était douloureux pour lui de repenser à cet homme.

— Et tu sais quoi ? Sans lui, nous ne serions pas ensemble.

Mais Vincent secoua la tête avant même qu'elle ait fini de parler.

— Je n'y crois pas une seule seconde. Nous vivons pratiquement dans la même ville. Nos chemins se seraient croisés à un moment ou à un autre... à la bibliothèque, dans nos voitures à un feu rouge, ou quelque chose comme ça. J'aurais su que tu étais fait pour moi, même sans cette mésaventure dans l'océan.

— Vincent, c'est tellement gentil, lui dit Remi, qui se sentait dépassée.

— C'est moi, M. Gentil, s'amusa Vincent d'un ton sarcastique, laissant échapper un petit rire.

Il avait raison. Vincent était un peu rude sur les bords, assez facilement irrité par les gens, mais il était à elle. Et elle n'avait aucune intention de le rendre.

— Pour ton information, lui précisa-t-elle, quand tu me le demanderas, je dirai oui. À tout. La bague, le bébé, et même si personne ne me regarde autrement qu'en se demandant ce que ce magnifique militaire fait avec une intello aux cheveux crépus comme moi, je te laisserai lancer des regards noirs à qui tu veux.

Le regard qu'il lui adressa émoustilla ses parties intimes. Leur vie amoureuse était bonne. Plus que bonne. Vincent était l'homme le plus attentif et le plus désintéressé qu'elle ait jamais connu. Il s'assurait toujours qu'elle jouisse avant lui. Et la nuit où il est rentré de sa mission ?

Le rouge lui montait encore aux joues rien qu'en y pensant.

— Je me demande s'il n'y a pas un placard dans un coin où nous pourrions nous glisser, murmura Vincent en regardant autour de lui

Remi s'esclaffa.

— Je ne vais quand même pas faire l'amour dans le placard d'un bar, lui rétorqua-t-elle fermement. Que disait Meg Ryan dans *Top Gun* déjà ? Hé, Kevlar, mon grand, emmène-moi au lit ou perds-moi pour toujours, lança-t-elle avec un grand sourire.

— Montre-moi le chemin, ma chérie, répondit-il avec tellement de désir dans le regard que Remi eut l'impression qu'elle allait brûler sur place.

Elle lui attrapa la main et l'entraîna vers la porte.

— Où allez-vous ? cria Marley.

— À la maison ! répondit Remi sans s'arrêter.

Elle entendit des éclats de rire tout autour d'eux, mais elle les ignora. Elle se moquait de ce que pensaient les autres. Elle avait envie de son homme. Maintenant.

— N'oublie pas que nous avons une séance d'entraînement à six heures du matin ! lança Safe à Vincent.

Remi n'entendit pas Vincent répondre à son ami, mais supposa qu'il lui avait fait un doigt d'honneur. Toujours le sourire aux lèvres, elle déboula sur le parking, où Vincent prit le relais. Il lui tira la main, la stoppant dans son élan, puis il la tourna face à lui, se pencha en avant, la jeta par-dessus son épaule et poursuivit en direction de la voiture.

Remi s'esclaffa, se redressant en appuyant ses mains sur son dos. Pendant qu'il marchait, elle fixa des yeux ses fesses parfaites et se sourit à elle-même. Elle, Remi Stephenson, avait décroché un SEAL. Ayant grandi dans la région, toutes les filles du lycée en parlaient lorsqu'elles étaient plus jeunes. Elles constataient à quel point ils étaient sexy ; à quel point ce serait génial de coucher avec l'un d'entre eux.

Non seulement elle couchait avec l'un d'entre eux, mais c'était le meilleur de la bande. Et il voulait l'épouser. C'était un rêve devenu réalité. Et même si elle était prête à l'épouser le lendemain, elle comprenait qu'il ait besoin qu'elle soit sûre d'elle. Son ex lui avait fait beaucoup de mal, et après ce qui s'était passé avec Howler, il était encore à vif concernant tout ce qu'ils avaient traversé.

Mais ce n'était pas grave. Remi n'avait pas l'intention d'aller où que ce soit.

Dès qu'ils arrivèrent à son appartement – après son retour

de mission, ils avaient finalement décidé d'y vivre, car il était plus grand – il la reprit sur son épaule et monta directement l'escalier qui menait à leur chambre.

Il la porta comme si elle ne pesait rien, puis la jeta sur leur lit. Remi l'embrassa avec tout l'amour qu'elle avait pour lui. Elle n'en avait pas dit un mot à Vincent, mais en réalité, ses missions lui faisaient peur. Elle devait sans cesse se répéter que ses coéquipiers et lui savaient ce qu'ils faisaient. Elle se sentait mieux en sachant que Blink pouvait également soutenir son homme. Mais elle ne dirait jamais à Vincent à quel point elle avait peur pour lui quand il partait. Elle voulait être la femme forte dont il avait besoin. Elle était aussi fière de lui qu'elle pouvait l'être. C'était son héros.

Après avoir défait la fermeture éclair et le bouton de son jean, il saisit sa robe au niveau des chevilles et la tira vers le haut. De nouveau, Remi pouffa de rire. Une fois qu'elle fut nue, Vincent remonta le long de son corps et la regarda si amoureusement que le cœur de Remi se serra dans sa poitrine.

— Je t'aime, lui dit-il.

— Je t'aime aussi.

Il leva une main et balaya une mèche de cheveux de son visage, sans bouger d'un pouce.

— Vincent ?

— Je mémorise ce moment. Toi, ici, en dessous de moi, le regard débordant d'amour.

Remi lui sourit.

— Il va falloir t'y habituer, parce que cet amour est tout à toi. *Je suis* toute à toi.

Les narines de Vincent s'évasèrent, puis il descendit le long du corps de la jeune femme.

— Sois patiente, ma chérie. Je pense que je veux prendre mon temps ce soir.

Remi poussa un gémissement lorsque l'homme qu'elle aimait s'installa confortablement entre ses cuisses.

— Fais de ton mieux, chéri, lui dit-elle.

— Non, je vais faire pire que ça, répondit-il en souriant avant de baisser la tête.

* * *

Wren soupira. Elle espérait que le bar ne serait pas trop fréquenté ce soir. Elle avait choisi de rencontrer son *crush* au Aces, car c'était généralement un endroit calme et tranquille. Elle pourrait lui parler, apprendre à le connaître, sans avoir l'impression d'être au milieu d'une foutue fête de campus. Mais ce soir-là, il y avait une tonne de gens qui riaient, s'amusaient et faisaient des parties de billard, rendant presque impossible une conversation normale avec le garçon qui était assis à côté d'elle.

D'après ce qu'elle avait pu comprendre en entendant les toasts et les discours, l'une des femmes avait failli mourir, et l'un des autres hommes du bar l'avait sauvée. Mais c'était confus, car le gars qui l'avait sauvée n'était manifestement pas celui avec qui elle sortait. Elle était blottie contre un autre SEAL sexy.

Elle avait su qu'il s'agissait de SEALs en écoutant les conversations autour d'elle. Mais ce qui lui faisait mal au cœur, c'était de voir à quel point tout le monde semblait proche. Ils n'avaient pas tous le même âge, mais cela n'avait aucune d'importance. Ils s'amusaient comme des fous. Il y avait même une femme âgée qui semblait s'amuser tout autant. Apparemment, il s'agissait de la grand-mère de la femme qu'ils célébraient.

Cela la fit sourire. Elle avait envie de faire partie de ce genre de cercle amical. Mais Wren menait une vie solitaire.

Elle avait dû se battre pour obtenir tout ce qu'elle avait

jamais eu. Pourquoi ce serait différent concernant l'amour, l'acceptation et la famille ?

— Tu m'écoutes ?

La question du garçon qui l'accompagnait fit grimacer Wren intérieurement, car ce n'était *pas* le cas. Elle était trop absorbée par tout ce qui se déroulait autour d'elle. L'ambiance festive. Les hommes autour des tables de billard qui avaient l'air de s'amuser. Il n'y avait aucune rancœur lorsqu'une équipe gagnait contre l'autre.

— Je suis désolée, il y a beaucoup de bruit ici, s'excusa Wren.

En réponse, il rapprocha sa chaise de la sienne, de sorte qu'il était pratiquement assis sur ses genoux. Cela la mettait mal à l'aise, mais elle ne voulait pas le contrarier en le repoussant. C'était toujours ainsi qu'elle réagissait dans la vie... en se conformant. Sans faire de vagues. C'était une habitude difficile à perdre.

— Nous pourrions partir d'ici et aller chez moi, suggéra-t-il en posant une main sur sa cuisse.

Wren le regarda, incrédule. Où était passé le comptable poli, presque intello ? Lorsqu'elle l'avait aperçu pour la première fois, elle avait poussé un soupir de soulagement, car il ressemblait exactement à la photo de son profil en ligne. Elle avait eu un peu peur qu'il lui fasse du rentre-dedans, ou quelque chose comme ça. Mais il ressemblait exactement à ce qu'il avait dépeint sur l'application de rencontre. Un matheux aux manières douces qui voulait apprendre à la connaître, plutôt que quelqu'un qui cherchait simplement une petite histoire sans lendemain.

Mais maintenant, avec sa main sur sa cuisse, elle commençait à penser que ce genre d'homme n'existait pas. Quelqu'un qui ne cherche pas seulement le sexe.

— Je suis un peu gênée, lui répondit-elle en éloignant autant que possible sa jambe de lui.

— D'accord, désolé, se reprit-il en s'éloignant avec un petit sourire.

En constatant qu'il avait compris l'allusion, Wren fut soulagée.

— Je vais au bar, tu veux quelque chose ?

— Euh, oui. Une limonade, pourquoi pas ?

— Une limonade ? Tu ne veux pas un autre verre de vin ?

Wren secoua la tête.

— Je ne peux pas, je conduis.

— Très bien, une limonade, je reviens.

Il sourit à nouveau, puis se dirigea vers le bar. Il y avait du monde. Il allait devoir patienter un peu, donc Wren ferma les yeux un instant.

Cette soirée était un échec. Elle aurait dû se douter que les rencontres en ligne n'étaient pas faites pour elle. Mais ce n'était pas comme si elle rencontrait des partenaires potentiels autrement. Elle venait de déménager en Californie du Sud pour son nouveau boulot, et même si elle travaillait surtout avec des hommes, elle s'était toujours fixé comme règle de ne pas sortir avec ses collègues. De plus, aucun des hommes qu'elle voyait au quotidien ne lui plaisait. Elle s'était donc tournée vers Internet.

Bien plus tôt qu'elle l'aurait souhaité, Wren vit son rencard revenir vers elle, une bouteille de bière dans une main, un verre dans l'autre.

Il lui tendit son verre.

— Voilà. De quoi parlions-nous avant que je m'absente si brutalement ? demanda-t-il avec un sourire mielleux.

Wren ne savait plus trop. Elle avait prêté plus d'attention à ce qui se passait autour d'eux qu'à ce qu'il racontait.

Elle but une grande gorgée de limonade tandis qu'il se

lançait dans une histoire ennuyeuse sur les gens avec lesquels il travaillait.

Elle ne savait pas exactement combien de temps s'était écoulé, mais Wren ne tarda pas à se sentir bizarre. Elle avait soudain très chaud, et tout se mit à tourner.

Merde... ce connard l'avait *droguée* !

Elle le savait sans l'ombre d'un doute, pour l'avoir déjà vécu auparavant.

Wren repoussa la main du garçon, qui se trouvait à nouveau sur sa jambe. Cette fois, ses doigts se glissaient vers l'intérieur de sa cuisse. Il avait la main bien trop baladeuse pour quelqu'un qu'elle venait juste de rencontrer.

— Si tu veux bien m'excuser, il faut que j'aille aux toilettes, lui dit-elle en repoussant sa main une nouvelle fois.

— Tu n'as pas l'air bien. Laisse-moi te ramener chez toi.

Bien sûr, connard, pensa-t-elle. Tu me feras monter dans ta voiture et tu ne me ramèneras jamais chez moi. Tu me violeras, tu me trancheras la gorge, puis tu me laisseras dans une foutue ruelle pour qu'on me retrouve comme le déchet que tu penses que je suis.

Wren secoua la tête, ce qui fit tourner la pièce encore plus. Il fallait qu'elle aille aux toilettes, qu'elle s'enferme dans l'une des cabines, puis qu'elle demande de l'aide à la première femme qui entrerait. Elle avait également choisi le Aces parce qu'elle avait lu un article sur la propriétaire, une femme déterminée à faire de son bar un endroit où les femmes pouvaient être en sécurité lorsqu'elles voulaient sortir.

Elle dut surprendre le garçon, car lorsqu'elle le bouscula à nouveau, il recula sa chaise.

— OK, lui lança-t-il. Je vais surveiller ton sac à main.

Wren n'avait aucune envie de lui laisser son sac, mais ça avait l'air de le détendre. Comme tous, il se disait qu'elle ne partirait pas sans ses affaires. Il pensait sans doute qu'elle se passerait un peu d'eau sur le visage, puis reviendrait à la table pour récupérer son sac à main avant qu'il la "raccompagne".

Elle n'était pas idiote à ce point.

Elle tituba à travers la pièce, consciente qu'elle tanguait comme une fille ivre qui ne tenait pas l'alcool.

Changeant d'avis en empruntant le couloir où se trouvaient les toilettes, Wren décida de continuer jusqu'à la porte de derrière, si elle en trouvait une. Son téléphone était dans sa poche, et elle pourrait appeler un Uber une fois en sécurité dehors.

Mais dès qu'elle arriva dans le couloir, Wren sut qu'elle était déjà dans le pétrin. Elle avait du mal à garder les yeux ouverts, et ce n'était qu'une question de temps avant qu'elle tombe dans les pommes. Ce que cet enfoiré avait mis dans son verre était fort, et ça agissait rapidement. Il s'était montré tellement arrogant. Il était certain qu'elle accepterait de le laisser l'aider. Eh bien, il pouvait aller se faire foutre.

Sa vision se dédoublant, Wren aperçut quelqu'un marcher vers elle. Il était grand et beau. Il portait une barbe et une moustache bien taillées. Elle le reconnut. C'était l'un des SEALs du bar. Il jouait au billard avec les autres. Mais ce qui le distinguait, c'était ses taches de rousseur. Il y en avait partout sur son visage, si proches les unes des autres que sans y regarder de plus près, on aurait pu croire à un simple bronzage tacheté, quelque chose comme ça.

Ces taches de rousseur lui donnèrent l'impression d'être en sécurité. Elle ne savait pas pourquoi, c'était probablement la drogue qui lui faisait perdre la tête.

Les mots sortirent de sa bouche sans même qu'elle ait à y réfléchir.

— Aidez-moi.

— Pardon ? demanda l'homme.

— Un mec a mis quelque chose dans mon verre. Il veut me

ramener chez moi. Je suis sur le point de... m'évanouir. S'il vous plaît, aidez-moi...

Wren se sentit tomber, mais elle ne heurta pas le sol. L'homme la rattrapa.

Elle espérait vraiment ne pas avoir sauté directement de la poêle à frire dans le feu. Ce fut la dernière pensée qui lui traversa l'esprit avant que tout s'assombrisse autour d'elle.

* * *

— Qu'est-ce que c'est que ce bordel ? s'exclama Bo *Safe* Cyders alors que la femme un peu mince – non, carrément *maigre* – qui se trouvait dans le couloir s'évanouissait dans ses bras.

Son instinct le poussait à la ramener dans le bar pour demander de l'aide. Mais il se rappela immédiatement ce qu'elle avait dit à propos du gars qui l'avait droguée.

Cette pensée le faisait bouillir.

Sa sœur avait été droguée et violée lorsqu'elle était à l'université, et quand Safe l'avait appris, il s'était senti complètement impuissant. Il avait toujours protégé Susie, mais il n'avait pas été capable de la protéger quand elle avait le plus besoin de lui. Ça l'avait rongé pendant des années.

En se retournant, Safe agit sans réfléchir. Il devait faire sortir cette fille d'ici. En la regardant de plus près, il reconnut la fille qui était assise dans le coin le plus éloigné des tables de billard, avec un connard boutonneux à l'air sournois. D'un seul coup d'œil, il avait deviné qu'il s'agissait d'un premier rencard. Il n'avait pas aimé la façon dont l'homme reluquait la femme quand elle ne le regardait pas.

Elle portait un pantalon et un chemisier à manches courtes légèrement décolleté. Selon lui, sa tenue était très sage, mais cela n'avait pas empêché ce gars de la reluquer. Il en bavait presque.

Safe reconnut qu'elle était jolie, même si elle n'était pas du tout son genre. Elle avait l'air de pouvoir s'envoler au moindre coup de vent. Elle était petite et maigre. Il préférait les femmes grandes et élancées.

Mais tout en poussant aisément la porte de derrière avec la fille dans ses bras, Safe ne pouvait nier qu'elle l'intriguait. Elle était assez maline pour se rendre compte qu'on l'avait droguée... et assez forte pour tenter d'échapper à son agresseur.

Secouant la tête, il se concentra sur la tâche à accomplir. Elle avait eu beaucoup de chance. Elle n'était pas venue lui demander de l'aide, ils s'étaient simplement croisés dans le couloir. Elle aurait pu tomber sur n'importe qui. Il aurait très bien pu être en train de la faire sortir du bar pour se livrer à ses perversions, comme son soi-disant *rencard* l'avait probablement prévu.

Mais heureusement pour cette elle, il était là au bon moment, et il n'allait pas lui faire de mal. Jamais de la vie. Il n'avait pas obtenu son surnom en étant un danger pour les femmes.

Safe transporta la fille jusqu'à sa Jeep, tout en se promettant de tout raconter à Jessyka – qui allait probablement être furieuse, puisqu'elle se targuait de tenir un établissement où les femmes n'avaient pas à s'inquiéter de ce genre de chose.

Il parvint à ouvrir la portière côté passager sans la faire tomber... ce qui n'était pas si difficile. Elle pesait à peine aussi lourd que le sac qu'il portait en mission. Il l'installa sur le siège, sa tête retombant maladroitement sur le côté tandis qu'il faisait le tour du véhicule.

Il mit le moteur en marche, se demandant ce qu'il était en train de faire.

En sortant du parking du Aces, il pinça les lèvres. Il était peut-être préférable de faire demi-tour et de la ramener au bar. Caroline et Jessyka s'occuperaient d'elle pendant que lui et les autres appelleraient les flics et forceraient le gars à avouer ce qu'il avait fait.

Mais au lieu de cela, Safe prit le chemin de sa maison. Elle était minuscule, au milieu d'un quartier un peu délabré. Mais c'était la sienne. Il l'avait payée avec l'argent gagné à la sueur de son front.

Cette mystérieuse fille s'en sortirait. Il veillerait sur elle, s'assurerait que la drogue qu'elle avait ingérée n'aurait pas d'effet indésirable. Et quand elle se réveillerait…

Eh bien, il devrait faire face aux répercussions de ses choix.

Pour l'instant, tous ses instincts le poussaient à la mettre en sécurité. Et l'endroit le plus sûr qu'il connaissait était sa propre maison.

* * *

Ce n'est pas la meilleure façon de *rencontrer* quelqu'un, mais bien sûr, Safe va faire tout son possible pour aider Wren. Procurez-vous le prochain livre de la série *Forces Très Spéciales : Alliance* dès maintenant : *Un protecteur pour Wren* !

DU MÊME AUTEUR

Autres livres de Susan Stoker

Forces Très Spéciales : Alliance

Un protecteur pour Remi

Un protecteur pour Wren

Un protecteur pour Josie

Un protecteur pour Maggie

Un protecteur pour Addison

Un protecteur pour Kelli

Un protecteur pour Bree

Le Fruit du Hasard

Le Protecteur

L'Aristocrate

Le Héros (11 Août)

Le Bûcheron (1 Décembre)

Hawaï : Soldats d'élite

Un paradis pour Élodie

Un paradis pour Lexie

Un paradis pour Kenna

Un paradis pour Monica

Un paradis pour Carly

Un paradis pour Ashlyn

Un paradis pour Jodelle

Sauvetage à Eagle Point

Un sauveteur pour Lilly

Un sauveteur pour Elsie

Un sauveteur pour Bristol

Un sauveteur pour Caryn

Un sauveteur pour Finley

Un sauveteur pour Heather

Un sauveteur pour Khloe

Le Refuge

Un soutien pour Alaska

Un soutien pour Henley

Un soutien pour Reese

Un soutien pour Cora

Un soutien pour Lara

Un soutien pour Maisy (1 Oct)

Un soutien pour Ryleigh

Silverstone

Pour la confiance de Skylar

Pour la confiance de Taylor

Pour la confiance de Molly

Pour la confiance de Cassidy

Delta Force Deux

Un refuge pour Gillian

Un refuge pour Kinley

Un refuge pour Aspen

Un refuge pour Jayme

Un refuge pour Riley

Un refuge pour Devyn

Un refuge pour Ember

Un refuge pour Sierra

Forces Très Spéciales : L'Héritage

Un Sanctuaire pour Caite

Un Sanctuaire pour Brenae

Un Sanctuaire pour Sidney

Un Sanctuaire pour Piper

Un Sanctuaire pour Zoey

Un Sanctuaire pour Avery

Un Sanctuaire pour Kalee

Un Sanctuaire pour Jane

Mercenaires Rebelles

Un Défenseur pour Allye

Un Défenseur pour Chloé

Un Défenseur pour Morgan

Un Défenseur pour Harlow

Un Défenseur pour Everly

Un Défenseur pour Zara

Un Défenseur pour Raven

<u>**Ace Sécurité**</u>

Au Secours de Grace

Au Secours d'Alexis

Au Secours de Bailey

Au Secours de Felicity

Au Secours de Sarah

<u>**Forces Très Spéciales Series**</u>

Un Protecteur Pour Caroline

Un Protecteur Pour Alabama

Un Protecteur Pour Fiona

Un Mari Pour Caroline

Un Protecteur Pour Summer

Un Protecteur Pour Cheyenne

Un Protecteur Pour Jessyka

Un Protecteur Pour Julie

Un Protecteur Pour Melody

Un Protecteur pour l'avenir

Un Protecteur Pour Les Enfants de Alabama

Un Protecteur Pour Kiera

Un Protecteur Pour Dakota

<u>**Delta Force Heroes Series**</u>

Un héros pour Rayne

Un héros pour Emily

Un héros pour Harley

Un mari pour Emily

Un héros pour Kassie

Un héros pour Bryn

Un héros pour Casey

Un héros pour Wendy

Un héros pour Mary

Un héros pour Macie

Un héros pour Sadie

Un héros pour Annie

<u>Autre</u>

Un moment suspendu : Recueil de nouvelles

<u>AUDIO</u>

Un paradis pour Élodie

À PROPOS DE L'AUTEUR

Susan Stoker est une auteure de best-sellers aux classements du New York Times, de USA Today et du Wall Street Journal. Elle a notamment écrit les séries Badge of Honor: Texas Heroes, SEAL of Protection et Delta Force Heroes. Mariée à un sous-officier de l'armée américaine à la retraite, Susan a vécu dans tous les États-Unis, du Missouri jusqu'en Californie en passant par le Colorado, et elle habite actuellement sous le vaste ciel du Tennessee. Fervente adepte des fins heureuses, Susan aime écrire des romans où les sentiments laissent place au grand amour.

http://www.StokerAces.com

 facebook.com/authorsusanstoker

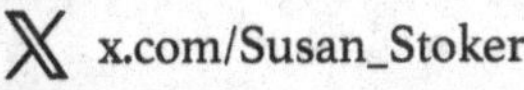 x.com/Susan_Stoker

 instagram.com/authorsusanstoker

goodreads.com/SusanStoker